Tanja Neise

Das Zeitenmedaillon – Die Hüterin

47NORTH

Das Buch

Kristin ist als Hüterin der Zeitreisenden untrennbar mit dem Zeitenmedaillon verbunden. Sie muss dorthin, wo das kostbare Schmuckstück eine Aufgabe für sie vorgesehen hat.

Diesmal schickt es sie nach Paris. Dort trifft Kristin kurz vor dem Ausbruch des Ersten Weltkriegs Philippe, dessen Weg sie schon zu früheren Zeiten gekreuzt hat.

Philippe erobert ihr Herz im Sturm und Kristin ist endlich glücklich. Doch unvermittelt schickt sie das Medaillon erneut durch den Strudel der Zeiten. Wird es Kristin gelingen, zu ihrer großen Liebe zurückzukehren?

Die Autorin

Tanja Neise wohnt mit Ehemann und Kindern in einem kleinen brandenburgischen Dorf. Bereits in früher Jugend schrieb sie gern Gedichte und Geschichten, doch im Laufe des Erwachsenwerdens trat dieses Hobby immer mehr in den Hintergrund. Da sie eine eifrige Leserin ist, schlug ihr Mann eines Tages vor, ob sie nicht selbst ein Buch schreiben wolle. Nach und nach nahm der Gedanke Gestalt an. Die Autorin leidet an einer seltenen Autoimmunerkrankung, weshalb ihr viele Freizeitaktivitäten nicht möglich sind. Seit 2012 widmet sie sich der wiederentdeckten Leidenschaft.

TANJA NEISE

Das Zeitenmedaillon

DIE HÜTERIN

ROMAN

47NORTH

Deutsche Erstveröffentlichung bei
47North, Amazon Media EU S.à r.l.
38, avenue John F. Kennedy, L-1855 Luxembourg
November 2019

Umschlaggestaltung: semper smile, München, www.sempersmile.de
Umschlagmotiv: © dwph / Shutterstock; © Extezy / Shutterstock; © George J / Shutterstock; © Skorik Ekaterina / Shutterstock; © Michael Kraus / Shutterstock; © Gizele / Shutterstock
Lektorat: Cathérine Fischer
Korrektorat: Manuela Tiller/DRSVS
Gedruckt durch:
Amazon Distribution GmbH, Amazonstraße 1, 04347 Leipzig /
Canon Deutschland Business Services GmbH, Ferdinand-Jühlke-Straße 7, 99095 Erfurt /
CPI books GmbH, Birkstraße 10, 25917 Leck

ISBN 978-2-91980-080-3

www.47north.de

1. Kapitel

Frustriert stemmte ich die Hände auf den Boden unter mir. Es war wieder geschehen. Wieder war ich irgendwo gelandet, herausgerissen aus einer Situation und in die Ungewissheit katapultiert worden.

Gerade eben hatte ich mich zusammen mit Amélie und dem kleinen Philippe im Jahr 1889 in der Abstellkammer befunden, die uns die Pariser Bordellbesitzerin zur Verfügung gestellt hatte. Der Junge hatte dringend einen Ort gebraucht, an dem ihn dieser Unhold, der ihn verletzt hatte, nicht fand. Soweit es ging, hatte ich ihn medizinisch behandelt, doch nun war er auf sich selbst und Amélies Hilfe gestellt. Ich hoffte, dass er gesund werden und keinen bleibenden Schaden davontragen würde.

Und jetzt? Jetzt hatte das Zeitenmedaillon mich fortgerissen und ich wusste nicht, wo ich war, und vor allem: in welcher Zeit. Am liebsten hätte ich lauthals aufgeschrien und all meinen Unmut in die Welt hinausposaunt. Aber überall konnten Gefahren lauern. Ich durfte mich nicht zu erkennen geben. Schließlich war ich Kristin Vieille, Tochter einer Zeitreisenden, und dazu erzogen, das Erbe des Medaillons anzunehmen. Eines Schmuckstücks, das über mein Schicksal bestimmte, ganz wie es ihm beliebte.

Unruhig blickte ich mich um. Es musste mitten in der Nacht sein und es war stockdunkel um mich herum. Lediglich ein Fetzen Mondlicht drang durch die Ritzen einer Tür, der aber bei Weitem nicht ausreichte, um mir zeigen zu können, wie meine Umgebung genau aussah. Doch als meine Augen sich an das Zwielicht gewöhnt hatten, erkannte ich den Raum. Ich war immer noch in dem Pariser Haus, in dem das Bordell untergebracht gewesen war. Und noch immer war dieser Raum eine Art Abstellkammer. Zumindest sah es hier drin aus, als hätte einer wahllos Möbelstücke und alte Behälter abgestellt.

Ich legte den Kopf in den Nacken und stieß den Atem aus. Das war zwar kein befreiender Schrei, aber es kam dem nahe und half mir kurzfristig, klar zu sehen und zu erkennen, was wichtig war in dieser neuen Situation. Wenigstens war es nicht kalt. Es hätte schlimmer kommen können. Positiv denken. Das hatte ich von meiner Mutter gelernt.

Plötzlich zuckte ich erschrocken zusammen, weil ein Scheppern direkt hinter der Tür zu hören war. Normalerweise war ich nicht schreckhaft, dennoch lagen meine Nerven heute blank. Ich hatte in den letzten Nächten kaum geschlafen und ich war furchtbar müde. Am liebsten hätte ich mich in einer Ecke zusammengerollt und die Augen für viele Stunden geschlossen, doch das wäre mehr als unvorsichtig gewesen.

Da ich aber nicht wusste, welche Gefahren hinter dieser Tür auf mich lauerten, und ich zudem kaum noch die Augen offen halten konnte, beschloss ich, mich vorerst ruhig zu verhalten und mich auszuruhen. Schlafen würde ich nicht können, durfte es auch nicht, aber ich musste dringend meine Kraftreserven auftanken, bevor ich mich dem stellte, was auf mich zukommen würde. Meine eigenen Bedürfnisse zählten in diesem Moment leider nicht.

In Gedanken sagte ich zu mir selbst immer wieder wie ein Mantra: *Mein Name ist Kristin Vieille*. Ich durfte nicht vergessen, wer ich war und zu was ich erzogen worden war. So schnell würde ich mich nicht geschlagen geben, egal, welche Aufgabe diese Macht, der ich ausgeliefert war, für mich auserkoren hatte.

Manchmal nannte ich mich auch Kristin Blomquist. Diesen Namen verdankte ich meiner Mutter, die mir von klein auf Geschichten von Kalle Blomquist erzählt hatte. Ich hatte nie genug von seinen Abenteuern bekommen können und als ich älter geworden war, spielte ich diese nach. Im Alter von vier Jahren hatte ich bereits Einbrecher und Betrüger jeglicher Art gestellt und KB stand fortan nicht länger für Kalle Blomquist, sondern für Kristin Blomquist.

Ich hatte als Kind niemanden von diesen Erzählungen berichten dürfen, was mir außerordentlich schwergefallen war. Aber wir hatten vorsichtig sein müssen, denn meine Mutter – Maman, wie ich sie immer genannt hatte – kam aus einer anderen Zeit. Sie war eine Zeitreisende und viele Geschichten, die sie erzählte, waren noch gar nicht passiert, und Dinge, von denen sie berichtete, waren noch nicht erfunden worden. Die Gefahr bestand, dass wir historische Fakten verändern würden, wenn wir zu viel preisgaben. Und diese Romanfigur stammte aus der Feder einer berühmten Autorin – Astrid Lindgren –, die jedoch erst geboren werden würde. Falls jemand anderes diese Geschichten vor ihr niederschrieb, könnte das Einfluss auf die Berühmtheit der schwedischen Schriftstellerin haben. Und das mussten wir unter allen Umständen verhindern. Die Geschichte durfte auf keinen Fall verändert werden.

Egal, wie müde ich war, meine Gedanken drehten sich und ließen mich nicht zur Ruhe kommen. Ich war zu aufgekratzt und beinahe fühlte es sich an wie während einer meiner unzähligen Nachtschichten als Krankenschwester im Jahre 1961. Man war zwar müde, aber nach einer Kanne starkem schwarzem Kaffee war an Schlaf nicht mehr zu denken.

Also erhob ich mich wieder und schlich zur Tür. Woher das Scheppern gekommen war, konnte ich nicht nachvollziehen, aber jetzt war es still. Zu still? Sofort wurde ich skeptisch. Was eigentlich totaler Quatsch war, schließlich wusste niemand, dass ich mich hier befand. Oder doch?

Ich hatte auf jeden Fall einen Zeitsprung hinter mir. Bis vor Kurzem hatte ich mich noch mit Amélie unterhalten und war dann plötzlich hier in der Dunkelheit – allein – wieder zu mir gekommen.

Da das Haus noch stand und sich dieses Zimmer hier kaum verändert hatte, konnte der Zeitsprung nicht allzu weit in die Vergangenheit oder in die Zukunft erfolgt sein. Das war gut, denn es wäre eine Zeit, in der ich mich einigermaßen auskannte und zurechtfand.

Ganz langsam, um ja kein Geräusch zu verursachen, drückte ich die Klinke herunter und betete, dass die Tür nicht so laut knarrte wie im Jahr 1889. Nur ein leichtes Ächzen war zu hören, als ich die Tür aufzog, und ich atmete erleichtert aus. Dahinter lag der Flur und gegenüber das Fenster, durch das das Mondlicht ins Haus drang. Das Zimmer sah staubig aus, beinahe unbewohnt. Mir stockte der Atem, weil die Szenerie gespenstisch wirkte. Am Boden huschte eine Ratte nah an meinem Fuß vorbei und ich verzog angewidert das Gesicht.

War ich weiter in der Zeit nach vorne gereist? Wie weit?

Der steinerne Boden war zumindest so fest, dass ich keine Angst haben musste, er würde unter mir einstürzen. Das Haus war zwar verwahrlost, aber nicht baufällig. Also ging ich in den Flur hinaus und schwenkte nach rechts, dort war damals die Haustür gewesen. Für mich lediglich Minuten her, waren zwischenzeitlich, so wie es aussah, Jahre oder sogar Jahrzehnte vergangen.

Doch als ich am Ende des Flurs ankam, entdeckte ich, dass es keine Tür mehr gab. Lediglich ein gähnendes Loch wies mir den Weg nach draußen. Bedächtig setzte ich einen Schritt vor den anderen und schaute erst einmal um die Ecke, ehe ich das Haus verließ. Die Gegend war noch heruntergekommener und ein schaler Geruch nach Alkohol schwängerte die Luft. Offenbar war das Bordell nicht mehr in diesem Haus untergebracht, aber das Viertel war schon damals für seine Trinkhallen bekannt gewesen.

Ich hatte ein riesiges Problem. Ich trug noch immer meine Jeans, die ich mir angezogen hatte, als ich im Jahr 1961 meine Mutter mit dem Moped aus dem Krankenhaus geschafft hatte. Da ich nicht wusste, welches Jahr wir nun hatten, zog ich vorsichtshalber meine Mütze aus der Gesäßtasche und setzte sie auf. Hastig schob ich meine blonden Haare unter die Kopfbedeckung und schloss die Jacke, die ich trug. Es war eine Männerjacke, die ich gern anhatte, wenn ich Moped fuhr. Alles in allem hoffte ich, dass die Täuschung einigermaßen funktionieren würde. Es war dunkel, vielleicht half das, als Mann durchzugehen.

Sobald ich wüsste, in welchem Jahr ich mich befand, musste ich mir dringend passende Kleidung besorgen. Stehlen war ein notwendiges Mittel zum Zweck und ich war gut darin. Und wieder einmal würde es mir helfen zu überleben. Ich hatte zwar Geld in meiner Tasche, aber die Jahreszahlen, die auf die Münzen gedruckt waren, würden vermutlich für Aufsehen sorgen. Oder war ich doch so weit nach vorne gereist? Die Häuser um mich herum mit ihren bröckelnden Fassaden und blinden Fenstern konnten alles Mögliche bedeuten. Daran konnte ich nichts ablesen. Aufmerksam blickte ich mich immer wieder nach allen Seiten um. Ich war nervös, doch auch das war ich gewohnt.

Ich war froh, dass ich mich in Paris auskannte, und deshalb schlug ich den Weg in Richtung der exklusiveren Wohnviertel ein. Ich musste zuerst aus diesem Slum hier raus, ehe ich noch einem unberechenbaren Schurken vor die Füße fiel.

Kurze Zeit später bemerkte ich, wie sich langsam die Sonne ihren Weg bahnte, um die Nacht zu verdrängen. Nach und nach begegnete ich immer mehr Menschen auf der Straße und das mulmige Gefühl wurde erträglicher. Die Kleidung hatte sich zwar verändert, aber ich konnte sie keiner Zeit zuordnen. Die Frauen trugen immer noch lange Kleider und die Männer liefen herum, als wären sie die Herrscher der Welt. Pah, wie ich es hasste, wenn Frauen als minderwertig angesehen wurden. Liebend gern hätte ich mal die Zeit bereist, aus der meine Mutter stammte. Das wäre ein Abenteuer nach meinem Geschmack. Der Gedanke an meine Mutter hinterließ ein Lächeln auf meinem Gesicht. Isabelle Vieille war eine Auserwählte, wie sie sich selbst immer genannt hatte. Auserwählt von einem Mann, der niemanden gehabt hatte, dem er das Medaillon vererben konnte. Doch wer war ich? Die Springerin? Weil ich dazu verdonnert war, in der Zeit herumzuspringen?

Ich ging weiter durch die Straßen ohne ein richtiges Ziel, ließ den Kopf meistens gesenkt, damit niemand mitbekam, dass ich eine Frau in Männerkleidung war.

Dann rief ein Junge: »Attentat auf den österreichischen Thronfolger!«, und wedelte dabei mit einer Zeitung.

Ich war mein Leben lang auf meine Rolle als Zeitreisende vorbereitet worden. Nicht nur mein Vater hatte mich gelehrt, mich zu wehren, und auch andere Dinge, die Mädchen normalerweise nicht lernten, zumindest nicht im neunzehnten Jahrhundert. Meine Mutter hatte mir alles, was sie über die Geschichte Europas wusste, beigebracht. Das war eine Menge, schließlich hatte sie dieses Fach im einundzwanzigsten Jahrhundert studiert. Eine Frau, die studierte, das war in meinem Jahrhundert beinahe undenkbar gewesen.

Aufgrund dieser Vorbildung konnte ich ganz genau sagen, welcher Tag gestern gewesen war. Am achtundzwanzigsten Juni 1914 war der österreichische Thronfolger Franz Ferdinand in Sarajewo ermordet worden. Oh Mann, ausgerechnet in diese schwierige Zeit hatte es mich verschlagen. Die Julikrise lag vor Europa und damit der Beginn eines der größten Kriege – des Ersten Weltkriegs.

Mein erster Gedanke war, sofort zu verschwinden, also zog ich mich in einen Hausflur zurück und griff nach dem Medaillon. Ich dachte ganz fest an das Jahr 1961, doch das Medaillon lag kalt und stumm in meiner Hand. Es rührte sich kein einziges Rädchen darin. Kein Summen und Surren. Dieses verfluchte Teil schob mich durch die Zeiten wie einen Spielball.

Hatte ich nicht auch endlich das Recht darauf, glücklich zu sein?

Seit über fünf Jahren irrte ich in Zeiten herum, die nicht die meinigen waren. Und für was? Für nichts. Das versprochene Glück, das man durch das Medaillon erhalten sollte, war bisher nirgends erschienen. Ich hatte sogar offensiv nach der Liebe gesucht, sie aber nirgends gefunden.

Matt ließ ich mich an der Wand des Hausflurs herabgleiten und öffnete das Medaillon. Wie vielen Frauen hatte es vor mir bereits gehört? Wie viele von ihnen hatten ihr Glück gefunden? Oder war ich etwa die Einzige, die nirgends wirklich hingehörte?

Mein Blick fiel auf die Zahnräder. Sie lagen alle still an dem für sie vorgesehenen Ort, keins bewegte sich. Wie auch? Vermutlich wartete hier wieder irgendeine Aufgabe auf mich. Irgendjemanden musste ich retten oder das Schmuckstück ließ mich ganz einfach ein paar Jahre an einem Ort, in einer Zeit. Ganz so, wie es dem Schicksal behagte.

Gegenüber den Rädchen stand der lateinische Spruch:

METALLUM NOBILIS

VIS MAGNA
TEMPUS VERTITUR
CAVE

Auch Latein hatte ich von meiner Mutter gelernt. Doch die Bedeutung der Worte hatte ich schon früh zu deuten gewusst.

Edles Metall,
große Kraft,
Zeit wird gedreht,
nimm dich in Acht.

Ich las ihn flüsternd vor, noch immer in der Hoffnung gefangen, hier wieder wegzukommen, ehe die Welt in einem ungeahnten Chaos versinken würde. Doch wie zuvor geschah nichts.

Eine einzelne Träne löste sich aus meinem Auge, die ich sofort ungehalten wegwischte.

Ich war von meinen Eltern darauf trainiert worden, eines Tages selbst mittels des Zeitenmedaillons zu reisen. Als mein Vater mir das Kämpfen beigebracht hatte, haben wir beide meine Mutter eine Zeit lang fast in die Verzweiflung getrieben, weil ich mehr Junge als Mädchen war. Aber das war mir schon viele Male hilfreich gewesen. Ich war dementsprechend hart im Nehmen, da mein Vater mir eingebläut hatte, dass weinen nichts brachte. Weinen war etwas für Schwächlinge, für Menschen, die zu früh aufgaben. Und ich hatte nie so sein wollen, also war aus mir eine Draufgängerin geworden.

Und nun saß ich hier und weinte? Nein, so durfte ich mich auf keinen Fall gehen lassen. Niemals!

Ich sprang auf und stürmte auf die Straße, wo mich eine aufgebrachte Menschenmenge erwartete. Der Zeitungsjunge hatte längst alle Exemplare verkauft und nun standen die Leute in Grüppchen herum und lasen gemeinsam in den Zeitungen.

Viel zu schnell vergaß ich, dass es in diesen Zeiten kein Fernsehen oder etwas Ähnliches gab. Die Leute informierten sich hauptsächlich aus Zeitungen. Das Radio war zwar schon erfunden worden, aber es hatte nichts mit dem Radio gemein, das ich in den Fünfziger- und Sechzigerjahren kennengelernt hatte.

Am liebsten hätte ich sie alle gewarnt. Ihnen gesagt, dass es bald Krieg geben würde. Einen Krieg, über dessen Verursacher und dessen Schuldigen die Gelehrten bis ins einundzwanzigste Jahrhundert streiten würden. Vielleicht würde man sich nie einigen, wer oder was schuld war an einem Krieg, der das alte Europa verdrängte. War es Deutschland in einem kaum verständlichen Weltmachtstreben? Das behauptete zumindest Artikel 231 des Versailler Vertrages, von den Siegermächten aufgesetzt. Oder waren die Ursachen viel komplexer und etliche Entscheidungen, die ineinander verwoben waren, führten letztendlich zu diesem Horrorszenario?

Aber egal, wie die Antworten auf all meine Fragen lauteten, ich durfte nichts sagen, durfte nicht warnen. Ich durfte die Geschichte nicht beeinflussen, weil es vielleicht weitreichende Konsequenzen hätte, die noch schlimmer wären als der Erste Weltkrieg.

Und nun war ich mitten drin in der Vorkriegsgeschichte Europas gefangen.

Meine Gedanken versuchten, einen Punkt zu finden, eine Konstante, etwas, das mir ein Ziel geben würde. Aber ich kannte im Jahr 1914 niemanden, oder?

Moment! Was war mit Amélie? Lebte sie vielleicht noch hier irgendwo? Aufregung erfasste mich und ich spürte dieses Kribbeln, das man immer dann bekam, wenn man auf der richtigen Spur war.

Ich hatte nur einen Anhaltspunkt, das war das Haus, vor dem ich sie damals aus den Fängen dieses Fleischbergs und Kriminellen befreit hatte. Also beschloss ich, mir diese Gegend einmal genauer anzusehen.

2. Kapitel

Überall auf den Straßen herrschte nur ein Thema. Der Tod des österreichischen Thronfolgers sorgte für Unruhe auf den Pariser Straßen. Und wie recht die Bewohner dieser großen Stadt behalten würden mit ihren Ängsten, wusste ich nur zu gut.

Mir selbst saß die Angst im Nacken.

Endlich erreichte ich die Straße, in der ich Amélie das erste Mal begegnet war. Auch hier hielt der Verfall Einzug und Müll lag überall herum. Bereits von Weitem konnte ich erkennen, dass ein Mann auf der Treppe vor dem Haus herumlungerte. Er sah wie ein Vagabund aus oder wie ein Kerl, der auf Ärger aus war.

Ich senkte den Kopf noch ein Stückchen mehr, schließlich wollte ich keinen Ärger. Doch je mehr man sich unsichtbar machen will, desto mehr fällt mal gerade solchen Menschen auf. Ich spürte bereits den Blick des Mannes auf mir.

Als ich einen Fuß auf die Treppe setzte, hörte ich ihn lachen. »Nette Verkleidung, Mädchen.« Seine Stimme war tief, rau und warm. Es war die Art von Stimme, die einen einlullen konnte und seufzend fragen ließ, wann man sie endlich wieder hören würde.

Kurz hielt ich inne, setzte dann aber meinen Weg fort. Mit klopfendem Herzen öffnete ich die Tür und trat in den dunklen

Hausflur. Doch ich war nicht schnell genug. Ich war gerade im Begriff, die Tür wieder zu schließen, da war der Kerl mir auch schon gefolgt.

»Wo will denn das verkleidete Lämmchen hin?«, fragte er provozierend und kam dabei näher. Seine Stimme hallte durch meinen Körper und rief ein angenehmes Kribbeln hervor, zeitgleich machte der Kerl mir aber Angst.

Ich war nicht gerade klein mit meinen eins fünfundsiebzig, aber der Kerl überragte mich um fast einen ganzen Kopf. Er strahlte eine Dominanz und Aggression aus, die meine inneren Alarmglocken schrillen ließ.

Meine Hand glitt wie von selbst zu dem Messer, das ich mir in einem kleinen Laden in Verdun zugelegt hatte. Gekonnt legten sich meine Finger um den handgefertigten Griff und sofort hatte ich ein besseres Gefühl.

Ich antwortete ihm nicht, schließlich war ich niemandem hier Rechenschaft schuldig. Ich blieb lediglich reglos stehen und beobachtete ihn, genauso wie er mich.

»Sucht das Lämmchen jemanden?«, wollte er mit einem Unterton in der Stimme wissen, der mich die Hand noch fester um das Messer klammern ließ. Die Augen, aus denen er mich ansah, schimmerten mir aus der Dunkelheit entgegen. Die Farbe konnte ich nicht erkennen, aber er hatte schöne, ebenmäßige Gesichtszüge, lediglich seine Kleidung und die Art, wie er sich bewegte, ließen mich auf einen Kriminellen schließen.

Etwas stimmte mit dem Mann nicht. Ich konnte nur noch nicht richtig begreifen, was.

Mittlerweile war er mir so nah, dass ich seine Körperwärme spürte, und ein Geruch nach Pinien drang in meine Nase. Warum roch er so gut, obwohl sein Aussehen eher ungepflegt auf mich wirkte? Wo zum Teufel bekam man hier Pinienduft her?

»Pass auf, Lämmchen, dass du dich mit dem Messer nicht selbst verletzt.« Sein ironisches Lachen ließ mich beinahe eine Dummheit begehen. Er zwinkerte mir frech zu und drehte sich daraufhin um. Pfeifend schlenderte er wieder zum Ausgang.

Frustriert schnaubte ich. So ein arroganter Idiot! Kam sich anscheinend ganz stark vor. Na ja, ich musste zugeben, dass er eine enorme Körpergröße hatte, und ein Hänfling war er auch nicht gerade. Vermutlich war er sogar ziemlich stark. Die breiten Schultern passten hervorragend zu seinem Körperbau.

Moment! Über was machte ich mir da eigentlich Gedanken?

Ich schüttelte irritiert über mich selbst den Kopf und eilte zur Treppe. Schließlich war ich nicht hier, um über einen Mann nachzudenken, der ganz offensichtlich ein Dominanzproblem hatte.

Ich war zwar keine Feministin, aber meine Mutter hatte mich stets gelehrt, dass Frauen die gleichen Rechte haben wie Männer. Warum sollte ich also nicht in dieses bescheuerte Haus und nach jemandem suchen? Wer wollte mir das verbieten? Der ungepflegte Gockel da vor dem Haus, der so gut roch? Pah! Da hatte er sich die Falsche ausgesucht.

Erst jetzt bemerkte ich die Staubschicht, die sich auf dem Boden gebildet hatte. Entweder lebte hier im Haus niemand mehr oder die Leute legten keinen großen Wert auf Sauberkeit.

Ich klopfte an die Tür im Erdgeschoss. Zuerst tat sich nichts und ich wollte schon zur nächsten Wohnung gehen, als ich schlurfende Schritte hörte. Kurz darauf wurde die Tür aufgerissen und ich starrte in die blutunterlaufenen Augen eines Mannes, der aussah, als würde er sein Geld mit Boxkämpfen verdienen, wobei er dafür eigentlich zu alt schien.

»Was willst du?«, knurrte er und stieß den Rauch einer Zigarette aus.

»Guten Morgen. Ich suche eine Freundin von mir. Sie heißt Amélie Laurent.« Ich versuchte möglichst selbstsicher zu wirken, damit der Kerl seine guten Manieren nicht vergaß.

»Kenne ich nicht.« Doch statt die Tür zu schließen, blieb er weiterhin stehen und musterte mich unverhohlen. Vermutlich hatte er noch nie zuvor eine Frau in Männerkleidung gesehen, zumindest nicht in solcher, wie ich sie trug.

»Danke.« Damit drehte ich mich um und steuerte auf die Treppe zu.

»Oben wohnt keiner mehr«, gab der Kerl von sich und wirkte dabei zufrieden.

»Aha. Trotzdem danke.« Ich sah ihn nicht mehr an und wollte gerade an seiner Wohnungstür vorbei, als er sich mir in den Weg stellte. Er war gerade mal so groß wie ich und roch schrecklich nach altem Schweiß, Tabak und Alkohol.

»Kannst gern reinkommen. Würd gern mal sehen, was du da versteckst.« Seine Hand langte nach meiner Militärjacke, aber ich war schneller.

Mit einer Drehbewegung hatte ich mich aus seinem Zugriffsbereich entfernt und schritt eilig zur Tür. »Danke, kein Interesse!«, rief ich noch zu ihm und stand im nächsten Moment auf der Straße.

Der gut riechende Idiot war nirgends zu sehen. Gott sei Dank!

Amélie zu finden würde sich als Suche nach der berühmten Nadel im Heuhaufen entpuppen. Zudem wusste ich gar nicht, ob sie noch in Paris war oder in dieser Zeit. Schließlich konnte sie als Zeitreisende mittlerweile überall gelandet sein, genauso wie ich.

Ich beschloss, auf die Suche keine Anstrengungen mehr zu verschwenden. Ich würde lediglich die Augen und Ohren offen halten, falls dennoch ein Wunder geschehen sollte, wovon ich aber nicht ausging.

Vorerst musste ich Ruhe bewahren und passende Kleidung auftreiben. Und ich wusste auch schon, wie. Grinsend bog ich in eine der besseren Straßen ab. Es war früh am Morgen. Die fleißigen Hausfrauen hatten vermutlich gerade die frisch gewaschene Kleidung aufgehängt und das würde ich mir zunutze machen.

* * *

Ein paar Stunden später kam ich zurück, die Beute des Tages unter meiner Jacke und in meiner Stofftasche versteckt. Da ich nicht wusste, wohin, hatte ich mich entschlossen, zu dem Haus zurückzukehren, in dem ich Amélie vergebens gesucht hatte. Die oberen Stockwerke waren nicht bewohnt und wenn ich mich leise verhielt, hätte ich zumindest für die Nacht ein Dach über dem Kopf. Irgendwo musste ich die nasse Kleidung trocknen und mich hinlegen, denn mittlerweile konnte ich kaum mehr gegen die Müdigkeit ankämpfen.

Ich achtete darauf, dass niemand mich sah, als ich die Haustür öffnete und in dem Haus verschwand. Der Hausflur wirkte immer noch genauso wenig einladend wie heute früh. Aber es musste genügen. In das alte Bordell wollte ich auf keinen Fall zurück, denn da hatten sich bereits die Ratten herumgetrieben, und ich hatte in meiner Ausbildung gelernt, dass diese verdammten Viecher Krankheiten übertrugen. Nicht dass eins dieser Tiere noch beschloss, mich zum Abendbrot anzuknabbern. Allein der Gedanke verursachte mir Übelkeit. Kurz schüttelte ich mich, dann wandte ich mich der Treppe zu.

Inständig hoffend, dass das Holz nicht unter mir nachgab, setzte ich einen Fuß auf die erste Stufe. Ein leises Ächzen war zu hören, aber sie hielt. Bedächtig setzte ich meinen Weg fort, bis ich im zweiten Stockwerk ankam und dort zwei Türen vorfand.

Beide hingen in den Angeln, vermutlich eingetreten von hungrigen Mäulern oder klauendem Gesindel.

Ich wandte mich der Wohnung zu, die mir am nächsten lag, und ging vorsichtig hinein. Doch auch hier hielt der Boden. Warum waren alle ausgezogen und hatten ihre Wohnungen in diesem Haus aufgegeben?

Die Zimmer standen zum großen Teil leer. Nur in einem fand ich ein Kinderzimmer vor. Da die Tür zu diesem Raum noch intakt war, wählte ich es als mein Schlafzimmer für diese Nacht aus. Ganz langsam schloss ich die Tür und verriegelte sie mit dem Schlüssel, der noch von innen im Türschloss steckte. Na, wenn das nicht Schicksal war!

Sämtliche Möbel waren eingestaubt, also zog ich eine Wolldecke von dem Babybettchen und machte ein wenig sauber. Dann holte ich die nasse Frauenkleidung aus meiner Tasche und hängte sie über das Bett.

Ich war so müde, aber mein Magen knurrte vorwurfsvoll. Also ließ ich mich auf dem Sessel in einer Ecke nieder und holte den Rest meines Diebesguts aus der Tasche und der Jacke.

In meiner Tasche fand ich zudem noch ein Taschenmesser und schnitt mir damit ein Stück Käse und einen Kanten Brot ab. Während ich kaute und meine Lider immer schwerer wurden, dachte ich über mein Leben nach, über den Sinn dieser Reisen durch die Zeit und ob ich jemals mein Glück finden würde. Hier in der Einsamkeit, bei verschlossener Tür, gestattete ich es mir zu weinen. Heiß rannen mir die Tränen die Wangen hinab. Ich wollte so gern irgendwo hingehören und einfach mal durchatmen können. Zu wissen, dass ich angekommen wäre, das musste unbeschreiblich sein. Ich wollte Freunde haben, Menschen, denen ich etwas bedeutete, und Menschen, die mir etwas bedeuteten. Aber solange ich weiter durch die Zeit irrte, durfte ich mich solchen Sentimentalitäten nicht ausliefern.

Mein Vater hatte mich gelehrt, dass es in vielen Situationen sinnvoller war, sich zu verschließen und niemanden an sich heranzulassen. Das hatte mir geholfen. Klar war ich einsam gewesen während der fünf Jahre in Verdun in dem Krankenhaus. Klar hatte ich gesucht. Ich hatte den einen Menschen gesucht, der es wert war zu bleiben. Aber ich hatte ihn nicht gefunden und dementsprechend hatte mich das Medaillon aus der Zeit herausgerissen, sobald ich meiner Mutter geholfen hatte, die passenden Medikamente zu finden, die sie so dringend benötigte, um meinem Vater im Jahr 1805 das Leben zu retten.

Meine Gedanken huschten noch weiter zurück in die Vergangenheit. Bei meinem ersten Zeitsprung war ich zwar enorm traurig gewesen, weil ich meine Familie und vor allem meine todkranke Mutter zurücklassen musste. Aber ich war auch glücklich und voller Zuversicht gewesen. Neugierig hatte ich die Zeit erkundet, in die mich das Medaillon geschickt hatte. Ich war Mitte der Fünfzigerjahre des zwanzigsten Jahrhunderts gelandet, und auch wenn meine Mutter mich auf alle möglichen Zeiten vorbereitet hatte, war ich schockiert gewesen. Geboren im neunzehnten Jahrhundert, waren die technischen Möglichkeiten der Zeit, in der ich mich dann befand, doch erschlagend gewesen. Aber ich brauchte nicht lange, um mich daran zu gewöhnen, schließlich hatte meine Mutter mir auch darüber alles Wissenswerte erzählt. Ich war eine Rebellin und passte hervorragend in diese Zeit des Umbruchs. Frauen bekamen immer mehr Rechte und Freiheiten und man erkannte die Zeichen, die der Feminismus mit sich brachte. Das genoss ich sehr, denn ich war der Meinung, dass ich einem Mann auf jeden Fall ebenbürtig war, wenn nicht sogar überlegen.

Die Musik dieser Zeit war einfach nur toll gewesen. Ich liebte den Rock 'n' Roll und ging zu jeder sich mir bietenden Gelegenheit in eins der Tanzhäuser in Verdun. Ich machte eine Ausbildung in einem dortigen Krankenhaus, weil meine Mutter mir erzählt hatte, dass wir uns eines Tages dort wiedersehen würden – ich als Krankenschwester und sie als junge Frau.

Doch irgendwann kam die Ernüchterung. Jahre vergingen und ich hing dort fest, fand weder die große Liebe noch auf andere Weise mein Glück. Ich blieb einsam und zog mich immer mehr in mich selbst zurück. Niemanden ließ ich mehr an mich heran.

Dann war meine Mutter endlich gekommen. Bis dahin waren fünf Jahre vergangen. Fünf Jahre, in denen ich angefangen hatte, das Medaillon zu hassen und mich selbst und die Welt.

Allerdings war es so bezaubernd gewesen, meiner Mutter als junge Frau wieder zu begegnen, am liebsten hätte ich mich in ihre Arme geworfen und mich ausgeweint. Selten hatte mich etwas so viel Selbstdisziplin gekostet, doch ich durfte mich nicht zu erkennen geben. Isabelle Vieille war nichts ahnend mit mir gekommen. Sie war noch so jung und so verliebt gewesen. Vielleicht würde ich sie nie wiedersehen. Es hatte mir beinahe das Herz zerrissen.

Aber plötzlich war da wieder mein größter Feind gewesen – das Medaillon –, es hatte nach mir gerufen. Wieder wurde ich weggerissen. Wieder hatte ich meine Mutter zurücklassen müssen.

Erschrocken legte ich eine Hand auf meinen Mund, als mir bei den Erinnerungen ein Schluchzen entfuhr. Ich durfte nicht so sentimental sein, durfte mich nicht gehen lassen und weinen. Das half nichts und würde mich nur schwächen.

Also schluckte ich den Schmerz in meinem Innern hinunter und sah mich um. Es hätte weitaus schlimmer kommen können. Ich hatte ein Dach über dem Kopf, litt nicht an Hunger und morgen würde ich auch auf den Pariser Straßen nicht mehr weiter auffallen.

3. Kapitel

Trotz der ungemütlichen Position, in der ich die Nacht verbracht hatte, und der latenten Gefahr, in der ich mich befand, hatte ich gut geschlafen. Mir tat zwar nun jeder Knochen weh und ich brauchte einen Moment, um meine Glieder zu sortieren, aber ich fühlte mich tatsächlich ausgeruht.

Diffuses Licht schien durch das Fenster. Der Tag hatte noch nicht wirklich begonnen. Seit ich in dieser Zeit gelandet war, überlegte ich fieberhaft, wo ich hinsollte. Amélie würde ich so schnell nicht finden. Doch wohin konnte ich sonst gehen? Welche Aufgabe hatte das Medaillon diesmal für mich vorgesehen?

Zuallererst wollte ich mich umziehen. Das Kleid hatte ich in einem der vielen Pariser Hinterhöfe gestohlen, wo es jemand zum Trocknen aufgehängt hatte. Mein Plan war schnell aufgegangen und mein großer Seesack aus Stoff hatte genug Fassungsvermögen bewiesen. Gott sei Dank waren im Jahr 1914 nicht mehr diese ausladenden Roben angesagt. Für diese Zeit war ich recht groß für eine Frau, dementsprechend hatte ich ein wenig suchen müssen, bis ich eins in der passenden Größe gefunden hatte. Dass ich dabei nicht erwischt wurde, grenzte beinahe an ein Wunder.

Das Kleid war aus einem eleganten dunkelblauen Stoff genäht worden und lag am Oberkörper eng an. Nachdem ich die vielen kleinen stoffüberzogenen Knöpfe geschlossen hatte, fühlte ich mich tatsächlich wie eine Frau, denn das Kleid gefiel mir und passte hervorragend zu meinen hellblonden Haaren. Es erinnerte mich an die Kleidung, die ich getragen hatte, als ich noch zu Hause gewesen war, bei meiner Familie.

Ich schnappte mir eine Bürste aus meiner Tasche und fing an, die langen Strähnen nach und nach auf Hochglanz zu bürsten. Zum Schluss drehte ich sie hoch und steckte sie fest, ganz wie es die Mode dieser Zeit war, nur der Hut fehlte. Leider hatte ich keinen stehlen können. Das wäre doch ein wenig zu sehr aufgefallen. Meine Tasche war auch nicht gerade passend zu meinem Aufzug, aber ich hatte keine andere Wahl. Auf keinen Fall würde ich mein Hab und Gut hier zurücklassen, während ich versuchte herauszufinden, wo ich hinkonnte. Zu wertvoll waren die Dinge, die ich darin mit mir herumschleppte. Aus Angst, einem unvorbereiteten Zeitsprung zum Opfer zu fallen, sobald meine Mutter bei mir gewesen war, hatte ich mir diese Tasche gepackt. Im Krankenhaus hatte ich sie in meinem Spind deponiert und dann geschnappt, ehe ich mit Maman auf meinem Moped losgefahren war.

Ich musste auf jeden Fall essen, auch wenn ich überhaupt keinen Appetit hatte. Das Brot war hart geworden und der Käse sah vertrocknet aus. Aber zur Not musste es gehen. Es wäre ein Fehler, in einer solchen Situation auf Nahrung zu verzichten, wer wusste schon, welchen Herausforderungen ich mich heute stellen musste.

Lustlos nagte ich an dem Brot und aß den Käse komplett auf. Es war nicht viel, aber es musste vorerst reichen. Sobald ich über den nächsten Markt schlenderte, konnte ich mir wieder etwas zu essen besorgen. Bis dahin wäre ich zumindest satt.

* * *

Ich warf einen Blick auf meine Uhr, die ich sicher in meinem Seesack versteckte. Die letzten Stunden hatte ich damit verbracht, mir zu überlegen, was ich als Nächstes tun würde, und mich nicht aufraffen können, den schützenden Hafen – das Kinderzimmer oder besser gesagt mein neues Schlafzimmer – zu verlassen. Aber es wurde Zeit. Irgendwann würde mein Magen wieder knurren und auf Dauer konnte ich nicht hierbleiben. Dennoch nahm ich den Schlüssel und schloss das Zimmer von außen ab, ehe ich die Treppe hinunterging.

Draußen schien die Sonne und blendete mich, als ich auf die Straße trat. Das Juni-Wetter gaukelte den Menschen eine heile Welt vor und bereitete niemanden auf die Verluste vor, die mit Sicherheit jeder einzelne Pariser in den nächsten Jahren zu befürchten hatte. Ab dem ersten August würden sie spätestens alle aufwachen müssen. Das war der Tag, an dem die erste Mobilmachung der Truppen begann. Deutschland und Frankreich würden sich schon bald den Krieg erklären, so wie viele andere Länder auch gegeneinander in die Schlacht zögen. So viele Tote würden zu beklagen sein, dass es mir allein bei dem Gedanken schwer ums Herz wurde.

Während meines fünfjährigen Aufenthalts hatte ich viel Zeit gehabt, mich mit der Geschichte Europas eingehender zu befassen. Die Bilder der sterbenden Soldaten an der Front hatten sich unauslöschlich in mein Gehirn gebrannt.

Traurig schüttelte ich den Kopf, um mich von den Erinnerungen daran zu befreien, und bog nach links ab. Von meinem gestrigen Streifzug wusste ich, dass sich am Parc de Bagatelle ein großer Markt befand, der hoffentlich auch heute dort zu finden war. Ich brauchte dringend etwas zu essen für den Abend. Und falls ich ein paar unaufmerksame Menschen finden würde, die sich dazu anboten, sie um ihr Geld zu erleichtern, wäre das geradezu genial.

Am Vortag hatte ich dort zwar meine heutige karge Mahlzeit mitgehen lassen, aber für Taschendiebstahl war es nicht voll genug gewesen. Lediglich ein paar wenige Menschen waren noch auf dem Markt gewesen, weshalb ich heute vor der Mittagszeit dort sein wollte.

Ich schlenderte durch die Gassen und sah mich neugierig um. Vieles würde in fünfzig Jahren noch genauso aussehen wie jetzt. Paris hatte sich all die Zeit seinen Charme erhalten.

Vermutlich gab ich ein bizarres Bild ab. Gut gekleidet, anständig frisiert, aber keinerlei Kopfbedeckung und eine merkwürdig große Reisetasche auf dem Rücken. Aber ich konnte darauf keine Rücksicht nehmen. Schließlich wusste ich nicht, wie ich sonst an eine geeignetere Tasche kommen konnte, als mir das nötige Geld dafür zu stehlen.

Auch das hatte ich gelernt. Allerdings von meinem Bruder, der zur Gendarmerie gegangen war und dort schnell verinnerlicht hatte, was einen guten Taschendieb ausmachte. Wir waren eine Familie, die nach außen völlig normal wirkte. Aber wenn wir allein waren, taten wir zum Teil recht merkwürdige Dinge. Da gehörte das Üben von Taschendiebstahl nicht unbedingt zu den erwähnenswerten Tätigkeiten.

Ein amüsiertes Lächeln lag auf meinen Lippen, als ich den Markt erreichte. Tatsächlich hatten die Marktstände auch heute ihr Angebot für alle sichtbar ausgebreitet. Sehr gut für mich, und die Schaulustigen und Kauffreudigen flanierten zwischen den einzelnen Händlern herum. Zahlreich! Was mir zugutekommen würde.

Zuerst ging ich von Stand zu Stand und gab vor, an den Waren interessiert zu sein, doch dabei beobachtete ich heimlich die Frauen und Männer, die dort einkauften. Wie viel Geld hatten sie noch in ihren Geldbörsen? Wo bewahrten sie diese auf? Und machten sie den Anschein, als würde ich sie bestehlen können? Es kribbelte bereits in meinen Händen, aber ich wollte nur Menschen etwas wegnehmen, die danach nicht unter dem Verlust litten. Leider musste ich zugeben, dass es mir Spaß machte, dieser Tätigkeit nachzugehen. Es ließ meinen Adrenalinspiegel ansteigen und es schenkte mir ein enormes Glücksgefühl, im Anschluss die Geldbörsen auf ihren Inhalt zu untersuchen.

Nach kurzer Zeit hatte ich das perfekte Opfer ausgespäht und pirschte mich heran. Als ich den Mann erreichte, sah er sich gerade die Waren eines Pfeifenstands genauer an. Ich gab vor, ebenfalls interessiert zu sein. Nachdem er sich eine der Pfeifen ausgesucht und die Börse zurück in seine Jackentasche gesteckt hatte, folgte ich ihm zum nächsten Stand. Er machte es mir besonders einfach, weil seine Aufmerksamkeit auf die hübsche Verkäuferin gerichtet war und die Börse zudem in der Außentasche steckte.

Rasch ließ ich meine Finger in seine Jacke gleiten und zog den Geldbeutel unbemerkt heraus. Dann schlenderte ich seelenruhig weiter und versteckte das Diebesgut in meiner Rocktasche. Da ich nicht wusste, wie viel Geld er dabeihatte, beschloss ich, die Pariser Bevölkerung noch ein wenig mehr zu erleichtern.

Nachdem ich noch zwei Frauen bestohlen hatte, wollte ich gerade das Weite suchen, als ein älterer Herr einer Dienstmagd, die vermutlich gerade für ihre Arbeitgeber einkaufte, wohlwollend den Hintern tätschelte. Sofort stieg kalte Wut in mir hoch. Dieser Lustmolch!

Die junge Frau wirkte verunsichert und machte sich schnell davon, ohne etwas zu sagen. Was sollte sie auch tun, schließlich würde sein Wort gegen ihres stehen, und in dieser Zeit hatten reiche Idioten das Sagen. Frauen von niederem Stand waren da die Leidtragenden.

Na warte, dachte ich, *dir werde ich es heimzahlen!*

Eine meiner Schwächen war schon immer dieses Helfersyndrom, das mich bereits einige Male in gefährliche Situationen befördert hatte. Kurz überlegte ich, doch ich schob sämtliche Bedenken beiseite. Und wie schon so viele Male davor, schlich ich mich auch an ihn heran, als er sich gerade die Auslagen eines Händlers anschaute, und ließ meine Hand geschickt in seine Jackentasche gleiten.

»Das würde ich an deiner Stelle nicht machen, Lämmchen«, raunte eine tiefe Stimme direkt an meinem Ohr und ließ mich blitzschnell die Hand zurückziehen. Die Stimme hatte ich sofort erkannt, noch bevor er mich mit diesem albernen Spitznamen angesprochen hatte.

Lämmchen? Ich? Ich war ganz bestimmt vieles, aber kein braves Lämmchen!

Wütend biss ich die Zähne aufeinander und drehte mich um. Vor mir ragte dieser pinienduftende Idiot auf und versperrte mir die Sicht und auch den Fluchtweg. Doch im Gegensatz zum gestrigen Nachmittag trug er diesmal einen gut sitzenden Anzug, was mir mein Herz sofort mit einem heftigen Stich quittierte.

Ich war erledigt. Innerhalb der nächsten Minuten würde er mit Sicherheit die Polizei rufen und ich bekäme meine Mahlzeiten ab sofort hinter Gittern serviert.

Als ich langsam den Blick nach oben gleiten ließ, verschlug es mir den Atem. Der Kerl war nicht nur gebaut wie ein Schrank, er sah zudem auch noch extrem gut aus. Braune Augen, dunkelblondes Haar, und ein verwegenes Lächeln umspielte seine Lippen. In meinem Hirn herrschte für einen Sekundenbruchteil völlige Leere.

»Lämmchen, ich habe mir schon gedacht, dass wir uns wiedersehen werden, aber nicht so schnell. Ich hatte auch gehofft, dass es angenehmere Umstände wären«, sagte er so leise, dass nur ich ihn hören konnte. Bedauernd schüttelte er den Kopf. In seinen Augen konnte ich Verwirrung erkennen. Auf seiner Stirn bildete sich eine Falte. Neugierig sah er mich an. »Ich habe irgendwie das Gefühl, wir sind uns schon früher einmal begegnet.«

»Das glaube ich kaum. Ich komme nicht aus Paris.« Ein Schauer rieselte meinen Rücken hinab, irgendetwas stimmte hier nicht. Mit ihm, mit dem, was ich in seinen Augen sah. Außerdem fühlte ich mich wie ein Forschungsobjekt. Sein Blick auf mir war mir unangenehm und etwas riet mir, so schnell wie möglich von hier zu verschwinden, also drückte ich mich an ihm vorbei und ging.

Irrwitzigerweise hegte ich die Hoffnung, dass der Kerl es auf sich beruhen lassen würde. Aber das verdammte Schicksal, das mich in diese Zeit katapultiert hatte, wollte mich nicht so einfach davonkommen lassen. Wäre auch zu schön gewesen.

Mühelos hielt er mit mir Schritt und schaute hin und wieder zu mir, während wir den Markt verließen. Kurz überlegte ich zu fliehen, einfach wegzurennen. Ich war schnell, aber in diesem bodenlangen Kleid, das zudem noch eng geschnitten war, würde ich keine Chance gegen den Mann haben, der aussah, als triebe er täglich Sport.

Was machten Männer im Jahr 1914 eigentlich, um sich fit zu halten? In den Sechzigerjahren waren viele von denen, die ich kannte, zum Boxen gegangen. Andere hatten gerudert. Aber insgesamt waren doch die meisten faul gewesen. In der Zeit, aus der ich ursprünglich kam – Mitte des neunzehnten Jahrhunderts –, hielten die täglichen Pflichten meinen Vater und meinen Bruder fit.

Doch was tat dieser Kerl neben mir, um so auszusehen?

Ich musste irgendwie entkommen, ehe er mich bei der Polizei abliefern konnte. Nur wie? Meine Hirnwindungen glühten, aber mir kam keine Idee.

Doch dann riss er mich mit seiner dunklen Stimme aus meinen Gedanken: »Und jetzt, Lämmchen?«

Erstaunt blieb ich stehen und machte den Fehler, ihm erneut in die Augen zu schauen. Ich sah darin den Humor aufblitzen, der offenbar hinter seinem strengen Äußeren lag, ehe er wieder ernst dreinschaute. Was wollte er von mir hören?

Sein dunkelblondes, ordentlich frisiertes Haar glänzte in der Sonne und der zerzauste Bart, den ich gestern noch bei ihm wahrgenommen hatte, war verschwunden. Wie hatte ich ihn nur jemals für einen Landstreicher oder Kriminellen halten können? Wobei das Verwegene immer noch in seinen Gesichtszügen zu erkennen war.

»Ich gehe jetzt nach Hause?« Eigentlich hatte ich selbstsicher klingen wollen, aber stattdessen war mir meine Antwort als Frage herausgerutscht. Am liebsten hätte ich mir auf die Zunge gebissen.

Mein Gegenüber lachte trocken und verschränkte die Arme. »Nur zu!« Überheblich sah er auf mich herunter und ich ballte die Hände zu Fäusten, weil dieser Mann einfach mein gesamtes Denken lahmlegte und ich das Gefühl hatte, ihm ausgeliefert zu sein.

Ich musste hier weg. »Leben Sie wohl!« Rasch wandte ich mich der Seitenstraße zu und ging an mehreren Häusern vorbei, ehe ich voller Unglauben registrierte, dass er mir nicht folgte. Ich sah mich nicht um und mein Herz hämmerte fast so laut wie meine Schritte auf dem Kopfsteinpflaster, die immer länger wurden. Unerbittlich spürte ich seinen Blick in meinem Rücken, wie eine Berührung.

Er ließ mich tatsächlich gehen. Ließ mich entkommen, obwohl er mich hätte festnehmen lassen müssen.

Warum? Warum tat er das für eine junge Frau, die er kurz zuvor beim Taschendiebstahl erwischt hatte? War er vielleicht einer der ganz schlimmen Sorte? Ein richtiger Krimineller, der einen solchen Diebstahl als Bagatelle abtat? Gab es 1914 schon organisiertes Verbrechen in Paris? Das hatte meine Mutter eindeutig vergessen, mir beizubringen.

* * *

Nachdem ich mir ein ruhiges Plätzchen gesucht und meine Beute inspiziert hatte, ging ich mit einem Grinsen zu einem der hübschen Restaurants und bestellte mir etwas zu essen. Draußen an einem gedeckten Tisch sah ich mir die Pariser Gesellschaft an, wie sie flanierten und sich affektiert miteinander unterhielten. Die Kinder wurden meistens von einem Kindermädchen betreut und taten mir leid. Um nichts in der Welt hätte ich jemals die Stunden, die ich gemeinsam mit meinen Eltern verbracht hatte, missen wollen. Die Szenerie, die mir eine Familie schenkte, erschien kalt. Die Eltern interessierten sich nur für sich selbst und wie sie nach außen wirkten. Die Kinder trotteten hinterher, unnatürlich brav, ohne zu lachen.

Nachdenklich nippte ich an dem Kaffee und tauchte die Gabel in die Torte. Köstlich, es schmeckte einfach himmlisch. Kurz überlegte ich, ob ich ein schlechtes Gewissen haben sollte angesichts der Tatsache, dass ich es mir hier auf Kosten anderer gut gehen ließ. Aber ich hatte darauf geachtet, nur Leute zu bestehlen, denen es nicht mal besonders auffallen dürfte, dass ihnen Geld fehlte.

Mit einem Lächeln – eine bei mir seltene Gefühlsregung – aß ich noch den Rest der feinen Süßigkeit auf und nippte erneut an dem kräftigen Kaffee, der mittlerweile eine angenehme Trinktemperatur erreicht hatte.

Die Sonne schien warm auf mich herab, lediglich der Hut, den die feinen Damen trugen, fehlte mir zum Schutz gegen einen Sonnenbrand. Für einen kurzen Moment gestattete ich es mir, glücklich zu sein. Nicht lange, das Schicksal hatte mich gelehrt, vorsichtig zu sein. Denn Glück war stets nur von kurzer Dauer, zumindest seit ich das Medaillon trug.

Meine Hand legte sich auf die Beule, die mein Kleid an der Stelle aufwies, unter der das Schmuckstück verborgen lag. Es war makaber, dass ich nicht mal in der Lage war, es abzulegen. Mich von den Fesseln zu befreien, die mir diese Kette verpasst hatte, war mir nicht gegeben, leider. Sobald ich mich davon trennen würde, wären meine Stunden gezählt.

Ich wusste, dass andere vermutlich alles geben würden, um in meine Rolle als Zeitreisende schlüpfen zu können, und ich vermutlich undankbar war, aber ich konnte nicht über meinen Schatten springen. Ich konnte nicht den Rat meiner Mutter befolgen und stets positiv denken, denn es war nicht immer alles positiv, so wie in diesem einen Moment an einem Pariser Nachmittag in einem der vielen Straßencafés. Das Leben konnte einem manchmal die Lust an einem Dasein in dieser Welt verderben.

Ich schob die negativen Gedanken beiseite und genoss die ruhigen Stunden, bestellte einen weiteren Kaffee, zog eine schon sehr abgegriffene Ausgabe von Jane Austens *Stolz und Vorurteil* aus meiner Tasche und begann zu lesen. Ich hatte die Geschichte schon unzählige Male inhaliert, aber sie verlor nie ihren Charme. Die Liebesgeschichte um Elizabeth Bennet und Fitzwilliam Darcy beschrieb sehr bildlich, wie die Zustände der Gesellschaft um die Jahrhundertwende vom achtzehnten ins neunzehnte Jahrhundert gewesen waren. Ich liebte diesen lebendigen und mitreißenden Roman sehr, weshalb er auch in meinen Seesack gewandert war.

Ich las und genoss es, einfach mal eine ganz normale Frau zu sein, die sich ein wenig Zeit nahm, um sich zu entspannen. Doch mich beschlich immer wieder das Gefühl, beobachtet zu werden. Ich ließ meinen Blick umherschweifen, aber ich konnte niemanden entdecken. Vermutlich bildete ich es mir ein, weil ich mich trotz allem ein wenig fremd im Paris des Jahres 1914 fühlte.

4. Kapitel

Die Stunden verrannen, und erst als die Sonne dabei war, langsam ihre wärmenden Strahlen einzufahren, fiel mir auf, wie lange ich schon in dem Restaurant unweit der Seine saß. Ich bezahlte meine Rechnung und begab mich wieder auf den Weg in das heruntergekommenere Viertel von Paris. Dorthin, wo das Haus lag, in dem sich das Zimmer befand, dessen Schlüssel noch in meiner linken Rocktasche verstaut war.

Wohin sonst sollte ich gehen? Es blieb mir nicht viel anderes übrig.

Es wurde schnell dunkler und die Menschen zogen sich in die Häuser zurück.

Ich schlenderte langsam durch die Rue Caballier. Doch als ich in die Straße einbog, in der das Haus lag, in dem ich wieder die Nacht verbringen wollte, hatte ich mit einem Mal das Gefühl, verfolgt zu werden. Die Straße war einsam, es war niemand zu sehen. Da ich das mulmige Gefühl nicht abschütteln konnte, blieb ich kurz stehen und gab vor, mir den Schuh zuzubinden. Als die Schritte innehielten, war ich mir sicher, dass jemand hinter mir her war.

Mein Herz fing an zu rasen und ich musste mich zusammenreißen, ruhig zu atmen. In Panik zu verfallen, würde mir nichts bringen. In dieser Gegend nach Hilfe zu schreien, wahrscheinlich genauso wenig. Ich musste mir wohl oder übel selbst helfen, wenn es hart auf hart käme.

Mit meiner Hand griff ich das Messer, das in der rechten Rocktasche versteckt war, und umklammerte es. Angestrengt lauschte ich auf die Schritte hinter mir.

Bildete ich es mir ein oder kam derjenige näher? Mir kam es vor, als wären sie jetzt lauter, als hätte sich die Distanz verringert, und damit wurde meine Angst reeller und ich fühlte mich bedroht.

Bleib ruhig, Kristin!, sagte ich zu mir selbst. Diese Situation hatte ich hunderte Male mit meinem Vater durchexerziert. Manchmal war ich schon genervt von der sich ständig wiederholenden Übung. Angreifer von hinten. Immer und immer wieder hatten wir das durchgespielt.

Die Erinnerung daran beruhigte mich ein wenig, ließ mich gemäßigter atmen und meine Schritte verlangsamen. Sollte er nur näher kommen. Er? Ja, ich ging davon aus, von einem Mann verfolgt zu werden, denn die Schwere der Schritte deutete darauf hin. So lief keine Frau.

Als mein Verfolger beinahe auf meiner Höhe war, drehte ich mich rasch zur Seite und stand mit dem Rücken zur Straße. So hatte ich genug Spielraum, noch weiter auszuweichen. Lass dich nie in die Enge treiben, lautete ein Merksatz, der mir eingebläut worden war.

Ich sah einen hochgewachsenen Mann mit buschigem Bart und Augen so dunkel und kalt, dass es mich fröstelte. Er wurde langsamer, sah mich noch intensiver an. Hass loderte in seinen Augen auf und ich schluckte. Ansonsten blieb ich ruhig, doch anstatt vorbeizugehen, verharrte er.

Kurz sah er hinter mich und nickte. Wie aus dem Nichts traf mich die Erkenntnis, dass er nicht allein war. Ich duckte mich, aber da hatte mich schon ein Stock in der Kniekehle getroffen und fegte mich von den Füßen. Unvermittelt schrie ich, als der Schmerz durch meinen Körper raste. Ich schlug hart auf dem Boden auf und meine Handflächen brannten von den Schürfwunden, die ich mir dabei zuzog.

»Schrei ruhig. Hier kommt dir keiner zu Hilfe. Antoine, schaff sie in die Kutsche!«, wies der bärtige Kerl den Mann hinter mir an. Noch immer hatte ich nicht sehen können, wer mir da so zugesetzt hatte.

Als derjenige in mein Sichtfeld trat, hätte ich beinahe gelacht. Es war noch ein Junge. Vielleicht zwölf oder dreizehn Jahre alt. Kein Wunder, dass ich seine leichten Schritte nicht wahrgenommen hatte. Ich blöde Kuh hatte mich an der Nase herumführen lassen.

Der Junge half mir auf und ich erinnerte mich an einen Ratschlag meines Vaters:

Wenn du in einer aussichtslosen Situation zu stecken scheinst, zeige deinem Gegenüber niemals deine wahre Stärke. Lass ihn in dem Glauben, dass er dir überlegen ist. Dann nutze die Gelegenheit, wenn sie sich dir bietet.

Kraftlos stützte ich mich auf das Kind, das beinahe einen Kopf kleiner war als ich. Ich tat, als wenn ich nicht mehr allein stehen konnte. Ich wimmerte, so wie meine Schwester es immer getan hatte, wenn ihr etwas nicht gepasst hatte. Weinen … ich würde es als Mittel zum Zweck nutzen. Sollten die beiden ruhig denken, ich wäre eine schwächliche Frau, die sich nicht zu wehren wusste.

»Bitte, tun Sie mir nichts!«, bettelte ich. In meinen Ohren hörte sich meine Stimme irgendwie unglaubwürdig an, aber ich hoffte inständig, dass der Mann mein schlechtes Schauspiel nicht durchschauen würde. Angst schnürte beinahe meine Kehle zu, weil ich nicht wusste, ob ich der Auseinandersetzung gewachsen war.

Einige Meter entfernt stand eine Kutsche, auf die der Mann tonlos wies, dann hob er den Stock auf. Fröhlich schwang er ihn herum und erinnerte mich damit an einen Film mit Fred Astaire, den ich mir im Kino angeschaut hatte. »Das hast du wieder einmal sehr gut gemacht, Antoine. Du entpuppst dich als guter Lehrling.«

Wieder einmal? Gut gemacht? Da wurde einem ja schlecht! Das Manipulieren von Menschen war eine Kunst, doch bei dem Jungen brauchte es offensichtlich gar keine Kunst, so einfach wie der Mann ihn lenken konnte.

Der Junge stöhnte unter meiner Last, weil ich mich absichtlich schwer machte. Sollte sich das Bürschchen ruhig abrackern, dann wäre er müde, wenn ich zuschlug. Ich hatte Angst, denn der kalte Blick des Mannes hatte mir deutlich gezeigt, wie berechnend der Kerl war. Vielleicht hatte er schon öfter Frauen entführt? Zumindest ließ das Lob, das er dem Jungen geschenkt hatte, darauf deuten. Was wollte er von mir? Sex? Ein kalter Schauer ließ mich frösteln. Und dann? Tötete er mich dann?

»Ich sagte, schaff sie zur Kutsche!«

Der Junge mühte sich ab, doch ich lehnte mich weiter auf ihn. Zudem ließ ich ein Bein schleifen, als wäre es so stark verletzt, dass ich es nicht mehr benutzen konnte.

»Bitte, Monsieur! Ich gebe Ihnen all mein Geld, aber bringen Sie mich in ein Hospital«, flehte ich erneut und ließ eine Träne kullern. Das fiel mir nicht schwer, da der Schmerz in meiner Kniekehle heftig war.

Mit zwei langen Schritten war er bei mir und griff grob nach meinem Kinn. »Wenn du nicht gleich deinen Mund hältst, schneide ich dir die Zunge raus. Haben wir uns verstanden?«

Weitere Tränen schwammen nun in meinen Augen. Nicht vor Angst. Es kam von dem Schmerz, den der Mann mir zufügte. Sein Klammergriff fühlte sich an, als wäre er bereit, mir den Kiefer zu brechen. Dennoch jubelte ich innerlich. Ich hatte ihn genau da, wo ich ihn haben wollte. Vor mir, verletzlich, schutzlos. Mit einer schnellen Bewegung stieß ich ihm das

Messer in den Bauch, zog es wieder heraus und wiederholte meine Tat.

Seine Augen wurden groß. Er sah mich ungläubig an und seine Hand lockerte sich. Auf einmal ließ mich der Junge los und griff nach dem Stock seines Herrn.

Alles ging so schnell. Das Kind holte aus, ich duckte mich, verlor das Gleichgewicht und spürte im nächsten Moment das Holz hart auf meinen Rippen. Ich ächzte und krümmte mich zusammen.

Fehler!

Ich musste aufspringen, aber sämtliche Luft war aus meinen Lungenflügeln gewichen und schon spürte ich den nächsten Hieb. Ich hatte den Jungen eindeutig unterschätzt.

Neben mir krachte der Mann auf die Straße. Stöhnend hielt er sich die Hände vor den Bauch. Zwischen seinen Fingern sickerte Blut hindurch, was mir eine ungeheure Genugtuung schenkte. Ich hatte ihn erwischt!

Der nächste Hieb traf mich an der Schulter. Merde! Tat das weh.

Plötzlich ertönten von mehreren Seiten Pfiffe und ich hörte eilige Schritte, Pferdehufe trabten über das Kopfsteinpflaster. Der Junge ließ abrupt den Stock fallen und eilte davon.

Mit letzter Kraft stemmte ich meine Hände auf die Straße und versuchte aufzustehen. Kleine Steine bohrten sich schmerzhaft in meine wunde Haut. Mein Verfolger stöhnte neben mir gequält.

»Leg dich niemals mit einer Vieille an!«, spie ich aus und widerstand nur knapp dem Drang, ihn anzuspucken.

Ohne Vorwarnung griffen starke Arme nach mir und hoben mich auf die Füße. »Und schon wieder das Lämmchen«, hörte ich eine vertraute Stimme leise neben mir.

Erstaunt sah ich zu dem Mann, den ich zuerst für einen Landstreicher gehalten hatte und dann für einen Kriminellen.

Diesmal sah er so aus wie bereits am Mittag, als er mich beim Taschendiebstahl erwischt hatte, aber die vielen Polizisten, die sich auf der Straße tummelten, ließen nur einen Verdacht zu.

»Sie kennen diese Frau, Legrand?«, fragte der Mann, der mich immer noch festhielt.

Der Hüne trat in mein Blickfeld. »Ja, das kann man so sagen, Maurice.«

»Können Sie allein stehen?«, fragte mich dieser Maurice.

Tapfer nickte ich, obwohl ich mir nicht sicher war. Mein ganzer Körper fühlte sich an, als wäre er durch die Mangel gedreht worden. Jeder Atemzug schmerzte fürchterlich.

»Haben wir den Kleinen?«, fragte der Mann, der Legrand genannt wurde und seinen Blick durchgehend auf mir ruhen ließ. Er wirkte, als müsse er seine Wut unterdrücken.

»Ich schaue nach.« Maurice verschwand und ich war allein mit ihm.

»Lämmchen, du schlitterst von einer schlimmen Situation in eine noch schlimmere.« Kopfschüttelnd sah er mich weiterhin durchdringend an.

»Ich bin nicht Ihr Lämmchen, hören Sie auf, mich ständig mit diesem albernen Namen anzusprechen!«, fauchte ich ihn an und bückte mich nach meiner Tasche. Das hätte ich nicht so ruckartig tun sollen. Sofort schossen Schmerzen in meine Rippen und meine Schulter, stöhnend schwankte ich, doch ich hielt meine Tasche wie eine Siegestrophäe fest.

Dann spürte ich seine Hände an meiner Taille. Er hatte seinen Arm fürsorglich um mich gelegt und zog mich an sich. Matt lehnte ich mich für einen kurzen Augenblick an ihn. Nur einen Moment der Schwäche, sagte ich mir, danach konnte ich wieder stark sein. Ich genoss seine Wärme, seinen Geruch nach Pinien und seine Stärke, die meiner so klar überlegen war. Bei einem solchen Mann durfte auch eine starke Frau einmal schwach sein.

»Tut es sehr weh, Läm…?« Dann erinnerte er sich, dass ich ihm verboten hatte, mich so zu nennen, und verstummte abrupt.

»Ich halte einiges aus«, gab ich an und biss mir auf die Zähne, weil ich beim Einatmen wieder diesen stechenden Schmerz zwischen den Rippen spürte.

Er lachte trocken auf. »Ich bin übrigens Philippe Legrand.«

Der Höflichkeit wegen stellte ich mich ebenfalls vor. »Kristin …«

»Vieille«, beendete er meine Vorstellung.

Erstaunt blickte ich zu ihm empor.

Eine seiner Augenbrauen hob sich und er sagte: »Ich habe deine Ansprache an den am Boden liegenden Mann mit angehört, als ich dir zu Hilfe eilen wollte.«

Das schräge Lächeln auf seinen Lippen sorgte dafür, dass mein Herzschlag für einen Moment aussetzte und mein Atem sich beschleunigte. Ich wurde mir seiner Nähe allzu deutlich bewusst. Doch ein egoistischer Teil in mir war nicht dazu bereit, sich aus seiner Umarmung zu befreien.

Das war außergewöhnlich. Normalerweise reagierte ich nicht so auf Männer. Bisher hatten sie mich eher kaltgelassen, obwohl ich mich nie davor verschlossen hatte, einen Partner zu finden. Doch hier, bei diesem Philippe, geschah etwas mit mir, das mich verwirrte.

Sanft führte er mich zu einer Treppe und wies mich an, mich zu setzen. »Ich kümmere mich um alles, dann bin ich gleich wieder da.«

Ich nickte stumm. Im Grunde genommen wäre jetzt der richtige Zeitpunkt gekommen, abzuhauen, aber ich konnte es nicht. Etwas hielt mich zurück, oder besser gesagt jemand.

* * *

Einige Stunden und etliche Befragungen später saß ich müde in Philippe Legrands Büro. Der karg eingerichtete Raum bestach nicht gerade durch Gemütlichkeit. Wie sich herausgestellt hatte, war Philippe der leitende Polizeibeamte in diesem Pariser Viertel, was mich verwunderte. Er war nicht der Dienstälteste, trotzdem folgten die Polizisten seinen Anweisungen ohne Widerrede und augenblicklich. Vielleicht war er Anfang oder Mitte dreißig.

Ich war nur knapp einem mehrfachen Frauenmörder entkommen. Zwölf Morde gingen auf das Konto dieses Schwerverbrechers und vielleicht noch mehr. Seit Monaten versuchten sie, den Mann und den Jungen zu bekommen, bis heute Abend ohne Erfolg. Das war wohl auch der Grund gewesen, weshalb Philippe am Vortag in dieser Gegend verkleidet herumgelungert hatte. Und auch heute Abend hatten die Polizisten auf der Lauer gelegen, nur eine Straße weiter, was mein Glück gewesen war.

Kaum auszudenken, was geschehen wäre, wenn sie mir nicht zu Hilfe gekommen wären. Klar hatte ich den älteren Mann verletzt, aber hätte ich ihn und seinen Gehilfen tatsächlich aufhalten können? Wahrscheinlich nicht, denn die Wunden am Bauch hatten zwar geblutet, waren aber nicht lebensgefährlich gewesen. Er war mit ein paar Stichen genäht worden und saß nun im Nebenraum und wurde verhört. Genauso der Junge, der doch schon fast neunzehn Jahre alt war. Er hatte lediglich aufgrund seiner geringen Körpergröße jünger auf mich gewirkt.

Ich brauchte ein längeres Messer. In Zukunft durfte ich mich nicht mehr auf dieses Spielzeug verlassen.

Zitternd klammerte ich mich an meinen Seesack und versuchte die aufkommende Panik zurückzuhalten, was mir nicht sonderlich gelang. Während Philippe irgendwelche Papiere ausfüllte, kämpfte ich gegen meine eigenen Dämonen. Mir wurde mit einem Mal speiübel und der Raum begann sich zu drehen.

Kurz sah Philippe auf, unsere Blicke begegneten sich. Offenbar erkannte er das Wirrwarr in meinem Innern, oder er war schon geübt in solchen Situationen. Schnellen Schrittes kam er zu mir und ging vor mir in die Hocke.

»Ist dir kalt, Lämmchen?«, fragte er leise und strich vorsichtig über meinen Unterarm.

Ich nickte und bekam keine zwei Sekunden später eine Decke um die Schultern gelegt. Dankbar versuchte ich mich an einem Lächeln, was mir wohl nicht gut gelang, denn Philippe sah mich mitleidig an.

»Er kommt hinter Gitter und wird dir nichts mehr antun können. Du bist in Sicherheit.« Langsam streichelte er mit dem Handrücken über meine Wange und sah mich ernst an.

Erneut schauderte es mich. Ich war wohl doch nicht so hart im Nehmen, wie ich ursprünglich gedacht hatte. Dabei war ich so stolz auf meine Coolness gewesen, wie Maman mein Verhalten immer betitelt hatte. Eins der modernen Wörter, die sie aus ihrer Zeit mitgebracht hatte.

Ich beruhigte mich und atmete tief ein, was ich zum größten Teil Philippes einfühlsamen Worten und Handeln zu verdanken hatte.

»Möchtest du mir jetzt sagen, wo du wohnst? Ich würde dich gern nach Hause bringen. In deinem Zustand und vor allem um die Uhrzeit solltest du nicht allein durch Paris irren«, wagte er einen weiteren Vorstoß, meine Adresse herauszubekommen. Philippe richtete sich auf und lehnte sich mit verschränkten Armen gegen den Schreibtisch. Sein Blick ruhte unerbittlich auf mir. Oh ja, er war ein Polizist und seine Haltung drückte aus: Ich werde alles aus dir herausbekommen.

»Ich sagte doch, dass ich nur auf der Durchreise bin.« Ich wollte nicht zickig klingen, aber meine Nerven lagen blank und dieser Polizist setzte mir zu. Er ließ meine Fassade bröckeln. Nein, nicht er, sondern das, was ich erlebt hatte.

»Und wo hast du die letzte Nacht verbracht?« Seine ebenmäßigen Züge zeigten keinerlei Regung. Seinen Augen konnte ich nicht entnehmen, was er dachte. Das machte mich noch nervöser. Er hatte Blut geleckt. Philippe Legrand merkte, dass ich etwas zu verbergen hatte. Es brachte nichts zu lügen. Er wusste, dass ich gestern schon in Paris gewesen war und dementsprechend irgendwo geschlafen haben musste.

»In der Rue Martinique in dem Haus, in dem wir uns begegnet sind«, gab ich zu und wartete angespannt auf seine Reaktion.

Unglauben zeichnete sich auf seinem Gesicht ab. »Bei Monsieur Moreau?«

Ich erinnerte mich an den mürrischen Kerl, der mir unanständige Avancen gemacht hatte. »Nein!«, stieß ich viel zu heftig hervor, aber seine Frage beleidigte mich in gewisser Weise. Was dachte er von mir?

»Und wo dann?«, bohrte Philippe nach.

Unruhig rutschte ich auf dem Stuhl herum und krallte die Finger in die raue Decke. Obwohl ich sie eng um meine Schultern geschlungen hatte, war mir immer noch kalt. »In der zweiten Etage. In einem leer stehenden Kinderzimmer.« Ich fischte mit den Fingern nach dem Schlüssel und zog ihn aus meiner Rocktasche. »Hier, der Schlüssel des Zimmers. Das müsste als Beweis genügen.«

Philippe griff danach und sah ihn sich an. »Du hast kein Zuhause?«

Ich bedachte ihn mit einem wütenden Blick. »Natürlich habe ich ein Zuhause, aber nicht hier in Paris.«

Doch er ließ es an sich abprallen und ging um den Tisch herum. Eigentlich rechnete ich damit, dass er nun nachhakte, wo genau mein Zuhause sich befand, jedoch fragte er mich stattdessen: »Und wo willst du heute Nacht schlafen?« Bedächtig legte er den Schlüssel in eine Schublade seines Schreibtischs und sah mich aus zusammengekniffenen Augen an.

So viel zu der Schlafmöglichkeit, die ich für diese Nacht auserkoren hatte. Ohne Schlüssel würde ich da nicht mehr hineinkommen, es sei denn, ich bräche das Schloss auf. »Da wird sich schon was finden.« Unsicher nagte ich an meiner Unterlippe. Ein erneutes Zittern durchlief meinen Körper bei dem Gedanken, allein in dieser Nacht in Paris nach einer neuen geeigneten und vor allem bezahlbaren Unterkunft zu suchen. Und die paar Franc, die ich noch von meinem Diebeszug übrig hatte, würden vermutlich nicht genügen, um mir irgendwo ein Zimmer zu nehmen. Außerdem hatte ich Angst, was ich mir nur ungern eingestand.

»Pass auf, Lämmchen … ähm, Kristin, du kannst heute Nacht in der Pension meiner Mutter, wo ich auch wohne, übernachten. Sie hat bestimmt noch ein Zimmer frei.« Philippe stützte sich mit beiden Händen auf der Schreibtischplatte ab, sah mich unverwandt an und wartete auf eine Antwort.

Ich schüttelte müde den Kopf. »Das kann ich mir nicht leisten«, gab ich beschämt zu, aber es zu beschönigen, führte auch zu nichts.

»Nicht?«, fragte er mit hochgezogenen Augenbrauen. »Mir kam es vor, als hättest du heute ganz gut«, er machte eine bedeutungsschwangere Pause, »verdient.«

»Ich habe es ausgegeben.« Es war mehr ein Flüstern als alles andere, aber Philippe hatte mich dennoch verstanden.

»Oh!«

»Ja, oh!«, äffte ich ihn nach und bereute es gleich wieder. Seit wann benahm ich mich dermaßen unhöflich? »Entschuldigung!«

»Schon in Ordnung«, sagte er ruhig. »Ich nehme dich dorthin mit und um die Bezahlung werden wir uns morgen kümmern. Meine Mutter braucht immer ein paar helfende Hände.«

Erstaunt sah ich zu ihm.

Der Ausdruck in meinem Gesicht schien ihn zu amüsieren, denn er lachte kurz und trocken auf. »Ja, das soll es auch geben, dass Menschen ihre Rechnungen mit ehrlicher Arbeit bezahlen.« Kopfschüttelnd packte er die Papiere in die Schublade, in der auch schon mein Schlüssel verschwunden war, und schloss sie ab. »Komm, wir gehen.«

»Und die beiden nebenan?«, fragte ich ängstlich und hasste mich selbst dafür.

Philippe blieb stehen und sah mich ernst an. »Um die kümmern sich meine Kollegen. Die packen das auch ohne mich. Morgen nehme ich die zwei dann noch mal in die Zange, da sind sie schon von einer ganzen Nacht mit Verhören weichgeklopft.« Er zwinkerte mir verschwörerisch zu, aber ich konnte nicht lächeln, also ließ ich den Kopf herabhängen und folgte ihm nachdenklich.

Ich musste zugeben, dass ich erleichtert war, eine Unterkunft für die kommende Nacht zu haben und dass sich dort auch noch andere Menschen aufhalten würden. Ich hatte fürchterliche Angst, allein zu sein. Ich! Gerade ich! Unfassbar nach fünf Jahren des Alleinlebens.

5. Kapitel

Still saßen wir in einer Kutsche, die Philippe herbeigerufen hatte, nebeneinander. Es war kein unangenehmes Schweigen, es war eher einvernehmlich. Immer wieder spürte ich Philippes prüfenden Blick auf mir. Vermutlich fürchtete er, ich würde irgendwann doch noch hysterisch werden oder in Tränen ausbrechen. Aber ich war weiterhin tapfer, auch wenn ich mich irgendwie haltlos fühlte. Was gäbe ich jetzt darum, von meinem Vater oder meiner Mutter in den Arm genommen zu werden. Ich vermisste meine Familie ganz schrecklich. Und heute fühlte ich mich einsamer als in den fünf Jahren davor. Außerdem hatte ich das starke Bedürfnis, mich mal nicht tapfer zu verhalten. Immer und ständig die Mutige zu sein, ermüdete auf Dauer immens. Ich war an einem Punkt angekommen, da meine mühsam aufgebaute Mauer langsam anfing zu bröckeln. Klar, ich war stark, stärker als viele Frauen, die ich kannte. Aber ich war eben auch ein Mensch und das ständige Alleinsein zermürbte mich.

Dennoch fragte ich mich, warum mich der Angriff dieser beiden Schwerverbrecher dermaßen aus der Bahn warf. Schließlich war es doch gar nicht zum Schlimmsten gekommen. Nichtsdestotrotz, das erkannte ich sogar in meinem Zustand,

stand ich offensichtlich unter Schock. Die Symptome kannte ich nur zu gut aus meiner Ausbildung zur Krankenschwester.

Die Kutsche hielt und Philippe bezahlte den Mann, der uns zu einer schicken kleinen Villa gebracht hatte. Da würde ich wohl eine Menge putzen müssen, um die Nacht in diesem edlen Schuppen bezahlen zu können. Wahrscheinlich gastierten hier nur betuchte Leute.

Im Haus war alles dunkel. Philippes Mutter schlief offenbar schon und die anderen Gäste ebenso. Wir schritten immer noch schweigend auf die Haustür zu, die er leise aufschloss. Ein Gaslicht, das auf kleinster Flamme brannte, stand dort bereit. Vermutlich hatte Philippes Mutter sie dort für ihren Sohn stehen lassen. Dieser griff danach und drehte das Feuer auf. Augenblicklich wurde alles in ein sanftes Licht getaucht und ich blickte mich neugierig um. Der Flur war mit einem schönen Teppich ausgelegt, der unsere Schritte dämpfte, als wir vorbei an einer Küche in den hinteren Bereich des Hauses gingen.

»Schau, hier ist das freie Gästezimmer, in dem du schlafen kannst«, sagte er im Flüsterton und öffnete die Tür.

Unsicher trat ich ein. Es war schlicht eingerichtet, sauber und in den letzten Tagen das Beste, was mir widerfahren war. Dennoch zog sich mein Magen zusammen bei dem Gedanken, hier zu schlafen. Ich hatte Angst. Mist! Dazu war ich nicht erzogen worden, außerdem waren die beiden Idioten hinter Schloss und Riegel. Ich hatte keinen Grund, in irgendeiner Weise ängstlich zu sein.

Ich stand da, unfähig, mich zu bewegen, und fühlte mich so hilflos wie niemals zuvor in meinem Leben. Nervös knetete ich meine Hände und drehte mich dann zu Philippe um, der die Gaslampe gerade auf den kleinen Tisch in der hinteren Ecke stellte. »Danke.« Umständlich nahm ich die Decke, die er mir vorhin in seinem Büro umgelegt hatte, von meinen Schultern, ächzte dabei und hielt sie ihm hin.

»Bist du etwa verletzt?«, fragte er mit mühsam unterdrückter Wut.

Ich wich einen Schritt zurück, obwohl mir klar war, dass seine Wut nicht mir galt, sondern den Männern, die schon zu viele Frauen auf dem Gewissen hatten. Ich fragte mich, was Philippe von den Gräueltaten der beiden gesehen hatte. Es musste schrecklich sein und vermutlich würde es lange dauern, bis er diese Bilder wieder aus dem Kopf bekam. Als Krankenschwester konnte ich davon ein Lied singen.

»Es ist nicht so schlimm«, antwortete ich auf seine Frage.

In seiner Kehle stieg ein tiefer grollender Ton empor, während er die Hände zu Fäusten ballte. »Warum hast du mir das nicht gleich gesagt? Diese Schweine haben dir ganz schön zugesetzt! Du kannst dich kaum bewegen. Wir hätten dich doch besser in ein Krankenhaus bringen sollen.«

»Es ist nichts. Siehst du!« Ich riss gespielt die Arme hoch, doch der Schmerz in meiner Rippengegend war gigantisch, sodass ich mich wieder stöhnend zusammenkrümmte.

Sofort war Philippe an meiner Seite und hob mich hoch. Mit Vorsicht legte er mich auf das Bett und musterte mich besorgt. So viel Einfühlungsvermögen hätte ich ihm gar nicht zugetraut. Wärme machte sich in meinem Magen breit angesichts der Fürsorge, die er mir zuteilwerden ließ. Wann hatte sich das letzte Mal jemand um mich gekümmert? Das musste Jahre her sein. Ich versuchte, mich zu erinnern. Da hatte ich noch zu Hause bei meiner Mutter gelebt.

»Wo genau tut es dir weh?«, fragte er und glitt bereits untersuchend mit seinen Händen an meinen Armen herab. An manchen Stellen spürte ich seine Berührung als leichten Schmerz, doch insgesamt fühlten sich seine Finger verdammt gut an.

Ich schnaubte leise, um meine Nervosität zu überdecken. »Besser wäre die Frage, wo es mir nicht wehtut«, versuchte ich mich an einem Scherz, aber sein Gesicht blieb reglos.

»Ich hole einen Arzt.« Er war gerade im Begriff, sich aufzurichten, doch ich griff nach seiner Hand und hielt ihn zurück.

»Nein! Das geht nicht.« Ich schluckte befangen.

Philippe verharrte leicht über mich gebeugt und sah mich fragend an. »Warum sollte das nicht gehen?«

Wütend presste ich die Augen zusammen. Wütend und hilflos. »Ich habe schon gesagt, dass ich kein Geld habe. Weder für diese luxuriöse Unterkunft noch für irgendeinen Quacksalber, der weniger Ahnung von Medizin hat als ich.«

Mir war schon klar, dass sich das für den Mann, der mir in diesem Augenblick so nah war, wie kaum einer zuvor, völlig idiotisch anhören musste, aber ich musste ihn irgendwie davon abhalten, mich in ein Krankenhaus zu schaffen. Zudem war mir absolut bewusst, dass ich ein oder zwei, vielleicht sogar drei gebrochene Rippen hatte. Etliche Prellungen und auch Blutergüsse rundeten zudem meinen Gesamteindruck ab. Dafür brauchte ich keinen Arzt, lediglich jemanden, der mir half, einen Stützverband anzulegen. Jedoch wollte ich mich nicht unbedingt vor Philippe entkleiden. Er war ein Mann und ein äußerst attraktiver noch dazu. Einer, der meinen Puls höherschlagen ließ.

»Gut, dann hole ich meine Mutter. Sie wird sich deine Verletzungen anschauen und dann entscheiden, ob du einen Arzt brauchst oder nicht.« Ohne auf mein Einverständnis zu warten, marschierte er aus dem Zimmer und ließ mich allein.

Ich richtete mich stöhnend auf. Die Schmerzen waren kaum auszuhalten, aber letztendlich schaffte ich es und stand auf. Auf keinen Fall wollte ich die Hausherrin liegend begrüßen und mich so für ihre Gastfreundschaft bedanken.

Ich fragte mich, welche medizinischen Vorkenntnisse die Frau wohl mit sich brachte, dass Philippe so auf ihr Urteil vertraute. Das regte meine Neugier an.

Kurze Zeit später kam er mit einer älteren Frau zurück. Sie musste weit über sechzig sein. Offenbar hatte sie ihren Sohn recht spät bekommen. Ihre weißen Haare hingen unter einer eilig aufgesetzten Kappe heraus und sie trug einen cremefarbenen Morgenmantel. Ihr Gesicht wirkte jedoch nicht großmütterlich, ganz im Gegenteil, diese Frau strahlte eine gewisse Härte aus.

In dem Moment, da sie mich sah, blieb sie wie angewurzelt stehen und ihr Blick huschte zwischen mir und Philippe hin und her. Erstaunen und leichtes Grauen waren darin zu erkennen.

»Das ist unmöglich!«, stieß sie atemlos hervor und schlug sich die Hand vor den Mund.

Philippe sah zuerst mich ratlos an, dann seine Mutter. Offenbar fand er keine Antwort. Dann besann er sich seiner guten Manieren, die er vermutlich von seiner Mutter beigebracht bekommen hatte. »Mutter, darf ich dir unseren Gast vorstellen?«

Madame Legrand ließ sich auf den Stuhl fallen und sagte: »Das ist nicht notwendig. Ich kenne die Dame schon seit langer Zeit. Willkommen, Kristin.«

Mir klappte die Kinnlade herunter. »Woher …«

Sie schüttelte immer wieder den Kopf. »Du bist keinen einzigen Tag gealtert, Mädchen. Sieh mich an, aus mir ist eine Greisin geworden. Und schau dir meinen Prachtjungen an.« Unverkennbarer Stolz schwang in ihrer Stimme mit.

Da ich überhaupt nicht wusste, von was sie sprach, schwieg ich. Ich konnte mir nicht erklären, woher sie mich kannte. Abwartend beobachtete ich sie.

»Philippe, vielleicht wäre es sinnvoller, wenn nicht du mir diese Frau vorstellst, sondern ich sie dir?« Mit einem durchdringenden Blick sah sie ihren Sohn an.

Philippe nickte und verschränkte die Arme vor seiner breiten Brust, ein skeptischer Blick huschte zu mir. Es tat mir weh, darin Argwohn zu erkennen. »Dann kläre mich mal auf. Kristin kam mir von Anfang an bekannt vor, aber ich konnte sie nicht zuordnen.«

Die ältere Frau lachte trocken auf. »Das glaube ich dir sofort. Als du Kristin das letzte Mal gesehen hast, warst du auch noch keine zehn Jahre alt. Es war der Tag, als der liebe Gott mir meinen Sohn geschenkt hat.«

»Was erzählst du da?«, wollte Philippe nun ungläubig wissen, doch mir dämmerte es bereits. Madame Legrand war gar nicht seine Mutter. Sie war die Bordellbesitzerin, zu der Amélie, Philippe und ich geflüchtet waren. Nur ihr hatten wir es zu verdanken, dass der tapfere kleine Junge von damals nicht verblutet war. Oder wir diesem Grobian zum Opfer gefallen waren. Nun konnte ich auch nachvollziehen, woher ihre Härte kam und ihr medizinisches Wissen. Mit Frauenkörpern und Verletzungen, die diese durch brutale Männer erlitten, kannte sie sich bestimmt bestens aus.

Die Situation war dermaßen surreal, dass mir der Kopf schwirrte.

Madame Legrand erhob sich wieder von ihrem Stuhl und kam auf mich zu. Vorsichtig strich sie mir eine Strähne aus dem Gesicht. »Du bist es, oder?«

Ich nickte zaghaft, da sich meine Vermutung mittlerweile in Gewissheit verwandelt hatte. Wer sie war und woher wir uns kannten, war nicht mehr abzustreiten. Dann richtete ich meine Aufmerksamkeit auf Philippe. »Wie geht es deinem Bein? Deine Verletzung, die du damals bei dem Sturz erlitten hast, war schlimm.«

Zischend zog er den Atem ein und kniff die Augen zusammen. »Woher …?«

»Er hat bei Wetterwechsel noch hin und wieder Schmerzen, aber es ist gut geheilt. Er kann rennen wie ein junger Gott. Nur die Narbe ist noch ein bisschen zu sehen.«

Philippe kam ein paar Schritte näher und stand plötzlich direkt vor mir. Ich atmete ein, nahm seinen ganz speziellen Duft wahr und spürte seine Wärme, während mir eiskalt war.

»Woher weißt du das mit meinem Bein?« Seine Augen blickten mich so eindringlich an, als wolle er mir damit auf den Grund meiner Seele schauen.

Zitternd stieß ich den Atem aus und begann zu erzählen. »Ich kannte mal einen tapferen Jungen, der einer Frau zu Hilfe geeilt ist. Er wurde deshalb schwer verletzt, woraufhin ich ihm das Leben gerettet habe. Ein paar Handgriffe, die ich als Krankenschwester gelernt habe. Nun ja, zusätzlich habe ich noch heimlich ein paar Medizinvorlesungen an der Universität von Verdun besucht und mich dort weitergebildet. Jedenfalls war der Junge, als ich ihn das letzte Mal sah, außer Gefahr.« Ich schluckte, als meine Augen zu brennen begannen.

Unglaube stand Philippe ins Gesicht geschrieben. Fassungslosigkeit und Erkenntnis, weil er mich trotz allem in diesem Moment erkannte. »Das ist unmöglich.«

Madame Legrand schlug erneut die Hand vor den Mund. »Bis gerade eben hätte ich das auch so gesehen. Aber wie ich schon immer sagte: Zwischen Himmel und Erde gibt es manchmal Dinge, die niemand erklären kann. Zum Beispiel, wie zwei Frauen aus einer Kammer verschwinden konnten, die ich höchstpersönlich abgeschlossen hatte. Und nur, um hier niemanden auf falsche Gedanken zu bringen – ich hatte den einzigen Schlüssel.«

»Was bedeutet das?«, stieß Philippe ungehalten hervor. Sein Blick lag unverrückbar auf mir.

Ich schluckte, holte tief Luft und erklärte: »Mein Name ist Kristin Vieille. Ich bin eine Zeitreisende.« Dann ließ ich mich matt auf der Bettkante nieder. Es war das erste Mal, dass ich jemandem außerhalb meiner Familie mein Geheimnis anvertraute.

Unvermittelt fing Philippe an zu lachen. Er rang um Luft und schlug sich feixend auf den Oberschenkel. »Ihr beiden … ihr beiden kennt euch? Wie habt ihr euch auf die Schnelle so eine verrückte Geschichte ausdenken können?«

Doch weder Madame Legrand noch ich erwiderten sein Lachen. Nach ein paar Augenblicken verstummte Philippe und sah von einer zur anderen. Dann fixierte er seinen Blick auf der älteren Frau. »Du willst mir doch nicht ernsthaft erzählen, dass du diese Geschichte glaubst, oder, Mutter?«

»Doch, mein Junge, das will ich.« Sie verschränkte die Arme und sah ihm ernst in die Augen. »Fangen wir mit den simplen Fragen an. Kristin, in welchem Jahr sind wir uns begegnet und wo?«

»Im Jahr 1889, hier in Paris. Sie waren damals Besitzerin eines Bordells«, sagte ich ohne Scham.

»Siehst du, Philippe!«, krächzte Madame Legrand.

Philippe hielt eine Hand hoch. »Das sagt nichts!«

»Doch, du weißt, dass wir diese Tatsache geheim halten. Seit du zehn Jahre alt geworden bist.« Sie sah zu mir. »Ich habe mit meiner Tätigkeit aufgehört, als ich beschloss, diesen wunderbaren Jungen als mein Fleisch und Blut anzunehmen. Und damit er nicht schräg angesehen wird in der Schule, in die ich ihn geschickt hab, musste ich mir einen heiratswilligen Mann anlachen. Die gibt es in Paris haufenweise. Gut war, dass er auch ein bisschen Geld zur Verfügung hatte.« Madame Legrand zwinkerte mir verschwörerisch zu. »Et voilà, die vornehme Familie zog in eine noble Villa und mein Sohn wurde Polizeibeamter!« Stolz sah sie zu Philippe.

Der ließ sich nicht beirren und sah mich an, als wolle er sich an mich erinnern. »Eins weiß niemand außer mir, da ich meiner Mutter nie den Namen der zweiten Frau gesagt habe. Wie hieß die freche wilde Frau?«

Ich lachte auf und bereute es sogleich. Diese Rippenbrüche waren echt schmerzhaft. »So leicht führst du mich nicht an der Nase herum. Sie hieß Amélie, aber sie war eher von schüchterner Natur. Die Wilde, das war ich.«

»Wie hieß der Mann, der für meine Verletzung verantwortlich war?« Philippe sah mich weiterhin an, als wäre ich eine Verbrecherin.

»Bernard«, sagte ich, ohne zu zögern.

»Wie war mein Spitzname, den ich Amélie genannt habe?«

Ich überlegte kurz, denn ich konnte mich nicht daran erinnern, dass Amélie ihn mir mitgeteilt hatte. »Das weiß ich nicht.«

Triumphierend sah er mich an.

»Weißt du noch, welche Kleidung deine Kristin getragen hatte?«, stellte ich eine Gegenfrage.

»Ja, das werde ich nicht vergessen.« Er lächelte bei der Erinnerung. »Das war extrem außergewöhnlich.«

Ich griff nach dem Seesack und zog meine moderne Kleidung heraus. Es waren dieselben Kleidungsstücke, die ich bei unserem gestrigen Zusammentreffen getragen hatte. Jedoch hatte ich da eine Jacke angehabt und er war nicht in der Lage gewesen, mein Hemd zu sehen. Das Hemd, an dem noch immer sein Blut klebte.

Für Philippe und seine Mutter waren seither fünfundzwanzig Jahre vergangen, aber für mich lediglich zwei Tage.

Ich hielt ihm das Hemd vor die Nase und er nahm es in die Hand. Sein eindringlicher Blick richtete sich auf den bunten Stoff, er erkannte das Blut und sah dann erneut in meine Augen.

»Woher hast du das?«

Er glaubte mir immer noch nicht.

»Das habe ich im Jahr 1961 gekauft, kurz bevor es mich ins Jahr 1889 zu dir verschlagen hat.« Ich wich seinem Blick nicht aus, hielt ihm stand.

Philippe schnaubte genervt. »Und wo warst du in all der Zeit?«

»Ich war erst vorgestern hier – aus meiner Sicht, auch wenn für euch so viele Jahre dazwischenliegen.« Hilfe suchend blickte ich zu Madame Legrand, doch sie saß völlig in Gedanken versunken auf ihrem Stuhl.

Philippe lief in dem Raum, der aufgrund seiner enormen Körpergröße noch kleiner wirkte, auf und ab. Ich konnte beinahe die vielen Rädchen in seinem Gehirn bei ihrer Arbeit hören. In seinen Händen hielt er krampfhaft mein blutgetränktes Hemd.

»Und wie funktioniert das mit den Zeitreisen?«, fragte er mit hartem Ton.

Kurz haderte ich mit mir. Durfte ich so viel preisgeben? Ich kannte ihn und seine Mutter kaum.

»Das darf ich dir nicht sagen«, redete ich mich heraus.

Philippe war mit wenigen Schritten bei mir. »Du erwartest, dass ich dir diesen Unsinn abnehme, und kannst mir noch nicht einmal erklären, wie deine Theorie der Zeitreisen funktioniert?«

»Es ist keine Theorie«, entgegnete ich und wich seinem ungehaltenen Blick keine einzige Sekunde aus.

»Philippe«, hörte ich Madam Legrand leise sagen.

»Ja?« Er sah zu der älteren Frau.

»Geh schlafen. Ich kümmere mich um Kristins Verletzungen.«

»Aber …«, begann er.

»Nichts aber. Lass das Mädel jetzt mal in Ruhe. Soweit ich das verstanden habe, hat sie heute Abend viel durchgemacht. Geh ins Bett. Wir reden morgen weiter. Gute Nacht!« Sie machte eine wegscheuchende Handbewegung und erhob sich, um zu mir zu kommen.

Philippe stand noch immer vor mir und war offensichtlich unschlüssig, was nun zu tun war. Irgendwie amüsierte es mich, diesen durchsetzungsstarken Mann so unentschlossen zu erleben. Nun ja, meine Erzählung würde wahrscheinlich so manchen aus der Bahn werfen.

»Philippe, geh!«, schimpfte Madame Legrand. »Kristin steht ein wenig Privatsphäre zu, während ich sie untersuche.«

»Ja, da hast du wohl recht.« Mit diesen Worten verschwand er mit einem letzten skeptischen Blick auf mich und schloss leise die Tür.

»Danke, Madame Legrand.«

Sie sah mich mit kaltem Blick an. »Danke mir nicht zu früh, Schätzchen. Ich werde dir helfen, doch sobald es dir besser geht, ziehst du Leine. Ich will dich dann nicht mehr in der Nähe meines Jungen sehen. Deutlich genug ausgedrückt?«

Ungläubig sah ich sie an, weil sie es geschafft hatte, mich tatsächlich zu überraschen. Als ich die Sturheit in ihrem Gesicht erkannte, nickte ich. »Ich werde so schnell wie möglich verschwinden.«

»Gut!« Dann machte sie sich daran, mir aus dem Kleid zu helfen und gemeinsam mit mir einen Stützverband anzulegen.

6. Kapitel

Am nächsten Morgen hatte ich zwar einen Stützverband am Oberkörper, aber die Schmerzen waren noch heftiger als gestern. Damit hatte ich gerechnet, trotzdem fiel es mir schwer, aus dem Bett zu kommen. Doch ich wollte Madame Legrands Gastfreundschaft nicht länger strapazieren als notwendig. Ich konnte sogar nachvollziehen, warum sie mich nicht in der Nähe ihres Sohnes haben wollte, schließlich hatte ich ihr den Jungen gebracht. Was, wenn ich ihn ihr wieder wegnahm? Sie war vermutlich abergläubisch, das erklärte auch, warum sie mir so schnell geglaubt hatte.

Nachdem sie mir geholfen hatte, meine Rippen zu bandagieren, war sie zurück in ihr Bett gegangen, und ich hatte noch lange wach gelegen. Mein Aufenthalt hatte sicherlich etwas mit Philippe zu tun. Alles andere hätte mich mehr als verwundert. Doch wie sollte ich das herausfinden, wenn seine Mutter mich nicht mehr in seiner Nähe haben wollte? Zudem nagte eine ständig anwesende Angst an mir. Dass ich beinahe einem mehrfachen Frauenmörder und Vergewaltiger zum Opfer gefallen wäre, setzte mir so sehr zu, dass ich die Gaslampe die ganze Nacht auf kleinster Flamme hatte brennen lassen. Ich hasste es, so schwach und verletzt zu sein.

Trotz allem war ich früh aufgewacht und quälte mich unter Ächzen und Stöhnen in mein Kleid. Was gäbe ich jetzt für eine anständige Dusche! Die Emailleschüssel und der Krug Wasser hatten lediglich für eine Katzenwäsche gereicht. In meiner Seesacktasche bewahrte ich immer eine Zahnbürste und eine Tube Zahnpasta auf, was mir heute zugutekam. Nachdenklich putzte ich meine Zähne.

Nachdem ich mir die Haare gebürstet und frisiert hatte, stopfte ich alle meine Habseligkeiten zurück in die Tasche und öffnete die Tür. Doch ein unbemerktes Entkommen aus diesem Haus, in dem ich nicht willkommen war, war unmöglich. Als ich an dem vordersten Raum vorbeiging, erhob sich Philippe von einem der Stühle, die an einem gedeckten Frühstückstisch standen. Offensichtlich war auch er ein Frühaufsteher wie ich.

Mit wenigen Schritten war er bei mir. Was angesichts seiner Körpergröße auch kein Kunststück darstellte. »Guten Morgen!«, begrüßte er mich ernst. »Wo willst du denn hin?«

»Ich muss weiter«, wich ich kurz angebunden aus.

Er griff nach dem Seesack, den ich in den Händen hielt, und ging mitsamt meinem Gepäck zurück zum Frühstückstisch. Dort drehte er sich zu mir um und legte den Kopf schräg, ehe er sagte: »Na, erst mal wird gefrühstückt, Lämmchen.«

Das Lächeln, das er dabei aufsetzte, ließ mein Herz höherschlagen und bescherte mir leicht wacklige Knie. Ich zuckte kurz mit den Schultern. Was soll's, dachte ich und folgte ihm, da mein Magen beschlossen hatte, lautstark zu knurren. Seit dem Stück Kuchen in dem Café hatte ich nichts mehr gegessen.

»Komm, setz dich zu mir.« Philippe wirkte so ausgeglichen, dass ich mich augenblicklich ein wenig entspannte. Sein Haar war noch leicht feucht und er war frisch rasiert. Er roch nach Seife und nach Pinien. Mittlerweile liebte ich diesen Geruch, weil er mich daran erinnerte, dass ich in Philippes Nähe in Sicherheit war.

Ich nahm ihm gegenüber Platz, unsicher, ob die Hausherrin mich gleich an den Haaren herausschleifen würde. Ihre Ansprache am gestrigen Abend war unmissverständlich gewesen. Und nun saß ich an ihrem Tisch und aß mit ihrem Sohn von ihren Lebensmitteln.

Philippe goss mir ungefragt Kaffee ein und reichte mir ein Croissant. Ich war im Himmel gelandet. Kaffee! Ich war süchtig nach dem schwarzen Gebräu und Croissants liebte ich auch. Eine herrliche Kombination.

»Du kannst ja tatsächlich lächeln«, raunte Philippe mir über den Tisch hinweg zu.

Erstaunt sah ich von dem Croissant auf und verlor mich in den dunklen Augen, die mich neugierig musterten. »Manchmal.«

»Du solltest es öfter tun, dein Lächeln ist bezaubernd.« Flirtete er etwa mit mir? »Nun schau nicht gleich wieder so ernst. Das war nur die Wahrheit. Bekommen die jungen Damen in der Zeit, aus der du kommst, keine Komplimente?«

»Glaubst du mir nun etwa doch?«, stellte ich eine Gegenfrage.

Philippe stützte die Ellbogen auf den Tisch und verschränkte die Finger ineinander, ehe er den Kopf darauf ablegte. Sein Blick ruhte auf meinem Gesicht. »Nicht wirklich, aber es ist durchaus interessant, mit dir darüber zu plaudern. Vielleicht überzeugst du mich ja noch.« Auffordernd wackelte er mit seinen Augenbrauen.

Enttäuschung brandete durch meinen Körper. Für einen kurzen Moment hatte ich gedacht, dass er mir Glauben schenken würde. Warum mir das so wichtig war, verstand ich zu diesem Zeitpunkt noch nicht. »Ich weiß nicht, ob ich so viel Zeit habe, dich mit meiner Geschichte dermaßen zu beeindrucken, dass du mir letztendlich Glauben schenken wirst.« Ich trank einen Schluck des heißen Kaffees. Genießerisch schloss ich die Augen.

Als ich sie wieder aufschlug, ertappte ich Philippe, wie sein Blick auf meinen Lippen lag. Seine Augen verdunkelten sich. Sofort begann mein Herz schneller zu schlagen. Langsam hob er den Kopf und sah mir in die Augen. Um uns herum hätte das Haus einstürzen können, ohne dass wir es mitbekommen hätten, so sehr waren wir aufeinander konzentriert. Etwas geschah hier zwischen uns, etwas, das mir den Atem raubte, mein Gehirn einen Aussetzer machen ließ und mich auf irgendeine merkwürdige Weise an diesen Mann band.

Niemals zuvor war mir etwas Derartiges passiert und ich war mir plötzlich mit absoluter Klarheit sicher, dass Philippe mein Schicksal war. Es konnte nicht anders sein, denn ich fühlte etwas Magisches. Oder war es denkbar, dass man sich so sehr irrte?

Zischend zog ich die Luft ein, woraufhin er seinen Kopf hob und sich ein fragender Ausdruck auf sein Gesicht legte, dennoch schwieg er.

Ich widmete mich wieder meinem Frühstück und ließ dabei meinen Gedanken freien Lauf.

Was sollte ich jetzt tun? Ihm sagen, dass er mein Schicksal war? Besser nicht. Er hielt mich schon für verrückt genug. Wenn ich ihm nun auch noch eröffnete, dass er für immer zu mir gehören sollte, würde er wahrscheinlich schreiend davonrennen. Also schwieg ich und war das erste Mal in Gegenwart eines Mannes völlig gehemmt. Ich erkannte mich selbst nicht wieder. Krampfhaft überlegte ich, welches unverfängliche Thema ich mit ihm bereden könnte, doch mir fiel nichts ein, das es wert gewesen wäre, darüber zu sprechen.

Meine Gedanken kreisten nur um ihn. Was war er für ein Mann? Warum war er nicht verheiratet? Weshalb lebte er bei seiner Mutter? Ich wollte alles von ihm wissen, aber wo beginnen, ohne aufdringlich zu wirken? »Warum bist du Polizist geworden?«, fragte ich das Erste, das mir einfiel.

Neugierig hob ich den Kopf und sah, wie er schmunzelte. »Das hat mich meine Mutter auch immer gefragt. Es lag wohl daran, dass ich etwas Anständiges werden sollte, aber ich war nun mal der beste Taschendieb von Paris und ich wollte nicht Bäcker oder Apotheker werden. Da lag es am nächsten, das, was ich am besten konnte, irgendwie zu nutzen. Ich ging zur Polizei. Et voilà, hier sitze ich und erkläre einer Taschendiebin, dass es auch einen anderen Weg gibt, an Geld zu kommen.«

In mir wuchs das Bedürfnis, ihm zu erklären, warum ich hin und wieder stahl. »Es ist jedes Mal schwer, wenn ich in einer anderen Zeit lande und mittellos dastehe, weil das Geld, das ich besitze, hier nichts wert ist. Schließlich benötige ich etwas zu essen, zu trinken und auch passende Kleidung.«

»Moment! Das Kleid, das du trägst, ist auch gestohlen?« Der strenge Blick, den er mir zuwarf, traf mich unvorbereitet. Konnte er nicht verstehen, dass ich um mein Überleben kämpfte?

»Du hast gesehen, was ich getragen habe, als ich hier ankam, damit hätte ich viel Aufsehen erregt.« Ich griff in meine Tasche und zog einen Geldbeutel hervor. Er war alt und aus braunem Leder. Abgegriffen und dadurch ganz weich. Ich nahm ein paar der Franc-Scheine heraus und legte sie vor Philippe auf den Tisch. »Damit hätte ich mir kein Essen oder Trinken und erst recht kein Kleid kaufen können. Obwohl es in der Zeit, in der ich zuletzt fünf Jahre verbracht habe, dafür mehr als genug gewesen wäre.«

Aufmerksam betrachtete er die Scheine und hielt sie in das Licht. »Die sehen interessant aus.«

Ungeduld ergriff mich und ich hätte am liebsten mit der flachen Hand auf den Tisch gehauen. Aber ich riss mich zusammen und nahm mein Jane-Austen-Buch aus der Tasche. Ich schlug es auf und reichte es ihm.

»Die Ausgabe ist aus dem Jahr 1956. Hier, sieh es dir selbst an.« Ich deutete mit dem Finger auf die Jahreszahl im Impressum, doch auch das schien keinen Eindruck auf ihn zu machen. Schweigend untersuchte er das Buch und las einen kurzen Augenblick darin.

»Ich muss zugeben, für ein Schauspiel sind das sehr viele exklusive Requisiten.« Sein Zwinkern brachte mich dazu, wütend aufzustehen.

»Lass es gut sein.« Ich riss ihm mein Buch aus der Hand und stopfte alles zurück in meine Tasche.

Sanft legte er seine Hände um meine Handgelenke. »Es tut mir leid, wenn ich dich beleidigt habe.« Seinen Kopf schräg zur Seite gelegt, suchte er meinen Blick. Dabei fiel ihm eine Strähne seines dunkelblonden Haares in die Stirn und verlieh ihm einen Hauch von Verwegenheit. »Aber du musst doch zugeben, dass es für einen bodenständigen Mann wie mich schwer zu glauben ist, dass du eine Zeitreisende bist.«

Ungeduldig drehte ich meine Handgelenke aus seinem Griff. »Das kann schon möglich sein. Aber du gibst mir die ganze Zeit das Gefühl, als würdest du dich lustig über mich machen. Was wahrscheinlich angesichts der unglaubwürdigen Geschichte ebenfalls nachvollziehbar ist. Doch versetze dich mal einen Augenblick in meine Lage. In mich, die Zeitreisende, die versucht, dir die Wahrheit zu sagen, und dann belächelt wird.«

Philippe sah mich zerknirscht an. Man konnte ihm ansehen, dass er hin- und hergerissen war zwischen knallharter Logik und meiner Bitte.

Ich war mit dieser Geschichte aufgewachsen und hatte meine Mutter gehabt, die mir all ihr Wissen vermittelt hatte. Schon immer wusste ich, dass ich eines Tages in der Zeit reisen würde. Mir war klar, dass das Ganze für jemanden, der noch nie von dieser Möglichkeit gehört hatte, sehr fantastisch anmuten musste.

Philippe kam noch einen Schritt näher und nahm mir wieder den Seesack ab, stellte ihn auf den Boden und legte seine Hand an meine Wange. »Ich versuche es. Genügt das?«

Warme Haut, die mich nicht nur oberflächlich berührte. Es war, als wenn mein ganzer Körper – und auch meine Seele – sich zu ihm hingezogen fühlten. Mit trockenem Mund nickte ich. Wir waren uns so nah, dass ich ihn roch, diesen Duft nach Pinien. Dieser Mann zog mich an und ich konnte in seiner Gegenwart kaum mehr klar denken. »Ja, das würde mir genügen«, flüsterte ich.

Langsam strich er mit seinem Daumen über die empfindliche Haut meiner Wange. Es fühlte sich verdammt gut an und ich wollte augenblicklich mehr. Ich konnte ihm nicht länger in die Augen schauen, aus Angst, er würde die Sehnsucht, die sich in mir ausbreitete, darin erkennen.

Plötzlich war ein Scheppern aus der Küche zu hören und ich machte abrupt einen Schritt zurück. Philippe ließ seine Hand sinken und räusperte sich. Hatte seine Mutter uns gehört oder gar beobachtet?

Verlegen standen wir uns gegenüber. Keiner wagte zu sprechen. Ich sammelte meinen Mut zusammen und entfernte mich von ihm, weg von seiner Wärme, die mich einlullte und gefangen nahm.

Wir setzten uns wieder an den Tisch und aßen stillschweigend unser Frühstück, so als wäre nichts geschehen. Obwohl mir schmerzlich bewusst geworden war, dass ich von nun an meine Gefühle gut verbergen musste.

* * *

Eine Stunde später befand ich mich wieder vor dem Polizeirevier. Philippe hatte mich überredet, mit ihm zu kommen. Obwohl ich zugeben musste, dass es hierfür nicht viel Überredungskunst gebraucht hatte. Bei Madame Legrand durfte ich nicht bleiben und zurück in das Haus in der Rue Martinique konnte ich ohne den Schlüssel nicht gehen. Und auch mit Schlüssel wusste ich nicht, ob ich überhaupt noch mal in der Lage sein würde, dorthin zurückzukehren. Zu nah war der Ort, an dem ich von Antoine und seinem Anführer überfallen worden war.

Philippe öffnete gerade die Tür des Reviers und ließ mir den Vortritt, als jemand nach ihm rief. »Legrand!« Einer der uniformierten Beamten stürmte auf uns zu, als wir das Gebäude betraten. In dem Vorraum war es totenstill. Alle hielten inne und beobachteten uns. Es war offensichtlich, dass hier irgendetwas vorgefallen sein musste. Mein innerer Alarm schlug an.

»Guten Morgen, Jacques«, begrüßte Philippe seinen Kollegen, auf der Stirn ein Runzeln. Auch er merkte, dass etwas im Gange war.

Der Mann sah zwischen mir und seinem Vorgesetzten hin und her. »Es tut mir leid … aber … er ist entkommen.«

»Wer?«, knurrte Philippe und versteifte sich neben mir, und auch ich merkte, wie ich die Haltung meines Körpers veränderte. Krampfhaft unterdrückte ich ein Zittern, das sich meiner Gliedmaßen bemächtigte. Angst kroch kalt durch meine Adern.

»Der Ältere der beiden, die wir gestern Abend festgenommen haben. Es ist irgendwann in den letzten zwei Stunden passiert. Wir hatten ihn im Verhörraum eingesperrt und sind frühstücken gegangen. Ich weiß ehrlich nicht, wie er sich befreien konnte.« Jacques fuhr sich müde über das Gesicht.

»Sofort alle ins Besprechungszimmer und der andere bekommt von nun an doppelte Bewachung!«, kommandierte Philippe laut durch den Raum. Dann wandte er sich mit einem ruhigeren Tonfall an mich. »Du kannst in meinem Büro warten. Schließ von innen ab, wenn es dir lieber ist.«

Die Sanftheit seiner Worte berührte mich. Vor seinem Kollegen hatte er keine Scheu, so mit mir zu reden und zu zeigen, dass ihm etwas an mir lag. Das tat es doch, oder deutete ich da etwas falsch? Sprach er immer so mit Beinahe-Mordopfern? Vielleicht interpretierte ich da auch viel zu viel hinein. Vielleicht war es auch lediglich Wunschdenken, weil ich mich von Sekunde zu Sekunde stärker zu ihm hingezogen fühlte.

Tapfer nickte ich und versuchte, mir mein Gefühlswirrwarr nicht anmerken zu lassen. Ich ging in sein Büro, als wir daran vorbeiliefen. Sofort schloss ich die Tür und verriegelte sie. Philippe war angespannt und ich nicht fähig, anderen Menschen gegenüberzutreten. Erleichtert atmete ich auf. Ich hatte gar nicht bemerkt, dass ich die Luft angehalten hatte. Die Neuigkeit vom entflohenen Schänder legte sich wie ein eiserner Ring um meinen Hals.

Angst ergriff mich. Würde der Kerl das beenden wollen, was er gestern Abend begonnen hatte? Würde ich nun, solange ich mich im Jahr 1914 befand, in latenter Gefahr leben müssen?

Unschlüssig setzte ich mich auf den Besucherstuhl und nahm mir ein Buch aus meiner Tasche. Es war eine Übersetzung von Astrid Lindgrens *Pippi Langstrumpf*. Auch dieses Buch hatte ich schon einige Male gelesen. Es amüsierte mich jedes Mal und so war es in meinem Seesack gelandet, damit es mich in dunklen Stunden aufmuntern sollte. Na, wenn dies hier keine dunkle Stunde war, dann wusste ich auch nicht.

* * *

Ich konnte nicht sagen, wie viel Zeit vergangen war, seit Philippe mich in dem Zimmer zurückgelassen hatte, aber als es klopfte, sprang ich rasch auf. Mein Herz schlug rasend schnell. Wobei meine Angst unbegründet war, schließlich würde der Mörder wohl kaum im Polizeirevier herumlaufen und an Türen klopfen.

»Ja?«, fragte ich dennoch vorsichtshalber, ehe ich die Tür aufschloss.

»Ich bin es, Lämmchen«, erklang es dumpf vor der Tür.

Ein Lächeln umspielte meinen Mund, da ich angesichts des Kosenamens natürlich sofort wusste, wer sich hinter der Tür befand. Schnell öffnete ich. Nun schlug mein Herz wegen jemand ganz anderem so schnell.

Philippe kam in den Raum und füllte ihn augenblicklich mit seiner Präsenz aus. Irgendwie hatte ich das Gefühl, ihm im Weg zu stehen, weshalb ich schnell wieder auf meinem Besucherstuhl Platz nahm. Nachdem er die Tür hinter sich geschlossen hatte, setzte er sich ebenfalls auf seinen Stuhl. Er wirkte müde und ein wenig verbissen.

»Keine Spur von dem Scheusal!«, spie er aus und hieb kraftvoll auf die Tischplatte.

Ich zuckte nicht zusammen, weil ich solche Reaktionen von mir selbst gewohnt war. Vermutlich hätte ich an seiner Stelle genauso gehandelt. Die Hilflosigkeit, die er im Moment empfand, war mir nicht fremd.

»Wie konnte er entkommen?«, wollte ich wissen. Wie war es möglich, dass ein mehrfacher Frauenmörder aus einem Polizeirevier ausbrechen konnte?

Ein bitteres Lachen entrang sich Philippes Kehle. »Ich kann es nicht mit Sicherheit sagen, aber ich vermute fast, dass er einen Helfer innerhalb meiner Kollegenschaft hat.«

»Was?«, keuchte ich schockiert. Oh mein Gott! Ein Polizist, der einen Massenmörder unterstützte? Warum? Beteiligte er sich an diesen Verbrechen?

Philippe legte den Kopf in den Nacken und verschränkte seine Hände dahinter. »Diese Vermutung hegen lediglich

Jacques und ich, alle anderen wissen davon noch nichts. Falls es wirklich so ist, dürfen wir denjenigen nicht aufscheuchen.«

Das waren keine guten Neuigkeiten. Dennoch breitete sich in meinem Innern etwas Warmes aus, weil er mich einweihte. Weil er mir so weit vertraute, dass er mir ein solch brisantes Geheimnis anvertraute. »Habt ihr aus diesem Antoine etwas herausbekommen können?«, fragte ich vorsichtig nach.

Philippe schnaufte erbost und richtete sich wieder auf. »Er spricht kein einziges Wort mit uns. Schweigt wie ein Grab.«

Ich überlegte fieberhaft, wie ich Philippe helfen konnte, den jungen Mann gesprächiger zu machen. Was wusste ich über den Kerl, was ich Philippe noch nicht mitgeteilt hatte? »Er hat zu dem anderen Kerl Meister gesagt. Er sieht sich anscheinend als dessen Lehrling. Was, wenn …« Ich schwieg kurz, da ich mir nicht sicher war, ob es nachvollziehbar war, was in meinem Kopf herumging.

»Ja?«

»Wie wäre es, wenn ihr ihm erzählt, dass sein Meister an den Verletzungen gestorben ist? Vielleicht wird ihm das den Halt nehmen und er würde geständiger werden, um seine eigene Haut zu retten. Wenn er niemanden mehr schützen muss, wird er vielleicht an sich selbst denken.« Aufmerksam beobachtete ich Philippes Reaktion auf meine Worte, doch anstatt sofort den Kopf zu schütteln, dachte er eingehend darüber nach. Auch das freute mich enorm.

Plötzlich nickte er und sprang auf. »Einen Versuch ist es allemal wert. Danke, Lämmchen.« Und schon stürmte er aus dem Büro, das ich sogleich wieder abschloss. Doch diesmal lag ein leises Lächeln auf meinen Lippen.

7. Kapitel

Ich verbrachte fast den ganzen Tag auf der Polizeistation und hatte dank der Bücher, die ich immer und überall mit mir herumschleppte, genug Lesestoff. Hin und wieder brachte mir einer der Polizisten etwas zu essen und zu trinken.

Als ich mich gerade ein wenig im Stuhl reckte und in dem Zimmer umsah, entdeckte ich in einem der Regale ein Sherlock-Holmes-Buch. Bisher hatte ich es nicht wahrgenommen, da es zwischen etlichen Ordnern versteckt war. Es lugte nur ein Stück des Rückens hervor, doch ich erkannte es sofort. Mein Herz schlug schneller, weil ich mich an meine Mutter erinnerte. Ihr Lieblingsspruch stammte von Sir Arthur Conan Doyle und war in dem Buch *The Adventure of the Beryl Coronet* zu finden. In dem Buch hatte *Sherlock Holmes* gesagt: *Wenn man das Unmögliche ausgeschlossen hat, muss das, was übrig bleibt, die Wahrheit sein, so unwahrscheinlich sie auch klingen mag.*

Wieder einmal überschwemmte mich die Erinnerung an meine Mutter mit Trauer. Sie war ein so toller Mensch gewesen. Ich konnte mir keine bessere Mutter vorstellen. Nie hat sie unseren Wissensdurst gebremst und ihre positive Art und ihre Liebe waren die Pfeiler meiner Kindheit gewesen. Als mein Vater starb, nahm er einen Teil von ihr mit sich. Nach ein paar Wochen teilte sie mir ihre Entscheidung mit. Sie legte das Medaillon ab und sagte mir, ich könnte es haben. Sie hätte genug erlebt und wollte nicht länger ohne die Liebe ihres Lebens sein. Alles Zureden war vergebens. Das Medaillon legte ich mir erst am Tage ihrer Beerdigung um. Vorher hatte ich trotz der Vorbereitung die Tatsache nicht akzeptieren können, dass ich mein Zuhause verlassen musste.

Und nun saß ich nach einigen Zeitsprüngen hier, im Paris des Jahres 1914, und fragte mich, was Philippe mit dem Jungen, den er verhörte, anstellte. War Folter in diesem Jahr erlaubt oder galten schon in irgendeiner Weise die Menschenrechte? Wobei die Frage war, inwieweit ein Mensch sein Recht verlor, wenn er anderen so schreckliche Dinge antat, wie diese beiden Männer es mindestens zwölf Frauen angetan hatten. Diese Grundsatzdiskussion würde in der Zukunft von Menschenrechtlern und Politikern geführt werden und vermutlich etliche Köpfe zum Qualmen bringen. Über die Menschenrechte hatte mir meine Mutter einen Vortrag nach dem anderen gehalten. Viele Stunden, in denen ich mich oft fragte, warum.

Am späten Nachmittag kam Philippe endlich wieder in sein Büro und ich musste an mich halten, ihm nicht um den Hals zu fallen. War das normal? Vermutlich nicht. Vielleicht hatte ich aufgrund des Angriffs auf mich schon meinen Verstand verloren. Die Jahre in Einsamkeit hatten mich anscheinend dazu verdammt, nach Zuwendungen zu gieren.

Ich sah mir den Mann, der meine Gefühlswelt so auf den Kopf stellte, genauer an. Im Gegensatz zum Vormittag strahlte Philippe jetzt neuen Elan aus. Das musste etwas Gutes bedeuten. Sofort erwachte meine Neugier.

»Habt ihr ihn?«, fragte ich aufgeregt.

Kopfschüttelnd antwortete er: »Nein, aber wir haben eine Spur.«

Wir setzten uns gegenüber auf die Stühle. »Erzähl schon!«

Irritiert sah er mich an. »Willst du das wirklich wissen?«

»Natürlich!«

Sein Blick durchbohrte mich. »Du bist die erste Person außerhalb meiner Kollegenschaft, die ernsthaft Interesse an meiner Arbeit hat«, klärte er mich auf.

»Was? Das kann ich mir kaum vorstellen. Es ist doch durchaus interessant zu wissen, ob, wie und wann ein Verbrecher festgenommen wird.« Erstaunt blickte ich in sein Gesicht. Eine Strähne seines dunkelblonden Haares fiel ihm in die Stirn und in seinen Augen blitzte es vor Freude.

Philippe lehnte sich vor und stützte sich mit den Unterarmen auf seinem Schreibtisch ab. »Dein Tipp hat ihn weichgeklopft. Jedenfalls hat er gesungen und Jacques und mir erklärt, nach welchem Schema der *Schlächter* vorgeht.«

»Schlächter?«, echote ich. Ein kaltes Grauen kroch über meine Haut und hinterließ eine Gänsehaut.

»Ja, das ist der Name, den wir ihm hier bei uns während der Ermittlungen gegeben haben.« Philippe glühte regelrecht vor unterdrückter Energie. Man sah ihm an, dass er Polizist mit Leib und Seele war. Und er brannte regelrecht dafür, den Mann zu finden.

Ich schluckte, weil sich ein Kloß in meinem Hals gebildet hatte. Der Name, den sie dem Mann, der mich überfallen hatte, gegeben hatten, zeigte mir mal wieder, wie knapp ich diesem Albtraum entkommen war. »Wie werdet ihr ihn stellen?« Meine Stimme krächzte leicht, so angespannt war ich.

»Antoine, sein Gehilfe, hat uns genau gesagt, wann und wo er die nächsten Male zuschlagen wird.«

Skepsis breitete sich in meinen Eingeweiden aus. Ich war zwar keine Psychologin, doch das schien mir zu einfach. »Wer sagt dir, dass der Mann nach der Festnahme noch weiter an seinem Plan festhalten wird? Immerhin besteht die Möglichkeit, dass Antoine wie ein Vögelchen singt.«

»Du denkst mit! Das ist gut. Aber ich habe auch mitgedacht«, sagte er und zwinkerte mir verschwörerisch zu. »In der Abendzeitung wird ein großer Artikel auf der ersten Seite erscheinen. Titel: Schlächter entkommen und sein Gehilfe hat vor Verhör Selbstmord begangen!« Triumphierend sah er mich an.

»Hört sich erst mal nach einem guten Plan an. Aber was ist mit dem Verräter unter euch?«, äußerte ich meine Bedenken.

Philippe mahlte die Zähne aufeinander. »Ich hoffe sehr, dass ich mich irre. Aber für alle Fälle haben wir den Jungen gerade eben bewusstlos rausgeschafft und weggebracht. Jacques Söhne werden sich um ihn kümmern und ihn in Schach halten, bis wir den anderen haben.«

Das Ganze nahm ja Ausmaße an! »Wisst ihr denn den Namen dieses anderen Individuums?« Ich weigerte mich beinahe, ihn Mann zu nennen, denn dann wäre er auch Mensch. Und einem Menschen solche Gräueltaten zuzuweisen, erschien mir irgendwie falsch.

»Nein, den wusste noch nicht einmal dieser Lurch Antoine. Papiere hatte er nicht dabei, als wir ihn festgenommen haben, und die Kutsche war von Antoine gemietet worden. Eine Zeichnung werden wir der Abendzeitung hinzufügen, damit die Bevölkerung ebenfalls die Augen nach ihm offen hält.« Hektisch fuhr er sich mit der Hand durch die Haare.

»Wo ist der Haken?« Irgendwie wurde ich das Gefühl nicht los, dass es noch etwas gab, das Philippe mir bisher nicht gesagt hatte.

»Wir brauchen einen Köder. Er wird heute Abend wieder zuschlagen.«

Erschrocken zog ich die Luft ein. »Und du willst, dass ich das mache?«

Sein Gesicht verfinsterte sich zu einer erbosten Maske. »Was? Um Gottes willen nein! Einer meiner Kollegen wird sich verkleiden und dort an der Straße flanieren. Ich weiß nur noch nicht, wen ich außer Jacques einweihen kann.«

Ich fing unvermittelt an zu lachen. »Ganz schlechter Plan. Du glaubst doch nicht wirklich, dass ein Mann, der schon so viele Frauen gestellt hat, sich an der Nase herumführen lässt?«

»Wir haben keine andere Wahl. Ich kann unmöglich eine Frau in eine solche Gefahr manövrieren, ohne die Folgen abschätzen zu können. Das wäre fahrlässig.« Nachdenklich spielten seine Finger an seiner Oberlippe.

Ich lehnte mich vor und legte eine Hand auf seine. »Ich werde es tun.«

»Auf keinen Fall!«, rief Philippe ein wenig zu laut und verschränkte die Arme.

Der bestimmende Blick, mit dem er meinem begegnete, hätte vermutlich jede andere Frau verstummen lassen. Doch mich konnte er damit nicht einschüchtern, schließlich war ich mit Geschwistern aufgewachsen und als Jüngste unter ihnen hatte ich lernen müssen, mich zu behaupten. Ich wollte, dass nie wieder eine Frau vor dem Schlächter Angst haben musste, und deshalb bot ich mich freiwillig an. Ach was, von anbieten konnte keine Rede sein. Ich drängte mich viel eher auf.

»In jeder Zeit, in der ich lande, muss ich eine Aufgabe erfüllen. Jemandem helfen oder jemanden beschützen. Vielleicht ist dies meine Aufgabe im Jahr 1914«, mutmaßte ich leise und spürte seine Anspannung auch ohne die Hand, auf der meine zuvor noch gelegen hatte.

»Und wenn du dich irrst?« Seine Augen waren so dunkel, als hätten sie das Grauen der Menschheit erblickt. Was vermutlich auch stimmte. Wahrscheinlich kam ich nicht mal in meinen schrecklichsten Träumen dem nahe, was er bereits gesehen hatte.

»Dann habe ich noch immer mein Medaillon.« Vielleicht war es an der Zeit, ihm die Wahrheit anzuvertrauen. Vielleicht auch nicht, aber ich wollte es und das war der entscheidende Punkt.

»Was hat das mit einem Medaillon zu tun?« Eine steile Falte bildete sich auf seiner Stirn, als er sich erhob und um den Tisch herum zu mir kam. Neben meinem Stuhl ging er in die Hocke und seine Nähe gab mir die Zuversicht, das Richtige zu tun.

»Du hast mich gestern Abend gefragt, wie ich in der Zeit reise. Nun, dafür brauche ich das Zeitenmedaillon.« Ich öffnete die oberen beiden Knöpfe meines hochgeschlossenen Kleides und zog das Medaillon an der Kette heraus. Kurz atmete ich tief ein, dann fing ich an, ihm zu erklären, wie ich in der Zeit reisen konnte.

Als ich endete, fuhr er sich mit der Hand durch seine Haare. Er wirkte verwirrt. Ich merkte, dass er mir glauben wollte. Das rechnete ich ihm hoch an. Dass es ihm schwerfiel und beinahe unmöglich war, konnte ich ihm nicht verübeln. Meine Geschichte war auch zu unglaubwürdig für einen Menschen, der bisher noch nie mit etwas in Verbindung gekommen war, das magisch, mystisch oder dermaßen fantastisch war wie eine Zeitreise.

»Ich weiß nicht, wie ich dir beweisen könnte, dass ich die Wahrheit sage. Es wird in den nächsten Wochen so viel passieren. Österreich-Ungarn wird Serbien ein Ultimatum stellen, das sie nicht komplett erfüllen können, und dann den Krieg erklären. Russland wird sich einmischen und Deutschland wird all das als feindseligen Akt sehen. Ganz Europa wird in einen schrecklichen Krieg gezogen und über eineinhalb Millionen Soldaten werden allein in diesem Jahr ihren Tod finden!« Ich klang beinahe hysterisch, was ich selbst bemerkte.

Philippe legte mir beruhigend die Hand auf den Unterarm, doch ich war aufgebracht. Ich wollte so gern, dass er mir glaubte. Außerdem erwachte in mir erneut der Wunsch, mich an ihn zu klammern und ihn zu küssen, bis sein Hirn genauso seinen Dienst einstellen musste wie meins.

Vorsichtig ließ er seine Hand über meinen Arm nach oben wandern. Verharrte an meiner Schulter und streichelte sie. Ich hielt den Atem an, da ich das Zittern meines Körpers kaum mehr unterdrücken konnte.

»Lämmchen, du …« Er stockte und sah mir in die Augen.

Ich war paralysiert, gefangen in den tiefen Brauntönen, die so viel Wärme und Geborgenheit versprachen. Die mich zu sich zogen und meinen Mund trocken werden ließen. Philippes Duft hüllte mich ein und die Wärme seiner Hand sandte Wellen des Verlangens durch meinen Körper.

In meinen Jahren in Verdun hatte ich einige Verabredungen gehabt, doch ich hatte nie mehr als einen Kuss und ein paar heimliche Berührungen in einem dunklen Hausflur zugelassen. Daher überraschte mich die Intensität des Verlangens, das Philippe in mir schürte. Es überraschte mich nicht nur, es ängstigte mich sogar. In all der Zeit hatte ich nie vergessen, wie ich erzogen worden war. Ich war eine junge Frau aus dem neunzehnten Jahrhundert und dementsprechend zurückhaltend, was Männer betraf. In den Sechzigerjahren galt ich als ein wenig altmodisch. Aber ich hatte nie das Bedürfnis verspürt, weiter zu gehen. Das Verlangen, das nun von meinem Körper Besitz ergriff, brachte mich aus dem Gleichgewicht.

Kaum berührten Philippes Finger die empfindliche Haut meines Halses, war ich nicht mehr fähig, den Atem anzuhalten. Die Berührung sandte ein Ziehen durch meinen Körper, als hätte ich einen elektrischen Schlag abbekommen. Ich keuchte auf und auf sein Gesicht legte sich ein verwegenes Lächeln. Er hatte Beute gewittert, anders konnte ich diesen Gesichtsausdruck nicht deuten, und er hatte recht. Die Beute war im Begriff, sich einfangen zu lassen.

Bedächtig glitt seine Hand in meinen Nacken und der Gedanke, dass er mich jeden Moment an sich ziehen und küssen würde, trieb meinen Puls in die Höhe.

Langsam beugte er sich zu mir. Unsere Gesichter waren sich so nah, dass ich die bernsteinfarbenen Sprenkel in dem schönen Braun seiner Augen sehen konnte. Verlegen zog ich die Unterlippe zwischen meine Zähne und sein Blick glitt zu meinem Mund. Ich roch ihn und wollte ihn endlich auch schmecken.

Doch noch ehe einer von uns beiden die letzte Distanz überbrücken konnte, hämmerte jemand gegen die Tür und rief: »Legrand!«

Philippe verzog enttäuscht das Gesicht. Zärtlich glitten seine Finger aus meinen Haaren und sein Zeigefinger über meine Wange. »Wenn da draußen nicht das Polizeirevier abbrennt, kann ich für nichts garantieren«, knurrte er ungehalten und erhob sich. Doch ich nahm das Zwinkern, das er mir schenkte, wahr.

Krampfhaft versuchte ich, meinen Herzschlag unter Kontrolle zu bekommen, was mir mehr schlecht als recht gelang. Ich war im Begriff, mich zu verlieben. In einen Mann, den mich das Schicksal retten ließ, als er noch ein Kind gewesen war. Und gestern hatte er mich gerettet. Hieß das, 1914 war endlich das Ziel? Ich hoffte es so sehr, obwohl mich der bevorstehende Krieg mehr als ängstigte, er versetzte mich geradezu in Panik.

Philippe öffnete energisch die Tür und Maurice, der Polizist vom gestrigen Abend, fiel beinahe in den Raum, weil er gerade im Begriff gewesen war, ein weiteres Mal zu klopfen.

»Was?«, herrschte ihn der ansonsten so ruhige Philippe an.

»Der Junge ist tot.« Maurice wirkte betrübt. Krampfhaft versuchte ich zu erkennen, ob er lediglich schauspielerte. Sein

Blick huschte unruhig zu mir. Konnte das ein Zeichen sein, dass er mit den beiden Männern unter einer Decke steckte?

»Wie das?«, fragte Philippe in einem heftigen Tonfall. Er war definitiv ein guter Schauspieler.

Maurice tippelte unruhig auf der Stelle. »Ich bin mir nicht sicher, aber ich glaube, Jacques hat den jungen Mann ein bisschen zu heftig … verhört.« Kurz ließ Maurice erneut seinen Blick zu mir schweifen, doch ich senkte rasch den Kopf und gab mich desinteressiert.

»Nicht gut. Bei diesem Fall geht mir zu viel schief. Versuch das aufzuklären«, wies Philippe den unter ihm stehenden Beamten an. Seine befehlsgewohnte Stimme klang dabei voll und durchdringend.

Maurice nickte. Er wirkte älter als Philippe. Vielleicht war er Anfang vierzig. Sein dunkles Haar wies an den Schläfen bereits erste graue Strähnen auf und unter seiner Uniform zeichnete sich ein beginnender Bauch ab. »Ich gebe mein Bestes.«

»Das will ich auch hoffen, Maurice!« Die beiden sahen sich in die Augen und nickten einander zu, ehe der Ältere einen Schritt zurückging und Philippe die Tür schloss.

Sofort schoss mein Puls wieder in die Höhe, aber Philippe dachte gar nicht daran, dort weiterzumachen, wo er zuvor aufgehört hatte. Was ich äußerst bedauerlich fand. Doch vermutlich war es besser, einen klaren Kopf zu behalten. Stattdessen setzte er sich an den Schreibtisch und entnahm der Schublade die Papiere, die er gestern dort deponiert hatte.

»Das Spiel beginnt, Kristin.« Er ließ den Stift in seiner Hand in einer fließenden Bewegung kreisen.

Ja, nun würde sich zeigen, ob seine Theorie aufging oder nicht. Ich hoffte, dass er dieses Monster dingfest machen konnte und keine Frau mehr zu Schaden kommen würde.

Geschäftig sah er die Papiere durch und schloss mich damit aus seinem Denken aus. Mir fiel das umgekehrt nicht so leicht, obwohl ich ebenfalls nach meinem Buch griff und es aufschlug. Die Buchstaben vermengten sich zu einer einzigen grauen Masse und ich war nicht fähig, sie zu entziffern.

Wo würde das alles hinführen? Warum saß ich in diesem Büro? Würde Philippe mich ihm helfen lassen? Traute ich mir wirklich zu, diesem Teufel – dem Schlächter – noch einmal gegenüberzutreten? Ich wollte, dass er für seine Taten bestraft werden würde. Und notfalls musste ich dafür meine Ängste überwinden.

Ich hatte Philippe an meiner Seite. Ich wäre also zu keiner Zeit in Gefahr.

Oder?

8. Kapitel

Stunden später saß ich in der Kathedrale Notre-Dame hinter dem Eingang der Westfassade. Laut Antoine würde sein Meister dort als Nächstes zuschlagen. Ich hoffte, dass er recht behielt. Philippe stand direkt neben mir. In der Kirche war es empfindlich kalt. Die Sonnenstunden am Tage hatten nicht ausgereicht, das alte Gemäuer aufzuheizen. So spürte ich Philippes Nähe umso mehr.

Philippe hatte mir tatsächlich zähneknirschend erlaubt, den Köder für den Schlächter zu spielen. Immer wieder hatte er mir eingebläut, welchen Weg ich zu gehen hatte, sobald das Zeichen von Jacques kam. Die Männer der Pariser Polizei, die er mitgenommen hatte, waren nicht von seinem Revier, dafür misstraute er diesen mittlerweile zu sehr. Stattdessen hatte er von einem befreundeten Revierleiter fünf Beamte dabei, die sich allesamt rund um die Kathedrale versteckten. Ich wusste, dass unter der Brücke, über die ich hatte gehen müssen, um auf die Île de la Cité zu kommen, einer auf der Lauer lag. Bei den anderen war ich mir unsicher, wo sie sich aufhielten. Jacques würde uns ein Zeichen geben, sobald er jemanden kommen sah.

Unruhig strich ich mir mit den Händen über die Oberarme.

»Wenn du es dir anders überlegt hast, kommandiere ich einen der Männer ab. Du musst das nicht tun.« Philippe kam näher, um mir bei dem diffusen Licht, das lediglich einige Kerzen spendeten, besser in die Augen schauen zu können.

Ich schüttelte den Kopf. »Nein. Ich werde das machen.«

»Komm, wie setzen uns, wer weiß, wann es losgeht.« Er legte seine Hand auf meinen unteren Rücken und führte mich zu der hintersten Kirchenbank.

Nervös ließ ich mich nieder. Philippe setzte sich zu mir, unsere Oberschenkel berührten sich. Hitze und Verlangen machten sich erneut bereit, meinen Körper zu durchfluten. Beschämt senkte ich den Blick auf meine Hände, die ich im Schoß gefaltet hatte. Immerhin hielten wir uns in einer Kirche auf. Mein Vater würde mir die Hölle heißmachen, wenn er gewusst hätte, welch unzüchtige Gedanken ich in einem heiligen Haus Gottes hatte. Also schob ich diese neue Gefühlswelt, die in mir tobte, ganz weit nach hinten in meinem Bewusstsein.

»Erzähl mir etwas von dir«, bat ich ihn.

Lächelnd sah er zu mir herab. »Was willst du hören?«

»Die Wahrheit«, erwiderte ich, ohne zu zögern.

Sein leises Lachen hörte sich so fehl am Platz an und dennoch war es eins der schönsten Geräusche, die ich je gehört hatte. Nachdenklich sah er zu den hübschen Schmuckfenstern empor.

»Wieso warst du allein, als ich dir das erste Mal begegnet bin?«, fragte ich ganz leise. Es war so still und das Gefühl, in einer abgeschlossenen Welt zu sitzen, verstärkte den Drang, den Zauber nicht zu zerstören. Denn das war es eindeutig – ein Zauber, der sich zwischen uns aufbaute, unsere Herzen miteinander verband. Oder war es nur mein Gefühl, das jede Minute, die ich mit ihm verbrachte, weiter anwuchs?

In der Stille hörte ich, wie er schluckte, ehe er mir antwortete. »Ich kann mich nicht mehr wirklich an meine Mutter erinnern. Nur dass sie sehr krank und allein in Paris war. Ich vermute, dass sie ein gefallenes Mädchen war, das versuchte, ihren Sohn allein aufzuziehen. Ich hatte oft Hunger und sie weinte viel. Eines Tages wachte sie nicht mehr auf und weil sie mir immer eingebläut hatte, dass ich verschwinden sollte, wenn ihr etwas passierte, tat ich genau das.«

Mitfühlend legte ich ihm meine Hand auf seine. Philippe drehte sie um und unsere Finger verschränkten sich ineinander. Wärme breitete sich in mir aus und ich wollte ihn nie wieder loslassen.

»Ich strich durch die Straßen und traf auf Bernard, der mich aufnahm. Von da an hatte ich ein Dach über dem Kopf und zu essen und zu trinken. Dafür musste ich stehlen. Eine Zeit lang fand ich das nicht schlimm, doch irgendwann erwachte mein Gerechtigkeitssinn. Und da kommst du dann ins Spiel.« Sein warmer Blick lag auf meinem Gesicht. Doch das Schönste war, dass er mir glaubte. Ich sah es in seinen Augen. Er wusste, dass ich die Frau von damals war.

»Und Amélie«, flüsterte ich.

»Ja, und Amélie. Was ist aus ihr geworden?«

»Ich weiß es nicht. Das Medaillon hat sie vor mir gerufen und unsere Wege haben sich getrennt.« Ich dachte an die junge Frau, die so zurückhaltend gewesen war, und hoffte, dass sie sich wacker schlug. Es gab schlimme Zeiten, in denen sie gelandet sein konnte. Sie wirkte so zerbrechlich auf mich, als könnte sie keiner Fliege etwas zuleide tun. Das war keine gute Voraussetzung für eine Zeitreisende.

»Hast du keinerlei Einfluss darauf, wo es dich hinführt?« Zärtlich strich sein Daumen über meinen Handrücken. In der Luft hing noch ein Hauch des Weihrauchs, der während des Gottesdienstes entzündet worden war. Dennoch nahm ich Philippes unnachahmlichen Geruch wahr. Er erdete mich und schenkte mir ein Gefühl der Behaglichkeit, des Friedens.

»Nein, meistens nicht«, gestand ich traurig.

Sein eindringlicher Blick bohrte sich in meinen. »Also kann es sein, dass du jeden Moment weg sein könntest?«

Zaghaft nickte ich.

Er ließ meine Hand los und fuhr sich durch die Haare. Dann nahm er mein Gesicht in beide Hände. Meine Augen wurden groß und mein Mund trocken.

»Wenn das so ist, sollte ich so schnell wie möglich das tun, was ich schon tun will, seit ich dich an dem Abend die Gasse entlanglaufen sah.« Ein verwegenes Lächeln legte sich auf seine Lippen.

»Und das wäre?«, fragte ich mit brüchiger Stimme.

»Dich zu küssen.«

Ganz langsam, um mir die Zeit zu geben, zurückzuweichen, beugte er sich zu mir herab. Ich schloss die Augen und im nächsten Moment spürte ich seine Lippen auf meinen. Warm, weich und zärtlich stahl er sich einen relativ unschuldigen Kuss. Doch ich hatte schon immer ein ungestümes Wesen gehabt.

Ich griff in sein Haar und küsste ihn ebenfalls. Philippe zog mich näher, als er seine Arme um mich legte. Körper an Körper. Seele an Seele. Bedächtig öffnete ich meine Lippen und spürte seine Zunge an meiner. Es war ein Kuss voller Hingabe, voller Versprechen und voller Hoffnung. Ich wollte, dass es nie aufhörte und ich für immer in seinen Armen bleiben konnte. Zärtlich löste er jedoch seine Lippen von mir und legte die Stirn an meine. Seufzend öffnete ich die Lider und sah in Augen, die dunkel vor Verlangen waren.

Es war, als würde mein Verstand in tausend Einzelteile zerbersten und dann wieder zusammengesetzt werden. Nur dass ich von da an nicht mehr die Alte war. Ich war Kristin nach dem Kuss.

»Kristin«, flüsterte er und meinen Namen aus seinem Mund zu hören, war, als würde er ein Kosewort zu mir sagen. In diesem einen Wort lagen so viele Gefühle, dass ich mich fragte, ob er tatsächlich dasselbe empfand wie ich. Es war, als streichle er meine Seele.

Ein Klacken an einer der oberen Fensterscheiben zerstörte das Gefühl, allein mit Philippe auf der Welt zu sein. Es riss mich heraus aus meinem Kokon. Langsam setzte ich mich wieder gerade hin und leckte über meine Lippen. Wir befanden uns noch immer in der Kathedrale Notre-Dame und das Geräusch, das uns zurückholte, war Jacques' Zeichen dafür, dass ein Passant sich der Kirche näherte.

Augenblicklich waren meine Sinne geschärft und ich stand auf. »Es geht los«, sagte ich unnötigerweise.

»Du musst …«, begann Philippe und stand auf, doch ich hob meine Hand und unterbrach ihn.

»Doch, ich muss. Wir sehen uns gleich wieder.« Wenn wir Glück hatten, konnte er gleich den derzeit gefährlichsten Mann von Paris festnehmen. Ich stellte mich auf die Zehenspitzen und hauchte ihm einen Kuss auf die Wange, dann marschierte ich, ohne mich noch einmal umzusehen, aus der Kirche. So als wäre ich nur zu einem raschen Gebet dort gewesen.

Aufgeregt lief ich zur Straße und setzte mir den kecken Hut, den ich aus dem Fundus der Polizei ausgeliehen hatte, auf. Meine Lippen prickelten noch immer von unserem Kuss und meine Wangen glühten von der Erinnerung. Es wurde langsam dunkel und ich ermahnte mich selbst zur Ruhe, während ich auf die Brücke zulief. Die ganze Szenerie erinnerte mich an die Geschichten von Sherlock Holmes, die meine Mutter so gern gelesen hatte, als sie noch in ihrer richtigen Zeit gelebt hatte. Sir Arthur Conan Doyle zählte zu ihren Lieblingsschriftstellern. Ich hatte mir im Kino sogar Filme dazu angeschaut und musste zugeben, dass die Erzählungen recht spannend waren, auch wenn ich an den Büchern nie großen Gefallen hatte finden können. Hier und jetzt in Paris fehlten nur noch der feine Sprühregen und der Nebel, der langsam über den Straßenbelag waberte.

Dann hätte dies auch eine Szene aus einem der Filme sein können. Zumindest kroch mir eine Gänsehaut über die Unterarme, so wie ich es auch im Kino erlebt hatte.

Jeder Schritt, den ich mich weiter von der Kathedrale Notre-Dame entfernte, schmerzte, denn ich wollte Philippe in meiner Nähe wissen, wenn ich diesem Scheusal erneut gegenübertreten würde. Ob er mich wiedererkannte? Würde es ihn reizen, zu Ende zu bringen, was ihm nicht gelungen war?

Ich musste mich zusammenreißen, sonst würde ich gleich hier und jetzt meinen Mageninhalt auf dem Kopfsteinpflaster von mir geben. So tough, wie ich immer tat, war ich nicht.

Von der Seine wehte mir ein Geruch von abgestandenem Wasser entgegen, der meine Übelkeit noch anfeuerte. Krampfhaft hielt ich die Luft an, bis ich über die Brücke gegangen war. Erst dann erlaubte ich es mir, einen tiefen Atemzug zu nehmen. Langsam lichtete sich der Nebel der Angst in meinem Hirn und ich begann seit Stunden wieder logisch zu denken.

In meiner Rocktasche hatte ich das Messer wieder verstaut. Philippe hatte es mir zurückgegeben. In der niedlichen kleinen Handtasche hatte ich eine Metallplatte, die ich dazu verwenden konnte, sie meinem Angreifer gegen den Kopf zu schleudern. Ich würde mich verteidigen können. Zudem war der Mann verletzt, ich hatte ihm gestern zweimal mein Messer in den Bauch gerammt. Er war also angeschlagen. Dennoch wiegte mich das nicht in einer trüglichen Sicherheit. Wenn er wirklich einen Verbündeten bei der Polizei haben sollte, waren sie zu zweit.

Von Weitem sah ich, wie mir ein Mann entgegenkam. War er das? Ich straffte meine Schultern und ging weiter den vereinbarten Weg. Doch als er nur noch wenige Meter entfernt war, konnte ich erkennen, dass es nicht mein Angreifer vom gestrigen Abend war. Dies war ein untersetzter älterer Herr, der seinen Hut zum Gruß anhob. Ich nickte ihm damenhaft zu und ging weiter.

Einige Minuten später passierte ich die Westfassade von Notre-Dame erneut. Hinter der Tür wartete Philippe auf mich. Das Bauwerk beeindruckte mich jedes Mal, wenn ich es sah. Ich blieb stehen, um suchend in meine Tasche zu schauen, um dem Mörder eine Angriffsfläche zu bieten. Ich gab mich beschäftigt mit dem Inhalt meiner Tasche. Doch nach etwa einer Minute kam ich mir langsam albern vor und verschloss die kleine Handtasche, die ebenfalls eine Leihgabe war. Unschlüssig sah ich hoch und ging dann gemessenen Schrittes weiter.

Ich ging ein zweites Mal den Weg um die Kathedrale herum, insgesamt viermal wiederholte ich meinen Weg. Doch von dem Schlächter war nichts zu sehen. Zudem wurde es immer dunkler. Noch nicht einmal der Mond schien am heutigen Abend tröstlich auf mich herab. Alle paar Meter säumten Gaslaternen meinen Weg, aber die Motten und das Getier, die sich daran verfingen und zischend verbrannten, unterstrichen die gruselige Szenerie. Die Stille um mich herum verschlug mir den Atem, doch ich setzte tapfer meinen Weg fort.

Als ich das vierte Mal an der Westfassade vorbeischlenderte, trat mir eine dunkel gekleidete Gestalt in den Weg und ich japste erschrocken nach Luft.

»Lämmchen, ich bin es«, raunte mir Philippe zu und zog mich in seine Arme. »Wir brechen den Einsatz hier ab. Du läufst seit einer Stunde auf dieser Insel herum und ich denke nicht, dass er noch kommen wird.«

»Vielleicht hat Antoine gelogen?«, flüsterte ich und vergrub meine Nase in seiner Jacke. Tief einatmend, genoss ich den frischen Duft nach Pinien und nach ihm. Eine Gänsehaut breitete sich auf meinen Armen aus.

»Vielleicht, vielleicht haben wir aber auch den Mann, der ihn unterstützt, unterschätzt«, raunte er in mein Haar und hielt mich fest. »Er muss zu meinem engeren Umfeld gehören. Er muss mitbekommen haben, was wir vorhaben, oder zu einem

Kontakt haben, der eingeweiht ist und sich im Augenblick hier auf der Insel befindet.«

Sofort spannte ich mich an und wollte mich von ihm lösen, um mich umzublicken und den Schweinehund zu suchen. Doch damit hatte Philippe gerechnet. Wie ein Schraubstock hielt er mich fest. »Scht, lass dir nichts anmerken. Die Männer glauben eh schon alle, dass du zu mir gehörst, also ist es nicht schlimm, wenn ich dich ein wenig länger im Arm halte, oder?«

Ich kicherte, da ich es eher amüsant fand als beleidigend. Denn durch unseren Aufbruch zu zweit gestern Abend und unsere gemeinsame Ankunft am heutigen Morgen hatten wir vermutlich zu allerlei Spekulationen eingeladen. »Ja, lass sie sich ruhig die Mäuler zerreißen.«

»Wir werden ihnen einfach ein Liebespaar mimen und warten, ob wir noch Besuch bekommen.«

Sanft legte er seinen Kopf auf meinem ab und so standen wir eine ganze Weile zusammen vor der Kathedrale Notre-Dame, während Philippe Ausschau hielt, ob der Schlächter sich noch einmal blicken ließ. Aber er kam nicht.

* * *

»Ich bin gleich fertig, dann können wir gehen.« Philippe saß an seinem Schreibtisch und blickte nicht von seinen Papieren auf.

»Ich kann unmöglich wieder mit zu dir nach Hause gehen«, sagte ich eindringlich zu ihm.

Er hatte weitere Papiere ausgefüllt, hatte Listen erstellt von möglichen Verrätern innerhalb seines Teams und wirkte mittlerweile sehr müde. Den Blick, den er mir zuwarf, konnte man getrost als ungeduldig bezeichnen. »Das entbehrt jeglicher Diskussionsgrundlage, von daher lass es bitte sein.« Sein Augenmerk richtete er wieder auf die Unterlagen.

Erbost schnappte ich nach Luft. Was bildete er sich ein? »Natürlich gibt es dafür einen Grund. Deine Mutter hat mich angewiesen, mich von dir fernzuhalten, sobald es mir besser geht.«

Ein Grollen stieg in seinem Brustkorb empor. Er klappte den Ordner zusammen und war mit wenigen Schritten bei mir. Rasch erhob ich mich, da ich das Bedürfnis verspürte, der nahenden Sturmwelle stehend gegenüberzutreten. »Sie hat was?«

Was sollte ich tun? Ich konnte ja kaum seine Mutter schlecht vor ihm dastehen lassen. Aber ich war noch nie eine Lügnerin gewesen. Also wiederholte ich die Worte, die mir Madame Legrand gestern Abend eingebläut hatte. »Aber ich kann sie auch verstehen, schließlich weiß sie, was ich bin, und sie ist nun mal deine Mutter und hat Angst um dich«, versuchte ich, ihn zu beruhigen.

»Dieses Haus, in dem du gestern übernachtet hast, ist unser gemeinsames Haus. Wenn ich mich dazu entschließe, eine Frau in einem der vier Gästezimmer unterzubringen, dann tue ich das auch. Ob sie möchte oder nicht! Und verdammt noch mal, ich möchte dich in meiner Nähe wissen!« Philippe funkelte mich wütend an und ich schwieg vorsichtshalber.

Dennoch ging mir das Gesagte nahe. Er wollte mich in seiner Nähe haben? Oh ja, ich wollte auch nirgends anders sein, aber auf keinen Fall wollte ich Madame Legrand gegen mich aufbringen. Sie war eine starke Persönlichkeit, hatte viel in ihrem Leben durchmachen müssen und ich verstand nur zu gut, dass sie den einzigen Menschen, der ihr etwas bedeutete, zu schützen versuchte.

»Willst du das?«, fragte ich, ehe ich mir im Klaren war, was ich da gerade von mir gab.

Seine Stirn in Falten gelegt, sah er mich an. Er war wütend. Oh ja, das sah selbst eine Blinde. Doch plötzlich entspannte sich sein Gesicht. »Lämmchen, ich … ich habe einfach Angst um dich. Dieser Mistkerl läuft dort draußen herum und hier im Revier muss ihm irgendjemand geholfen haben, ihn vielleicht sogar mit Informationen versorgen.« Er fuhr sich mit der Hand durchs Haar, das daraufhin unordentlich von seinem Kopf abstand. Dann sah er mich an und flüsterte: »Ich könnte nicht damit leben, wenn dir etwas passiert.«

Mein Mund fand seinen ganz von allein. Und im nächsten Moment lagen wir uns in den Armen. Wir hielten uns und ich legte meinen Kopf an sein wild pochendes Herz. Was geschah hier mit uns? Wer lenkte all die Geschicke und unsere Herzen, die sich so offensichtlich zueinander hingezogen fühlten?

»Ich werde dich jetzt mitnehmen, egal, ob es dir gefällt oder nicht. Und meine Mutter wird schon damit klarkommen. Sie will mich nur nicht verlieren.«

»Warum sollte sie dich verlieren? Das ist doch Blödsinn.« Verständnislos sah ich zu ihm auf, meine Hand legte ich auf seine harte Brust und spürte die Wärme an meinen Fingern.

Besorgt blickte er mich an, ehe er mir eröffnete: »Ich war verheiratet.«

Dieses Geständnis führte dazu, dass ich unwillkürlich einen Schritt zurückging. Meine Kniekehlen berührten den Stuhl und beinahe geriet ich ins Wanken.

Philippe räusperte sich, dann fuhr er fort: »Sie ist im Kindbett gestorben, zusammen mit unserem ersten Sohn.« Sein Gesicht wirkte nun hart, obwohl in seinen Augen so viel Leid lag. »Damals war ich noch jung und hatte furchtbar unter dem Verlust gelitten. Charlene war … sie war eine bezaubernde Frau.«

Mein Herz zog sich schmerzhaft zusammen. Eifersucht auf eine tote Frau war geschmacklos, aber ich kam nicht gegen meine Gefühle an, konnte nicht mehr tun, als zu versuchen, sie zu unterdrücken. »Hast du sie sehr geliebt?«, fragte ich dennoch selbstkasteiend.

Mit seiner großen Hand strich er zärtlich über meine Wange, als wüsste er um meinen Aufruhr. »Nein.«

Erstaunt riss ich die Augen auf.

»Denk bitte nicht falsch von mir. Ich respektierte Charlene. Sie war eine gute Ehefrau und umsorgte mich hingebungsvoll. Doch Liebe war das nie gewesen. Auch kein Begehren. Meine Mutter hatte unsere Hochzeit gemeinsam mit Charlenes Eltern arrangiert und ich dachte, es wäre richtig so. Wir mochten uns.« Langsam zog er mit dem Daumen Kreise auf meiner Wange und ich verhielt mich ganz still. »Ich hatte die Liebe nie kennengelernt. Ich hatte keine Eltern gehabt, die sich um mich gekümmert hatten. Und ein Mädchen, das mein Herz höherschlagen ließ, war mir auch nie begegnet.«

Nun konnte ich mich doch nicht mehr zurückhalten. »Aber warum denkst du, dass sie Angst hat, dich zu verlieren? Was habe ich mit Charlene zu tun?«

Philippe setzte sich auf die Schreibtischkante und atmete tief durch. »Meine Mutter hat mich adoptiert, kurz nachdem ich bei ihr aufgetaucht war. Und für mich war das, was sie mir gab, die einzige Form von Liebe, die ich kannte.« Philippe legte den Kopf schräg und suchte meinen Blick. »Ich vertraute ihr, dass sie es schon richtig machen würde für mich. Sie arrangierte die Hochzeit und ich ließ ihr freie Hand. Und irgendwann dachte ich, dass ich wahrscheinlich aufgrund meiner familiären Geschichte gar nicht in der Lage war, tiefere Gefühle zu empfinden.«

»So ein Blödsinn«, stieß ich hervor. »Jeder Mensch kann lieben!« Was vermutlich den vielen romantischen Büchern geschuldet war, die ich bisher alle gelesen hatte.

Er grinste breit. »Ja, absoluter Blödsinn. Du hast recht. Sie hat Angst, dass ich mich in dich verlieben könnte und wieder leide.«

»Das ist doch lächerlich«, flüsterte ich, doch die Vorstellung, Philippe würde für mich dasselbe empfinden wie ich für ihn, ließ mein Herz innehalten.

»Nicht unbedingt«, raunte er vage und stand auf. Mein Herz setzte wieder einen Schlag lang aus, aber ich sah ihn nicht an, weil ich mir nicht sicher war, ob ich ihn richtig verstanden hatte. »Aber nun lass uns gehen, ich bin müde und muss morgen einen Verräter finden und einen Frauenmörder dazu.«

Ich schluckte meine Hoffnung herunter. Heute war nicht der richtige Zeitpunkt, ihm zu gestehen, dass ich mich in ihn verliebt hatte. Obwohl ich mich nicht gerade zurückgehalten hatte, als er mich küsste und ich ihn.

* * *

Wenig später standen wir vor der Gästezimmertür, die Philippe für mich geöffnet hatte. Ich wollte mich nicht von ihm trennen, auch nicht für eine Nacht. Stattdessen wollte ich mich in seinen Armen vergraben und die Welt und die Zeit um mich herum vergessen.

Was, wenn das Medaillon mich von ihm wegreißen würde? Was, wenn ich dann nie wieder die Chance darauf bekäme, ihn zu küssen? Vielleicht sollte ich mir einfach erneut das stehlen, nach was ich mich so sehr verzehrte. Doch meine Mutter hatte mir beigebracht, dass man sich einem Mann nicht an den Hals warf, egal, wie sehr man es wollte. Dadurch mache man sich uninteressant für ihn, sagte sie immer. Denn Männer wollten erobern und nicht erobert werden.

Klar, so viel zur Theorie. Aber wie sollte man auf das verzichten, was man so sehr wollte? Wie sich erobern lassen, wenn man schon längst erobert worden war?

Unschlüssig standen wir uns gegenüber. Ich lächelte verlegen und senkte den Blick. »Gute Nacht, Philippe.«

»Gute Nacht, Lämmchen«, flüsterte er, hauchte mir einen keuschen Kuss auf die Stirn und drehte sich um.

Enttäuschung bemächtigte sich meiner und zeitgleich liebte ich Philippe nur noch mehr für sein zurückhaltendes Verhalten. Ich wäre ihm am liebsten hinterhergerannt, aber ich blieb stehen, sah ihm nach und ging dann in das einsame Zimmer. Mit Bedauern verschloss ich die Tür, drehte zweimal den Schlüssel herum und ließ mich auf dem Stuhl nieder.

Langsam entledigte ich mich meiner Schuhe und des Kleids. Ich war noch nie in meinem Leben so unsicher gewesen wie in diesen paar Tagen hier in Paris. Vielleicht sollte ich erst einmal versuchen, wieder ich selbst zu werden. Wieder ich, wie ich in den letzten vierundzwanzig Jahren gewesen war. Diese ganze Situation hier brachte mich völlig aus dem Gleichgewicht. Der Angriff des Schlächters, die Suche nach ihm und die Tatsache, dass ich nicht wusste, welche Aufgabe ich hier zu erfüllen hatte. Das alles trieb mich dazu, mich Hals über Kopf in eine Verliebtheit zu stürzen, die ansonsten vielleicht nie so entstanden wäre.

Und wieder hatte ich eine Theorie, die ich in der Praxis nicht unbedingt umsetzen konnte, denn mein Herz fragte nicht, warum ich verliebt war. Mein Herz bestand auf Gefühle, egal, woher sie kamen. Und das ziemlich eindringlich.

Zumindest halfen mir die Überlegungen, einen klaren Kopf zu bekommen. Es war richtig gewesen, Philippe gehen zu lassen. Nur blöd, dass mein Herz das anders sah, doch ich war stark und ich brachte dieses romantische Ding in meiner Brust zum Schweigen – vorerst. Ich legte mich in Unterwäsche in das

Bett, kuschelte die dicke Decke um mich und lag anschließend noch lange wach.

Doch irgendwann fielen meine Augen zu und mein Unterbewusstsein öffnete sich für wirre Träume. Träume von einem Mann mit kalten dunklen Augen, der auf der Suche nach seinem nächsten Opfer war. Ich spürte die Angst der Frau, hinter der er her war. Fühlte den Schmerz, den sie fühlte, und ein Teil von mir starb in dieser Nacht mit ihr.

9. Kapitel

Stöhnend erwachte ich am nächsten Morgen. Ich hatte Geschrei gehört und augenblicklich schoss mir die eiskalte Angst des Traums in meine Glieder. Doch es waren nicht Schreie der Angst oder voller Schmerz. Es war die Stimme von Madame Legrand, die fast hysterisch und extrem vorwurfsvoll in meinen Ohren klang.

»Ich sagte, dass ich das Weibsbild hier nicht haben will. Was verstehst du daran nicht?«

»Und ich sagte, sie bleibt«, erwiderte Philippe mit lauter Stimme. Es klang wie ein Donnergrollen. Dann entfernten die beiden sich und ich konnte nicht mehr verstehen, was sie sagten.

Rasch sprang ich aus dem Bett und zog mich an. Ich nahm den Seesack und meine Stiefel, um dann umgehend das Zimmer und anschließend das Haus zu verlassen. Ich wollte nicht dafür verantwortlich sein, dass die beiden sich entzweiten. Nicht wegen mir. Das ging zu weit. Mir blutete zwar das Herz bei der Vorstellung zu gehen, aber es war vermutlich besser so. Ich würde Philippe nachher im Revier besuchen und mich mit ihm aussprechen. Vielleicht bekäme ich meinen Schlüssel zurück und hätte dann einen Unterschlupf für die kommende Nacht.

Doch als ich in Richtung Haustür eilte, trat Philippe mir unversehens in den Weg. Er trug heute einen eleganten Anzug und sah einfach nur zum Anbeißen aus. Für einen kurzen Augenblick vergaß ich, was ich eigentlich hatte tun wollen. Wie schaffte er das nur?

Sein Gesicht war jedoch eine steinerne Maske der Entschlossenheit und mir stockte der Atem, als ich abrupt vor ihm zum Stehen kam.

»Wo willst du hin?«, brummte er und sah mich an, als wäre ich gerade im Begriff, einen weiteren Taschendiebstahl zu begehen.

»Ich werde jetzt gehen«, erwiderte ich ganz ruhig.

Philippe mahlte mit den Zähnen, als müsse er sich zurückhalten, mich über die Schulter zu werfen und in seine Höhle zu schleifen. Allein die Vorstellung amüsierte mich, auch wenn die Situation ansonsten jeglicher Komik entbehrte. »Wohin?« Er kam einen Schritt auf mich zu und ich wich daraufhin einen zurück.

»Das tut nichts zur Sache. Ich werde keine Minute länger in diesem Haus bleiben.« Meine Stimme zitterte, zu spät erinnerte ich mich an meinen Vorsatz von letzter Nacht, wieder mehr ich selbst zu sein. Wieder stark und selbstbewusst das einzufordern, was mein Recht war und mir zustand. Doch das Zittern kam nicht von der Aufregung oder von irgendeiner Art von Angst. Nein, es war vielmehr mein Innerstes, das ihn wollte. Ich musste gegen den Drang ankämpfen, mich einfach an ihn zu schmiegen. Niemals zuvor war ich dermaßen überfordert mit meinen eigenen Gefühlen gewesen.

Ich versuchte, mich an ihm vorbeizuquetschen, aber Philippe verstellte mir mit verschränkten Armen den Weg und ließ mich nicht vorbei. Wie eine Wand aus Fleisch und Blut ragte er vor mir auf und erschien mir unüberwindbar.

»Was soll das?«, fauchte ich ihn an, obwohl ich mich freute, dass er sich so sehr ins Zeug legte, mich nicht gehen zu lassen.

»Du bleibst!«, befahl er unwirsch.

Wenn ich eins noch nie mochte, dann waren es Menschen, die mich herumkommandierten. Wütend bohrte ich ihm meinen Zeigefinger gegen die Brust und sah ihn aus zusammengekniffenen Augen an. »Geh mir sofort aus dem Weg!«

Ein überhebliches Grinsen legte sich auf sein Gesicht. »Oder was?«

Ich wurde ganz ruhig und erwiderte in gefährlich leisem Tonfall: »Das möchtest du nicht wirklich wissen, Phil!«

»Phil?« Eine seiner Augenbrauen schoss empor und sein amüsierter Gesichtsausdruck ärgerte mich.

Warum ich ihm einen englischen Spitznamen gab, wusste ich selbst nicht. »Lenk nicht ab. Ich möchte jetzt gehen, also lass mich durch.«

»Nein«, sagte er mit einem noch breiteren Grinsen auf den Lippen.

Nun hatte ich endgültig genug. Ich holte aus, um sein Schienbein mit aller Kraft zu treffen, aber er hatte geahnt, was ich vorhatte. In einer fließenden Bewegung drehte er sich zur Seite, zog sein Bein hinter meins und fegte mich von den Füßen. Doch ich fiel nicht auf meinen Hintern, wie ich zuerst befürchtet hatte, denn im nächsten Moment lag ich in Philippes Armen.

Ein Keuchen drang über meine Lippen. Ich dämliche Kuh hatte nicht bedacht, dass er in solchen Finten ausgebildet worden war. Da hätte ich mir definitiv etwas Besseres einfallen lassen müssen, um ihn zu überrumpeln.

»Am liebsten würde ich dir deine Flausen austreiben, aber meine Mutter hat mich gut erzogen, und wenn sie hier reinkommt und sieht, wie ich über eine wehrlose Frau herfalle, bekäme ich eine Menge Ärger.« Geflüsterte Worte, die jedoch meinen Puls in die Höhe trieben. Doch der Spott in seinen Augen war ein zündelndes Feuer, das meine Wut erneut entfachte.

»Wehrlos?«, fragte ich zwischen zusammengebissenen Zähnen hindurch.

Philippe zwinkerte mir zu. »In meinen Armen schon.« Seine Augen schoben sich noch ein Stück höher in Richtung Haaransatz. »Und nun ab mit dir an den Frühstückstisch. Ich brauche dich heute noch mal als Köder.« Mit diesen Worten stellte er mich auf meinen Füßen ab, öffnete seine Arme und entließ mich aus seiner Umarmung.

Auf wackligen Beinen stand ich da und vergaß schnell meine Wut. Er brauchte mich wieder als Köder? Sofort bildete sich ein Klumpen in meinem Magen. Meine Aufgabe, die ich zu erfüllen hatte, kristallisierte sich immer mehr heraus. Glück würde ich nicht finden auf meinen Reisen. Philippe war offensichtlich nicht das Ziel dieses Zeitsprungs hierher. Sobald wir den Schlächter hatten, würde mich das Medaillon vermutlich wieder von hier fortreißen. Damit musste ich mich abfinden, auch wenn es mir verdammt schwerfiel. Mein Herz wurde schwer. Hatte ich mich tatsächlich so getäuscht? Wenn ich nur wüsste, was richtig und falsch war. Aber das konnte mir niemand beantworten. Nur das Schicksal, und das konnte man nicht so einfach anrufen und nach dem Weg fragen.

Philippe ließ mir den Vortritt, doch ich vermutete, dass es nicht daran lag, dass er den Gentleman spielen wollte, sondern vielmehr, weil er mir damit weiterhin den Fluchtweg versperren konnte.

Als ich in das Esszimmer trat, blieb ich abrupt stehen. An dem gedeckten Tisch saß Madame Legrand. Die leicht säuerliche Miene zeigte deutlich, was sie davon hielt, mit mir zu frühstücken. Und wenn ich mich nicht täuschte, hatte sie jedes Wort unserer Unterhaltung mitbekommen. Pulsierende Hitze schoss in meine Wangen.

»Guten Morgen, Madame«, sagte ich höflich und setzte mich.

»Guten Morgen, Kristin«, erwiderte sie emotionslos und biss in ihr Croissant.

Philippe nahm zwischen uns Platz und schenkte mir Kaffee ein. Stille breitete sich aus, die mir zu schaffen machte. Die ganze Situation war mir sehr unangenehm, da mir mehr als klar war, dass ich nicht willkommen war.

Als ich es nicht mehr aushielt, räusperte ich mich, und beide sahen mich an, als wäre ich eine tickende Zeitbombe. Womit sie vermutlich ganz richtiglagen. »Vielen Dank, dass ich eine weitere Nacht hier schlafen durfte, Madame Legrand.«

Sie nickte. »Schon gut. Philippe hat mir erzählt, dass du ihm hilfst, den Schlächter zu finden. Du kannst bleiben, solange es dir beliebt.«

Erstaunt blickte ich sie an und war mir nicht sicher, ob sie das wirklich ernst meinte. Hatte Philippe sie unter Druck gesetzt? Worauf war ihr Meinungswechsel zurückzuführen?

»Nun schau mich nicht so an, Schätzchen. Eine alte Frau kann ihre Meinung ändern, wenn sie merkt, dass sie einen Fehler begangen hat. Ich habe mir Luft gemacht und nun ist es wieder gut.« Eindringlich hob sie die Augenbrauen und sah mir intensiv in die Augen.

Ich nickte erleichtert und sagte: »Danke.«

»Schon gut und nun iss!«, wies sie mich an.

Erstaunlicherweise setzte nach dieser Ansprache auch mein Hunger wieder ein. Ich griff nach einem Croissant, bestrich es mit Butter und biss hinein.

»Wie lange wirst du bleiben, Kristin?«, wollte Madame Legrand wissen. Ihre Stimme wirkte vollkommen unvoreingenommen und ich entspannte mich ein bisschen mehr. Hoffentlich führte sie mich mit ihrer friedlichen Haltung nicht an der Nase herum. Ich blieb dennoch achtsam.

Philippe beobachtete wortlos uns beide. So wie es aussah, misstraute er dem Frieden genauso sehr wie ich.

»Wenn ich das wüsste. Meistens habe ich keinerlei Einfluss auf die zeitliche Dauer meines Aufenthalts oder das Jahr, in dem ich anschließend lande.« Ich zuckte mit den Schultern. »Manchmal fällt es mir sehr schwer, etwas hinter mir zu lassen, aber ich habe gelernt, damit umzugehen. Verlust gehört zu meinem Leben leider dazu.«

Neugierig beobachtete sie mich. »Das stelle ich mir sehr schwierig vor.«

»Das ist es auch. Ich würde gern endlich ankommen«, gestand ich und merkte das Brennen in meinen Augen. Um mich selbst abzulenken, griff ich nach meiner Tasse und nahm einen Schluck Kaffee. Leider hatte ich nicht damit gerechnet, wie heiß das Getränk noch immer war, und verbrannte mir prompt die Zunge. »Mist!«, fluchte ich und stellte schnell die Tasse ab.

»Moment, ich hole dir ein Glas Wasser«, hörte ich Philippe noch sagen, dann war er schon aus dem Raum gestürmt.

Stille breitete sich erneut aus und ich wusste nicht, wie ich mich Madame Legrand gegenüber verhalten sollte, also schwieg ich.

»Kristin?«, begann sie das Gespräch.

»Ja?«, fragte ich und sah auf.

Ihr Gesicht wirkte undurchdringlich. »Ich möchte mich entschuldigen. Es war nicht richtig, dich so anzugreifen. Du kannst bleiben, solange du willst. Das ist mein Ernst. Mir ist klar, dass du es nicht leicht hast, doch solange du hier bist, hast du ein Zuhause.« Vorsichtig legte sie ihre Hand auf meine.

Ich schluckte den Kloß in meinem Hals herunter und blinzelte. Diese Frau war mir ein Rätsel und dennoch schenkte sie mir in dem Moment ein Gefühl der Geborgenheit, das ich lange nicht mehr hatte. »Danke.«

»Und noch eins«, begann sie. »Schluss jetzt mit dem ständigen Bedanken. Das bin ich gar nicht gewohnt.«

Ein Lächeln huschte über mein Gesicht, als sie mir verschwörerisch zuzwinkerte. Kurz fragte ich mich, wie sie wohl geworden wäre, wenn sie nicht so ein hartes Leben als Hure hätte führen müssen. Sie war noch immer hübsch, obwohl weiße Haare ihr Gesicht einrahmten. Bestimmt war sie eine schöne Frau gewesen.

Im nächsten Moment hörte ich Philippe ins Zimmer kommen, doch Madame Legrand zog ihre Hand nicht weg und sah mich noch einmal intensiv an. Ich war kein Meister in nonverbaler Kommunikation, doch ich nickte, weil ich davon ausging, dass sie es tatsächlich so meinte, wie sie es gesagt hatte. Erleichtert widmete ich mich wieder meinem Frühstück, das nun besser schmeckte als zuvor.

* * *

Philippe und ich saßen gemeinsam in der Kutsche und fuhren zum Polizeipräsidium. Taxis waren in den Sechzigerjahren eindeutig komfortabler gewesen. Ich wurde immer wieder durchgerüttelt, wenn wir durch eins der vielen Schlaglöcher fuhren. Dabei berührte mein Oberschenkel hin und wieder den von Philippe. Ein Kribbeln schoss jedes Mal durch meinen Körper und ich musste das Verlangen bekämpfen, an ihn heranzurücken, um die Verbindung nicht dauernd unterbrechen zu müssen.

Um mich abzulenken, machte ich mir Gedanken, was mich heute bei diesem verdeckten Einsatz erwartete. Wann und wo müsste ich wieder den Köder spielen? Und wären wir diesmal in der Lage, den Schlächter zur Strecke zu bringen? Ich hoffte es sehr. Oder wäre ich diejenige, die zur Strecke gebracht werden würde?

Der Traum der letzten Nacht ließ mich nicht mehr zur Ruhe kommen. Immer wieder lief mir ein kalter Schauer über den

Rücken, sobald ich mich an das Gefühl des Sterbens erinnerte, an die Schmerzen und an die Hoffnungslosigkeit, die ich dabei empfunden hatte. Es war mir so real erschienen. Ich hatte bisher nicht erlebt, dass ein Traum mir dermaßen nachging.

Nun hatte ich mich zwar von meiner Schwärmerei für Philippe abgelenkt, aber die Düsternis, die mich jetzt im Griff hatte, war viel unangenehmer. Tod, Schmerzen und Angst waren keine guten Gesellschafter. Wir mussten das Scheusal fangen, ehe es erneut zuschlagen konnte. Das sollte oberste Priorität haben, für mich, für Philippe, für alle. Ich wusste nicht, wie wir das bewerkstelligen konnten.

»Hast du schon eine Idee, wer als Verräter in Betracht kommt?«, fragte ich deshalb. Für Philippe musste es heftig sein, dass es eventuell unter seinen Männern einen gab, der mit einer solchen Bestie im Bunde war. Vielleicht war derjenige sogar selbst an den Morden und Vergewaltigungen beteiligt. Wer wusste schon, welche morbide Freude diese Menschen dabei empfanden, wenn sie Frauen so etwas antaten? Das musste eine schreckliche Vorstellung für den Mann neben mir sein.

»Ja«, brummte er nur. Der Herr war heute anscheinend nicht sehr gesprächig, was ich gut nachvollziehen konnte. Aber ich hatte nicht vor, so schnell lockerzulassen, schließlich hielt ich meinen eigenen Kopf hin.

»Und wer?«, hakte ich ungeduldig nach. Da ich in die ganze Sache involviert war, hatte ich ein Recht zu erfahren, gegen wen wir kämpften. Mit wem ich es zu tun haben würde.

»Im Moment ist es sinnvoller, wenn du es nicht weißt. Dadurch wirst du dich unvoreingenommener ihm gegenüber benehmen.« Sein Blick war aus dem Fenster gerichtet, so konnte ich nicht sehen, welche Gefühle in ihm die Oberhand hatten. Der Ton, in dem er mit mir sprach, war kalt. Ich kannte ihn zu wenig, auch wenn ich mich so stark von ihm angezogen fühlte, als wären wir seit Jahren füreinander bestimmt.

Die Art, wie er mit mir sprach, fühlte sich wie eine Ohrfeige an, weshalb ich schwieg und nicht weiter nachfragte. Dachte er, ich würde mich verraten oder so dumm anstellen, dass man mich sofort durchschaute? Nicht umsonst waren die Vieille-Kinder Meister in allen strategischen Spielen gewesen. Niemand hatte meine Geschwister oder mich durchschauen können. Ich hatte das Pokerface von meinem Vater geerbt.

In mir drin brodelte es gefährlich, aber es würde nichts bringen, wenn ich hier einen Aufstand anzettelte. Ich gemahnte mich selbst zur Ruhe, was nach ein paar tiefen Atemzügen kein Problem mehr darstellte.

»Und was soll ich heute den lieben langen Tag tun? Wieder die ganze Zeit in deinem Büro herumsitzen? Das werde ich kaum noch einmal aushalten. Lesen hin oder her, auf Dauer siegt mein Bewegungsdrang.« Vermutlich hörte ich mich zickig an, im besten Fall quengelig, aber ich war es gewohnt, etwas zu tun, arbeiten zu gehen oder mich sonst wie zu beschäftigen. Durchgehend auf einem harten Stuhl zu sitzen, entsprach nicht meinem Plan für einen guten Tag.

»Sei nicht so streng mit mir.« Philippe zwinkerte mir verschwörerisch zu und sein Lächeln verschlug mir die Sprache, was eindeutig etwas zu heißen hatte. So viele Menschen hatten mich in meinem Leben angelächelt und bei keinem waren die Schmetterlinge in meinem Bauch erwacht. Bis jetzt – bis Philippe mir begegnet war.

Offenbar hatte er den Aufruhr in meinem Innern gespürt und sich deshalb einen alternativen Tagesablauf ausgedacht. Denn im nächsten Moment sagte er: »Wir werden nur kurz in meinem Büro vorbeischauen.«

»Nur kurz?«, fragte ich nach, weil ich mir keinen Reim auf diese Aussage machen konnte. Was hatte er vor? Skeptisch sah ich zu ihm.

»Heute werden wir beide ein wenig spazieren gehen und ich werde dir Paris zeigen. Mein Paris«, fügte er mit einem Augenzwinkern hinzu.

Überrascht sah ich ihn an. War das eine Art Verabredung? »Ehrlich?«, fragte ich atemlos nach. In mir drin herrschte Chaos – absolutes und pures Chaos. Dass ich mich darüber so sehr freute, wollte ich mir nicht anmerken lassen. Klar, wir hatten uns geküsst, aber ich wollte nicht wie eine läufige Hündin mit dem Schwanz wedeln. Zurückhaltung, schließlich wollten Männer erobern. Das war doch so, oder?

Er lachte. »Absolut, Lämmchen.«

Ich schenkte ihm dennoch ein glückliches Lächeln, weil ich mich auf dieses Spiel einlassen wollte. Er flirtete mit mir, verwendete wieder den albernen Kosenamen. Mittlerweile mochte ich es, wenn er mich so nannte. Es verlieh den Schmetterlingen in meinem Innern Flügel von gigantischem Ausmaß.

Sekunden später hielt die Kutsche und wir stiegen aus.

10. Kapitel

Philippe hielt Wort. Ich wartete lediglich eine halbe Stunde, bis er alles erledigt hatte. Da sich auf dem Revier nichts Außergewöhnliches seit gestern Abend ereignet hatte, nahm er sich bis zum späten Nachmittag frei. Dann mussten wir beide zurück sein, um ein weiteres Mal zu versuchen, den Schlächter zu erwischen. Doch den Gedanken daran schob ich weit von mir und konzentrierte mich stattdessen auf die Stunden, die vor mir lagen.

Wir nahmen diesmal keine Kutsche und spazierten gemeinsam an der Seine entlang. Über unseren Köpfen blies ein sachter Wind und ließ die Blätter der Bäume leise rascheln. Die Sonne schimmerte durch das Blätterdach und versprach einen schönen Sommertag. Es war erst Vormittag und die Temperaturen waren noch in einem angenehmen Bereich, genießerisch hielt ich mein Gesicht der Sonne entgegen, was Philippe mit einem leisen und sehr tiefen Lachen quittierte. Diesem Lachen war es zu verdanken, dass mir die Hitze ins Gesicht schoss und dort vermutlich in einem tiefen Rot gipfelte.

Den Hut hatte ich auf dem Revier liegen gelassen, nachdem die Aktion an der Kathedrale Notre-Dame abgeblasen wurde. Schließlich wollte ich das teure Stück nicht beschädigen oder gar irgendwo vergessen. Deshalb lief ich ohne Kopfbedeckung herum und konnte mich auch nicht unter einer breiten Krempe verstecken. Durch den Wind lösten sich einzelne Strähnen meines blonden Haares. Um uns herum war es still, es waren kaum Menschen unterwegs.

Ich genoss Philippes Gegenwart und spürte immer wieder seine Blicke auf mir. Wir schwiegen, aber das war überhaupt nicht unangenehm. Das war eine schöne Erfahrung, jemanden neben sich zu wissen, der nicht unbedingt die Atmosphäre mit sinnlosem Gerede zerstören musste.

Nur hin und wieder erzählte Philippe mir eine Geschichte zu den Sehenswürdigkeiten, an denen wir vorbeiliefen. Ob er sich ebenso wohlfühlte in meiner Gesellschaft wie ich mich in seiner? Hoffentlich. Der Gedanke, dass er mir diese Stunden lediglich aus Pflichtgefühl schenkte, gefiel mir ganz und gar nicht. Aber ich musste auch zugeben, dass er mir nicht eine Sekunde das Gefühl gab, eine Bürde zu sein.

Wir hielten vor einem Straßenkünstler, der wunderschön gemalte Bilder feilbot. Versonnen sah ich sie mir an und bewunderte den zarten Pinselstrich, mit dem er die Aquarellfarben auf das Papier gebracht hatte.

Als ich aufsah, stand Philippe neben mir und beobachtete mich gespannt. Ich schenkte ihm ein Lächeln, ehe wir weitergingen.

Philippe räusperte sich und fragte anschließend: »Gibt es in irgendeiner Zeit einen Mann, der auf dich wartet?«

Mit dieser Frage erwischte er mich kalt und ich blieb wie angewurzelt stehen.

»Verzeih mir bitte, wenn ich zu indiskret war. Vergiss es einfach«, entschuldigte er sich.

»Nein, schon gut. Du hast mich mehrmals geküsst und findest jetzt diese Frage zu indiskret?«

Ein schelmisches Grinsen legte sich auf seine Lippen.

»Ich habe niemanden«, gestand ich ihm, woraufhin ein Leuchten in seinen Augen auftauchte.

»Schön«, hörte ich ihn sagen und er zwinkerte mir zu, ehe er weiterging.

Ich hatte Schwierigkeiten zu atmen und mein Gesicht leuchtete wahrscheinlich wie eine Glühbirne. »Erzählst du mir, was passiert ist, nachdem ich dich in dem Bordell zurückgelassen habe?«, fragte ich ihn vorsichtig. Es interessierte mich, aber es half mir auch ein wenig über meine Nervosität hinweg, die sich angesichts der Hoffnungen in meinem Innern meiner bemächtigte.

Er warf mir einen Blick von der Seite zu, den ich nur aus dem Augenwinkel wahrnahm. Doch herauszufinden, was ich in seinem Gesicht vorfinden würde, zog mich magisch an. Als ich zu ihm sah, entdeckte ich ein versonnenes Lächeln auf seinen Lippen, und er antwortete: »Da gibt es nicht so viel zu erzählen. Meine Mutter nahm mich als ihren Sohn an und beschloss, von da an anständig zu sein. Sie hatte genug Geld zur Seite gelegt und ein Haus gekauft. Später, als ich arbeiten ging, legte ich so gut wie all meinen Verdienst beiseite und gemeinsam erwarben wir die Villa, in der wir jetzt wohnen.«

»Kannst du dich noch an deine richtige Mutter erinnern?«

»Nur verschwommen. Ab und an taucht ein Erinnerungsfetzen auf, aber ich weiß nicht mal mehr, wie sie aussah oder was sie für ein Mensch gewesen ist.« Ein gequältes Lächeln huschte über sein Gesicht.

»Das muss schrecklich sein. Meine Mutter und ich waren ein eingeschworenes Duo. Ich war das Nesthäkchen und meine Eltern waren immer für mich da. Egal, was ich getan habe, sie hielten zu mir. Ich kann mir gar nicht vorstellen, wie es für dich gewesen sein mag, ohne ein Elternteil aufzuwachsen.« Traurig sah ich zu Philippe, aber er sah nachdenklich geradeaus, wodurch ich in den Genuss kam, sein Profil eingehender anzuschauen.

Zuerst dachte ich, er würde mir nicht antworten wollen, doch dann räusperte er sich und erzählte. »Es war manchmal hart. Gerade wenn ich Hunger hatte. Aber das ist so lange her, nun bin ich ein völlig anderer Mensch.« Erneut schenkte er mir ein gequältes Lächeln, doch ich durchschaute ihn. Er wollte nicht darüber reden, was ich gut verstehen konnte. Er hatte mit seiner Vergangenheit abgeschlossen und wollte nicht die alten Wunden aufreißen.

»Und wie erging es dir als Erwachsener?« Erst hatte er geheiratet und dann seine Frau und sein Kind verloren. Das musste schrecklich gewesen sein. Ehe ich es mir anders überlegen konnte, fragte ich ihn geradeheraus: »Hast du nie mit dem Gedanken gespielt, dich noch einmal an eine Frau zu binden?« Philippe war ungefähr vierunddreißig Jahre alt, wenn ich richtig gerechnet hatte, und sah verdammt gut aus. Da war es doch nur legitim, sich eine solche Frage zu stellen, oder etwa nicht?

»Wollen wir uns setzen?«, fragte er, anstatt mir zu antworten. Mit einer einladenden Geste zeigte Philippe hinter mich.

Ich nickte bestätigend und er führte mich zu einer Bank, die unter einem Schatten spendenden Baum stand. Was wollte er mir jetzt verraten? Würde er mir erzählen, dass er sie doch aus tiefstem Herzen geliebt hatte? Oder dass ihn der Tod seiner Frau und seines Kindes zu sehr schmerzte, um noch einmal einen Versuch zu wagen?

Kurz herrschte Stille zwischen uns, dann antwortete er: »Nein. Ich wollte nie wieder einen solchen Verlust durchleben. Mein Leben war von klein auf von Entbehrungen geprägt. Und als ich endlich einigermaßen glücklich und zufrieden war, beschloss das Schicksal, mir doch wieder alles zu nehmen. Das könnte ich kein weiteres Mal ertragen.«

Seine Worte waren wie eine scharfe Klinge. Sie drangen unaufhaltsam in mich ein und zerstörten einen Teil von mir. Er wollte keine Beziehung mehr, keine Frau in seinem Leben. All meine

Hoffnungen waren vergebens gewesen. Ich konnte mir sehr gut vorstellen, welche Ängste in einem Menschen schlummerten, der so viel erlebt hatte. Der so viel verloren hatte. Einem Drang nachgebend, legte ich meine Hand auf seine. Ich wollte ihm dennoch Trost spenden, weil seine Geschichte mein Herz berührte, auch wenn sie mir zusetzte. Philippe ließ es zu und so saßen wir für ein paar Minuten nebeneinander, jeder in seinen Gedanken versunken.

Irgendwann erwachte in mir der Wunsch, um ihn zu kämpfen. Warum sollte ich so mir nichts, dir nichts nachgeben? Ich wollte die Zeit, die ich hier mit ihm noch hatte, sinnvoll nutzen und ihm zeigen, dass zu fühlen nichts Verwerfliches war. Es konnte doch ebenso heilsam sein.

»Warum hast du mich nicht verhaftet, als du mich beim Taschendiebstahl erwischt hast?«, stellte ich die Frage, die mir schon die ganze Zeit auf dem Herzen lag.

Nachdenklich sah er zum Fluss. »Ich denke, es lag daran, dass ich so hübsche Frauen wie dich nicht durch eine Festnahme dazu verleiten möchte, zukünftig noch Schlimmeres zu tun.« Entschuldigend zuckte er mit den Schultern.

Er fand mich hübsch? Doch dann realisierte ich den Rest des Satzes. »Schlimmeres?«

»Na ja, meine Mutter hatte man, als sie noch sehr jung gewesen war, auch wegen Taschendiebstahls ins Gefängnis geworfen. Nur kurz, aber es reichte, dass sie sich danach einen neuen *Beruf* suchte.«

Jetzt verstand ich. »Du hattest Angst, dass ich in einem Bordell lande?«

Philippe drehte den Kopf zu mir. »Ist das so verwunderlich?«

Ich hatte Mühe damit, das nicht persönlich zu nehmen. Aber in seiner Welt gehörte die Prostitution zur Normalität, das konnte ich ihm nicht zum Vorwurf machen. »Nein.«

»Du warst also Krankenschwester, bevor dich deine Reise hierhergeführt hat?« Sein aufrichtiges Interesse freute mich.

Also erzählte ich ihm von meinem beruflichen Alltag in Verdun. Immer wieder stellte er Zwischenfragen, die ich liebend gern beantwortete.

Plötzlich hörte ich ein platschendes Geräusch und im nächsten Augenblick fluchte Philippe neben mir und sprang auf. Als ich sah, was passiert war, konnte ich mein Lachen nicht zurückhalten und kicherte wild vor mich hin. Auf Philippes Schulter war ein verdächtiger grünlich weißer Klecks zu sehen. Da hatte ihn wohl ein Vogel als würdigen Toilettenersatz wahrgenommen.

»Merde!«, schimpfte er und setzte sich wieder hin. Eine steile Falte hatte sich auf seiner Stirn gebildet.

»Im wahrsten Sinne des Wortes«, stieß ich zwischen mehreren Lachern hervor. Tränen liefen meine Wangen hinab, weil ich mich kaum zurückhalten konnte. Immer wieder stieg ein neuer Gluckser auf, wenn ich dachte, mich endlich im Griff zu haben.

Philippe sah mich konsterniert an, doch als er mein Lachen in sich aufnahm, brach er ebenfalls in schallendes Gelächter aus. »Da hast du wohl oder übel recht.«

Die Tatsache, dass er über sich selbst lachen konnte, machte ihn mir nur noch sympathischer.

Als wir langsam wieder zu Atem kamen, nahm ich ihm das Taschentuch aus der Hand, das er gerade aus seiner Anzughose gezaubert hatte, und half ihm, den Fleck zu beseitigen.

Ich hatte schon lange nicht mehr so sehr gelacht. In den letzten Monaten fast gar nicht mehr, weil ich nur noch unglücklich gewesen war. Das war an sich traurig und zeigte deutlich, wie sehr mir mein Leben zwischen den Zeiten zusetzte.

»Danke«, sagte er und wir lächelten uns ob dieses Zwischenfalls belustigt an.

Ein weiteres Mal hatte ich das Gefühl, allein von seinem Blick paralysiert zu sein. Ich hatte Mühe, genug Sauerstoff in meine Lunge zu bekommen. Dieser Mann legte in meinem Hirn irgendeinen Schalter um, der meine lebenswichtigen Funktionen außer Kraft setzte. Atmen zum Beispiel.

Langsam hob er seine Hand und strich mir federleicht über meine Wange. Für einen kurzen Moment schloss ich die Augen und gab mich diesem prickelnden Gefühl hin. Doch als ich sie wieder öffnete und in Philippes blickte, konnte ich darin ein raues Verlangen erkennen.

Überwältigt zog ich die Luft ein. Ich spielte hier mit dem Feuer, obwohl ich nicht einmal wusste, wie lange ich hierbleiben konnte, und ich bereute es keinen einzigen Moment. Ich räusperte mich kurz und heftig und stand dann von der Bank auf. Zu leicht durfte ich es ihm nicht machen.

»Wollen wir weiter?«, fragte ich und mied dabei seinen Blick.

»Natürlich!«, erwiderte Philippe.

Ich war mir sicher, in diesem einen Wort ein Lachen zu erkennen. Hatte er mich durchschaut? Hatte er erkannt, dass ich Angst hatte? Angst, mich zu sehr zu öffnen? Angst, ihn bald zu verlieren? Angst, ihn mit meinen Gefühlen zu erdrücken? Doch als ich ihn ansah, wirkte Philippe völlig ernst. Offenbar hatte ich mich getäuscht.

Dieser Tag war einer der schönsten, die ich in den letzten Jahren erlebt hatte. Wir spazierten noch ein Stück. Unter meinen Schuhen knirschten die feinen Steine und über unseren Köpfen zwitscherten die Vögel. Philippe warf immer wieder skeptische Blicke nach oben, was mich jedes Mal zum Kichern brachte.

»Ich glaube nicht, dass es zweimal an einem Tag passiert«, gab ich zu bedenken. Er erwiderte daraufhin nichts, aber sein Stirnrunzeln und der erneute Blick nach oben sagten alles.

Nach einer Weile blieben wir auf einer der vielen steinernen Brücken von Paris stehen und sahen ein paar Enten zu, die unter uns auf dem Wasser dümpelten. Die Atmosphäre schien so normal, so idyllisch, dass ich mich augenblicklich fragte, wie lange die Menschen hier noch flanieren würden, ohne die großen Sorgen, die dieses Jahr mit sich brachte, wahrzunehmen.

Ich seufzte, weil mich Schwermut ergriff. »Die nehmen das Leben so leicht.« Mit den Augen folgte ich einer Ente, während sie friedlich auf dem Fluss dahintrieb.

»Wie meinst du das?«, wollte Philippe wissen und rutschte ein Stück näher an mich heran. Ich tat es ihm gleich, bis sich unsere Arme berührten.

Ich hatte zuerst gar nicht mitbekommen, dass ich das laut ausgesprochen hatte. Unwissend, wie ich meine Gedanken in Worte fassen könnte, zuckte ich mit den Schultern. »Die Enten, sie ahnen nichts von einem Schlächter oder dem bevorstehenden Krieg.«

Ruckartig drehte Philippe den Kopf zu mir. »Krieg? Du bist tatsächlich davon überzeugt, dass es Krieg geben wird?«

Reflexartig öffnete ich den Mund, doch es kam kein Ton heraus. Vermutlich sah ich aus wie ein Fisch auf dem Trockenen. Nun hatte ich damit angefangen, jetzt musste ich auch antworten. Er wusste ja eh schon, dass ich nicht aus dieser Zeit kam, und dass es Krieg geben wird, hatte ich ihm auch schon erzählt. Auch wenn er es mir nicht wirklich glaubte, wollte ich es ihm begreiflich machen. Ich schluckte den Kloß in meinem Hals herunter.

»Ich bin nicht nur davon überzeugt, dass es bald Krieg geben wird. Ich weiß es«, stieß ich hervor.

Unsere Blicke begegneten sich und ich versuchte, in seinen Augen zu erkennen, ob er mir überhaupt zuhörte. Aber das Einzige, was ich sah, war seine ungeteilte Aufmerksamkeit.

»Es ist genau so, wie ich es dir erzählt habe. Ganz Europa wird sich bekriegen. Nur noch wenige Tage, dann werden die ersten Kriegserklärungen ausgesprochen.« Ich schloss die Augen, weil ich Angst hatte. Nicht um mich, sondern um Philippe. Panik ergriff mich und ich ging noch einen weiteren Schritt auf ihn zu. Philippe hatte seine Arme auf dem Brückengeländer abgestützt, doch als ich näher kam, nahm er sie fort und drehte seinen ganzen Körper zu mir. Ich hob den Kopf, um ihm besser ins Gesicht zu sehen. Nun waren wir uns so nah, dass meine Nase beinahe sein Kinn berührte. »Du musst mir eins versprechen!«

Nachdenklich sah er auf mich herab, und seine Stirn legte sich in Falten. »Was?«, wollte er berechtigterweise wissen. Seine Stimme klang rau und aufgewühlt.

Ich griff nach seinen Händen. Hände, die voller Wärme und Leben waren. »Versprich mir, dich aus diesem Krieg herauszuhalten.«

Er lachte trocken auf. »Ich bin Polizeibeamter und kein Soldat. Krieg ist nichts für mich.«

Ich hoffte inständig, dass er das ernst meinte, doch wie konnte ich mir da sicher sein? Wenn mich das verdammte Medaillon wieder von hier wegriss, konnte ich ihn nicht mehr schützen. Der Gedanke, er würde eines Tages in einem der Gräben an der Front sterben, war zu viel für mich. Hektisch zog ich die Luft ein und wandte mich zum Gehen, doch seine Hand hielt mich zurück.

»Ich weiß nicht, wieso, aber etwas in mir glaubt dir. Ich kann es mir nicht mit Logik erklären, aber ich werde deine Aussagen nicht mehr infrage stellen.« Ich suchte nach Anzeichen für Zweifel, aber sein Gesichtsausdruck war aufrichtig.

»Danke«, hauchte ich ergriffen und senkte den Blick, weil ich total aufgewühlt war.

Schweigend gingen wir weiter.

11. Kapitel

Stunden später waren wir, nach einem wundervollen Spaziergang mit anschließendem Mittagessen, in das Polizeirevier zurückgekehrt und nun spielte ich erneut den Köder. Ich spazierte in der Rue de Seine langsam herum und hatte wieder den frechen Hut auf den Kopf gesetzt. Laut Antoine sollte hier der nächste Angriff erfolgen. Er wurde immer noch versteckt und war sehr gesprächig.

An diesem Abend war ich ruhiger. Ich wurde anscheinend routinierter. Dieses Mal hatten wir uns dazu entschlossen, dass ich einmal die gesamte Straße ablaufen und dann zurückgehen würde. Natürlich wäre es mir lieber gewesen, wenn ich mich wieder irgendwo mit Philippe zurückgezogen hätte, aber das war bei der vagen Ortsbeschreibung von Antoine nicht möglich.

Ich versuchte, ganz entspannt zu wirken und einfach eine junge Frau zu sein, die nach einem schönen Tag bei Freunden nach Hause ging. Völlig normal und unauffällig, hoffte ich.

Leichter Nieselregen setzte ein und ich war froh, den Hut aufgesetzt zu haben. Obwohl der Tag sommerlich gewesen war, wurde es kühler. Ein Frösteln lief über meinen Körper und ich zog unbewusst die Schultern hoch, als ein leichter Wind aufkam. Unwillkürlich fragte ich mich, ob es in den nächsten Tagen kälter werden würde und ob ich dies noch mitbekäme.

Was, wenn mich das Medaillon hier fortreißen würde, sobald der Schlächter dingfest gemacht worden war?

Ich lief bereits seit zwanzig Minuten auf der Straße entlang und nur hin und wieder kam mir eine menschliche Seele entgegen. Offenbar wurden in Paris schon früh die Nachtstunden eingeläutet. Dabei war es noch gar nicht so spät. Oder es lag an dem Wetter, da verzogen sich die Menschen lieber in ihre Wohnungen.

Nach weiteren fünf Minuten sah ich einen großen Mann auf mich zukommen. Sofort war mir bewusst, dass es unmöglich der Schlächter sein konnte. Seine körperliche Statur entsprach in keiner Weise der des Mannes, der mich gemeinsam mit Antoine angegriffen hatte. Dennoch hielt er auf mich zu, als wäre ich sein Ziel. Etwas in mir schlug Alarm. Die feinen Härchen auf meinen Unterarmen stellten sich auf und ich griff automatisch nach dem Messer in meiner Rocktasche. Noch zog ich die Hand nicht heraus, aber ich war von nun an auf alles vorbereitet.

Den Kopf hielt ich gesenkt, doch ich ließ den Mann nicht aus den Augen. So sah ich auch ganz genau sein feistes Grinsen und wie er mir den Weg verstellte. Ich wich nicht vor ihm zurück, weil ich wusste, dass überall um mich herum die Polizisten auf der Lauer lagen. Doch ich wollte sie auch nicht alarmieren, dann wäre die ganze Köderaktion umsonst gewesen, denn falls der Schlächter sich in der Nähe befand, würde er es bemerken und sich zurückziehen.

»Mademoiselle, so spät noch unterwegs?«, fragte der Mann. Jetzt, da ich sein Gesicht zu sehen bekam, registrierte ich, dass er einen kecken Schnurrbart trug und übergewichtig war. Und die Art, wie er mich ansah, war widerlich und aufdringlich.

»Ich denke, ich gehe recht in der Annahme, dass es Sie nichts angeht. Gute Nacht.« Ich schob mich an ihm vorbei, doch im nächsten Moment griff er nach meinem Arm und zog mich zurück.

»Vielleicht können wir die Nacht gemeinsam verbringen. Es soll Ihnen auch im Nachhinein an nichts mangeln, wenn Sie wissen, was ich meine.« Sein intensiver Blick sollte mich wohl umstimmen, sorgte aber genau für das Gegenteil. Ich ekelte mich und allein die Vorstellung, mich von ihm anfassen zu lassen, förderte einen Würgereiz zutage.

»Nehmen Sie augenblicklich Ihre Finger von mir!«, zischte ich den Kerl an und sah ihn aus zusammengekniffenen Augen an.

»Ein dorniges Mädchen. Das gefällt mir sehr. Lass uns ein wenig Spaß haben.« Er zog mich zu sich heran und ich roch seinen alkoholgeschwängerten Atem, was meine Übelkeit nur noch verstärkte.

Mein Magen zog sich zusammen, aber Angst hatte ich keine. Selbst nach dem Überfall vor zwei Tagen und der Erkenntnis, dass ich nicht immer alles im Griff hatte, war ich zuversichtlich, mit dem Mann allein fertigzuwerden.

Ich wollte gerade etwas erwidern, da wurde er mit einer wuchtigen Bewegung von mir weggezogen. Mit weit aufgerissenen Augen sah er mich an, während sein Mund ein *Oh* formte. Dann befand er sich zwei Meter von mir entfernt und lag auf dem Boden. Mühsam rappelte er sich wieder auf.

Philippe stand dort, das Gesicht zu einer hasserfüllten Maske verzogen. Mit aufeinandergepressten Zähnen kämpfte er gegen Dämonen an, die ich nicht in ihm vermutet hatte. Der ansonsten so sanfte und charmante Mann war nicht mehr wiederzuerkennen.

Kaum stand der Mann wieder auf seinen beiden Beinen, schnappte Philippe ihn sich erneut. »Wenn meine Frau sagt, dass Sie die Finger von ihr nehmen sollen, dann tun Sie das verdammt noch mal, haben wir uns verstanden?«, knurrte er und hielt den Mann mit eisernem Griff am Revers seiner Jacke fest.

Ein Japsen war zu hören, weil Philippe es offenbar ein wenig übertrieb und dem Kerl die Luft abschnürte. Ich ging zu den beiden Männern und legte demjenigen, dem mein Herz gehörte, beschwichtigend die Hand auf den Unterarm. Sofort entspannte er den Griff ein wenig und ich hörte, wie der andere Mann begierig die Luft einsog.

Außer Atem und mit belegter Stimme sagte dieser: »Hören Sie auf. Ich habe es verstanden. Sie sind ja völlig von Sinnen!«

Doch Philippe dachte gar nicht daran, ihn loszulassen. »Ich soll aufhören, so wie Sie aufgehört haben, als meine Frau darum bat, in Ruhe gelassen zu werden?«

Die Augen seines Gegenübers weiteten sich vor Angst. »Es … es tut mir leid.«

»Phil?«, versuchte ich, zu ihm durchzukommen.

Sein Blick huschte zu mir. Der harte Ausdruck darin überraschte mich nicht. Sein ganzer Körper war angespannt wie ein Bogen, kurz bevor man die Sehne loslässt, um den Pfeil im Ziel zu versenken.

»Lass ihn los«, sagte ich in ruhigem und sanftem Tonfall. »Wir haben eine andere Aufgabe, die wir erledigen müssen. Der Mann ist ein Niemand.« Immer noch lag meine Hand auf seinem Arm. So spürte ich, wie seine Muskeln weicher wurden, und letztendlich ließ er den Mann los. Augenblicklich machte sich dieser auf und davon.

Philippe riss mich in seine Arme. »Ich dachte für einen Sekundenbruchteil, es wäre der Schlächter. Ich hatte Angst, er würde dir etwas antun.«

Erstaunt hob ich den Kopf und sah zu ihm hinauf. »Ich war doch zu keinem Zeitpunkt in Gefahr. Bei so vielen Einsatzkräften um mich herum, hätte niemals etwas passieren können. Hast du ihn denn nicht sehen können? Er sah doch nicht annähernd so aus wie der Schlächter.«

Philippe schüttelte den Kopf.

Daraufhin legte ich ihm beschwichtigend die Hand an die Wange.

Er schmiegte sein Gesicht in meine Handfläche und schloss kurz die Augen. Für einen Moment vergaß ich, dass wir nicht allein waren, und stellte mich auf die Zehenspitzen. Ich legte meine Lippen auf seine. Ganz zart. Es war nur der Hauch eines Kusses, aber mein ganzer Körper begann zu kribbeln.

Philippe schlug die Augen wieder auf und sah in meine, als ich mich von ihm zurückzog. Das Verlangen, das ich darin erkannte, entsprach in etwa dem, was ich selbst gerade empfand. Ich wollte ihn wieder küssen, mich an ihn schmiegen und niemals mehr damit aufhören, doch zeitgleich brach um uns die Hölle los.

Schreie und das Pfeifen einer Trillerpfeife waren zu hören. Philippes Gesicht verfinsterte sich. Er ließ mich los und fuhr sich mit der Hand durch das dunkelblonde Haar. Über meinen Rücken schlich ein kalter Schauer. Etwas musste passiert sein, wenn unsere Aktion so unterwandert wurde. Die Beamten würden nicht solchen Radau machen, wenn nicht irgendetwas entscheidend schiefgelaufen wäre.

Ich trat einen Schritt zurück und sah mich um. Einige Meter weiter standen Philippes Kollegen in einem Hauseingang. Wie unter Zwang folgte ich dem Mann, dem ich kurz zuvor noch einen keuschen Kuss gestohlen hatte. Was würde mich erwarten? Was war da passiert?

Und dann sah ich sie. Eine eiserne Faust legte sich um meinen Hals, als ich das Gesamtbild erfasste. Blut, überall war Blut. Ein weiblicher und nackter Körper lehnte leblos an der Tür, den eigenen Kopf im Schoß drapiert.

Das makabre Bild, das sich nicht nur mir bot, brannte sich unauslöschlich in mein Hirn ein. Unwillkürlich fragte ich mich, wie viele solcher Bilder sich in Philippes Gehirn befanden. Was hatte er schon alles sehen müssen und konnte es vielleicht nie wieder vergessen? War er deshalb so empfindlich und hatte so überreagiert, als der Mann mich an sich gezogen hatte?

Ich schluckte den Würgereiz hinunter und blieb, wo ich war – in Philippes Nähe. Irgendwie stellte ich mir vor, ihm so besser beistehen zu können.

Jeder Mensch hatte seine Dämonen, und dies waren Philippes. Solche Dämonen konnten einen Mann in mancher Situation rotsehen lassen. So wie Philippe vorhin bei dem Mann, der mich bedrängt hatte.

Dann fiel mein Blick auf das, was die tote Frau in der Hand hielt, und mein Verstand setzte kurzfristig aus. Entgegen meinen Vorsätzen drehte ich mich um. In der Hand der Leiche steckte ein Buch. Es handelte sich um eine Ausgabe von *Stolz und Vorurteil*. War das ein Zufall? Oder wollte der Schlächter mir damit eine Botschaft übermitteln? Hatte er mich an dem Abend des Überfalls schon vorher beobachtet? Hatte er gesehen, wie ich in dem Restaurant gesessen und in dem Buch gelesen hatte?

Wusste er etwa auch jetzt, wo ich mich befand? Wo ich nachts schlief? Der Anflug einer Panikattacke machte sich bemerkbar. Nicht, dass ich so etwas schon einmal selbst erlebt hatte. Nein. Aber ich konnte die Signale meines Körpers deuten. Ich atmete tief ein und schloss die Augen. Atmen. Immer wieder. Ein und aus. Langsam beruhigte ich mich ein wenig.

Sobald Philippe hier fertig war, würde ich ihm erzählen müssen, was mir aufgefallen war. Ob er die Sache genauso wie ich als Warnung oder Botschaft einstufte? Das dort an der Haustür hätte ich sein können. Oder hätte ich es sein müssen? Wäre dann die Frau noch am Leben?

Ich lehnte mich an die Hauswand. Nah genug, damit niemand mich ansprach, und weit genug entfernt, um den metallischen Geruch des Blutes der toten Frau nicht mehr wahrnehmen zu müssen.

So fand mich Philippe einige Minuten später.

»Kristin!«, sagte er sanft und zog mich in eine Umarmung.

Der Hut rutschte von meinem Kopf, doch ich schenkte ihm keine Beachtung. Ich landete an Philippes Brust und schmiegte mich an ihn. Ich hatte gar nicht bemerkt, dass ich zitterte. Kälte breitete sich vom Herzen ausgehend in meinem gesamten Körper aus.

»Das hättest du nicht sehen sollen. Es tut mir so leid.« Zärtlich strich er über meinen Rücken.

Seine Stimme, sein Geruch und seine Wärme halfen mir, wieder klar denken zu können. Ich vergrub mein Gesicht an seinem Hals und inhalierte seinen Duft, als wäre es mein Überlebensserum. Mit geschlossenen Augen versuchte ich, die Bilder aus meinem Kopf zu verdrängen, was mir nicht so recht gelingen wollte. Dennoch half mir Philippes Nähe, wieder freier atmen zu können.

»Ist das immer so?«, fragte ich flüsternd.

Ich spürte, wie er den Kopf schüttelte. »Nein, er trennt jedes Mal einen anderen Körperteil ab oder verstümmelt die Leiche.« Die geflüsterten Worte beschworen neue Bilder herauf. Bilder, die ich mit dem, was ich im Operationssaal erlebt hatte, vermischte. Bilder, die dermaßen real wirkten, dass sich mir der Hals zuschnürte.

Irgendwie musste man den Mann doch gefangen nehmen können. Irgendwann machte jeder mal einen Fehler und er hatte schon einige begangen. Genug, um ihn aufzuspüren. Ich dachte angestrengt nach. »Wie trennt er die Körperteile ab? Verwendet er dafür eine Axt oder benutzt er chirurgische Instrumente?«

»Er hat Ahnung auf dem Gebiet. Und besitzt offenbar chirurgischen Stahl.« Philippes Stimme drang gedämpft zu mir, weil seine Lippen auf meinem Haar lagen.

Kurz entschlossen duckte ich mich ein Stück, sodass er seine Lippen von meinem Kopf nahm. Ehe ich ihm die Frage stellte, die mir auf dem Herzen lag, weil es so unfassbar war, sah ich zu ihm empor. »Er ist Arzt?«

Sein gequälter Gesichtsausdruck war mir Antwort genug. Wie krank musste der Kerl sein, dass er den Hippokratischen Eid auf solch niederträchtige Art und Weise mit den Füßen trat? Ein Monster im Arztkittel. Ich hatte mich dazu entschlossen, Menschen zu helfen. Ihnen beizustehen, wenn sie gegen Krankheiten oder den Tod kämpften, und ein ums andere Mal war ich dabei an meine Grenzen gestoßen. Aus Erfahrung wusste ich, dass auch Ärzte solche Situationen durchlebten und es verdammt schwer war, einen Patienten zu verlieren. Umso unbegreiflicher war es deshalb für mich, dass der Schlächter sich als Mediziner herausstellte.

In mir erwachte frische Energie und neue Ideen formten sich in meinem Hirn. »Wie wäre es, wenn wir in den nächsten Tagen die Krankenhäuser in Paris abklappern und uns die Ärzte dort mal genauer ansehen? Vielleicht ist der Mann, den ich unfreiwillig kennenlernen durfte, dort irgendwo angestellt. Wir würden ihn erkennen.« Ich trat einen Schritt zurück. Sofort vermisste ich Philippes Nähe und fror ein wenig. Doch irgendwie erschien es mir nicht richtig, in seinen Armen zu liegen, während wir über diesen kranken Perversling redeten und wenige Meter von uns eins seiner Opfer enthauptet auf dem Boden lag.

»Kristin.« Kurz stockte er. »Ehrlich gesagt möchte ich dich nicht mehr in die Fahndung einbinden. Das ist einfach zu gefährlich.« Seine Stimme klang leise, aber hart, und sein Blick lag unerbittlich auf mir, während die Bedeutung der Worte langsam in mich sickerte.

»Was?« Wütend stemmte ich die Hände in die Hüften. »Das ist jetzt nicht dein Ernst, oder?« War er von allen guten Geistern verlassen? Ich hatte den Mann gesehen, so wie seine Kollegen auch. Aber im Gegensatz zu denen war ich definitiv nicht mit dem Schlächter im Bunde. Philippe hatte in mir eine Verbündete, der er zu hundert Prozent vertrauen konnte. Warum also wollte er mich nicht mehr dabeihaben?

»Doch, das ist mein Ernst.« In seinem Tonfall hörte ich die Unnachgiebigkeit heraus, die ich bereits in seinen Augen wahrgenommen hatte.

»Aber … warum?«, versuchte ich einen weiteren Vorstoß.

Für einen kurzen Moment schloss er die Augen, dann sah er mich wieder an. »Weil ich es nicht ein weiteres Mal ertragen könnte, zuzusehen, wie ein Mann seine schmierigen Finger an dich legt«, gab er flüsternd zu. Rau klangen seine Worte in meinen Ohren nach. Eine Gänsehaut breitete sich auf meinen Armen aus.

Wir sahen einander an und mir wurde klar, dass Philippe für mich das Gleiche empfand wie ich für ihn. Ich musste endlich aufhören, an ihm zu zweifeln. Es war etwas zwischen uns, das keine weiteren Worte benötigte. Wenige Tage und ich hatte das Gefühl, nie wieder von ihm wegzuwollen. Hatte mich das Medaillon deshalb ins Jahr 1889 geschickt? Um nicht nur Amélie zu retten, sondern auch ihn? Weil wir füreinander bestimmt waren? Ich hoffte es so sehr. Und wenn ich nicht aufgehört hätte, an Gott zu glauben, dann würde ich darum beten, bei Philippe bleiben zu können.

»Legrand? Der Leichnam wurde abgeholt, willst du noch mal einen Blick auf das werfen, was ich entdeckt habe?« Jacques sah nachdenklich aus. Sofort fragte ich mich, was ihn so durcheinanderbrachte.

»Du bleibst bitte hier, einverstanden?« Philippe sah mich an und wartete auf eine Antwort, doch ich bekam keinen

Ton heraus. Also nickte ich und lehnte mich wieder an die Hauswand. Die Mauer des Hauses war noch warm von dem Sonnenschein, den der Tag mit sich gebracht hatte, ehe es angefangen hatte zu nieseln. Dennoch fror ich. In meinem Innern hatte sich eine eisige Kälte ausgebreitet.

Ich hatte keinen Bedarf, noch einmal den Tatort zu besichtigen.

12. Kapitel

Es war weit nach Mitternacht, als wir endlich an der Haustür standen und Philippe sie aufschloss. Zwischen uns herrschte einvernehmliches Schweigen.

Wieder brannte das kleine Gaslicht, bereit, uns willkommen zu heißen. Es war wirklich eine nette Geste von Madame Legrand. Obwohl wir einen schlechten Start gehabt hatten, musste ich zugeben, dass in ihr eine warmherzige Frau schlummerte. Es dauerte eben nur ein bisschen länger, bis sie diese Seite von sich zeigte. Was ich ihr angesichts ihrer Lebensgeschichte auch nicht verübeln konnte.

Ohne ein Wort liefen wir nebeneinander zu meinem Zimmer. Es war still im Haus und der Teppich dämpfte unsere Schritte. Ich hatte das Gefühl, mit Philippe allein zu sein. Nur wir beide in unserer eigenen kleinen Blase, wie an dem Abend in der Kirche. Weit weg von Mördern, Leichen und Zeitreisen. Obwohl ich die Vermutung hegte, dass ihn etwas belastete, brachte er den Mord nicht mehr zur Sprache, was mir recht war. Der Anblick der Leiche setzte mir noch immer zu. Und das Buch in der Hand der Frau hatte das Übrige getan. Allein die Erinnerung ließ mich frösteln. Wer wusste, was sie noch gefunden hatten? Wollte ich das wissen? Im Moment nicht. Die Erlebnisse des heutigen Tages nagten schon genug an mir.

Ich hatte Angst vor der Nacht, vor der Einsamkeit und der Dunkelheit. Vor Bildern von toten Frauen mit abgetrennten Köpfen und vor Albträumen, die mich in der Nacht verfolgen würden. Tode, die ich durchleben müsste. Träume, von denen ich mich fragte, ob sie real waren, weil ich die Angst und den Schmerz als so echt empfand.

Wenn das so weiterging, würde aus mir noch ein richtiger Waschlappen werden. Ein starker Mann an meiner Seite und ich mutierte zu einer Frau, die gerettet werden musste, anstatt selbst zu retten. Das war doch nicht ich! Oder doch? Ich durfte nicht außer Acht lassen, dass ich ein Mensch wie jeder andere war, und Menschen hatten das Bedürfnis nach Liebe und Geborgenheit. Ohne diese beiden wichtigen Bestandteile im Leben verkümmerte man zu einem unglücklichen Wesen, so wie ich es war.

Ich lehnte mich an die Tür meines Zimmers und sah zu Philippe auf. Heute Nacht wollte ich Liebe und Geborgenheit geschenkt bekommen und sei es nur für kurze Zeit. Der Augenaufschlag, mit dem ich ihn ansah, war eindeutiger Natur. Mir war klar, dass es auf ihn einladend wirken musste, aber ich wollte nicht länger warten, nichts mehr verstecken. Ich wollte ihn.

Der Blick aus seinen dunklen Augen ruhte auf meinem Gesicht und spiegelte die verschiedensten Emotionen wider. Emotionen, die auch ich in mir spürte.

Als Philippe näher kam, hätte ich am liebsten die Arme nach ihm ausgestreckt, doch ich hielt mich tapfer zurück und wartete. Ich wollte mich ihm nicht aufdrängen. Er sollte den Weg von ganz allein zu mir finden. Mit klopfendem Herzen beobachtete ich jede Regung in seinem Gesicht und er tat es mir gleich.

Nur noch einen halben Meter von mir entfernt, legte er eine Hand neben meinem Kopf auf das Holz der Tür. Ich roch seinen Pinienduft. Allein sein Geruch sorgte dafür, dass mein Nervensystem zu vibrieren begann. Sein Gesicht befand sich auf der Höhe von meinem und ich konnte die feinen Linien in seiner Iris wahrnehmen. Seine Augen waren nicht nur braun. Sie wiesen ein feines goldenes Netz auf. Ich versank darin und nahm jede Kleinigkeit in mir auf.

Zaghaft leckte ich über meine Lippen. Würde er mich jetzt küssen? Ich hoffte es so sehr. Ich wollte es mehr als alles andere. Mein ganzer Körper sehnte sich danach. Nach ihm und seiner Wärme. Nach seinen Händen auf meiner Haut. Obwohl ich nie so weit mit einem Mann gegangen war, wusste ich die Signale meines Körpers instinktiv zu deuten.

Philippes Blick glitt zu meinem Mund, dann wieder zu meinen Augen und erneut zum Mund. Einen Sekundenbruchteil später berührte er ganz zaghaft mit seinen Lippen meine. Einem Stromstoß gleich schoss diese Verbindung durch meine Blutbahn und ließ meinen Körper vibrieren. Dann lagen wir uns in den Armen und küssten uns. Zuerst bedächtig, doch dann öffnete ich meine Lippen und unsere Zungen fanden sich. Wir erforschten und genossen einander. Durch meine Adern floss Hitze und versengte mich. Ich schmiegte mich an ihn und wollte nie wieder von ihm fort. Doch Philippe löste seine Lippen von meinen und wir beendeten atemlos unseren Kuss.

Erstaunt sah Philippe mich an. Seine Augen wanderten unruhig über mein Gesicht, während ich meine Hand auf sein wild pochendes Herz legte, doch ich wäre jede Wette eingegangen, dass die Geschwindigkeit meines Herzschlags die seine bei Weitem übertraf. Mein Geist verschmolz mit seinem und ich wollte auch, dass unsere Körper sich näher kamen. Ich beschloss, ihm alles zu geben. All das, was ich noch keinem geschenkt hatte. Er war der Eine, der Richtige. Nur er.

Ich hob die Hände, vergrub meine Finger in seinem dunkelblonden Haar und zog seinen Kopf wieder näher zu mir heran.

Ein heiseres Lachen drang aus seinem Mund, ehe wir uns erneut küssten. Diesmal forscher, drängender. Wie zwei Schiffbrüchige klammerten wir uns aneinander, gaben uns gegenseitig Halt und zogen uns zeitgleich den Boden unter den Füßen weg, in einen Abgrund hinein, aus dem wir nie wieder herausfinden würden ohne den anderen.

Hektisch fischte ich mit einer Hand nach der Klinke hinter mir und öffnete die Tür. Stolpernd traten wir in das Zimmer und Philippe machte die Tür mit einem entschlossenen Tritt zu. Scheppernd fiel sie ins Schloss. Ich zuckte zusammen. Hoffentlich hatte Madame Legrand nichts mitbekommen. Doch Philippe zog mich stürmisch in seine Arme, und ich vergaß all meine Bedenken. Unsere Körper verschmolzen miteinander und ich seufzte, als seine Lippen an meinem Hals entlangwanderten. Ein Schauer überzog meine Haut und ich spürte, dass ich glücklich war. Endlich konnte ich nach Jahren der emotionalen Finsternis sagen, dass ich glücklich war. Ich hatte schon gar nicht mehr daran geglaubt, dass dies möglich war.

»Ich muss gestehen, dass ich seit unserem ersten Treffen verrückt nach dir bin«, hauchte Philippe zwischen etlichen Küssen, die er an meinem Hals hinterließ. Dann lachte er und sein raues Lachen dröhnte in meinem Körper. Die Schwingungen genügten, um mich zu verleiten, meinen Körper lustvoll an ihn zu schmiegen. Ich wollte mehr. Mehr von ihm. Mehr von uns.

»Verrückt nach mir?«, neckte ich ihn. Und legte den Kopf in den Nacken, um ihm besseren Zugang zu der Stelle zu verschaffen, die mich aufseufzen ließ, wenn er seine Lippen darauflegte.

Philippe löste sich kurz von mir, was ich mit Bedauern registrierte, und sah lächelnd auf mich herab. »Ja. Vom ersten Moment an. Doch seit ich dich näher kennengelernt habe, bin ich besessen von dir und möchte jede Minute mit dir verbringen.« Er machte eine geschickte Pause, ehe er fortfuhr. »Ich habe mich in dich verliebt … einfach so.«

Ein glückliches Lachen bahnte sich seinen Weg, ohne dass ich mich dagegen hätte wehren können. »Einfach so.« Ich zwinkerte ihm zu und strich zärtlich über seine Wange. »Und ich mich in dich … einfach so.«

Er war mein Schicksal. Oder? Ich hoffte es so sehr. Es konnte nicht anders sein. Er musste es sein. Nur er. Er und ich. Für immer.

»Wir sollten uns jetzt gute Nacht sagen«, gab Philippe zu bedenken, doch das Verlangen, das ich in seinem Blick erkannte, strafte seine Worte Lügen.

»Sollten wir das?«, stellte ich die Gegenfrage und erwiderte sein Lächeln. Ein Lächeln, das einer Aufforderung gleichkam, weiterzumachen.

Grinsend schüttelte er den Kopf und schloss für einen Moment die Augen. »Ja. Lass uns nichts überstürzen. Wir haben Zeit.«

Das Lächeln wurde von meinem Gesicht gefegt, denn Zeit war genau das, was ich nicht hatte. Immer wieder geisterte die Frage in meinem Hirn herum – was, wenn mich das Zeitenmedaillon von ihm fortriss? »Ich weiß nicht, wie lange ich hierbleiben kann.« Ich wusste nicht mit Sicherheit, ob mich das Medaillon rufen würde, aber ich durfte die Möglichkeit nicht außer Acht lassen. Niemals!

»Wie muss ich mir das vorstellen? Löst du dich mit einem Mal in Luft auf?« Fasziniert sah er an mir herab und brachte mich damit zum Lachen, weil die Situation einfach zu surreal war. Da stand ich mit dem Mann, den ich liebte, und redete mit ihm über einen Zeitsprung, der vielleicht niemals stattfinden würde. Und dafür, dass er hinterfragte, mir zuhörte und glaubte, liebte ich ihn noch ein bisschen mehr.

»So in etwa. Das Schlimmste für mich ist, dass ich keinerlei Einfluss darauf habe.« Dunkle Wolken griffen nach meinem Gemüt und ich löste mich aus seiner Umarmung.

Er ließ die Arme sinken und gab mir den Freiraum, den ich so dringend benötigte. »Das stelle ich mir heftig vor.«

Nachdem ich die Luft ausgestoßen und wieder tief eingeatmet hatte, erwiderte ich: »Du hast ja keine Ahnung. Mir wurde, seit ich das Medaillon trage, das Recht auf Selbstbestimmung genommen. Manchmal fühle ich mich wortwörtlich in Ketten gelegt.« Fröstelnd ging ich zum Fenster, um die Vorhänge zuzuziehen, und legte anschließend die Arme schützend um meinen Oberkörper.

Philippe trat von hinten an mich heran und nahm mich in den Arm. Ich schmiegte mich bereitwillig in seine Wärme und hatte Angst, ihn zu verlieren. Anschließend legte er sein Kinn auf meinen Kopf. »Warum legst du die Kette dann nicht einfach ab?«

Ich musste gestehen, dass es eine berechtigte Frage war, zumindest von jemandem, der nicht wusste, wie sehr das Schmuckstück sich an einen band. Wie sehr es sich an mich gebunden hatte. »Das kann ich nicht.«

Ich spürte seine Hände an meinen Schultern, dann wurde ich zu ihm umgedreht. »Warum nicht?« Sein Blick, der mir auf den Grund meiner Seele zu schauen schien, ging mir durch und durch.

»Weil ich dann sterben würde«, antwortete ich mit heiserer Stimme, weil sich zum millionsten Mal an diesem Tag ein Kloß in meinem Hals gebildet hatte. Tränen brannten in meinen Augen, weil mir wieder einmal die Ausweglosigkeit dieser Bürde bewusst wurde.

Philippe starrte mich fassungslos an. »Aber … wie?«

»Ich darf mich niemals von meinem Medaillon trennen, wenn ich weiterleben will. Sobald ich es ablege, werde ich innerhalb weniger Tage sterben.« Er hörte nur zu und ich erzählte ihm alles, was ich wusste. Irgendwann endete meine Geschichte und ich bettete meinen Kopf matt an seine Brust. Sanft legte er die Arme um mich. »Sollte ich jemals Kinder haben, werde ich ihnen niemals dieses Medaillon geben. Ich zerstöre es, wenn es für mich Zeit ist, von dieser Erde zu gehen. Für mich war es bisher kein Segen.« Erst jetzt wurde mir die Ungeheuerlichkeit meiner Aussage bewusst. Und ich fragte mich eins: Warum war noch nie jemand vor mir auf diese Idee gekommen? Warum akzeptierten alle, dass sie das Teil weitergeben mussten?

»Kein Segen?« Sanft legte Philippe seinen Zeigefinger unter mein Kinn und zwang mich so, ihm in die Augen zu sehen. »Ohne dich wäre ich schon im Jahr 1889 gestorben, meine Mutter würde noch ein Bordell leiten und wir beide … wir wären uns nie begegnet. Für mich ist dieses Medaillon eindeutig ein Segen.«

Für einen Moment schloss ich die Augen, weil mich meine Gefühle überwältigten. Er hatte recht. Ich musste es endlich akzeptieren und meine Mission respektieren. Ich war Kristin, die Hüterin der Zeitreisenden, und das war eine verdammt wichtige Aufgabe. Was brachte es mir, wenn ich immer mit meinem eigenen Schicksal haderte? Nichts! Denn so konnte ich das Glück, das ich in einem Augenblick wie diesem empfand, nicht genießen. Teilweise war es mir dadurch oft noch nicht einmal möglich gewesen, das Glück wahrzunehmen. Denn auch Leben retten zu können, ist ein Glück. Und ich hatte schon viele Leben gerettet, nicht nur von Zeitreisenden. Das durfte ich nie wieder vergessen und ich musste mich zukünftig immer daran erinnern, dass ich auch die kleinen Erfolge wahrnahm. Das hatte ich irgendwann aufgegeben und war dadurch ein sehr unglücklicher Mensch geworden.

Philippe jedoch nahm ich mit all meinen Sinnen wahr. Ich inhalierte seinen Duft, genoss seine Wärme und seine Berührungen. Ich liebte seine tiefe Stimme und er war einer der schönsten Männer, denen ich bisher begegnet war.

Kurz flammte in meinem Unterbewusstsein ein Hauch von Minderwertigkeitsgefühl auf. War ich überhaupt hübsch genug für einen solch attraktiven Mann? Doch dieses Gefühl schob ich von mir. Ich war nicht dazu erzogen worden, an mir zu zweifeln.

»Kristin?«

Irritiert machte ich die Augen auf und sah zu ihm auf. Ich hatte mich so sehr in meine Gedankenwelt zurückgezogen, dass ich Philippes Anwesenheit irgendwie ausgeblendet hatte. Als ich in sein besorgtes Gesicht sah, legte sich ein Lächeln auf meine Lippen. Ja, ich liebte diesen Mann. Ich liebte es, dass er sich ständig um mich bemühte, ohne sich anzubiedern. Dass er auf mich aufpasste und mich einfach mal eine normale Frau sein ließ. Ich liebte es, wie er mich ansah, wie er mir durch kleine Gesten zeigte, dass er an mir interessiert war.

Zärtlich strich er mir eine Strähne meines Haares hinter das Ohr.

»Ich will mir keine Zeit lassen.« Aufmerksam beobachtete ich seine Reaktion auf meine Worte. Im nächsten Moment beugte er sich zu mir herab und küsste mich. Zart strichen seine Lippen über meine. In meinem Magen bildete sich ein Knoten von Hunderten Schmetterlingen. Sie wirbelten umher und verursachten in meinem Kopf einen enormen Schwindel.

Seufzend klammerte ich mich an seine Schultern, weil ich befürchtete, gleich umzukippen. All meine Gefühle packte ich in den Kuss und hoffte, dass er sie erwiderte. Vielleicht würde er erkennen, wie sehr ich ihn liebte.

Sein Mund wurde ungestümer und ich genoss es mit jeder Faser meines Seins. Sofort reagierte mein Körper mit einem

Verlangen, das ich kaum zurückhalten konnte. Ich drückte mich an ihn, spürte seine harten Muskeln, doch dann löste er sich sanft ein Stück von mir und streichelte meine Wange. Unsere Blicke verschmolzen ineinander.

»Du bist wunderschön.«

»Du Charmeur!«, rügte ich ihn.

»Ich sage nur die Wahrheit, Kristin. Du hast mich vom ersten Moment in deinen Bann gezogen, selbst als du noch diese alberne Arbeitshose getragen und in der unförmigen Jacke gesteckt hast.« Erneut küsste er mich, und ich schloss meine Lider, als er mich fest in seine Arme zog.

Ich versuchte, meinen Verstand abzustellen, da meine Gedanken immer wieder Horrorszenarien vor meinem inneren Auge heraufbeschworen. Was, wenn ich nicht lange genug bleiben würde, um ihm ein weiteres Mal meine Liebe zu gestehen? Ich wollte es ihm um jeden Preis begreiflich machen, damit er es niemals vergaß. Aber seine Küsse halfen mir dabei nicht unbedingt und irgendwann übernahmen meine Instinkte die Führung. Langsam gingen wir, uns weiterhin küssend, zu dem großen Bett in der Mitte des Zimmers und ließen uns darauf nieder.

»Bist du dir sicher, Lämmchen?«, fragte Philippe und strich zärtlich an meinem Hals entlang.

»Ich war mir noch nie so sicher wie hier und jetzt mit dir.« Erschrocken hielt ich die Luft an, als mir klar wurde, wie sich das für ihn anhören musste.

»So?«, hakte er mit hochgezogenen Brauen nach.

»Ich … ich …«, stammelte ich.

»Du musst dich für nichts entschuldigen.«

Ich schüttelte den Kopf. »Nein, so ist das nicht. Ich war noch nie … mit einem Mann intim.«

Seine Augen wurden groß. Klar lebten wir hier in einer anderen Zeit als in den Sechzigern, wo es zwar auch nicht gern gesehen wurde, wenn Frauen es zu bunt trieben, sie aber mehr Freiheiten hatten. Ich konnte Philippes Blick entnehmen, dass er davon ausgegangen war, dass ich schon Erfahrungen gesammelt hatte.

Den Atem ausstoßend richtete er sich auch prompt auf. »Dann sollten wir das erst recht nicht überstürzen, Lämmchen.«

Verzweifelt kaute ich auf meiner Unterlippe herum. Was sollte ich tun? Ich wollte ihn. Wollte keine Sekunde mehr ohne ihn sein. Ich wollte, dass er mich zu der Seinen machte. Hier und jetzt.

Entschlossen sah ich ihm in die Augen. »Ich will es. Jetzt. Hier.«

Philippe lächelte amüsiert, doch ich ließ ihm keine Chance, sich erneut von mir zu distanzieren. Ich schob meine Finger in sein zerzaustes Haar und zog seinen Kopf zu mir herab. Ich küsste ihn, eroberte seine Lippen, seinen Geist. Nach und nach spürte ich, wie er nachgab. Ein verwegenes Lächeln lag auf meinen Lippen, als ich anfing, die Knöpfe meines Kleides zu öffnen. Er beobachtete mich und seine Augen verdunkelten sich vor Verlangen. Mit jedem Knopf, den ich öffnete, wurden sie dunkler.

Als ich fertig war, stand ich auf und ließ das Kleid an meinem Körper herabgleiten, bis es in einem Stoffballen zu meinen Füßen lag. Ich stand nur noch in meinem Unterkleid vor ihm. Es war mir nicht peinlich, aber es war ein merkwürdiges Gefühl, weil ich mich noch nie so vor einem Mann entblößt hatte.

Sanft schloss er seine Hände um meine Taille und zog mich zu sich heran. Mein Körper schmiegte sich an seinen und im nächsten Moment lagen wir eng umschlungen auf dem Bett. Unsere Küsse wurden wilder und ungestümer. Mein Körper befand sich in einem absoluten Ausnahmezustand.

Philippes Hände streichelten über meinen Rücken und erforschten jeden Zentimeter, während ich mit den

Fingerspitzen über seine steinharten Brustmuskeln strich. Alles in mir und an mir war in Aufruhr. Er fühlte sich so perfekt an wie eine der griechischen Statuen, die ich in einem Museum hatte bewundern dürfen. Jedoch war seine Haut heiß und ich hatte das Gefühl, dass die Berührung Blitze in meinen Bauch schießen ließ. Plötzlich bewegte er sich ruckartig und sein Körper war über meinem. Um mich nicht einzuengen, stützte er sein Gewicht mit den Händen ab.

Ehe er mich wieder küsste, schenkte er mir ein Lächeln, das mir den Atem raubte. Der Kuss, der darauf folgte, war noch intensiver. Pure Leidenschaft pulsierte zwischen uns. Es war, als schmeckte ich seine Gefühle auf meiner Zunge. Heiß und zuckersüß, und sie entlockten mir ein Stöhnen, das ihn an meinen Lippen lachen ließ. Die Vibrationen fühlte ich in meinem ganzen Körper.

Wir lösten uns wieder ein Stück voneinander und schauten uns in die Augen. Es war, als blickten wir dem anderen in die Seele.

»Ich liebe dich, Kristin!«, flüsterte er und entriss mir damit all mein Sein und band es an sich. Tränen traten mir in die Augen, weil mich eine solche Glückswelle überrollte, dass ich nicht mehr Herr meiner Sinne war.

Weinend und lächelnd zugleich erwiderte ich: »Ich liebe dich auch, Phil!« Mir wurde ganz leicht ums Herz. Die Wahrheit seiner und meiner Worte war greifbar, als würde sie sich materialisieren und in diesem Raum sein. Ich gehörte zu Philippe und er zu mir. Das Schicksal hatte uns zueinandergeführt. In diesem Moment schloss ich tiefen Frieden mit dem Medaillon, denn es hatte mich zu Philippe gebracht.

Zärtlich legte er seine Lippen wieder auf meine. Ich hätte am liebsten die ganze Welt umarmt, so glücklich war ich in diesem Moment, doch der Mann, der hier bei mir lag, genügte mir vollkommen.

Seine Hand wanderte zu den Schnüren meines Unterkleids und zog daran. Die Schleife löste sich und er schob den Träger von meiner Schulter. Sein Blick glitt über meinen nackten Oberkörper.

»Du bist so schön, Lämmchen. So verlockend wie eine Sirene und so stark wie ein Löwe. Womit habe ich dich nur verdient?«

Ich musste leise lachen. »Womit habe ich dich verdient?«, stellte ich die Gegenfrage, was ihm ein zufriedenes Grinsen entlockte. Entschlossen weiterzumachen, griff ich nach seinem Hemd und öffnete die Knöpfe, um es ihm anschließend über den Kopf zu ziehen. Seine breite Brust schimmerte im Licht der Gaslampe. Zaghaft zeichnete ich mit meinen Fingern die klar definierten Muskeln nach und erschauerte.

Philippe beugte sich vor und zog mich an sich. Nackte Haut auf nackter Haut. Noch stärkere Erregung ergriff mich, rauschte heiß durch meine Blutbahnen. Tief sog ich seinen Geruch in mich auf. Der Duft berauschte mich nur noch mehr. Zog mich hinein in Philippes Umlaufbahn und brannte sich unauslöschlich in mein Erinnerungsvermögen. Zudem beraubte er mich meiner Sinne.

Hitze erfasste mich und ich verging vor Verlangen nach ihm. Seine Wange strich an meinem Hals entlang, immer tiefer, bis sein Mund meinen Busen erreichte. Das hinterließ bei mir eine Gänsehaut, die sich in jeder Pore ausbreitete. Alles von mir war nun auf Phil fokussiert. Ich bestand nur noch aus ihm – aus seinem Duft, seiner Haut auf meiner, seinen Zärtlichkeiten.

Philippe richtete sich auf, eine unausgesprochene Frage in seinem Blick. Ich wusste, was er mich fragte, aber ich lächelte ihn nur an und nickte. Sanft zog er mir das Unterkleid aus. Zentimeter für Zentimeter schob er es herunter, bis ich schlussendlich nackt vor ihm lag.

Seine Augen wanderten über meinen Körper und es fühlte sich an, als liebkoste er mich mit diesem Blick. Atemlos beobachtete ich ihn und jede seiner Regungen.

Mit rauer Stimme sagte er: »Du ahnst nicht, wie glücklich du mich in diesem Augenblick machst.« Bedächtig ließ er seine Hände über meine Oberarme gleiten und von dort aus schickte er sie auf Wanderschaft, um meinen gesamten Körper zu brandmarken.

Genießerisch schloss ich die Augen und gab mich seinen Berührungen hin. Für einen Sekundenbruchteil hörte mein Herz auf zu schlagen, weil meine Gefühle mich schier übermannten.

Philippe erhob sich und entledigte sich seiner Kleider. Sofort erwachte in mir das Bedürfnis, ihn wieder an mich zu zerren.

Nun war es an mir, meinen Blick über ihn wandern zu lassen. Ich prägte mir jedes Detail seines muskulösen Körpers ein.

»Komm her!«, forderte ich ihn auf und streckte eine Hand nach ihm aus.

Das ließ er sich nicht zweimal sagen. Philippe legte sich neben mich und seine Lippen fanden meine. Lustvoll zog sich meine Mitte zusammen, als er einen Pfad heißer Küsse auf meiner Haut hinterließ. Sein Atem streifte über meine Brüste und kostete mich beinahe den Verstand.

Ich wollte es noch einmal sagen, denn es musste aus mir heraus: »Ich liebe dich so sehr.« Er war mein Schicksal.

Liebevoll sah er mich an, kurz schüttelte er ungläubig den Kopf. »Du und ich, das ist beeindruckend. Ich kann es kaum in Worte fassen. Ich bin kein Mann der großen Erklärungen, aber das zwischen uns ist so bedeutend, dass es mir das Herz anschwellen lässt und es kurz davor ist zu platzen, und das vor lauter Liebe für dich.«

Tränen rannen mir erneut aus den Augen und er küsste sie fort, ich schmiegte mich in seine Arme und er hielt mich, streichelte mich und ich ihn.

Meine Hände erkundeten jeden Zentimeter seines Körpers. Ich liebte es zu spüren, wie sehr es ihn erregte, dass ich ihn liebkoste. Alles an Philippe berauschte mich und zog mich tiefer in einen Strudel aus Leidenschaft. Heute Nacht würde ich ihm gehören.

* * *

Matt lagen wir nebeneinander und sahen uns lächelnd an. Mehr nicht. Mehr brauchten wir nicht. Es genügte. Ich war glücklicher als jemals zuvor. Ich fühlte mich geliebt und ich liebte zurück.

Sanft strich er eine Strähne hinter mein Ohr und ließ seine Hand an meinem Arm hinabgleiten, bis sich unsere Finger ineinander verschränkten.

Philippe führte meine Hand zu seinem Mund und küsste sie. »Danke.«

Verlegen lächelte ich, weil ich nicht wusste, was ich darauf antworten sollte.

Alles war perfekt und das bereitete mir eine Heidenangst.

»Komm her«, forderte mich Philippe auf und ich rutschte zu ihm, kuschelte mich in seine Arme und bettete meinen Kopf auf seiner Brust. Sein Herz schlug rhythmisch und stark. Der Klang lullte mich ein und ich schloss die Augen. Müdigkeit überrollte mich und ich schlief ein.

13. Kapitel

Die ersten Sonnenstrahlen des neuen Tages kitzelten an meiner Nase und weckten mich. Schlaftrunken rieb ich mir über die Lider, ehe ich sie öffnete. Ein paar braune Augen beobachteten mich und der dazugehörige Philippe schenkte mir ein liebevolles Lächeln.

Sofort erwachten die Schmetterlinge in meinem Bauch und bereiteten sich auf einen wilden Tanz vor. Sein zerzaustes Haar und der leichte Bartschatten auf seinem Gesicht verliehen ihm ein verwegenes Aussehen. Er hätte gut als Pirat durchgehen können. Ich wäre liebend gern seine adlige Gefangene gewesen, die sich ihm an den Hals warf.

»Wie lange beobachtest du mich schon?«, fragte ich und erwiderte sein Lächeln, während ich ihm durch das Haar fuhr.

Er schmiegte seinen Kopf in meine Hand und schloss für einen kurzen Moment die Augen. »Eine ganze Weile schon.« Langsam glitt er mit seinem Finger an meiner Wange und an meinem Hals entlang. Gänsehaut breitete sich auf mir aus und Verlangen sammelte sich in meinem Körper.

Mit Herzklopfen fragte ich: »Und? Zufrieden mit dem, was du gesehen hast?«

Er lachte leise. »Mehr als das. Wenn es nach mir ginge, würde ich dich am liebsten jeden Morgen so neben mir liegend sehen.« Sanft berührten seine Lippen meinen Mund und ich schmolz dahin.

Der Kuss war voller Gefühle, die mein Herz dazu brachten, sich zusammenzuziehen. Ich erwiderte all das, was er in diesen Kuss hineinlegte, und schmiegte mich an ihn. Die Leidenschaft, die uns ergriff, wurde jedoch plötzlich durch das Knallen einer Tür unterbrochen.

Abrupt stoppten wir. Ich legte meine Stirn an seine und machte den Fehler, ihm in die Augen zu sehen. Sofort begannen wir zu lachen, um kurz darauf wieder in einer liebevollen Umarmung zu liegen.

»Bleib bei mir!«, raunte Philippe an meinem Ohr.

Es war, als wenn in meinem Innern die Sonne anfing zu scheinen. »Ich hatte nichts anderes vor«, flüsterte ich als Antwort.

Er schob mich ein paar Zentimeter von sich und sah mir ernst ins Gesicht. In seinem konnte ich so viele Gefühle erkennen, die miteinander rangen. »Dann heirate mich!«

Ich japste nach Luft. Irgendwie hatte ich mir einen Heiratsantrag immer anders vorgestellt und dennoch war er perfekt so, wie er war.

Tränen verschleierten meinen Blick. »Ich könnte mir nichts Schöneres vorstellen, als deine Frau zu sein.«

»Aber …?«

Ich musste lachen. »Nichts aber! Das heißt ja, du Dummkopf!«

Doch anstatt sich darüber aufzuregen, dass ich ihn einen Dummkopf genannt hatte, zog er mich an seine Brust und hielt mich so fest, dass ich beinahe keine Luft bekam. »Du machst mich zum glücklichsten Mann auf der Welt!«

Doch viel zu schnell löste er sich wieder von mir. »Wir sollten uns langsam fertig machen. Meine Mutter wird jeden

Moment aufstehen. Und ich will ihr unsere Neuigkeit nicht unbekleidet verkünden, während sie hier in der Tür steht.«

Erschrocken erwachte ich aus meinem liebestrunkenen Trancezustand. Madame Legrand sollte ich keinen weiteren Grund liefern, mich loswerden zu wollen. Rasch kleideten wir uns an und als die Luft rein war, schlüpfte zuerst Philippe aus meinem Zimmer und kurz darauf ich.

Leider hatten wir nicht mit Madame Legrand gerechnet, die schon viel früher als sonst aufgestanden war und uns im Esszimmer mit wissendem Gesicht empfing. Sie saß am Frühstückstisch und sah Philippe an, als wäre er ihr Forschungsobjekt. Dann landete ihr Blick auf mir.

»Guten Morgen«, begrüßte ich sie schnell und merkte, wie mir die Röte ins Gesicht schoss.

»Oh, es sieht aus, als wäre er für euch beide ein ganz besonderer Morgen.« Dann legte sie den Kopf schräg und begutachtete mich, sodass ich anfing, nervös an meinem Kleid zu nesteln. »Und für dich war es eine mehr als aufregende Nacht.« Madame Legrand blickte zu ihrem Sohn und legte die Stirn in Falten.

Oh mein Gott, sie wusste es. Sie ahnte es nicht, nein, sie sah mir an der Nasenspitze an, dass ich meine Jungfräulichkeit in der vergangenen Nacht verloren hatte. Plötzlich wurde mir speiübel, weil mich die Peinlichkeit der Situation im Griff hatte.

»Es … es …«, stammelte ich.

Madame Legrand fing an, schallend zu lachen. »Kindchen, jetzt beruhig dich mal. Ich bin keine Heilige und ganz bestimmt die Letzte, die dir irgendwelche Vorwürfe macht. Das solltest du angesichts meiner Vorgeschichte wissen.« Dann wurde sie ernst und stand auf. Mit wenigen Schritten war sie bei mir. »Ich hoffe, der Idiot weiß es zu schätzen.«

»Mutter!«, stieß Philippe gequält hervor.

Unwirsch drehte sie den Kopf zu ihm. »Ruhe, mit dir rede ich nicht.« Dann sah sie wieder zu mir. »Ich mache dir jetzt erst mal was Anständiges zum Frühstück.«

Mütterlich streichelte sie über meinen Unterarm, verschwand aus dem Raum und ließ uns sprachlos zurück. Befangen setzten wir uns an den Tisch, der bereits gedeckt war.

»Nicht, dass du auf falsche Gedanken kommst. Du bist die Erste.« Philippe war die Situation sichtlich unangenehm.

Ich musste lachen. »Du hattest noch nie eine Frau in deinem Bett? Nicht mal deine Ehefrau?«

»Kristin!«

»Ja, so heiße ich«, scherzte ich.

Nun huschte endlich auch ein Lächeln über sein Gesicht. »Außer meiner Frau gab es bisher keine, die ich mit in dieses Haus gebracht habe. Auch wenn meine Mutter hier gerade das Bild vermittelt, es wäre normal und nichts Außergewöhnliches.«

»So? Und wie viele gab es dann in anderen Häusern?« Warum ich ihn ärgerte, konnte ich mir selbst nicht erklären, aber es machte mir Spaß, wie er sich unter meinem Blick sichtlich unwohl fühlte. Ich wollte gar nicht wissen, wie viele Frauen er vor mir beglückt hatte. Er sah mich mit verkniffenen Lippen an, weshalb ich ihn erlöste. »Alles gut, vergiss meine Frage.«

»Ich liebe dich, du Nervensäge, und ich freue mich auf den Rest unseres gemeinsamen Lebens«, sagte er in diesem Moment.

Neben mir kam Madame Legrand zum Stehen und starrte ihren Sohn sprachlos an. Wir hatten gar nicht bemerkt, dass sie das Zimmer betreten hatte. Oder hatte Philippe bewusst diese Wortwahl getroffen, um seine Mutter ins Bild zu setzen?

Eigentlich hätte es ihm und mir unangenehm sein müssen, doch wir waren uns beide im Klaren darüber, was wir füreinander empfanden, und standen dazu. Wir gehörten zueinander, unumstößlich. Niemals zuvor war ich mir so sicher gewesen, das Richtige zu tun. Und in seinem Blick erkannte ich die gleichen Gefühle, wie sie in mir tobten.

»Na, dann guten Appetit«, sagte Madame Legrand und stellte einen Teller voll mit Rührei vor mir ab. Sanft strich ihre Hand über mein Haar. Anschließend ließ sie sich auf den Stuhl plumpsen und lächelte mich an. »Willkommen bei den Legrands. Wann soll ich denn die Hochzeit planen?«

Nun war es an mir, sprachlos zu sein. Ich holte tief Luft und sah Philippe Hilfe suchend an.

Er zwinkerte mir zu, drückte noch einmal meine Hand, ehe er sie losließ, und sagte mit einem belustigten Glitzern in den Augen: »So schnell wie möglich, am besten morgen noch.«

»Gut!«, stieß sie hervor, klatschte in die Hände und sagte ruppig zu mir: »Iss, ehe es kalt wird.«

Verwirrt blickte ich noch einmal zu Philippe, der sich mit einem schelmischen Grinsen über sein Frühstück hermachte.

Ich wusste nicht, was ich sagen sollte. Die Unterhaltung der letzten zwei Minuten verwirrte mich zutiefst und zeitgleich machte sich ein enormes Glücksgefühl in mir breit.

* * *

Eine Stunde später saß ich wieder in Philippes Büro und starrte verstört auf den Schreibtisch. »Das glaubst du wirklich?«

»Ja«, flüsterte Philippe. Es war, als täte er das, um die Wahrheit nicht laut aussprechen zu müssen. Vielleicht würde sie dann weniger schrecklich sein? Nein, sie war trotz allem heftig.

»Du meinst wirklich, dass Jacques es ist?«

»Es kann nicht anders sein. Nur er war eingeweiht.« Philippe sah mich an und ich konnte den Schmerz in seinen Augen erkennen. »Und seit heute früh fehlt das Buch, das wir bei der Frauenleiche gefunden haben. Ich versuche, die Tatsachen zu verdrehen, damit er nicht der Beschuldigte ist. Aber egal, wie sehr ich sie verdrehe, die Antwort auf die Frage, wer dem Schlächter geholfen hat, lautet immer Jacques.«

»Aber warum sollte er das Buch stehlen?« Das leuchtete mir einfach nicht ein. »Was, wenn es jemand ist, dem Jacques vertraut? Was ist mit seinen Söhnen oder den Freunden der Söhne?«

Philippe hob den Kopf und blickte mich ernst an. »Lämmchen, an dir ist ein Polizist verloren gegangen.«

»Gehst du dem nach?«

»Ja, das werde ich, auch wenn mir der Gedanke gar nicht behagt.«

Mir fiel eine Situation vom gestrigen Abend ein. »Was habt ihr noch bei der Leiche gefunden?«

Seine Augen verdunkelten sich und auf seinem Gesicht erschien ein dermaßen angespannter Ausdruck, dass er mich erschrocken nach Luft schnappen ließ.

»Du musst mich nicht schonen, sag mir einfach die Wahrheit!«

Er stieß wütend die Luft aus. »Einen Brief an den leitenden Kommissar.«

»Das bist du. Und?« Fragend hob ich die Augenbrauen, doch er ging nicht darauf ein, weshalb ich mich genötigt sah, nachzufragen. »Was stand darin?«

»Lämmchen …« Er stand auf und fuhr sich erschüttert mit der Hand durch die Haare, die mittlerweile so aussahen wie heute früh, als ich neben ihm aufgewacht war.

Die Erinnerung an unsere gemeinsame Nacht ließ ein Kribbeln durch meinen Körper jagen. Doch dann besann ich mich der Ernsthaftigkeit der Lage und räusperte mich. »Ich bin hart im Nehmen, also raus mit der Sprache!«, wies ich ihn an.

»Der Zettel war blutverschmiert, aber nachdem wir ihn unter besserem Licht begutachten konnten, erschloss sich uns die Bedeutung der Worte.« Wieder stoppte er und mir riss der Geduldsfaden.

»Philippe Legrand, jetzt rede nicht um den heißen Brei herum und erzähl mir endlich, was ihr entdeckt habt!«

»Ich werde Ihnen die wichtigste Frau in Ihrem Leben entreißen.« Philippe sah mir in die Augen.

»Diese Botschaft war an dich gerichtet?«, fragte ich unnötigerweise, weil wir das schon geklärt hatten. Doch ich benötigte ein paar Sekunden, um klar zu denken. Denn es waren Puzzleteile, die erst an den richtigen Platz rutschen mussten, als ich die Fakten nochmals überdachte.

»Ja.«

»Und warum wolltest du mir das nicht anvertrauen?« Etwas stimmte hier nicht. Etwas stank hier gewaltig zum Himmel. Ich konnte nur noch nicht ganz begreifen, was es war. Es war, als schwebten ein oder zwei Puzzleteile noch herum und weigerten sich, mir die Bedeutung des Bildes zu offenbaren.

Genervt stöhnte er auf. »Weil du das seit ein paar Tagen bist!«

Und in diesem Moment fiel bei mir endlich der Groschen oder besser gesagt, das letzte Puzzleteil nahm seinen Platz ein. Die Erkenntnis, die ich dabei gewann, erwischte mich kalt und ohne Vorwarnung. Schwindel erfasste mich und kalte Angst griff nach meinem Herzen. Doch die Angst galt nicht mir.

»Ich glaube, du hast dich von ihm in die Irre führen lassen«, flüsterte ich. »Das Buch war lediglich ein Ablenkungsmanöver.« Hektisch sprang ich von dem Stuhl, der daraufhin scheppernd zu Boden fiel.

Irritiert sah er auf mich herab, als ich vor ihm zum Stehen kam. »Was meinst du nun schon wieder?«

Ich atmete tief durch, nahm seinen unvergleichlichen Geruch wahr, der mir half, das auszusprechen, was ich mir in meinem Hirn zurechtgeschustert hatte. »Ich werde hoffentlich einmal die wichtigste Frau in deinem Leben sein. Aber ich bin es noch nicht.«

Philippe sah mich zuerst verwirrt an, doch dann sah ich, wie die Angst in seinen Augen die Oberhand gewann. »Du meinst …?«

Ich nickte, dann offenbarte ich ihm die Ungeheuerlichkeit meiner fürchterlichen Vermutung und ließ ihn dabei keinen Sekundenbruchteil aus den Augen. Ich blinzelte kein einziges Mal. »Deine Mutter.«

»Heilige Mutter Gottes!«, stieß er gequält hervor und griff nach seiner Jacke. »Du bleibst hier. Schließ die Tür ab und lass niemanden herein außer mir.«

Er drückte mir einen flüchtigen Kuss auf die Lippen. Ich schmeckte seine Verzweiflung wie die Säure einer Zitrusfrucht.

Ich verstand ihn, wollte ihn am liebsten begleiten. Meine Lippen öffneten sich, weil ich ihm sagen wollte, dass ich ihn unmöglich allein gehen lassen konnte. Doch was, wenn ich ihm nur im Weg war? Wenn ich gar ihn selbst in Gefahr brachte? Ich schloss meinen Mund wieder und hatte das Gefühl, über meine eigene Impulsivität einen entscheidenden Sieg davongetragen zu haben.

Ich lehnte mich zurück, atmete durch und beschloss, ihn gehen zu lassen. Philippe war ein hervorragender Polizist. Wenn jemand es schaffen konnte, Madame Legrand zu retten, dann er.

Doch plötzlich ergriff mich fürchterliche Panik. Nicht weil ich Angst um ihn hatte oder weil Madame Legrand in solch enormer Gefahr schwebte. Es war meine alte Angst, die sich plötzlich und erbarmungslos als viel zu real entpuppte. Denn genau in diesem Moment begann das verfluchte Medaillon zu summen. Es rief mich.

Jetzt?

Nein!

Das konnte nicht sein.

Philippe, der bereits an der Tür stand, drehte sich aufgrund des Keuchens, das meinen Mund verlassen hatte, noch einmal um. An meinem Gesichtsausdruck erkannte er, dass etwas mit mir nicht stimmte. Er berührte mich an der Schulter und zwang mich, ihn anzusehen. »Kristin! Was ist los? Hast du Schmerzen?«

Tränen rannen über meine Wangen. Tränen, die meiner Angst vor dem nahenden Verlust geschuldet waren. Kein Wunder, dass er dachte, ich würde Schmerz empfinden. Schmerz ja, aber bei Weitem nicht den, den er vermutlich befürchtet hatte. Es war ein viel schlimmeres Gefühl. Es war Ohnmacht, Panik und gleichzeitig Hass auf dieses Schmuckstück, das mich doch eigentlich schon genug gequält hatte. Es war, als risse man mir das Herz bei lebendigem Leib heraus. Jetzt, da Philippe mich am dringendsten brauchte, musste ich fort?

»Ich muss gehen«, flüsterte ich und griff panisch nach der eleganten Reisetasche, die mir Madame Legrand heute Morgen vor unserem Aufbruch gegeben hatte, nachdem sie meinen unförmigen Seesack gesehen hatte. Sie war der Meinung, dass eine Frau nur mit schönen Taschen das Haus verlassen dürfe, weshalb sie mir die Tasche praktisch aufgezwungen hatte, als ich schon im Begriff war, mit Philipp aufzubrechen.

»Gehen? Nein, du gehst mit Sicherheit nirgendwo ohne mich hin. Nicht jetzt, nicht nachdem ...« Philippe hatte mich offensichtlich falsch verstanden. Sein Gesicht zeigte aufkeimenden Unwillen, und einen Hauch Angst erkannte ich ebenso darin. Er stand neben dem Schreibtisch und hielt seine Jacke umklammert.

»Ich muss, das Medaillon ruft nach mir«, fügte ich erklärend hinzu. »Ich liebe dich, Philippe. Vergiss das nie! Rette deine Mutter!«, stieß ich gequält hervor und küsste ihn noch einmal. Ein bittersüßer Kuss, der von dem Schmerz sprach, den ich empfand. Er fegte durch mich hindurch und zerriss mich.

Dann trat ich von Philippe zurück. Es war der schwerste Schritt, den ich jemals hatte gehen müssen. Schwerer noch, als meine geliebte Mutter zu verlassen. Mein Blick lag fest auf ihm, weil ich ihn so lange wie möglich sehen wollte. Sein Abbild sollte sich in meine Netzhaut einbrennen, damit ich ihn niemals vergessen würde.

Der Strudel ergriff mich, riss mich fort. Fort von ihm, von dem Mann, der in so kurzer Zeit meine Liebe für sich eingenommen hatte. Sein Gesicht verblasste immer mehr und ich schrie. Ich wollte nicht weg. Weg von ihm und der Wärme, die er mir zurückgebracht hatte.

Er hatte es geschafft, die emotionale Eiszeit aus meinem Innern zu vertreiben.

Er war es, der mich wieder hatte lächeln lassen.

Er war es, der mich liebte.

Er war es, den ich liebte.

Im Jahr 1889 hatte mich das Medaillon zuletzt herausgerissen, fort von Amélie, die so hilflos gewirkt und meinen Beschützerinstinkt angesprochen hatte. Doch auch sie hatte ich zurücklassen müssen – zusammen mit Philippe, als er noch ein kleiner Junge gewesen war.

Und nun hatte ich ihn wiedergefunden, und nicht nur ihn. Ich hatte endlich das gefunden, nach dem ich so viele Jahre gesucht hatte. Liebe. Es zerriss mich. Es schmerzte. Es war, als risse mir jemand nicht nur das Herz, sondern alle meine Eingeweide heraus. Ich sah Philippe an, prägte mir jede einzelne Kleinigkeit seines Gesichts ein. Panik stand in seinem Antlitz.

Er stand da und wusste nicht, was er tun sollte. »Kristin«, flüsterte er.

Tränen verschleierten mir den Blick. Ich blinzelte, wollte ihn so lange wie möglich wahrnehmen. Doch die Schwärze, die mich dann empfing, nahm mir die Sicht. Aber auch den Schmerz und ich ergab mich der Ohnmacht, die mich auffing.

14. Kapitel

Schreiend kam ich zu mir. Ich hatte das Gefühl, innerlich zerfleischt zu werden. Dieses verdammte Medaillon hatte mich von ihm getrennt. Mich erneut gegen meinen Willen aus einer Zeit katapultiert. »Philippe!«, schrie ich immer wieder. Irgendwann versagte mir meine Stimme und ging in ein Schluchzen über.

Ich suhlte mich in Selbstmitleid, weinte und fragte mich, warum. Wimmernd lag ich in der Finsternis. Ich rollte mich zusammen und griff an meinen Hals. In dem Moment, da ich mein Kleid spürte und den ersten Knopf, überrollte mich die Erinnerung an die Nacht mit Philippe wie eine Welle. Mit zitternden Fingern berührte ich die Knöpfe meines Kleides, einen nach dem anderen. Jeder Knopf, den ich berührte, erinnerte mich an Philippe. An ihn, an unsere gemeinsame Nacht und an die Liebe, die greifbar gewesen war in dem kleinen Gästezimmer. Ich sah seine von Panik ergriffenen Augen und wie er langsam verblasste. Doch die Erinnerung an ihn und an das, was uns verband, würde niemals verblassen.

Der kalte Nachtwind blies über mein tränennasses Gesicht und ließ mich erschauern. Ich hatte alles verloren. In meinem Magen bildete sich ein schmerzhafter Knoten, doch mit dem Schmerz erwachte mein Kampfgeist. Ich würde mich nicht so schnell damit abfinden, den Mann, den ich liebte, verloren zu haben. Ich wollte kämpfen und ich wusste auch schon, wie.

Ich hatte von meiner Mutter gelernt, dass ich das Medaillon auch lenken konnte. Zumindest, wenn es möglich war, wenn der Anhänger es zuließ. Vielleicht würde es funktionieren. Ich musste es versuchen, ich durfte nicht aufgeben.

Entschlossen griff ich nach dem Anhänger, der mein Leben mal wieder völlig durcheinanderbrachte, und stellte mir den Moment vor, zu dem ich zurückwollte. Aber sosehr ich mich auch konzentrierte, es funktionierte einfach nicht. Also klappte ich das Medaillon auf. Meine Fingerspitzen fuhren über die Gravur.

Um mich herum war es stockdunkel, doch ich brauchte kein Licht. Die wenigen eingravierten lateinischen Worte konnte ich bereits seit langer Zeit auswendig rezitieren.

Laut und deutlich sagte ich:

»METALLUM NOBILIS
VIS MAGNA
TEMPUS VERTITUR
CAVE«

Doch auch diesmal geschah nichts. Kein Surren, kein Vibrieren. Nichts! Fluchend und schreiend hieb ich auf den Boden unter mir ein. Den Schmerz, der durch meine Fingerknöchel schoss, ignorierte ich.

Wieder war ich eine Gefangene des Zeitenmedaillons. Der Spielball eines Schmuckstücks, das mich dazu auserkoren hatte, für immer ohne Halt zu sein. Ohne Freude. Ohne Liebe. Ohne irgendjemanden, zu dem ich gehörte. Ohne Philippe.

»Du verfluchtes Scheißding!«, stieß ich wütend hervor und schrie ein weiteres Mal frustriert auf, ehe ich in Tränen ausbrach. Die Schluchzer schüttelten mich und ich hatte Mühe zu atmen. Es war mir egal, ob ich mich durch mein Geflenne in Gefahr brachte. Und es war mir erst recht egal, in welchem Jahr ich angekommen war. Und noch gleichgültiger war mir, wen ich jetzt wieder retten musste. Wer rettete mich? Wer rettete Philippe? Wer rettete unsere Liebe?

Die Hüterin wollte nicht mehr! Nie wieder!

Ich riss das Medaillon von meinem Hals. Sollte es mich doch töten, weil ich es nicht mehr tragen wollte.

Was nutzte ein Leben, wenn einem alle Freude genommen wurde? Wofür sollte ich noch leben? Es gab nichts, für das es sich lohnte, diesen Schmerz zu ertragen.

Augenblicklich griff eine kalte Hand nach meinem Hals. Zumindest fühlte es sich so an. So als würde jemand meine Luftzufuhr langsam, aber sicher immer mehr abdrücken. Und zeitgleich saß derjenige auf meinem Körper, der mir plötzlich bleischwer erschien. Es tat weh, aber noch mehr schmerzte mich der Verlust Philippes. Also ließ ich das Medaillon achtlos auf dem Boden liegen und gab mich dem hin. Ich legte mich auf die Erde, rollte mich zusammen und schloss die Augen. Den Schmerz, der in meiner Lunge brannte, hieß ich willkommen. Er war nicht heftig, aber er zeigte mir deutlich, dass ich bis an mein Lebensende an das Zeitenmedaillon gefesselt sein würde. Ich hoffte, dass es schnell ginge und ich nicht allzu lange litt.

Kurz darauf verlor ich das Bewusstsein.

* * *

»Sie wacht auf! Hol Mutter!«, hörte ich die Stimme einer jungen Frau.

Mein Hals war staubtrocken und mein Schädel brummte fürchterlich. War ich gestern wieder auf einer dieser ausschweifenden Tanzveranstaltungen gewesen und hatte einen Martini zu viel getrunken? Ich hatte mir eigentlich vorgenommen, nie wieder zu viel zu bechern. Aber …

Plötzlich und ohne Vorwarnung stürmten alle Erinnerungen zurück an ihren Platz und mein Kopf brummte nicht nur, er war kurz vorm Explodieren. Der Schwindel, der mich erfasste, hatte nichts mit dem Konsum von Alkohol zu tun. Wohl aber mit dem Medaillon. Mein Herz zersprang von einer Sekunde auf die andere in tausend Teile. Philippe!

Zuletzt war ich gar nicht im Jahr 1961 gewesen, wie ich beim Aufwachen angenommen hatte. Stattdessen war ich im Jahr 1914 gewesen, wo ich mich mehrere Tage in Paris aufgehalten hatte. Wundervolle Tage voller Liebe.

Als ich die Lider aufschlug, sah ich in hellblaue, neugierige Augen, die mich ansahen, als wäre ich eine Erscheinung der Mutter Gottes. Das Mädchen hatte offenbar Angst vor mir. Kurz rekapitulierte ich, in welchem Kleid ich mich auf meinen Zeitsprung begeben hatte. Es war das blaue Kleid gewesen, das ich in einem der Pariser Hinterhöfe gestohlen hatte. Es war züchtig, nicht aufreizend.

Wenn ich mich nicht allzu sehr täuschte, befand ich mich immer noch in Paris oder zumindest in der Nähe der Stadt der Liebe. Nur dass ich meine Liebe dort verloren hatte. Und wenn ich mich in dem kargen Raum hier so umschaute, war ich nicht mehr im zwanzigsten Jahrhundert, und auch im neunzehnten Jahrhundert hatte es in keinem Pariser Haushalt mehr so ausgesehen wie in diesem. Ich lag auf einem Bett und wenn ich mich nicht täuschte, dann war die Matratze mit Stroh befüllt. Die wenigen Möbel waren grob aus Holz geschnitzt worden und statt aus Glas war das Fenster mit Stoff bespannt.

Ich richtete mich auf und schwang die Füße von der Matratze. Das Mädchen eilte mir zu Hilfe, die ich jedoch nicht brauchte. Unschlüssig blieb sie neben mir stehen.

»Geht es Euch besser?«, wollte das junge Ding von mir wissen, nachdem sie sich drei Schritte von mir entfernt hatte. Sie trug ein einfaches Leinenkleid und darüber eine Art Schürze.

Ihr Haar hatte sie unter einer Haube versteckt. Mit bebenden Lippen wartete sie auf meine Antwort.

Oh Mann, sah ich so furchterregend aus? Nein, eigentlich nicht. Wäre ich in einem der kurzen Röcke oder Kleider der Sechzigerjahre hier angekommen, wäre das Mädchen bestimmt in Ohnmacht gefallen. Der Gedanke amüsierte mich. Vermutlich war sie allerdings über die Qualität meines Kleides erschüttert. Für sie mussten der Stoff und die Machart mit den vielen kleinen Knöpfen sehr vornehm anmuten. Vielleicht dachte sie, ich wäre aus irgendeinem Adelsgeschlecht oder dem Königshaus.

»Danke, es geht mir erstaunlich gut für das, was ich durchgemacht habe«, beruhigte ich sie, ohne näher auf mein Schicksal einzugehen.

Mit einem Mal fielen mir nicht nur die wundervollen Tage mit Philippe ein, sondern auch der Moment, als ich hier angekommen war. Ich fragte mich, wie es überhaupt sein konnte, dass es mir so gut ging, schließlich hatte ich mich des Anhängers entledigt, der mich so sehr quälte. Theoretisch hätte ich mit dem Tod kämpfen müssen oder schon das Zeitliche gesegnet haben. Unwillkürlich wanderte meine Hand zu dem Medaillon. Es hing wieder um meinen Hals. Das konnte doch nicht sein! Schockiert atmete ich scharf ein.

»Oh, das Schmuckstück lag neben Euch und ich war so frei und habe es Euch wieder angelegt.« Das Mädchen lächelte schüchtern. Sie war niedlich, vielleicht zwölf Jahre alt, und die Ehrfurcht, die sie mir entgegenbrachte, war so völlig fehl am Platz.

So war das also. Für einen kleinen Moment hatte ich tatsächlich mit dem Gedanken gespielt, dass sich das verdammte Teil den Weg allein zurück an meinen Hals gesucht hatte. So ein Blödsinn! Wie kam ich nur auf solch dumme Gedanken? Vermutlich weil ich von dem Teil schikaniert und durch die

Zeiten geschickt wurde und mittlerweile davon ausging, dass es ein sadistisches Eigenleben führte.

»Ich danke dir. Wie heißt du?«

»Mein Name ist Lilou.«

»Schön, dich kennenzulernen, Lilou. Ich bin Kristin … Baronin von Blomquist.« Ein Adelstitel konnte nie schaden. »Kannst du mir sagen, wie ich hierhergekommen bin?« Ich versuchte, einen möglichst friedlichen Eindruck hervorzurufen, damit die Kleine sich entspannte.

»Mein Vater und ich waren auf dem Weg zum Markt, als wir Euch auf der Straße dorthin gefunden haben.« Befangen knetete sie ihre Hände. »Und weil wir nicht wussten, wo Ihr hingehört, haben wir Euch in unser bescheidenes Heim gebracht. Das war vor zwei Tagen.«

Vor zwei Tagen? »Ich habe die ganze Zeit geschlafen?«, stieß ich entsetzt hervor.

Tapfer nickte sie, obwohl ich mich in diesem Augenblick nicht mehr sehr friedlich anhörte. Vermutlich wirkte ich auf sie wie eine Furie. Aber die Tatsache, dass ich zwei Tage meines Lebens verschlafen hatte, machte mich fix und fertig. Ganz toll! Und jede Minute, die ich von Philippe getrennt war, schmerzte mich.

»Ja, Madame.« Das Mädchen knickste jetzt auch noch vor mir. Das wurde ja immer alberner.

Ich konnte mich nicht zurückhalten, vielleicht lag es auch an dem Verlust, den ich erlitten hatte, aber das genervte Stöhnen entwich ohne mein Zutun meiner Kehle. Das Mädchen sah mich mit Augen an, die so groß wie Kuchenteller waren, und trat einen Schritt zurück. Vermutlich würde eine echte Aristokratin so etwas niemals tun.

»Braucht Ihr noch etwas?«, wollte sie wissen. Als ich nicht antwortete, fügte sie hinzu: »Soll ich jemanden rufen lassen?«

Ich schüttelte den Kopf. »Sag, Lilou, wann bist du geboren worden?« Irgendwie musste ich herausbekommen, welches Jahr wir schrieben und auf was ich mich mental vorbereiten musste.

»Im Jahre des Herrn 1501.«

»Oh, dann bist du …« Ich tat, als könnte ich nicht rechnen, und mühte mich mit den Fingern beim Zählen ab. Das war ein Trick, den meine Mutter mir beigebracht hatte.

Und das Mädchen tat mir auch gleich den Gefallen und antwortete: »Ich bin zwölf, Madame.«

Also war ich im Jahr 1513 gelandet. Ich suchte in meinem Hirn nach irgendetwas, das ich von diesem Jahr wusste. Wer war damals König gewesen? Ah ja, König Ludwig XII., und der hatte im Laufe seiner Zeit als König drei Ehefrauen gehabt und würde im kommenden Jahr sterben, kurz nach seiner Hochzeit mit der dritten Frau. Schön zu wissen, aber es half mir nicht weiter. Dann gab es noch die Religionskriege zwischen protestantischen Hugenotten und Katholiken. Auch das war nicht unbedingt etwas, das mir in meiner Situation weiterhalf. Ich kramte weiter in meinen Erinnerungen, doch alles, was ich zutage förderte, waren wenig hilfreiche Informationen.

Ein Poltern an der Tür riss mich aus meinen Überlegungen. Eine Matrone kam in das Zimmer geeilt, neben sich einen kleinen Jungen, der sich ängstlich hinter ihrem Rock versteckte. Neugierig war er dennoch, weshalb er immer wieder zu mir sah.

»Ihr seid wach!«, brummte die Frau.

Gut, die Alte hatte offenbar keine Angst vor mir und bestimmt auch Haare auf den Zähnen, wenn ich ihren Gesichtsausdruck richtig interpretierte. Doch ich wollte ihr eh keine Minute länger zur Last fallen.

»Ja, das bin ich. Ich danke Euch für Eure Gastfreundschaft.« Mit diesen Worten erhob ich mich und griff nach meiner Tasche, die ich neben dem Bett entdeckt hatte. Am besten, ich zog so schnell wie möglich weiter, ehe die Familie auf die Idee kam, mir zu viele Fragen zu stellen.

Die Matrone verschränkte ihre Arme vor der ausladenden Brust. »Zu wem gehört Ihr? Eine Dame wie Ihr kann unmöglich allein unterwegs sein.« Ihre Skepsis war bei jedem einzelnen Wort herauszuhören.

Mit meiner Mutter hatte ich etliche Ausreden gesponnen und das kam mir nun zugute. »Meine Reisegesellschaft wurde überfallen. Ich habe mich versteckt und bin dann irgendwann ohnmächtig geworden. Da habt ihr mich wahrscheinlich gefunden. Ich muss meine Familie suchen. Das wird nicht schwer sein. Wir kennen viele einflussreiche Familien hier in Paris.« Ich hoffte inständig, dass das genügen würde.

Geschäftig machte ich mich auf den Weg zur Tür und ignorierte die erstaunten Gesichter der Umstehenden. Eigentlich hätte ich mich gern dafür erkenntlich gezeigt, dass sie mich gerettet hatten. Auch wenn ich vor zwei Tagen noch der Meinung gewesen war, dass ich lieber sterben wollte, war es jetzt nicht mehr so. Ich wollte kämpfen und es irgendwann schaffen, zu Philippe zurückzukehren. Vielleicht würde sich das Medaillon als gnädig erweisen und mich, nachdem ich meine Mission hier erfüllt hatte, zu ihm zurückschicken. Ich musste mich einfach an einem Hoffnungsschimmer festhalten, auch wenn er noch so klein war.

»Sobald ich die Meinen gefunden habe, werde ich mich bei Euch erkenntlich zeigen.« Ich konnte nicht anders, als das zu erwähnen. Die Menschen in diesem Haus sollten nicht denken, ich wäre undankbar.

Sie hielten mich auch nicht auf oder wollten noch irgendetwas wissen. Ich bahnte mir den Weg durch das dunkle Haus und trat dann nach draußen. Sofort blendete mich die heiße Sommersonne.

Ich ging ein paar Schritte und drehte mich dann noch einmal zu dem Haus um. Es war ärmlich und klein, aber die Menschen darin hatten ein gutes Herz, auch wenn die Hausherrin mir mit Argwohn begegnet war. Letztendlich konnte ich ihr das nicht verdenken. Es waren harte Zeiten.

Zuerst musste ich mich orientieren und das würde mir am besten gelingen, wenn ich mich in das Innere von Paris vorwagte. Doch bevor ich mich auf den Weg dorthin machte, musste ich mir einen Ort suchen, an dem ich mich erleichtern konnte.

* * *

Es wurde nach und nach dunkel, während ich durch die Straßen von Paris irrte. Langsam näherte ich mich dem Stadtkern. Die Kathedrale von Notre-Dame stand wie eh und je imposant auf der Insel und da die Häuser nicht besonders hoch waren, konnte ich die weltberühmte Kirche schon von Weitem sehen. Die Straßen wirkten staubig auf mich, und die Menschen sahen mich an, als wäre ich entweder eine gefallene Adlige oder eine Dirne. Mein Aufzug war zu fein und passte nicht in das Paris des Jahres 1513. Edelfrauen liefen auch nicht zu Fuß, sie wurden in edlen Kutschen herumgefahren. Dementsprechend konnte ich nachvollziehen, warum ich immer wieder neugierige Blicke nachgeworfen bekam.

Ich hatte keinerlei Anhaltspunkte, wo ich hingehen konnte. Überhaupt erschien mir hier alles so verändert. Bei meinen anderen Zeitreisen hatte ich stets vieles wiedererkannt, doch nun war ich so weit in die Vergangenheit gereist, dass die Stadt Paris mir an den meisten Ecken doch sehr fremd vorkam. Ich kam mir verloren vor. Hinzu kam, dass ich Philippe schrecklich vermisste. Wie konnte sich ein Mann innerhalb weniger Tage so sehr in ein Herz einnisten, dass man dachte, man könne ohne ihn nicht mehr leben? Ging es ihm wie mir? Vermisste er mich ebenso? Ich hoffte, dass mein Verdacht, was seine Mutter betraf, unangebracht gewesen war.

Als ich dabei war, mir über meine Aufgabe in dieser Zeit Gedanken zu machen, fiel mir etwas ganz Entscheidendes ein. Die Erkenntnis ließ mich innehalten und heftig einatmen. Welche Aufgabe hatte ich im Jahr 1914 zu erfüllen gehabt? Ich konnte mich beim besten Willen nicht erinnern, etwas vollbracht oder jemanden gerettet zu haben. Bedeutete das, dass ich zurückkehren würde, weil ich noch nicht fertig war oder weil Philippe und ich unweigerlich zusammengehörten? Die Vorstellung verlieh mir neue Energie.

Um mich herum wich der Tag unaufhörlich der Nacht und ich begegnete immer weniger Menschen. Und dann kamen die menschlichen Ratten aus ihren Höhlen. Mein Magen zog sich zusammen. Wie eine böse Vorwarnung. Auch in diesem Jahrhundert war ich eine schutzlose Frau. Klar, ich konnte kämpfen, mit dem Messer umgehen, aber gegen mehrere Männer war ich machtlos. Ich musste irgendwo einen Ort finden, an dem ich Schutz suchen konnte für die Nacht.

Eine Kirche! Die hatten doch nachts immer offen, oder war das im sechzehnten Jahrhundert nicht so? Mist, das hatte meine Mutter mir ganz bestimmt eingebläut, aber ich konnte mich nicht mehr erinnern. Da ich aber keinerlei andere Ziele vor Augen hatte, marschierte ich auf die größte aller Kirchen zu. Notre-Dame würde irgendwo einen Eingang haben, der für Bedürftige geöffnet war. Es musste einfach funktionieren. Ich weigerte mich, dies zu bezweifeln, denn das mulmige Gefühl wuchs stetig an.

Als ich an einer der vielen Pariser Brücken ankam, die zur Insel führten, hörte ich plötzlich laute Stimmen. Männer stritten miteinander. Ich wollte gerade umdrehen und einen anderen Weg auf die Insel finden, als die Kerle in mein Blickfeld kamen.

Mitten auf der Brücke blieben sie stehen und ich huschte in Ermangelung eines Verstecks oder schnellen Fluchtwegs hinter einen Baum. Mein Herz schlug mir bis zum Hals und ich hoffte, dass man mich nicht entdecken würde. Ich wusste nicht, ob diese Männer mir etwas antun würden, und ich war bestimmt die Letzte, die andere voreilig verurteilte, aber Vorsicht war bekanntlich nie verkehrt.

»De Santigo! Bleibt stehen!«, schallte eine männliche Stimme zu mir herüber.

»Nein! Unsere Unterhaltung ist beendet. Mit Euch werde ich keine Geschäfte mehr machen. Lebt wohl.« Der Mann hatte einen schönen Akzent. Vielleicht spanisch oder portugiesisch. Ich mochte den leichten Singsang und wie er das R rollte.

»Beendet?«

»Ja.«

Dann waren schnelle Schritte zu vernehmen und Geräusche, die nach einem Kampf klangen. Jemand stöhnte, dann wieder Schritte. Stille.

»Por favor me ajude – Bitte helft mir«, rief ein Mann. Er hörte sich kraftlos an.

Ich verharrte hinter dem Baum und wartete, doch es kam kein weiterer Hilferuf. Langsam wagte ich mich aus meinem Versteck hervor. Ich umrundete den Baum, doch von den Männern war nichts mehr zu sehen. Da hatte ich Glück gehabt. Also setzte ich meinen Weg fort. Doch als ich bei der Brücke ankam, hörte ich ein leises Stöhnen.

Augenblicklich blieb ich stehen, aber ich konnte nirgends jemanden entdecken. Vielleicht hatte ich mich geirrt? Manchmal waren die Geräusche der Nacht beängstigend und die Fantasie spielte einem verrückte Streiche.

Doch als ich die Brücke überqueren wollte, hörte ich es erneut. Nein, das bildete ich mir definitiv nicht ein. Ich blickte über die Brücke hinab zum Nebenarm der Seine, aber auch dort konnte ich niemanden sehen. Dann huschte mein Blick zum Bereich unterhalb der Brücke. Dort bewegte sich etwas! In mir erwachte die Krankenschwester. Ich schob sämtliche Ängste und Vorsichtsmaßnahmen beiseite und eilte die Böschung herab. Immer wieder geriet ich ins Rutschen, da sich auf dem Gras eine leichte Feuchtigkeitsschicht gebildet hatte.

Leider war es bereits so dunkel, dass ich den Mann erst bemerkte, als ich über ihn stolperte. Ein weiteres Stöhnen signalisierte mir, dass ich an meinem Ziel angekommen war.

Sofort beugte ich mich über den Mann, doch die Nacht nahm mir die Sicht. Es war zu dunkel, um zu erkennen, welche Art von Verletzung er hatte. Zuerst musste ich ihn irgendwie nach oben schaffen. Nur wie? Ich war zwar keine schwache Frau, aber einen erwachsenen und verletzten Menschen eine Böschung nach oben zu schleppen, war selbst für mich eine Nummer zu groß.

Als ich meine Finger an seinem Körper hinabgleiten ließ, spürte ich Nässe. Er blutete – stark. Ich musste ihn dringend behandeln. Ich brauchte Licht!

Meine Tasche hatte ich neben der Brücke abgestellt, ehe ich die Böschung hinuntergegangen war. Rasch holte ich sie. Eins meiner vielen Geheimnisse, die ich in dieser Tasche versteckt hielt, war eine Taschenlampe, die ich im Jahr 1961 gekauft hatte, als die Ankunft meiner Mutter immer näher rückte und ich wusste, dass das Medaillon mich vielleicht bald rufen würde. Aber ich hatte auch Erste-Hilfe-Material eingepackt, man wusste schließlich nie, wann man einen Notfall vorfand.

»Você é um anjo?«, rief der Mann mir hinterher.

Nachdem ich wieder bei dem Verletzten angekommen war, knipste ich das Licht an und betete, dass mich niemand dabei beobachtete.

Dieses Jahrhundert war eins, das die Hexenverfolgung noch konsequent umsetzte. Niemand – absolut niemand – durfte die

Lampe zu Gesicht bekommen. Ich schirmte das Licht so gut es ging ab und sah mir die Verletzung des Mannes genauer an.

»Ich verstehe Euch nicht. Was habt Ihr da gerade eben gefragt?« Erst als ich den Satz zu Ende gesprochen hatte, fiel mir die Absurdität dessen auf. Ich trug doch das Medaillon, das mich jegliche Sprache verstehen ließ. Oder etwa nicht? Meine Hand suchte hektisch nach dem Schmuckstück. Ich bekam die Kette zu fassen und zog sie hervor. Am Ende baumelte noch immer das Zeitenmedaillon. Ich umschloss es mit der Hand, denn es war die einzige Chance, die ich hatte, zu Philippe zurückzukehren.

Ich sah zu ihm herunter und im Schein der Taschenlampe konnte ich ihn das erste Mal richtig erkennen. Er war ein dunkelhaariger Mann mit noch dunkleren Augen. Sein Gesicht zierte ein Bartschatten und er trug edle Kleidung, die bestickt war und goldene Knöpfe hatte.

Doch als der Mann mein Medaillon sah, riss er die Augen auf, japste nach Luft und griff sich dann an die Kehle. Ich dachte, er bekäme keine Luft mehr, dass vielleicht seine Lunge verletzt wäre. Er wirkte auf mich, als stünde er unter Schock. Also öffnete ich die obersten Knöpfe seiner Jacke, um ihm das Atmen ein wenig zu erleichtern. Was ich dann sah, verschlug mir schlichtweg die Sprache. Vermutlich sah mein Gesichtsausdruck so aus wie seiner.

Seine Hand griff nach einer Kette, er riss sie grob unter seinem Hemd hervor, und daran hing das gleiche Medaillon, das auch ich in der Hand hielt. Nun war es an mir, erschüttert einzuatmen.

»Das … das …«, stammelte ich.

»Ja, das ist ein Zeitenmedaillon«, quetschte er zwischen zusammengebissenen Zähnen hervor. Erst da fiel mir wieder ein, weshalb ich mich überhaupt hier befand. Und meine Mission war auch klar ersichtlich. Ich musste diesen Mann retten, denn ich, Kristin Vieille, war die Hüterin der Zeitreisenden.

»Wie ist das passiert?«, fragte ich den Mann und deutete auf das viele Blut an seinem Hemd.

»Diese Idioten wollten mit mir Geschäfte machen, ich aber nicht mit ihnen. Als ich das deutlich gemacht habe, zückten sie ein Messer. Und als wenn das nicht schon gereicht hätte, schmissen sie mich von der Brücke.«

Während er gesprochen hatte, war ich bereits dabei, sein Hemd zu öffnen und mir seine Verletzung genauer anzusehen. Die Schnittwunde war nicht sehr tief, aber sie musste eindeutig genäht werden. Er hatte nicht viel Blut verloren. Vermutlich hatte er sich bei dem Sturz doch etwas gebrochen. Hinzu kamen der Schock, Prellungen und Verstauchungen. Ich hoffte, dass er sich bei dem Sturz keine inneren Verletzungen zugezogen hatte.

»Wie ist Euer Name?«, wollte ich von ihm wissen, mein Blick blieb jedoch unverwandt auf das gerichtet, was sich mir an seinem Körper offenbarte. Es war immer einfacher, jemanden mit Namen anzusprechen, dann gewann man auch schneller das Vertrauen eines Verletzten. Eines der ersten Dinge, die man an der Schwesternschule lernte.

Da er nicht sofort antwortete, hob ich den Kopf. War er etwa ohnmächtig geworden? Nein, denn als sich unsere Blicke trafen, stahl sich ein kleines verwegenes Lächeln auf sein Gesicht. »Ich bin Tiago de Santigo und komme aus Portugal.«

Ich erwiderte sein Lächeln, weil er trotz der Verletzungen etwas sehr Positives ausstrahlte. »Ah, dann habt Ihr vorhin Portugiesisch gesprochen?« Ich bereitete alles vor, um seine Wunde adäquat behandeln zu können. Zuerst holte ich Nadel und Faden aus meiner Tasche und desinfizierte die Wunde mit einer Jodtinktur. Tiago zuckte noch nicht einmal mit der Wimper.

»Merkwürdig, dass du mich vorhin nicht verstanden hast. Ich verstehe dich sehr gut. Ich dachte immer, Medaillonträger hätten keinerlei Probleme mit fremden Sprachen.« Langsam schien er wieder zu Kräften zu kommen, zumindest zeugte sein Redefluss davon.

»Sag bitte mal etwas auf Portugiesisch.«

Er dachte nach. »Meine Schwester heißt Carla.«

Ich sah ihn an, doch so ganz wusste ich nicht, was er mir damit sagen wollte.

»Das war Portugiesisch«, klärte er mich lachend auf, zuckte aber sogleich zusammen, weil er dabei Schmerzen empfand. »Im Übrigen rede ich die ganze Zeit in meiner Muttersprache.«

»Oh! Ich habe alles verstanden, als hättest du Französisch gesprochen. Vielleicht funktioniert das zwischen zwei Zeitreisenden nur, wenn sie nah genug beieinander sind. Wenn ich ein paar Meter entfernt bin, verstehe ich offenbar nichts. Mysteriös.«

»Das Schicksal will, dass du ganz nah bei mir bist. Ich verstehe.« Wieder setzte er dieses verwegene Lächeln auf. Tiago könnte gut und gern in einer Hollywoodschnulze mitspielen. Er hatte etwas von Rock Hudson gepaart mit Errol Flynn, eine geradezu perfekte Mischung.

Amüsiert über seine Flirtversuche schüttelte ich den Kopf. »Da du ein zäher Kerl zu sein scheinst, nähe ich deine Wunde gleich hier und jetzt. Ich habe allerdings keinerlei Möglichkeit, dir die Schmerzen zu ersparen«, erklärte ich ihm.

»Nur zu. Aber zuerst sagst du mir noch deinen Namen, ehe du dich an meinem nackten Körper zu schaffen machst.« Eine Augenbraue fuhr nach oben. Sofort fragte ich mich, ob er vielleicht aus der Zukunft kam, denn die lockere Art, mit einer Frau umzugehen, passte nicht so recht in das sechzehnte Jahrhundert.

Ich musste kichern. »Mein Name ist Kristin Vieille. Ich komme aus Frankreich«, stellte ich mich auf dieselbe Art und Weise vor, wie er sich mir vorgestellt hatte.

»Gut, Kristin. Später möchte ich dann mehr erfahren. Dann werden wir über Zahlen reden.« Ergeben legte er den Kopf zurück auf den Boden und schloss die Augen.

Ohne weiteres Geplänkel machte ich mich daran, die Wunde zu nähen. Tiago zappelte kein einziges Mal und stöhnte auch nicht, das musste ich ihm zugutehalten. Er war wirklich tapfer.

Ich machte einen Knoten in den Zwirn und legte einen Verband an, als ich Geräusche hörte. Um Tiago zu signalisieren, dass er ruhig sein musste, legte ich meinen Zeigefinger auf die Lippen und schaltete rasch die Taschenlampe aus. Dann horchte ich angestrengt in das Halbdunkel.

»Tiago!«, hallte es durch die Nacht. »Wo steckst du?«

»Hi…!« Meine Hand klatschte auf Tiagos Mund. War er verrückt? Sich zu offenbaren, ohne dass er wusste, wer da nach ihm suchte, war lebensmüde.

»Scht. Wir wissen nicht, wer das ist«, zischte ich.

Seine Hand legte sich eisern um mein Handgelenk und nahm sie von seinem Gesicht. »Das ist mein Freund Gustavo.« Er nickte mir zu und rief dann: »Unter der Brücke.«

Im nächsten Moment hörte ich, wie jemand über die Brücke eilte und dann mit einer Laterne bewaffnet die Böschung herunterkam. Der Mann wirkte dabei bei Weitem eleganter als ich. Gustavo sah seinem Freund ähnlich, die zwei Männer könnten glatt Brüder sein. Und auch er hätte prima in einen Film gepasst. Ich wäre jedenfalls nicht abgeneigt gewesen, mir einen solchen Film mit den beiden in den Hauptrollen anzusehen.

»Tiago! Was …« Sein Blick glitt über den blutigen Bauch mit der frischen Naht, dann zu mir. Argwohn schlug mir entgegen, aber ich hätte vermutlich an seiner Stelle nicht anders reagiert. »Was ist geschehen?« Dann entdeckte er mein Medaillon und sah verwundert zwischen mir und Tiago hin und her. Dabei fielen ihm beinahe die Augen aus den Höhlen.

»Ich berichte dir später alles ganz genau. Darf ich dir zuerst Kristin Vieille vorstellen, ein Engel und zugleich meine Retterin?« Tiago zwinkerte mir zu und begann sein Hemd zuzuknöpfen. Im Anschluss versuchte er, sich aufzurichten, was ihm nicht so recht gelang. Der Verband behinderte ihn.

Gustavo und ich eilten ihm zu Hilfe und unterstützten ihn, damit die Wunde nicht sogleich wieder aufplatzte. Nach kurzer Zeit stand Tiago endlich auf eigenen Beinen. Erst jetzt bemerkte ich, dass er gerade mal so groß war wie ich. Im liegenden Zustand hatte ich ihn erheblich größer geschätzt.

Tiagos Freund verbeugte sich vor mir und stellte sich vor: »Gustavo Monteiro, stets zu Diensten, Retterin meines Freundes.«

Die beiden hatten eindeutig Humor. Das gefiel mir. Ich mochte Menschen wie die zwei. »Ganz meinerseits.«

Gustavo wandte sich an Tiago. »Dann wollen wir dich mal zurück in das Gasthaus bringen.« Er legte Tiagos Arm fürsorglich um seine Schulter und griff ihm beherzt um die Taille. Da er ihn ein gutes Stück überragte, schwebte Tiago beinahe mit beiden Beinen über dem Boden.

Ich schnappte mir meine Tasche und packte die Erste-Hilfe-Utensilien wieder hinein. Dann ging ich den Männern hinterher, die die Böschung bereits hinaufgelaufen waren.

Oben angekommen, hörte ich Gustavo gerade noch sagen: »Bleibt hier stehen, ich hole die Kutsche.« Und schon war er verschwunden.

»Wo sollen wir dich hinbringen, Kristin?«, fragte Tiago leise und hielt sich dabei am Brückengeländer fest. Er hatte eindeutig noch Schmerzen.

Ich zuckte mit den Schultern. »Ehrlich gesagt weiß ich es nicht. Ich habe mir noch keine Bleibe gesucht.«

»Dann kommst du mit uns mit. Ab sofort stehst du unter unserem Schutz.« Sein intensiver Blick verdeutlichte mir, dass er in dieser Sache nicht mit sich reden lassen würde. Offenbar fühlte er sich für mich verantwortlich, weil ich wie er ein Zeitenmedaillon um den Hals trug.

»Aber nur für diese Nacht«, wandte ich ein.

»Das werden wir sehen«, antwortete Tiago ausweichend und reckte den Kopf, als wir das Näherkommen einer Kutsche vernahmen. Kurz darauf entdeckte ich Gustavo, der auf dem Kutschbock saß und die Pferde gut im Griff zu haben schien.

Es war ein elegantes Gefährt, was bei mir wieder einmal die Frage aufkommen ließ, was Tiago hier in dieser Zeit machte. Hatte er schon immer im Jahr 1513 gelebt oder war er nur durch Zufall hier gelandet, so wie ich? Und wenn er nicht aus dieser Zeit kam, wie war es dann möglich, dass er einen besten Freund hatte, der offensichtlich von dem Medaillon wusste? Oder war er schon vor vielen Jahren hier angekommen und hatte dadurch eine so innige Freundschaft aufbauen können? Warum besaß er so viel Geld, dass er sich eine solche Kutsche leisten konnte? Von den vielen Goldknöpfen an seiner Jacke ganz zu schweigen. Auch Gustavo war edel gekleidet und strahlte die lässige Eleganz eines Mannes aus, der sich das leisten konnte, was er begehrte. Das war in allen Jahrhunderten gleich geblieben. Die beiden hatten eindeutig volle Goldtruhen. Wie machten sie das? Vor allem, wie machte Tiago das? War er sesshaft? Hatte er vielleicht die Liebe gefunden und war dadurch fest in dieser Zeit verankert?

»Komm, steig ein. Wir reden später im Gasthaus. Dann erzählst du mir deine Geschichte und ich dir meine. Ruh dich erst mal aus. Ich weiß, wie anstrengend Zeitsprünge sind.« Tiago hielt mir die Tür der Kutsche auf und half mir beim Einsteigen. Anschließend quälte er sich selbst in das Gefährt und setzte sich neben mich, als sich auch schon die Pferde in Bewegung setzten.

15. Kapitel

Nach etwa einer Stunde Fahrzeit hielten wir vor dem Gasthaus, das außerhalb von Paris lag. Ich war immer wieder eingenickt. Die späte Uhrzeit und der anstrengende Tag auf den Beinen waren nicht unerheblich dafür verantwortlich, dass mich die Müdigkeit so stark im Griff hatte. Aber auch Tiago hatte die Augen geschlossen, die Füße weit von sich gestreckt und war eingeschlafen.

Hoffentlich hatte er nicht allzu große Schmerzen. Eine Wunde am Bauch tat weh, weil viele Nerven durch die sensible Hautschicht verliefen. Er hatte es erstaunlich gut weggesteckt, als ich ihn genäht hatte, ganz so, als hätte er das schon öfter hinter sich bringen müssen. Und er hatte sich schnell erholt, fast zu schnell.

Gustavo öffnete die Tür unseres Gefährts und half jedem von uns beim Aussteigen. »Geht schon rein. Ich bringe die Kutsche in den Stall, damit der Bursche sich um die Pferde kümmern kann. Bin gleich wieder bei euch.«

Tiago neben mir stöhnte leicht, als er die beiden Treppenstufen zum Eingang erklomm. Ich musste mir die Wunde nachher unbedingt noch einmal genauer anschauen.

Der Gasthof war trotz der späten Stunde noch geöffnet. Der dicke Wirt stand hinter einem Tresen und räumte auf. Im

Gastraum saß ein Mann und stierte in seinen Becher. Er sah aus, als würde er jeden Moment von seinem Stuhl fallen.

»Setz dich, ich werde kurz mit Monsieur Dubois reden, damit du noch ein Zimmer für die Nacht bekommst.« Tiago bemerkte meinen Blick. »Du brauchst dir um die Bezahlung keine Gedanken zu machen.« Sein Lächeln war aufrichtig und ich entspannte mich ein wenig.

An einem der langen Holztische ließ ich mich nieder und beobachtete Tiago, wie er mit dem Mann hinter dem Tresen diskutierte. Dieser schüttelte immer wieder energisch den Kopf und blickte missmutig zu mir.

Mir war klar, was das zu bedeuten hatte, und mein Mut sank ein Stückchen herab. Ich war so erschöpft und hatte mich so sehr darauf gefreut, mich in ein Bett legen zu können. Aber zur Not würde es auch das Heu draußen im Stall tun, mittlerweile war ich so müde, dass ich nicht mehr wählerisch sein konnte. Vielleicht erlaubte Tiago, dass ich in der Kutsche schlief, da wäre ich ein wenig geschützter und würde mich wohler fühlen.

Meine Gedanken huschten zu Philippe. Es war, als sähe er mich mit seinen warmen Augen an und würde den Kopf schütteln, weil ich mich mal wieder in so eine blöde Situation gebracht hatte. Wie er wohl damit klarkam, dass ich ihm praktisch aus den Armen entrissen worden war? Zumindest gab es nun keinen Zweifel mehr an dem Wahrheitsgehalt meiner Geschichte, dachte ich ironisch. Sollte ich das Glück haben, ihm jemals wieder zu begegnen, würde er niemals mehr infrage stellen, dass ich eine Zeitreisende war. Wenn … In meinem Magen zog sich etwas zu einem schmerzhaften Knoten zusammen. Ich durfte nicht einmal daran denken, ihn für immer verloren zu haben. Ich musste an ein Wiedersehen glauben, nur dann würde ich die Zeit ohne ihn überstehen.

»Wir bekommen gleich etwas zu essen«, sagte Tiago leise, als er zu mir an den Tisch kam. Anstatt sich mir gegenüber niederzulassen, setzte er sich direkt neben mich. Er beugte seinen Kopf zu mir. »Du bekommst heute Nacht Gustavos Zimmer. Er schläft bei mir. So kann niemand tratschen und du hast deine Ruhe vor uns. Wenn wir gegessen haben, gehen wir hoch und reden.«

Ich nickte, da in diesem Moment der Wirt mit drei Bechern und einem großen Krug voll Würzwein zu uns kam.

»'n Abend«, begrüßte er mich und stellte die Gefäße auf dem Tisch ab, ehe er wieder verschwand.

»Gesprächiger Kerl«, kommentierte ich.

Tiago winkte ab. »Glaub mir, besser so, als wenn er sich selbst gern reden hört.«

Ich nickte zustimmend. »Ich muss mir auf jeden Fall noch einmal deine Wunde ansehen.«

»Alles, was du willst, Schwester Kristin«, gab er von sich und zwinkerte mir zu.

Ich ließ ihn. Was würde es mir bringen, wenn ich ihn wegen seines Schäkerns zurechtwies? Tiago wollte nichts von mir und machte nur Spaß. Also lächelte ich milde und trank einen Schluck des Getränks.

Kurz danach kam Gustavo zu uns und gleich darauf bekamen wir jeder einen Teller von dem versprochenen deftigen Eintopf vorgesetzt. Wir aßen schweigend und tranken den Würzwein, der zwar keinen starken Alkohol enthielt, mir aber durch die Süße dennoch ein wenig zu Kopf stieg.

Als wir unsere Mahlzeit beendet hatten, nahm Gustavo meine Tasche und wir stiegen gemeinsam die schmale Treppe in das obere Stockwerk empor. Das Holz unter meinen Füßen knarzte und in der Luft hing ein Geruch nach abgestandenem Rauch, was vermutlich vom jahrelangen Heizen mit Holz kam. Ich hoffte inständig, dass die Räume sauber waren und ich ein wenig Ruhe finden würde. Nichts war schlimmer als Ungeziefer in den Betten.

»Hier kannst du heute Nacht schlafen.« Tiago schloss ein Zimmer auf und ließ mir den Vortritt, ehe er mir zusammen mit Gustavo folgte und die Tür verschloss.

Für einen kleinen Augenblick stieg in mir Angst hoch. Was, wenn die beiden Männer Sittenstrolche waren, die sich an wehrlosen Frauen vergingen? So undenkbar war das schließlich nach meinem Erlebnis mit dem Schlächter nicht. Doch sie setzten sich auf die zwei Stühle, die im Zimmer standen, lächelten mich freundlich an und bedeuteten mir, mich auf dem Bett niederzulassen. Gut, ich sollte mich dementsprechend ein wenig beruhigen. Meine blöde Fantasie übertrieb wieder einmal ein bisschen. Nun war wohl der Moment der Aussprache gekommen.

Tiago sah mich immer noch lächelnd an. »Gustavo weiß über alles Bescheid.«

»Gut, dann zieh erst mal dein Hemd aus und zeig mir die Wunde, während ich anfange zu erzählen«, sagte ich befangen.

Tiago zog das Hemd über den Kopf und ich konnte erkennen, dass die Wunde wieder angefangen hatte zu bluten. Das war nicht der Rede wert, jedoch musste der Verband erneuert und straffer angelegt werden.

Während ich mit geübten Handgriffen meiner Arbeit nachging, begann ich mit meiner Geschichte. »Ich wurde im Jahr 1827 geboren.« Zwei neugierige Augenpaare beobachteten mich. »Nach meinem ersten Zeitsprung habe ich allerdings lange Zeit Mitte des zwanzigsten Jahrhunderts gelebt. Und du?« Auffordernd blickte ich Tiago an. Wenn ich meine Geheimnisse preisgab, erwartete ich das im Gegenzug auch von ihm.

»Falsche Frage.« Mit einem geheimnisvollen Lächeln schaute er mich unverwandt an.

Ich runzelte meine Stirn, da ich nicht wusste, auf was er hinauswollte. »Inwiefern?« Unsicher wartete ich auf seine

Antwort. Diese zwei kryptischen Wörter konnte man wahrlich schlecht interpretieren.

Gustavo antwortete an seiner Stelle. »Die Frage müsste lauten: Aus welchem Jahr kommt *ihr*?«

Erstaunt hob ich beide Augenbrauen an und sah zwischen Gustavo und Tiago hin und her. Sie wirkten wie zwei Katzen, die sich eine Maus geteilt hatten. Was meinte er damit? War Gustavo etwa auch ein Medaillonträger? Ein Zeitreisender wie wir? Das war etwas, mit dem ich nun wirklich nicht gerechnet hatte.

Ohne mein Zutun wanderte mein Blick wie von selbst zu dessen Hals, doch ich konnte beim besten Willen keine Kette erkennen, obwohl er sein Hemd halb geöffnet hatte. Aber vielleicht trug er sie ja auch auf eine andere Art und Weise. Eventuell wie eine Taschenuhr. Oder einfach in der Hosentasche. Was wusste ich denn!

»Wie …«, begann ich deshalb meine Frage, doch Tiago hielt seine Hand in die Luft.

»Stopp, das Wie werde ich dir ein anderes Mal erklären. Gustavo und ich leben im Jahr 2015. Beide. Und wir haben uns bewusst für diese Zeit entschieden.« Nun war sein Gesichtsausdruck ernst geworden und er sah mich an, also nickte ich, damit er fortfahren konnte. »Im Normalfall leben wir in Portugal, sind aber hin und wieder aufgrund von Geschäften hier in Paris. Wir haben dort eine Wohnung im Jahr 2015. Wir tingeln also zwischen den Ländern und den Jahren hin und her. So wie es uns gerade passt.«

Es war möglich, sich bewusst für eine Zeit zu entscheiden? Mir taten sich hier völlig neue Erkenntnisse auf. Ich kam mir vor, als wüsste ich über das Medaillon recht wenig. Klar, man sollte sich auf etwas konzentrieren und dann könnte man dorthin reisen. So hatte es mir meine Mutter immer erklärt, aber wie, wenn man dort noch nie war? Jemanden, den man liebte, würde man durch die Zeiten wiederfinden, das hatte ich ebenfalls von Maman gelernt, doch von allem anderen hatte ich noch nie gehört.

Da ich offenbar ein verdutztes Gesicht gemacht hatte, erklärte Gustavo mit seiner tiefen Stimme: »Du musst lernen, dich nicht von dem Medaillon beherrschen zu lassen.«

Aha, so leicht war das also? Es hörte sich einfach an. Aber ich wusste aus Erfahrung, dass es das nicht war. Ansonsten wäre ich nie der Spielball für dieses Schmuckstück geworden. Wie oft hatte ich mich dagegen gewehrt und jedes Mal verloren?

Energisch reichte ich Tiago sein Hemd, als ich den Verband erneuert hatte.

»Es funktioniert, glaub mir«, sagte Tiago in sanftem Tonfall. »Sieh uns an, wir leben zum Teil hier und auch im zwanzigsten Jahrhundert. Wir nutzen das Medaillon ganz bewusst. Wollen wir von Portugal nach Frankreich, dann machen wir einen Zwischenstopp im Jahr 2015 und besuchen unsere Verwandten. Dann fliegen wir mit einem Flugzeug in das andere Land und machen wieder einen Zeitsprung.«

»Das ist unmöglich!«, stieß ich hervor, da mir die Ungeheuerlichkeit seiner Aussage nicht nachvollziehbar erschien.

Gustavo lachte. »Schlaf am besten ein wenig, dann werden wir morgen weiterreden, und vielleicht schaffen wir es, dir ein bisschen mehr über das Medaillon beizubringen.« Mit diesen Worten erhob er sich und Tiago tat es ihm gleich.

Als sie das Zimmer verlassen hatten, lag ich noch lange wach in dem Bett, das ich zuvor auf Ungeziefer abgesucht hatte, und überlegte, wie ich es bewerkstelligen konnte, das Medaillon in den Griff zu bekommen. Für einen kurzen Moment glaubte ich daran und versuchte, zurück zu Philippe zu kommen, doch es gelang mir nicht. Enttäuscht ließ ich das Medaillon los. Tränen brannten in meinen Augen, aber ich würde nicht anfangen zu weinen.

Mir stellte sich jedoch die Frage, warum ich noch immer hier war, schließlich hatte ich Tiago gerettet. Er befand sich nicht mehr in Lebensgefahr und seine Wunde würde ohne Probleme verheilen.

Welche Aufgabe wartete außerdem auf mich?

* * *

Nach einer unruhigen Nacht und wirren Träumen von dem Medaillon, das versuchte, mit mir zu kommunizieren, saß ich bereits fertig angekleidet und frisiert auf dem Bett. Ich wartete auf die beiden Männer, als es endlich an der Tür klopfte.

»Guten Morgen, schöne Frau«, begrüßte Tiago mich, als ich ihm öffnete.

»Guten Morgen«, gab ich lahm von mir.

»Wer bläst denn hier Trübsal? Schau raus. Die Sonne scheint.« Er setzte ein Lächeln auf, das mich auf sanfte Art ermahnte.

»Entschuldige bitte, ich habe schlecht geschlafen. Ich sollte das nicht an dir auslassen.« Betreten starrte ich auf meine Hände. Eigentlich war ich nicht so, doch heute fühlte ich mich dermaßen schlecht, dass ich es am liebsten laut hinausgeschrien hätte.

»Lass uns runtergehen und nimm deine Sachen mit. Wir haben schon bezahlt. Nach unserem Frühstück wollen wir aufbrechen«, erklärte er mir mit ruhiger Stimme.

»Aufbrechen, aber wohin?«, fragte ich nach und erhob mich derweil.

»Wir fahren zurück nach Paris.« Etwas an seinem Tonfall und dem Gesichtsausdruck, den er aufgesetzt hatte, ließ mich aufhorchen.

»Was ist los?«

»Es gibt Gerede, und wir sollten uns auf den Weg machen. Iss eine Kleinigkeit, dann fahren wir.« Er war ein Meister des Um-den-heißen-Brei-Herumredens. Aber ich ließ mich nicht davon abschrecken.

»Geht das vielleicht ein wenig genauer?«, bohrte ich deshalb nach.

»Nein!« Damit drehte er sich um, verließ das Zimmer und ging die Treppe hinunter. Mir blieb nichts anderes übrig, als unwissend nach meiner Tasche zu greifen und ihm zu folgen.

Im Schankraum waren schon einige andere Gäste. Auch Gustavo saß mit einem grollenden Gesichtsausdruck an einem der Tische und aß eine undefinierbare zähe, graue Masse. Wir nahmen ihm gegenüber Platz. Dort standen bereits zwei gefüllte Teller gleichen Inhalts. Unmotiviert griff ich nach meinem Löffel und begann mit spitzen Zähnen den Fensterkitt zu essen.

»Die Mahlzeiten hier werde ich nicht vermissen«, brummte Gustavo.

»Meinst du ich?«, fragte Tiago, erwartete aber keine Antwort.

Was war hier los? Irgendetwas war in den letzten Stunden vorgefallen. Aber ich fragte nicht nach, weil ich wusste, im Moment wäre sowieso nichts aus den beiden herauszubekommen. Hier hatten die Wände Ohren und ich würde uns vermutlich in Teufels Küche bringen, wenn ich mehr erfahren wollte. Also schwieg ich und aß noch ein paar Löffel dieses nicht gerade schmackhaften Gerichts. Nicht mal Honig hatte man auf den Tisch gestellt, um den Getreidebrei zu würzen.

Wir beendeten rasch unsere Mahlzeit, redeten dabei kein Wort mehr miteinander und erhoben uns dann zeitgleich. Einige Köpfe wandten sich uns zu. Es war offensichtlich, dass hier etwas im Gange war, und meine Nackenhaare stellten sich alarmiert auf. Ein sicheres Zeichen, dass wir in Gefahr waren.

Schnellen Schrittes verließen wir den Gasthof, doch bereits nach wenigen Metern bemerkte ich, dass andere Gäste uns gefolgt waren.

Draußen stand die Kutsche fertig für die Abreise, doch irgendwie beschlich mich der Verdacht, dass es schwer werden würde, hier wegzukommen. Unruhig drehte ich mich ein Stück zur Gaststätte um. Was ich sah, gefiel mir ganz und gar nicht. Hinter uns hatten an die fünfzehn Mann Stellung bezogen. Sie alle hielten Werkzeuge in der Hand. Wollten sie uns damit etwa erschlagen? Gefangen nehmen? Mir wurde angst und bange. Was hatten sich Tiago und Gustavo zuschulden kommen lassen? Irgendetwas musste passiert sein, dass die Leute so reagierten.

»Steig ein, Kristin. Beeil dich«, befahl Gustavo in einem Ton, der keine Widerrede duldete.

Hastig sprang ich in die Kutsche, ohne das Treppchen zu benutzen. Tiago war schon drinnen und half mir, mich aufzurichten. Im nächsten Augenblick knallte die Peitsche auf den Rücken der Pferde und die Kutsche setzte sich so abrupt in Bewegung, dass ich erneut auf dem Boden aufschlug. Mein Kopf dröhnte, weil ich ihn mir am Holz der Bank angeschlagen hatte, und ich spürte eine feuchte Wärme an meiner Schläfe hinabrinnen.

»Oh, Kristin, du blutest.« Tiago zog ein besticktes Taschentuch hervor und tupfte damit an meiner linken Gesichtshälfte herum. Mir wurde schlecht, weil die Kutsche hin und her schwang. Ich fühlte mich wie in einem Karussell. Auch Tiago wurde immer blasser. Hier lief etwas ganz und gar nicht gut. Die ungute Vorahnung von vorhin breitete sich weiterhin in mir aus. Ich hatte das Gefühl, mittlerweile in großer Gefahr zu schweben.

»Was geht hier vor?«, wollte ich von ihm wissen und krallte mich an der Bank fest, weil die Kutsche durch ein Schlagloch nach dem anderen holperte.

Tiago rutschte zu mir auf den Boden der Kutschkabine und stemmte wie ich die Beine gegen die vordere Bank, um so einen besseren Halt zu haben. »Gustavo hat heute Morgen am Frühstückstisch gesessen, als der Alarm seiner Smartwatch losging.«

Mir erschloss sich nicht, was eine Smartwatch war. Es musste etwas sein, das es in den Sechzigerjahren des zwanzigsten Jahrhunderts noch nicht gegeben hatte, aber im Jahr 2015 sehr wohl.

Doch Tiago ließ mich nicht lange im Unklaren und erklärte weiter: »Die Uhr war wohl ohne Saft und hat ihn gewarnt.« Als er mein ratloses Gesicht bemerkte, fügte er hinzu: »Die Batterie war beinahe leer und das Gerät gab einen lauten Signalton von sich. Tja, und das mitten im Essensraum. Er hat ihn wohl gleich abgestellt, aber da haben bereits etliche Männer die moderne Uhr gesehen. Gustavo ist sofort zu mir gekommen und hat es mir erzählt. Dann hab ich dich geholt und wir waren frühstücken. Die haben sich erstaunlich schnell organisiert.«

»Hätte er ihnen nicht erzählen können, dass er eine Maus in der Tasche hat?« Irgendeine dumme Ausrede hätte ihm doch einfallen müssen. Wie sich das Geräusch angehört hatte, konnte ich mir nur bedingt vorstellen.

»Das Problem ist, sie hatten eh schon ein Auge auf uns geworfen«, gestand Tiago.

»Warum?«

Er schwieg einen Moment, doch dann antwortete er: »Weil Gustavo und ich ein Paar sind.«

»Oh!«

»Ja.«

»Mir scheint, unter eurem Schutz zu stehen ist weit gefährlicher, als schutzlos durch Paris zu irren.« Es sollte ein Scherz sein, aber Tiago wirkte wie vor den Kopf gestoßen. Also entschuldigte ich mich.

»Schon gut, allzu unrecht hast du damit ja nicht«, gab Tiago zu.

Wir schwiegen und versuchten weiterhin gerade sitzen zu bleiben. Irgendwann wurde die Kutsche langsamer. Kurz darauf öffnete Gustavo die Tür und winkte uns hektisch heraus. Rasch folgten wir seiner Aufforderung.

»Werden wir nicht mehr verfolgt?« Ich sah mich um, aber wir befanden uns mitten in einem Wald. Die Kutsche steckte in einer morastigen Stelle fest, weil Gustavo den Weg verlassen hatte. Vermutlich, um unsere Verfolger abzuschütteln. Im Augenblick schien es, als wäre ihm das gelungen, doch nun hingen wir hier fest. Im wahrsten Sinne des Wortes.

»Ich denke schon. Aber wir sollten uns jetzt nicht weiter auf unser Glück verlassen, sondern die Medaillons benutzen.« Gustavo sah uns eindringlich an. Schon hörten wir Geräusche von nahenden Pferden. Menschen schrien sich Anweisungen zu.

»Du hast recht. Bei diesem morastigen Boden finden sie uns schneller, als uns lieb ist. Los, Kristin. Wir müssen hier weg!« Tiago griff nach seinem Medaillon.

»Falls wir dich nicht mehr sehen werden, viel Glück!« Gustavo zog mich in eine kurze Umarmung.

Gerührt schluckte ich und drehte mich zur Kutsche, um meine Tasche herauszuholen. Als ich sie in der Hand hielt und mich umschaute, waren die beiden zeitreisenden Männer verschwunden. Ein beklommenes Gefühl beschlich mich. Was, wenn ich es nicht ohne ihre Hilfe schaffen würde? Was, wenn ich hier festsaß, wenn die mordende Gruppe hier ankam?

Meine Hand umschloss den Anhänger der Kette, doch ehe ich mich auf eine bestimmte Zeit, die ich erreichen wollte, konzentrieren konnte, fing das Medaillon schon an zu vibrieren. Ich war noch niemals zuvor so erleichtert gewesen, dass das Schmuckstück mich rief.

16. Kapitel

Wieder einmal erwachte ich völlig orientierungslos. Nach kurzer Zeit konnte ich die Augen aufschlagen und erstarrte. Um mich herum hatte sich die Welt ein weiteres Mal verändert. Ich befand mich zwar auf einer Wiese, aber ich konnte sofort erkennen, dass von dem Wald nichts mehr übrig war. Alles wirkte so gepflegt. Der Rasen war gemäht, die Blumen standen in Reih und Glied.

Ich lag auf einer Wiese in einem Park, der vermutlich zu Paris gehörte, jedoch in einem weitaus fortgeschritteneren Zeitalter. Denn ich hörte Autos und ein Flugzeug, was mir zeigte, dass ich in der Zukunft gelandet war. Es war kühl, offenbar herrschte hier eine andere Jahreszeit. An den Bäumen hingen keine Blätter mehr, es musste Herbst sein. Und als ich den Kopf ein Stück weit drehte, sah ich Gustavo und Tiago, die mich frech angrinsten.

»Du bist uns gefolgt!«, gab Tiago lachend von sich.

»Nicht bewusst. Es war das Medaillon, das mich wieder zu euch geführt hat«, gab ich zu. Kristin – Spielball des Zeitenmedaillons und Hüterin der Zeitreisenden. Bitterkeit stieg mir die Kehle hoch. Mein Herz schmerzte bei dem Gedanken, noch länger von Philippe getrennt zu sein. Außerdem zeigte mir die Situation ziemlich deutlich, dass ich es mir zwar wünschen konnte, zu ihm zurückzukehren, das Medaillon aber selbst entschied, ob mir dieser Wunsch erfüllt werden würde.

»Na dann willkommen im Jahr 2015!« Gustavo war voller Euphorie, was vermutlich von dem Adrenalinkick kam, den er durch das Entkommen vor den Männern erhalten hatte. Alleine die Jahreszahl verursachte mir jedoch einen enormen Schwindel. Ich war nicht nur in einem anderen Jahrzehnt oder Jahrhundert gelandet. Nein, sogar in einem anderen Jahrtausend.

Die beiden Männer sahen aus, als wären sie topfit. Ich hingegen fühlte mich matt und ich war zudem todmüde. Das war normal nach einem Zeitsprung, zumindest bei mir. Ich war kaum mehr fähig, die Augen offen zu halten. Tiago bemerkte das und eilte an meine Seite. Vorsichtig griff er nach meinem Arm und auch Gustavo kam dazu. Gemeinsam hakten sie mich unter, während ich mich fühlte wie eine Greisin.

»Meine Tasche!«, stieß ich noch hervor.

»Keine Sorge, die habe ich«, hörte ich Gustavo erwidern.

* * *

Männer lachten und leise Musik ertönte im Hintergrund. Es roch herrlich nach verschiedenen Gewürzen. Sofort meldete sich mein Magen und knurrte lautstark.

Nun war ich also noch weiter in die Zukunft gereist. Ich ließ die Augen geschlossen. Bevor ich diese moderne Welt erneut wahrnehmen konnte, musste ich zuerst eine Bestandsaufnahme meiner selbst machen.

Es ging mir hervorragend. Ich fühlte mich ausgeschlafen und ich hatte keine Schmerzen. Das war soweit schon mal ganz gut. 2015, das Jahr, in dem ich gelandet war, stellte für ein Mädchen, das im Jahr 1827 geboren worden war, eine utopische Zahl dar. Ein weiteres Jahrhundert, das ich kennenlernen durfte, aber auch ein gigantisch anmutendes Jahrtausend, das sich mir hier präsentierte.

Beinahe fürchtete ich mich davor, die Augen zu öffnen. Ich spürte eine weiche Matratze unter mir und die Bettdecke, mit der ich zugedeckt worden war, roch angenehm sauber. Ich hatte das Gefühl, auf einer Wolke zu liegen. Aber was würde ich gleich sehen? Was hatte sich verändert? Was, wenn ich nicht mit dem klarkäme, was sich mir zeigte? Solch schwerwiegende Veränderungen konnten von der eigenen Psyche ganz bestimmt nicht so einfach weggesteckt werden. Menschen reagierten labil, wenn man sie vor unlösbare Probleme stellte. Vielleicht würde ich wahnsinnig werden, weil mein Kopf damit überfordert wäre, das, was ich sehen würde, zu verarbeiten.

Augenblicklich schimpfte ich mit mir selbst. So ein Quatsch! Ich sollte mich zusammenreißen und nicht zu einem Weichei mutieren. Nur weil ich mich verliebt hatte, hieß das noch lange nicht, dass ich mich in jeglicher Sicht verändern sollte. Schließlich war ich dazu erzogen worden, solche Reisen mit Bravour zu bestehen. Meine Mutter kam aus dieser Zeit und hatte mir viel darüber erzählt. Es war mir dementsprechend nicht vollkommen fremd.

Also riss ich die Augen auf, ehe ich es mir anders überlegen konnte, und blickte mich neugierig um. Im ersten Eindruck unterschied sich meine Umgebung nicht besonders von meiner Wohnung im Jahr 1961. Manches wirkte moderner und mondäner, aber es gab immer noch Schränke, Tische, Stühle und Betten. Das beruhigte mich ein wenig.

Vorsichtig schwang ich die Beine aus dem Bett. Ich trug lediglich mein Unterkleid. Doch sich zu zieren, dafür war es nun zu spät. Ich konnte mich nicht erinnern, wie ich hier gelandet war und wer mich entkleidet hatte. Der Weg über die Wiese … Gustavo und Tiago, die mich unterhakten … Aber mehr war in meinen Erinnerungen nicht zu finden. Jedoch vertraute ich den beiden uneingeschränkt.

Ich stieß mit meinem nackten Zeh an einen Stuhl und fluchte leise, doch es reichte, dass man mich hörte. Schnelle Schritte waren in dem Flur zu hören, den ich durch die angelehnte Tür erahnen konnte. Tiago kam herein. Er trug Jeans und ein Langarmshirt, das hatte sich offenbar auch nicht verändert. Ich liebte Jeans.

»Hey, du Langschläferin. Schön, dass du endlich wach bist.« Tiago lächelte mich verständnisvoll an. »Früher haben mich die Zeitsprünge auch immer so aus den Latschen gehauen, aber mittlerweile verträgt mein Körper es besser. Liegt wahrscheinlich daran, dass ich es so oft mache. Der Mensch gewöhnt sich mit der Zeit an so einiges.«

Er griff nach einem Morgenmantel und reichte ihn mir. Rasch zog ich ihn mir über und blieb unschlüssig stehen. »Wie lange habe ich geschlafen?«

»Es war nicht allzu lange.« Er warf einen Blick auf seine Armbanduhr, die in meinen Augen sehr futuristisch anmutete. Statt Zeigern sah ich Zahlen aufleuchten. »Es waren elf Stunden.«

Elf Stunden meines Lebens, die mir wieder einmal weggenommen worden waren, obwohl ich mich nicht freiwillig für eine weitere Hütermission gemeldet hatte.

»Komm, wir sind gerade mit dem Kochen fertig.« Tiago zwinkerte mir zu, doch ich blieb ernst. Nach lachen oder fröhlichem Getue war mir nicht. Eines war ich auch niemals in meinem Leben gewesen – jemand, der sich verstellte. Man wusste bei mir eigentlich immer, woran man war. Direktheit war mein zweiter Nachname.

Als ich Tiago folgte, wurde mir bewusst, dass sich doch eine Menge geändert hatte. Die Küche, in die mich Tiago führte, wirkte auf mich fremdartig und beeindruckte mich enorm. An einem silbernen Herd stand Gustavo und rührte in einem Topf. Über seinem Kopf war ein Gerät angebracht, das laut brummte. Der aufsteigende Wasserdampf wurde davon absorbiert. Die Küchenmöbel waren scharlachrot und glänzten. Hier wollte ich nicht gern dafür zuständig sein, sauber zu machen. Vermutlich konnte man auf den Schränken jeden einzelnen Fingerabdruck sehen.

»Ausgeschlafen?«, fragte Gustavo mit einem freundlichen Lächeln auf den Lippen. Doch als er meine aufgewühlte Stimmung bemerkte, verzog sich sein Gesicht zu einer Grimasse.

Ich nickte nur und sah mich dann neugierig um. Die Gerätschaften, die überall auf den Schränken standen, sahen alle aus, als wären sie aus dem Raumschiff eines Außerirdischen geklaut worden. Bei vielen der Dinge, die auf den Ablageflächen standen, konnte ich mir nicht mal ansatzweise vorstellen, für was man sie brauchte. Ich nahm mir vor, die beiden Männer nachher eingehend auszufragen. Oder sollte ich das lieber sein lassen? Was würde es mir bringen, zu viel über die Zukunft zu wissen? Denn eins stand fest: Ich hatte nicht vor, länger als nötig in dieser verrückten Zeit zu bleiben.

»Ich hoffe, du magst asiatisches Essen?« Tiago sah mich fragend an.

Ich zuckte mit den Schultern. »Ehrlich gesagt habe ich noch nie asiatisch gegessen. Aber ich bin aufgeschlossen und neugierig. Es duftet auf jeden Fall schon köstlich.« Ich trat näher an den Herd und sah in den Topf. Eine gelbe Soße und helles Fleisch mit sehr viel Gemüse köchelten dort.

»Indisches Curry mit Huhn«, klärte Gustavo mich auf. »Deckt ihr schon mal den Tisch?«

»Na klar!« Tiago ging zu einem hohen Schrank und nahm drei Teller heraus, die er mir in die Hand drückte, um anschließend das Besteck zu holen. Gemeinsam deckten wir den Tisch, der sich ebenfalls in der Küche befand. »Das muss alles ganz schön viel für dich sein, oder? Warst du schon mal im einundzwanzigsten Jahrhundert?«

»Nein, so weit in die Zukunft hat mich das Medaillon bisher noch nicht geführt«, gestand ich.

Tiago legte den letzten Löffel neben einen Teller und sah mich ernst an. »Ich war noch nie in der Zukunft. Ich weiß nicht, ob ich es könnte, aber das ist etwas, das mich ängstigt. Ich bewundere dich, wie gut du damit umgehst.«

»Danke.« Von dieser Seite hatte ich es noch nicht betrachtet. »Meine Mutter kommt aus dieser Zeit. Von ein paar Sachen hat sie mir schon erzählt, aber es ist eben was anderes, es mit eigenen Augen zu sehen. In den Fünfzigern habe ich mein erstes Flugzeug gesehen. Das war ein echter Schock.«

»Das glaube ich dir sofort!«

»Wie verheilt die Wunde?« Ich wies auf einen der Stühle, damit er sich setzte. Als ich das Shirt anhob, staunte ich nicht schlecht. Auf der Naht klebte lediglich ein Pflaster. »Oh, du hast dich ja schon selbst versorgt.«

»Ist nicht meine erste Wunde«, sagte er leichthin.

Ich richtete mich erleichtert auf und ächzte, weil mir mein eigener Rippenbruch bei bestimmten Bewegungen immer noch zu schaffen machte. Immerhin hatte Tiago keine Entzündung und es war auch keine Rötung zu sehen. Was an sich in einem Jahr wie diesem auch nicht schlimm gewesen wäre. Hier gab es schließlich Antibiotika. »Die Fäden müssen aber noch ein paar Tage drinbleiben.«

»Aye, aye, Käptn!«, witzelte er und zog das Shirt wieder an seinen Platz.

Ehe ich noch etwas erwidern konnte, kam Gustavo mit dem Topf herein und holte anschließend noch den Reis. Nachdem er uns allen etwas von dem Essen auf die Teller verteilt hatte, wünschte er uns einen guten Appetit.

Beherzt griff ich nach dem Löffel und nahm den ersten Bissen. Eine Explosion verschiedener Aromen breitete sich auf meinen Geschmacksnerven aus und ließ mich staunend die Augen aufreißen. Etwas in der Art hatte ich noch nie zuvor gegessen.

»Hast du dich verbrannt?«, fragte Tiago mitfühlend.

Ich schüttelte den Kopf und schloss die Augen. Genießerisch nahm ich die Gewürze wahr und die samtige Textur der Soße. Es schmeckte so exotisch und dennoch wundervoll. Als ich es heruntergeschluckt hatte, sah ich zu Gustavo und schwärmte bewundernd: »Das ist mit Abstand das Beste, was ich je gegessen habe!«

Obwohl er eher der Härtere der beiden war, überzog ein verlegenes Lächeln sein Gesicht. »Danke, aber das ist doch nichts Besonderes«, wiegelte er ab.

»Ich finde schon. Und glaub mir, ich neige nicht zu Übertreibungen.« Lächelnd schob ich mir den nächsten Bissen des leckeren Essens in den Mund und genoss es.

Tiago lachte. »Ja, die Kokosmilch-Curry-Soße ist toll, aber du solltest erst mal sein Teriyaki-Huhn probieren! Das ist einfach nur göttlich.«

Da ich nicht wusste, was ein Teriyaki-Huhn war, lächelte ich nur und nickte. Mir war auch nicht nach reden, viel mehr wollte ich das genießen, was ich da serviert bekommen hatte. Gustavo und Tiago schienen das zu bemerken und unterhielten sich darüber, was sie als Nächstes tun wollten. Sie ließen mich in Ruhe, während ich genoss. Ich lauschte dabei ihrer Unterhaltung.

»Nach Paris ins Jahr 1513 sollten wir so schnell nicht wieder zurückkehren. Nachdem wir nun zu dritt spurlos verschwunden sind, haben wir den *Gläubigen* noch mehr Grund zum Spekulieren geliefert. Portugal oder ein anderes Land sollte kein Problem darstellen, aber vorerst nicht mehr Paris.«

Gustavo wirkte ernst. Er war sich der Gefahr bewusst, in der wir uns befunden hatten.

Tiago lachte ihn aus. Er war wohl der Leichtsinnige von den beiden, und er amüsierte sich zudem über Gustavos Befürchtungen. »Du übertreibst mal wieder. Aber ich bin einverstanden. Was wollen wir stattdessen tun? Mach einen Vorschlag.«

»Ich wäre dafür, mal eine Weile in dieser Zeit zu verbringen.« Der große Mann mit dem Bartschatten und den dunklen Augen wirkte ernst. »Ich mag es, mit der Vorstellung morgens wach zu werden, dass ich jederzeit eine heiße Dusche nehmen kann und es genug zu essen gibt.«

Ich konnte ihn gut verstehen. Wäre ich an seiner Stelle, würde ich keine Sekunde mit dem Gedanken spielen, auf weitere Reisen durch die Zeit zu gehen. Und überhaupt verstand ich nicht, wie man freiwillig seine eigene Zeit verlassen konnte. Die beiden hatten sich gefunden, liebten sich und dennoch zog es sie fort. War es die Aufregung, die solche Unternehmungen mit sich brachten? Abenteuerlust? Oder tatsächlich das geschichtliche Interesse?

»Für wie lange?« Nun wirkte auch Tiago ernst. Man merkte ihm an, dass ihn die Vorstellung viel weniger reizte als seinen Freund. Sesshaftigkeit lag ihm offenbar nicht im Blut.

Gustavo legte das Besteck zur Seite und sah Tiago an, als wolle er ihn allein mit seinem Blick überzeugen. »Für eine lange Zeit. Ich fühle mich nicht mehr wohl im sechzehnten Jahrhundert. Was, wenn sie in Portugal auf unserem Anwesen auch eines Tages anfangen, auf die Homosexuellen Jagd zu machen?«

»Dann sollten wir aber zumindest noch das Gold holen, ehe wir unsere Zelte da für immer abbrechen«, wandte Tiago ein. »Es steht uns rechtmäßig zu und ich sehe nicht ein, dass wir es dort den Wölfen zum Fraß vorwerfen.«

Gustavo wirkte erleichtert. »Einverstanden. So machen wir es. Wir holen das Gold und werden dann bodenständig und gründen eine Familie.«

Familie gründen? Wie sollte das denn funktionieren bei zwei Männern? Aber ich behielt meine Zweifel für mich und richtete mein Augenmerk auf Tiago, der nicht so überzeugt geklungen hatte. Sein Gesichtsausdruck sagte eindeutig, dass er viel weniger davon hielt als Gustavo.

»Wie seid ihr auf die Idee gekommen, zwischen den Zeiten und den Ländern hin und her zu springen?«, wollte ich wissen, nachdem ich den letzten Happen vertilgt hatte. Am liebsten hätte ich den Teller noch abgeleckt, doch das ließ ich aufgrund meiner guten Manieren lieber sein.

Tiago und Gustavo sahen sich an. Das stille Gespräch lief ab, ohne dass ich daran teilnahm. Aber es war ersichtlich, dass sie sich gegenseitig fragten, ob der andere einverstanden war, wenn sie mir die ganze Wahrheit anvertrauten.

Gustavo räusperte sich. »Mein Name ist Gustavo Monteiro und ich stamme aus dem Jahr 1798.«

»Und ich bin Tiago de Santigo, Professor für Geschichte aus dem Jahr 2015.«

Zwei ernste Männer, deren Augenpaare auf mich gerichtet waren, sahen mich an und warteten auf eine Reaktion. Doch ich blieb erstarrt sitzen und sah zwischen den beiden hin und her.

»Wie habt ihr euch gefunden?«

Tiago lächelte. »Bei meiner ersten Zeitreise fiel ich Gustavo praktisch vor die Füße. Und seither sind wir unzertrennlich.«

»Und dann?« Etwas stimmte an der Geschichte nicht. Ich wusste nur noch nicht, was. Aber so schnell würde ich mich nicht beirren lassen. Ich nahm mir vor, hinter das Geheimnis zu kommen.

»Dann hat er mich mitgenommen.« Gustavo sagte es einfach so, als wäre nichts dabei. Als wäre diese Mitteilung etwas ganz Normales. Doch es war eine Nachricht, die mich kalt erwischte, die mir die Luft zum Atmen raubte.

Mir klappte der Mund auf und ich versuchte, etwas zu sagen, aber es kam mir kein Ton über die Lippen. Ich stammelte ein paar zusammenhanglose Buchstaben, ohne Sinn und Verstand. Da ich mich nicht artikulieren konnte, ließ ich es letztendlich sein und schwieg.

Tiago kicherte und amüsierte sich sichtlich über meinen perplexen Gesichtsausdruck. »Oh, Kristin. Du müsstest dich selbst mal sehen. Du bist so viel herumgekommen, aber nie auf die Idee gekommen, jemanden mitzunehmen?«

»Nein, darauf bin ich noch nie gekommen. Wie auch? Wie ist dir diese Idee eingefallen?«, stellte ich die Frage, die mir am wichtigsten erschien.

Wieder lachte er, doch diesmal klang es anders, eher so, als verspotte er sich selbst. »Glaub mir, auf eine solche Idee wäre ich nie allein gekommen. Es war so, dass das Medaillon anfing zu vibrieren. Gustavo stand zu diesem Zeitpunkt neben mir. Er wusste, was ich bin und dass das Medaillon uns trennen würde. Und weißt du, was mein geliebter Gustavo gemacht hat?«

Ich schüttelte den Kopf, obwohl ich es ahnte, aber ich wollte die Geschichte aus seinem Mund hören.

Tiago lächelte seinen Freund versonnen an. »Erzähl du es ihr.«

»Du hast doch mit der Geschichte angefangen, dann erzähl sie gefälligst selbst zu Ende!« Die beiden lachten gemeinsam und spannten mich dadurch nur noch mehr auf die Folter.

»Seid ihr endlich fertig?«, fragte ich ungeduldig.

»Entschuldige bitte!«, stieß Tiago atemlos aus und beruhigte sich langsam wieder. »Es war so, dass Gustavo mich nicht gehen lassen wollte. Er klammerte sich an mich und versuchte, mich in seiner Zeit zu behalten. Es klappte nicht.«

»Wie, es klappte nicht?«

Wieder huschte ein Lächeln über sein Gesicht. Tiago streckte seine Hand aus und sah seinen Freund verliebt an, der sofort seine Finger ergriff. »Als wir zu uns kamen, waren wir im Jahr 2015 gelandet. Gemeinsam.«

Obwohl ich es mir gedacht hatte, war es unglaublich, die Worte laut ausgesprochen zu hören. Die beiden hatten tatsächlich gemeinsam eine Zeitreise gemacht – mit nur einem Zeitenmedaillon. Das war unfassbar. Und es schmerzte mich, als hätte man mir ein Messer in die Eingeweide gerammt. Die Erkenntnis brannte sich wie Säure durch meine Adern, zerfraß mich von innen heraus.

Ich hätte nur meine Hand nach Philippe ausstrecken müssen, anstatt von ihm zurückzutreten und ihn vielleicht für immer zu verlieren. Ein Schluchzen stieg meine Kehle empor und ich ließ es frei. Dann rannen auch schon die Tränen meine Wangen hinab und ich eilte aus dem Zimmer. Beinahe blind fand ich zurück in das Bett, in dem ich erwacht war, und zog mir die Decke über den Kopf. Tiago und Gustavo verstanden meinen Schmerz, ahnten, wie sehr es wehtun musste, den anderen zu verlieren. Sie ließen mich in Ruhe und ich zog mich in mich selbst zurück.

Ich schloss die Welt um mich herum aus und weinte um den Mann, den ich verloren hatte.

17. Kapitel

Ich verkroch mich für eine lange Zeit im Bett. Tiago brachte mir hin und wieder Essen und Getränke, die ich meistens nicht anrührte, doch ansonsten ließen die beiden mich in Ruhe. Es war mir bewusst, dass ich am Rande einer handfesten Depression stand, doch es war mir relativ egal.

Irgendwann jedoch erwachte mein Kampfgeist. Das war der Zeitpunkt, an dem ich mich meiner selbst erinnerte. Ich fand erstaunlich schnell meine Kraft zurück. Und von da an wollte ich nicht länger in meinem eigenen Unglück baden. Ich liebte Philippe und daran würden auch keine Jahrzehnte, die zwischen uns lagen, etwas ändern. Aber ich konnte auf keinen Fall länger hier in diesem Bett liegen bleiben und mich dermaßen gehen lassen. So würde ich Philippe auch nicht zurückbekommen.

Ich wusste nicht, wie lange ich in dem Bett gelegen hatte oder welchen Tag wir hatten, als ich mich entschied, dieses Siechtum zu beenden. Es konnten Tage oder sogar Wochen vergangen sein. Lediglich zur Toilette hatte ich es geschafft. Aber nun war ich endlich aus meiner Starre erwacht und stand auf.

In der Wohnung war es extrem still. Entweder schliefen meine beiden Gastgeber noch oder sie waren nicht zu Hause. Was ich ihnen nicht verdenken konnte, schließlich war ich kein Kleinkind, auf das sie den ganzen Tag aufpassen mussten. Sie hatten ihr eigenes Leben. Mittlerweile waren sie wahrscheinlich schon viel zu lange in Paris. Vermutlich wollten sie längst zurück in Portugal sein.

Immer noch faszinierte mich die Tatsache, dass Tiago und Gustavo zwischen zwei Ländern und zwei Zeiten hin- und herreisten und mittlerweile an vier Orten ein Zuhause aufgebaut hatten. Ich fragte mich, wie sich das anfühlte. Ich fühlte mich zerrissen, doch das lag vielleicht auch daran, dass ich nirgends mehr eine Heimat hatte. Kein Zuhause, keine Familie, nichts.

Ich ging in das Badezimmer und als ich meinem Spiegelbild entgegensah, bekam ich einen ordentlichen Schrecken. Bisher hatte ich es bei meinen kurzen Ausflügen hierher vermieden hineinzusehen. Die blonden Haare standen wirr von meinem Kopf ab und unter meinen Augen lagen dunkle Schatten. So ging das definitiv nicht weiter. Um zu Philippe zurückzukommen, musste ich irgendeine Aufgabe erfüllen. Welche, würde sich mir nicht zeigen, indem ich in dem Gästezimmer im Bett liegen blieb.

Rasch entkleidete ich mich und stellte mich unter die Dusche. Ratlos stand ich vor der Armatur und fragte mich, wie ich es fertigbringen sollte, dass da Wasser herauskam. Das Ding hatte lauter Knöpfe und Hebel. Auf einer Seite war ein Schriftzug angebracht. Da stand Rain-Shower. Aha, eine Regendusche. Keine Ahnung, was sich dahinter verbarg, aber ich würde nicht hier rausgehen, ehe ich geduscht hätte. Also drehte ich weiter an den Knöpfen. Plötzlich schoss eiskaltes Wasser auf mich herunter. Quietschend sprang ich zur Seite. Dann versuchte ich es weiter.

Nach kurzer Zeit hatte ich verstanden, wie das Teil funktionierte. Zwar hatte ich mich auch noch verbrüht und erneut erschrocken, als gleich darauf wieder eiskaltes Wasser auf meinen Körper traf, doch nun hatte ich es endlich geschafft, die richtige Temperatur einzustellen.

Warmes Wasser prasselte auf mich herab. Ich genoss es und meine vom langen Liegen verspannten Muskeln lockerten sich ein wenig. In bunten Behältnissen fand ich Shampoo und Duschgel und schäumte mich damit ein. Als meine Haut anfing, schrumpelig zu werden, stellte ich das Wasser ab.

Nachdem ich mich abgetrocknet und meine Haare gekämmt hatte, ging ich einige Minuten später ins Gästezimmer. Ein dickes Handtuch bedeckte meine Blöße, als ich mich unschlüssig umsah. Nach kurzer Zeit entdeckte ich auf einem Stuhl einen Stapel Wäsche, darauf lag ein handgeschriebener Zettel.

Liebste Kristin,

Gustavo war so frei und hat dir Kleidung besorgt, die dieser Zeit angepasst ist. Hoffentlich gefällt sie dir und du nimmst sie überhaupt wahr. Ich glaube, die Jeans werden dir großartig stehen. Es wird langsam Zeit, dass du aus diesem Bett rauskommst.

Leider mussten wir ein paar geschäftliche Dinge klären. Wir sind spätestens morgen früh wieder bei dir. Essen steht im Kühlschrank.

Tiago

Misstrauisch las ich den Brief noch einmal. Waren die beiden etwa doch wieder in der Zeit gereist? Geschäftliche Angelegenheiten? Das erschien mir alles sehr dubios. Was, wenn Tiago irgendetwas zustieß, während ich hier Trübsal blies? Was, wenn ich dann nie wieder hier wegkonnte?

Ich zog mir die anrüchige Unterwäsche an und wurde rot bei dem Gedanken daran, dass Gustavo sie für mich gekauft hatte. Egal, ob er Männer lieber mochte oder nicht, diese Wäsche war pure Sünde. Die Jeanshose war eng geschnitten und das Shirt lag mir auch zu sehr am Körper an. Alles in allem war ich zwar angezogen, fühlte mich dennoch fast nackt. War die Mode 1961 schon freizügig gewesen, hatte sich das eindeutig noch gesteigert.

Barfuß tapste ich in die Küche und öffnete den im Brief erwähnten Kühlschrank. Darin fand ich einen Topf mit Suppe, außerdem Würstchen, Käse und Butter. Auf der Anrichte lag unter einem Tuch ein Laib Brot. Verhungern würde ich jedenfalls nicht. Schmunzelnd nahm ich mir Käse und Butter aus dem Kühlschrank und schloss ihn dann wieder.

Ich musste mir dringend überlegen, was ich hier zu tun hatte, und das nicht erst morgen. Noch während ich mir das Brot schmierte, ließ ich meinen Gedanken freien Lauf.

Hatte mein Aufenthalt im Jahr 2015 etwas mit Tiago zu tun? Oder gab es hier irgendetwas anderes für mich zu tun? Sosehr ich mir auch den Kopf zerbrach, ich fand keine Antworten.

* * *

Meine Neugier trieb mich dazu, mir Schuhe anzuziehen und den Schlüssel vom Sideboard zu nehmen. Ich musste hier raus, ansonsten würde ich unweigerlich erneut in dem Bett landen und wieder anfangen, mit meinem Schicksal zu hadern. An der Garderobe hing noch ein dicker Pullover, den ich mir überzog, da ich wusste, dass es kalt draußen war.

Ich würde mir Paris anschauen, das Paris des Jahres 2015. Vielleicht wäre es für meine Zukunft oder eine noch kommende Zeitreise wichtig, etwaige Wissenslücken zu füllen. Was auch immer es sein würde. Ich wollte so schnell wie möglich das erledigen, was es hier für mich zu erledigen gab. Alles in mir zog es ins Jahr 1914.

Draußen wehte ein eisiger Wind, und selbst der dicke Pullover war nicht unbedingt ausreichend gegen die Kälte, die er mit sich brachte. Doch für mich gab es nicht die Option, zurück in die Wohnung zu gehen. Etwas trieb mich auf die Pariser Straßen und anstatt zu frieren, genoss ich den Wind, der mir um die Ohren pfiff. Ich warf noch einen Blick zur Häuserfassade, merkte mir die Adresse und ging los.

Ich lief immer weiter, ohne ein festes Ziel vor Augen zu haben, aber jeder Schritt brachte mir mehr innere Ruhe. Ich würde es schaffen. Eines Tages. Und dann würde ich Philippe wiedersehen.

Beinahe wäre ich an der Parkbank vorbeigelaufen. Weil ich so in Gedanken vertieft war, hatte ich die junge Frau zuerst nicht wahrgenommen, die dort saß. Sie trug schwarze Kleidung und wirkte wie ein Häufchen Elend auf mich. Mein Krankenschwesternradar sprang an und ich blieb stehen. Dann hörte ich, wie sie schniefte.

Unauffällig setzte ich mich neben sie. »Hey, alles in Ordnung?«, fragte ich ganz leise, um sie nicht zu erschrecken.

Dunkle lockige Haare umrahmten ein bildhübsches, schmales Gesicht. Sie hatte etwas Exotisches an sich, denn ihr Teint war zudem eine Spur zu dunkel für Mitteleuropa. Sie sah mich mit ihren mandelförmigen Augen an. Rot und geschwollen war ihr Gesicht. Sie musste schon eine Weile dort auf der Bank gesessen und geweint haben.

»Nein, nichts ist in Ordnung.« Erneut schniefte sie und Tränen kullerten ihre Wangen hinab. Sie sprach mit einem englischen Akzent und klang dabei so unendlich traurig.

Einem Impuls folgend, griff ich nach ihrer Hand und drückte diese mitfühlend. Wir sprachen nicht weiter miteinander und saßen stattdessen gemeinsam auf der Parkbank, hielten einander fest und lauschten dem Wind. Erst nach einer Weile merkte ich, dass ich ebenfalls weinte.

Zwei Seelen gestrandet in Paris, die sich Halt gaben, ohne den anderen überhaupt zu kennen. Es hatte etwas Tröstliches und irgendwann versiegten die Tränenströme, die uns zueinandergeführt hatten, und wir sahen uns verlegen an. Fast erschien es mir, als würde mich mit dieser jungen Frau etwas verbinden. Etwas, das tiefer ging als die Situation auf dieser Parkbank.

»Mir scheint, es war für uns beide gut, dass ich mich entschlossen habe, mich zu dir zu setzen.« Ich duzte sie, weil ich es albern gefunden hätte, sie nach einem solch emotionalen Moment zu siezen.

In ihren Augen blitzte es amüsiert. »Scheint mir auch so. Ich bin Catriona McDurmott, meine Freunde nennen mich aber einfach nur Cat«, stellte sie sich vor und hielt mir mit einem schüchternen Lächeln die Hand hin.

»Ich bin Kris.« Wir schüttelten einander die Hände und grinsten, als hätten wir ein gemeinsames Geheimnis, was ja auch in etwa stimmte.

»Kommst du aus Schottland?« Als sie mich erstaunt ansah, erklärte ich: »Wegen des Namens. McDurmott ist doch ein schottischer Name, oder? Und dein Vorname ist auch nicht typisch englisch, oder?« Ich kannte mich mit Namen nicht aus, es war mehr ins Blaue hinein geraten und sollte unser Gespräch ein wenig in Gang bringen.

Und tatsächlich brachte ich sie mit meinem Halbwissen zum Lachen. »Nicht ganz. Der Name ist irischer Herkunft.«

»Ach so? Wie eine Irin siehst du nicht unbedingt aus!«, stieß ich hervor und hielt mir dann erschrocken die Hand vor den Mund. »Entschuldige!«

»Ach, schon gut«, wiegelte sie ab. »Ich habe auch nicht das typische irische Aussehen. Mütterlicherseits bin ich Französin. Väterlicherseits halb Irin und halb Brasilianerin.«

»Ui, das ist aber eine exotische Mischung«, sagte ich staunend. »Aber ich muss zugeben, eine gelungene Zusammenstellung. Deine hellblauen Augen strahlen richtig durch den Teint und die dunklen Haare.«

»Na ja, deine Augen sind fast genauso hellblau wie meine. Aber trotzdem danke.« Kurz herrschte ein befangenes Schweigen, dann fragte Cat: »Warum hast du geweint?«

»Ich habe innerhalb kürzester Zeit meine Familie und meine große Liebe verloren.«

Voller Mitgefühl sah sie mich an. »Das tut mir unendlich leid.« Sie griff nach meiner Hand, so wie ich es bei ihr zuvor getan hatte.

Ich zuckte mit den Schultern, denn ich wollte nicht schon wieder anfangen zu weinen. Schließlich war mein Ziel, wieder so stark und mutig zu werden wie früher und es dadurch zu schaffen, ins Jahr 1914 zurückzukehren. »Und du? Was hat dich dazu veranlasst, allein und weinend auf einer Parkbank zu sitzen?«

»Ob du es glaubst oder nicht, mir geht es so ähnlich wie dir. Meine Eltern und meine Großeltern sind in den letzten beiden Jahren gestorben. Heute Morgen habe ich meine Großmutter beerdigt, zu der ich ein besonders inniges Verhältnis hatte. Sie ist plötzlich schwer erkrankt und innerhalb von zwei Tagen gestorben. Niemand weiß genau, welcher Virus sich da in ihrem Körper eingenistet hat, aber es ging wenigstens schnell.«

»Hast du sie noch mal sehen können?«

Sie schluckte heftig und schüttelte dann den Kopf. »Sehen ja, aber sie hatte ihr Bewusstsein schon verloren und ist kurz darauf gestorben.«

»Das tut mir schrecklich leid.« Meine Finger strichen sanft über ihr Handgelenk. Vielleicht half der Trost ja ein wenig.

Cat schniefte. »Und nun sitze ich hier und fühle mich haltlos und …«, kurz zögerte sie, doch dann beendete sie den Satz, »… allein.«

»Oh.« Mehr fiel mir nicht dazu ein. Es war, als würden uns unsere Schicksale zu Schwestern machen. Wir brauchten nicht viele Worte.

»Ich bin nur wegen der Beerdigung hier. Und um die Auflösung der Wohnung meiner Großmutter muss ich mich noch kümmern. Ich werde den Erlös einer wohltätigen Einrichtung spenden. Und dann kehre ich nach England zurück.« Sie wirkte verloren auf mich. Erinnerte mich an mich selbst.

In Gedanken versunken nestelte ich an meinem Medaillon herum und erregte damit Cats Aufmerksamkeit.

»Das ist aber ein schönes Schmuckstück.« Neugierig glitten ihre Augen über das alte Silber.

Ich lächelte befangen. »Ein Erbstück meiner Mutter.«

»Darf ich?«, wollte sie wissen, doch ehe ich ihr antworten konnte, griffen ihre Finger bereits nach dem Anhänger.

Ich hielt die Luft an und hoffte, dass sie nicht auf die Idee kam, das Medaillon zu öffnen. Was, wenn sich das Teil genau in diesem Moment dazu entschied, dass es Zeit wäre, eine weitere Zeitreise zu unternehmen? Dann wäre Cat mit von der Partie, und ob ihr das so gut gefiele, wagte ich zu bezweifeln.

»Ich studiere Kunstgeschichte in Edinburgh, deshalb muss ich mich immer auf alles stürzen, was irgendwie historisch aussieht.« Bei diesen Worten sah sie mich nicht an, denn ihr Blick lag konzentriert auf dem Zeitenmedaillon, während ich überlegte, wie ich sie davon ablenken konnte.

»Ha! Also doch Schottland«, stieß ich triumphierend hervor und grinste.

»Ja, mittlerweile wohne ich dort, bis ich weiß, wo es mich in Zukunft – nach meinem Abschluss – hinführen wird. Ich teile mir dort eine Wohnung mit einer Kommilitonin.« Noch immer studierte sie das Medaillon eingehend.

»Edinburgh«, sagte ich verträumt. »Da würde ich auch gern mal hinreisen.«

Nur zögerlich ließ sie die Kette los und wandte ihren Blick davon ab. »Wenn, dann musst du mich dort besuchen und wir machen zusammen die Stadt unsicher.« Ihr Lachen war ansteckend.

»Was sagst du dazu, wenn wir morgen gemeinsam essen? Wenn es klappt, können wir den Abend bei meinen Freunden verbringen. Ich wohne dort, während ich hier in Paris bin.«

Cats Gesicht war ein Spiegel ihrer Gefühle. Niemand hatte ihr beigebracht, diese zu verbergen. Nicht wie man mich das gelehrt hatte. Insgeheim beneidete ich sie darum, dass sie nie aus ihrem gewohnten Umfeld herausgerissen werden würde.

»Eigentlich wollte ich morgen mit der Nachbarin meiner Großmutter auf ein Konzert gehen. Aber die Musikrichtung finde ich schrecklich. Da hätte ich eine willkommene Ausrede.« Sie zwinkerte mir verschwörerisch zu und ich dankte Gott, dass sie nicht weiter nach dem Medaillon fragte. »Ich komme liebend gern. Wann soll ich wo sein?«

Jauchzend klatschte ich in die Hände. Ich freute mich und nannte ihr die Adresse von Gustavo und Tiago. Hoffentlich hatten die beiden nichts dagegen. Aber sobald sie von Cats Schicksal erführen, wäre ihr Herz eh schon geöffnet für die junge Frau. Da war ich mir ziemlich sicher.

* * *

Am nächsten Tag war von Tiago und Gustavo immer noch keine Spur zu sehen. Langsam wurde ich unruhig. Am gestrigen Tag hatte ich mich mit den Büchern beschäftigt, die die beiden in einem Raum in etlichen Regalen gesammelt hatten. Ich hatte versucht, etwas über die neuere Geschichte herauszufinden, und war in einem Geschichtsbuch fündig geworden. Erleichtert stellte ich fest, dass die Jahre seit 1961 weitestgehend friedlich verlaufen waren, zumindest wenn man sie mit den Jahren davor verglich.

Mittlerweile war es Abend und ich tigerte unruhig in der Wohnung umher. In einer Stunde käme Cat und ich wusste nicht, ob die beiden mit ihrem Besuch einverstanden wären, wenn ich sie nicht zumindest vorwarnen könnte.

Neugierig hatte ich mir alles in den Zimmern genau angesehen. Nicht dass ich in den Schränken herumgewühlt hätte, aber ich wollte wissen, worin sich das Jahr 2015 vom Jahr 1961 unterschied. Auf zwei Tischen fand ich Geräte, die Fernsehern glichen, jedoch viel flacher waren, und auf der Rückseite war ein Zeichen zu erkennen. Es zeigte einen angebissenen Apfel. Hm, wer dachte sich denn so etwas aus?

Auf der Kommode lagen ebenfalls zwei Geräte. Tiago hatte Tablet zu ihnen gesagt und mir damit Bilder gezeigt. Auch da prangte dieses Symbol auf der Rückseite. Anscheinend eine neue zuverlässige Marke für elektrische Gerätschaften. Das musste ich mir merken, falls ich mal etwas in der Art brauchen würde. Wer wusste schon, wie lange ich hier in dieser Zeit bleiben würde? Der angebissene Apfel, das war etwas, das ich so schnell nicht vergaß.

Das Klappern eines Schlüssels riss mich aus meinen Überlegungen. Da ich ein von Natur aus skeptischer und vorsichtiger Mensch bin, ging ich vorerst in Deckung und versteckte mich in einem Zimmer. Doch kurz darauf hörte ich Tiagos und Gustavos Stimmen, die gut gelaunt durch die Wohnung schallten. Ihr Lachen klang warm und glücklich in meinen Ohren.

Meine Atmung beruhigte sich wieder ein wenig und ich trat in den Flur hinaus, wo die beiden gerade die Haustür hinter sich schlossen. Lachend drehten sie sich zu mir um. In ihren Gesichtern konnte ich erkennen, wie sehr sie einander liebten. Ob mir mit Philippe eines Tages auch so ein Glück bestimmt sein würde? Eines nahm ich mir jedenfalls felsenfest vor: Sollte ich ihn jemals wiedersehen, würde ich beim nächsten Vibrieren des Medaillons nicht meine Tasche festhalten, sondern ihn.

»Hey, Kristin, du siehst ja wieder wie ein Mensch aus!«, stieß Gustavo mit einem Lächeln hervor.

»Endlich«, brummte Tiago. »Wir dachten schon, wir müssten dich operativ aus dem Bett entfernen und in Desinfektionsmittel baden.«

»Entschuldigt, wenn ich euch zur Last gefallen bin«, sagte ich leise, weil mir mein Verhalten peinlich war.

Gustavo war mit wenigen Schritten bei mir und griff nach meinen Schultern. »Hör zu, Kristin. Das muss dir nicht leidtun. Ich würde vermutlich sterben, wenn mich das Schicksal von Tiago trennen würde.«

Im nächsten Moment zog er mich in eine Umarmung. Tapfer unterdrückte ich die aufsteigenden Tränen und schluckte.

»Mir tut es leid, dass ich dich so angepflaumt habe«, gab Tiago zu und strich über meine Hand. »Ich würde sagen, heute schauen wir uns einen schönen Film an, in Ordnung?«

Ich musste grinsen. Ja, einen Film hatte ich mir schon lange nicht mehr angeschaut. Ich schälte mich aus Gustavos Umarmung und erwiderte: »Sehr gern, aber ich muss euch etwas beichten.«

»Das da wäre?« Tiago sah mich aufmerksam an.

»Ich habe gestern eine junge Frau kennengelernt«, begann ich mit meiner Erklärung und erzählte von Cats hartem Schicksalsschlag, und wie ich es bereits vermutet hatte, erweichte die Geschichte ihre Herzen.

»Oh mein Gott, das arme Ding!«, entfuhr es Gustavo. »Wann kommt sie?«

In diesem Moment klingelte es und wir sahen uns an. »Ich glaube, das ist sie.«

»Na dann, mach ihr auf und lasst uns schauen, was wir noch im Kühlschrank haben und was im Fernsehen läuft. Ansonsten suchen wir einen Film bei einem Streaminganbieter raus.«

Gustavo klatschte tatendurstig in die Hände und verschwand im Wohnzimmer.

Ich wusste zwar nicht, was ein Streaminganbieter war, aber ich freute mich auf den Film und eilte zur Tür, um Cat hereinzulassen.

»Hi!«, begrüßte sie mich, als sie ein wenig außer Atem die Treppen hochgeeilt kam. »Bin ich zu spät?« In der Hand hielt sie eine Flasche Wein, die sie mir mit einem schrägen Grinsen überreichte.

»Nein, du kommst genau richtig!« Spontan nahm ich sie in den Arm und sie erwiderte meine Umarmung herzlich. »Danke für den Wein.«

»Ach, das ist doch nix. Danke für die Einladung. Du hast mich vor einem schrecklichen Konzert bewahrt.«

Lachend führte ich sie ins Wohnzimmer und stellte sie den beiden Männern vor, die sie freundlich begrüßten. Anschließend vertieften sie sich in eine Diskussion. Sie lamentierten über einen Kerl, den ich nicht kannte. Wie auch? Im Normalfall trennten uns Welten.

Gustavo und Tiago machten es sich dabei auf der Couch gemütlich und Cat und ich nahmen die tollen Sessel, deren Fußteile man höherstellen konnte. Kichernd spielten wir mit den Knöpfen, bis die beiden Männer endlich ihr Gespräch unterbrachen.

»Was wollen wir uns bestellen? Italienisch, chinesisch oder etwas ganz Ausgefallenes?«, wollte Gustavo wissen und griff schon nach dem Telefon.

Da ich absolut nicht wusste, was ich darauf antworten sollte, sagte ich rasch: »Ich pass mich da an, entscheidet ihr.«

»Ich auch!«, sagte Cat und lächelte zurückhaltend.

Tiago rieb die Handflächen aneinander. »Dann bin ich für Pizza.«

Gustavo ratterte eine Bestellung ins Telefon und grinste. »Eineinhalb Stunden?« Dann sah er zu uns und sagte: »Eineinhalb Stunden Wartezeit.«

»Egal, ich warte«, sagte Tiago und sah Cat und mich an. Sie hob den Daumen und ich nickte.

Gustavo beendete die Bestellung mit den Worten: »In Ordnung, wir warten.«

In der Zwischenzeit schaltete Tiago den Fernseher an und hatte schnell einen Film für uns ausgesucht. »Wenn der zu Ende ist, müsste der Pizzalieferservice ankommen.«

Wir schauten einen Film an, der *Schlaflos in Seattle* hieß und an dessen Ende ich schrecklich weinen musste. Schniefend griff ich nach dem Taschentuch, das Cat mir hinhielt. Auch sie hatte geweint. Romantische Filme waren nicht gerade förderlich bei einem Gemütszustand wie meinem.

Als der Film endete, schaltete Gustavo auf das normale Fernsehprogramm um. Eine Nachrichtensprecherin machte ein ernstes Gesicht und dann schwenkte das Bild auf eine Pariser Straße, durch die Menschen flüchteten. Viele bluteten. Alle hatten etwas gemeinsam: Sie waren noch verdammt jung.

»Ach du Scheiße!«, entfuhr es Tiago.

So hätte ich mich zwar nicht ausgedrückt, aber es entsprach in etwa dem Entsetzen, das mich ergriffen hatte, als ich das Grauen über den Bildschirm flimmern sah.

Cat zog scharf die Luft ein. »Nicht schon wieder ein Anschlag!«

Die Sprecherin räusperte sich, ehe sie mit ihrer Erklärung begann. »Wir sind zutiefst erschüttert über die Bilder, die uns erreichen. Für die Zuschauer, die jetzt erst zugeschaltet haben, fasse ich die Ereignisse zusammen. Gegen zwanzig nach neun heute Abend fand eine Detonation am Stade de France statt. Zur gleichen Zeit spielten dort die Fußballnationalmannschaften von Deutschland und Frankreich ein Freundschaftsspiel.«

Man sah der Frau an, wie aufgewühlt sie war, doch sie fuhr fort, von den Gräueltaten zu berichten. »Nur wenige Minuten später fallen in der Rue Alibert Schüsse in der Bar Le Carillon. Nach ersten Angaben müssen wir mit mehr als zehn Toten rechnen. Kurz darauf fand erneut eine Detonation am Stade de France statt. Unmittelbar danach wurden Schüsse in der Rue du Faubourg-du-Temple und der Rue de la Fontaine-au-Roi abgefeuert. Auch hier sind Tote zu beklagen. Etliche weitere Menschen starben bei einem minutenlangen Schussangriff in der Rue de Charonne. Keine fünf Minuten später sprengte sich ein Terrorist am Boulevard Voltaire in die Luft. Doch was uns allen am meisten den Atem stocken lässt, sind die aktuellen Bilder einer Handykamera aus der Konzerthalle Bataclan. Dort fand ein Konzert statt und schwer bewaffnete Angreifer fielen ein. Der Film zeigt, wie überall am Boden Schwerverletzte und Tote liegen. Zurzeit ist die Lage dort noch unklar. Es wird von Geiselnahme gesprochen.«

Die Frau wirkte sichtlich aufgelöst.

»Oh mein Gott, was geschieht nur mit unserer Welt?« Gustavo standen Tränen in den Augen, seine Stimme zitterte.

»Das Konzert …«, stammelte Cat immer wieder vor sich hin. »Da wäre ich in diesem Moment, wenn ich nicht zu euch gegangen wäre.« Ihr Blick suchte meinen.

Wäre ich ihr gestern nicht begegnet, hätte sie vielleicht unter den Opfern sein können. Ich kniff die Lippen aufeinander und sah erneut zum Fernseher, doch immer wieder stellte ich mir vor, wie diese hübsche junge Frau blutend auf der Erde lag. Allein die Vorstellung ließ meinen Magen rebellieren.

»Ich hoffe, dass Marielle überlebt hat.« Hektisch versuchte sie, ihre Bekannte anzurufen, aber die Leitungen waren überlastet und der Anruf ging nicht raus.

»Es wird immer schlimmer! Warum tun Menschen so etwas?«, fragte Gustavo aufgelöst. Erschüttert fuhr er sich durch das Haar, das mittlerweile völlig zerzaust aussah und in alle möglichen Richtungen abstand.

»Wenn ich das wüsste. Es hört nicht auf. Leider war der elfte September erst der Anfang«, gab Tiago leise von sich.

Ich fragte nicht nach, was sich am elften September ereignet hatte. Es musste schlimm gewesen sein. Mein Blick war voller Entsetzen auf den Fernseher gerichtet. »Sollten wir vor Ort helfen?«

»Um Gottes willen, nein. Das ist bestimmt schon alles abgesperrt, da kommt keiner näher ran, auch keine Krankenschwester.« Tiago klang ernst, aber auch ihm hörte ich den Schock an. Um uns auf andere Gedanken zu bringen, sagte er: »Ob wir jemals die Pizza geliefert bekommen, steht wohl in den Sternen. Aber mir ist eh der Appetit vergangen.«

Fast unisono sagten wir anderen: »Mir auch.«

Die Frau im Fernsehen griff sich ans Ohr und nickte, dann richtete sie ihren Blick wieder in die Kamera. »Gerade haben wir erfahren, dass es zu einer dritten Detonation am Stadion gekommen ist.«

Man sah nun Bilder aus dem Stadion und hörte im Hintergrund laute Explosionsgeräusche. Die Fußballspieler hielten kurz inne, wirkten völlig verunsichert, doch dann spielten sie weiter.

»Meine Damen und Herren, der dreizehnte September 2015 wird wohl als einer der schwärzesten Tage in die Geschichte Frankreichs eingehen. Die Polizei hat eine Hotline geschaltet. Sollten Sie Angehörige vermissen, wenden Sie sich bitte dorthin.« Sie ratterte eine Nummer herunter, die auch am unteren Bildschirmrand eingeblendet wurde. »Die Polizei bittet weiterhin darum, dass die Pariser Bevölkerung nach Möglichkeit in ihren Wohnungen bleibt, da nicht abzusehen ist, welche Ziele die Terroristen noch im Visier haben.«

»Hast du sie erreicht?«, fragte Tiago Cat.

»Nein, aber sie hat auf Facebook gepostet, dass es ihr gut geht.«

Ich stellte mir vor, wie es sein würde, wenn ich einen Angehörigen unter den Verletzten und Toten dort hätte. Unwissend, ob der geliebte Mensch noch lebt oder tot war. Das musste ganz schrecklich sein. Was, wenn ich Cat nie eingeladen hätte und sie wäre nun eine der vielen Leichen, die sich dort in der Konzerthalle stapelten? Doch dann dachte ich an Philippe, an den bevorstehenden Krieg im Jahr 1914 und an die unvorstellbare Zahl an Toten, die dieser Irrsinn nach sich ziehen würde. Was, wenn Philippe einer von ihnen war?

Ich beugte mich zu Tiago, um ihn an meinen Gedankengängen teilhaben zu lassen. »Gibt es irgendwo ein Namensregister der Toten des Ersten Weltkriegs?«

Cat runzelte die Stirn, doch ihr Blick war unerbittlich auf den Fernseher gerichtet. Vermutlich hatte sie nicht einmal mitbekommen, dass ich mich zu Tiago gebeugt hatte.

Der sah mich irritiert an, ehe ihm dämmerte, auf was ich hinauswollte. »Du willst herausfinden, wann und ob dein Freund Opfer des Krieges wurde«, flüsterte er, sodass nur ich ihn hören konnte.

Es war keine Frage, weshalb ich auch nicht antwortete. Lediglich die Augen senkte ich. Tiago stand auf und kam kurz darauf mit einem Gerät wieder, das er aufklappte. Auf der Klappe leuchtete wieder ein angebissener Apfel auf. Irgendwann würde ich herausfinden, was es damit auf sich hatte, aber nicht heute. Heute war meine wichtigste Aufgabe, Philippes Todesdatum herauszufinden. Die andere Aufgabe hatte ich schon perfekt erfüllt. Ich hatte Cat davon abgehalten, in dieses Konzert zu gehen, und ihr damit vielleicht das Leben gerettet.

»Du hast Glück, dass ich nicht nur ein Medaillonträger bin, sondern auch ein Hobbyhacker. Mal sehen, ob ich irgendwo etwas herausfinden kann.« Er reichte mir einen Zettel und einen Stift. »Hier, schreib seinen vollständigen Namen und sein Geburtsdatum auf. Und dann lehn dich zurück, das kann eine Weile dauern.«

Ich tat, was er verlangte, und sah wieder zum Fernseher. Diesen Abend hatte ich mir eindeutig anders vorgestellt.

* * *

Die bestellten Pizzen kamen tatsächlich nicht mehr, weshalb Gustavo uns ein paar Nudeln kochte, die wir nur mit Butter aßen. Mittlerweile saßen wir um den Küchentisch verteilt und nahmen unser spartanisches Mahl stillschweigend ein. Die Stimmung war gedrückt, zu sehr lasteten die aktuellen Nachrichten auf unserem Gemüt.

»Reichst du mir bitte mal das Salz, Kristin?«, fragte Gustavo und ich tat ihm den Gefallen.

Cat hielt inne und sah mich an. Etwas in ihrem Blick veränderte sich. Ihre Stirn war gerunzelt, als sie mich anschaute. Es war, als wenn sie plötzlich jede Kleinigkeit meines Aussehens inspizierte.

Da sie nichts sagte, hob ich fragend eine Augenbraue.

»Meine Großmutter hieß auch Kristin«, erklärte sie und ein Tränenschleier legte sich über ihre schönen Augen. »Du siehst ihr verdammt ähnlich. Das fällt mir jetzt erst auf.«

Augenblicklich ließen Tiago und Gustavo die Gabeln sinken und blickten zwischen uns beiden hin und her. In meinem Magen bildete sich ein gigantischer Knoten. In Frankreich gab es diesen Namen nicht allzu häufig, doch etwas hielt mich davon ab, eingehender nachzufragen. Cat hatte mittlerweile den Kopf gesenkt und aß weiter.

Tiago sah mich eindringlich an, als wolle er mich auffordern, nachzuhaken, denn auch er schien der Meinung zu sein, dass es keine Zufälle im Leben gab. Vielleicht war es meine

Aufgabe gewesen, diese junge Frau davon abzuhalten, zu dem Konzert zu gehen, weil sie einer meiner Nachkommen war?

Ich schüttelte den Kopf. Das war ja totaler Unfug und dermaßen an den Haaren herbeigezogen, dass es schon an Schwachsinn grenzte, diese Möglichkeit überhaupt in Betracht zu ziehen. Aber ich dachte an ihre Augen, die meinen so ähnlich waren. Was, wenn Cat doch irgendwie mit mir verwandt war? Doch dann besann ich mich, da es bedeuten würde, dass ich Philippe nie wieder begegnete. Rein rechnerisch wäre ich 2015 weit über hundert Jahre alt, wenn ich es schaffen würde, zurückzukehren, und dieses Mädchen meine Enkelin wäre. Nein, das wäre unmöglich und deshalb durfte meine Vermutung einfach nicht wahr sein. Es würde mir jegliche Hoffnung nehmen.

Doch Tiago ließ sich nicht so schnell davon abbringen. »Kanntest du deine Großmutter gut?«

Ein trauriges Lächeln legte sich auf Cats Lippen. »Sie war meine Seelenverwandte. Ich habe sie besucht, wann immer es ging.«

»Wie alt ist sie geworden?«, hakte er nach.

»Fast achtzig Jahre und sie hat von sich selbst gesagt, dass sie ein erfülltes Leben hatte. Sie war noch so fit, als ich sie das letzte Mal gesehen habe. Ich glaube, sie wäre selbst nicht auf die Idee gekommen, dass sie bald stirbt.« Eine Träne kullerte Cats Wange hinab.

Tröstend legte ich ihr eine Hand auf den Unterarm und warf Tiago einen bitterbösen Blick zu. Ich musste ihn davon abhalten, weitere Fragen zu stellen, denn ich wollte es nicht wissen. Sollte Cat tatsächlich mit mir verwandt sein, wollte ich nicht mal ansatzweise ahnen müssen, wann und wo ich eines Tages starb. Und auf keinen Fall wollte ich hier und heute erfahren, dass ich niemals zu Philippe zurückkehren könnte.

18. Kapitel

Gegen Mittag des nächsten Tages herrschte in der Wohnung von Tiago und Gustavo eine stille und merkwürdige Stimmung. Cat war gestern spät in der Nacht in die Wohnung ihrer Großmutter zurückgekehrt, nachdem wir noch lange zusammengesessen und die Flasche Wein leer getrunken hatten. Wir waren uns alle einig gewesen, dass sie bei der unklaren Sicherheitslage nicht allein durch die Pariser Straßen gehen durfte. Deshalb hatten Gustavo und Tiago sie begleitet. Ich hoffte inständig, dass sie ihr keine weiteren Fragen gestellt hatten. Wenn, dann wollte ich die Antworten niemals erfahren.

Nun war ich traurig, weil Cat mir zwar ihre Telefonnummer gegeben hatte und ich ihr die von Tiago und Gustavo, ich mir aber nicht sicher war, ob ich sie jemals wiedersehen würde. Dennoch wurde ich das unbestimmte Gefühl nicht los, dass unser Zusammentreffen wichtig gewesen war. Wichtig, um ihr das Leben zu retten. Wichtig für mich, weswegen auch immer.

Wir waren uns alle bewusst, dass gestern etwas Furchtbares in der französischen Hauptstadt geschehen war. Stündlich überschlugen sich die Meldungen mit noch höheren Totenzahlen. Paris war in eine Art Schockstarre verfallen. Teilweise waren sogar Geschäfte geschlossen geblieben, manche hatten ihre

Schaufenster mit Brettern zugenagelt, aus Angst, Opfer eines erneuten Angriffs zu werden.

Ich saß wieder gebannt vor dem Fernseher und inhalierte die Berichte des heutigen Tages. Wenn das hier aus unserer Welt werden würde, wollte ich nicht in diesem Jahrtausend sesshaft sein. Die Menschen mussten überall Angst haben, bei einem Anschlag ums Leben zu kommen.

In einem der Berichte waren die Attentate der letzten Jahre angesprochen worden und ich hatte fassungslos den Worten gelauscht und dann Bilder des World Trade Centers zu Gesicht bekommen. Dort wurden Nahaufnahmen von Menschen gezeigt, die so voller Panik gewesen waren, dass sie aus dem brennenden Gebäude Hunderte von Stockwerken in den Tod sprangen, ehe beide Türme einstürzten. Die Anzahl der Toten war verheerend gewesen.

Nein, hier wollte ich definitiv nicht leben. Diese Zeit war furchtbar. Wie konnten die Menschen hier noch ruhig ihrer Arbeit nachgehen, in dem Wissen, dass jeden Moment wieder so ein Irrer durch eine Straße laufen und ihre Familie in die Luft jagen konnte?

Ich bürstete mein Haar und flocht es zu einem Zopf, während ich in den Kasten schaute. Nachdenklich stand ich auf, als ich mit meiner Frisur fertig war, und ging ins Bad. Im Spiegel inspizierte ich das, was ich mit meinem Haar gemacht hatte. Zufrieden nickte ich, griff nach einem Flacon und schnupperte daran. Ich erinnerte mich, wie die Gerüche der verschiedenen Parfums mich bereits in den Fünfziger- und Sechzigerjahren durcheinandergebracht hatten, doch mittlerweile waren die Duftstoffe nicht mehr so erschlagend. Ich sah nochmals in den Spiegel. Hellblaue Augen, genau wie die von Cat, blickten mir entgegen. Es schnürte mir die Kehle ab und gleichzeitig fragte ich mich, ob es wahr sein könnte. Konnte es wirklich sein, dass Cat meine Enkelin war?

»Kristin?«, hörte ich Tiago nach mir rufen.

Ich stellte den Flacon zurück und ließ meine Zweifel und Fragen in dem kleinen Badezimmer. Bei dem, was ich vorhatte, konnte ich sie nicht gebrauchen.

Tiago und Gustavo saßen zusammen an dem Küchentisch und starrten in das Gerät, das sie Laptop nannten. Als sie mich bemerkten, sahen sie mich mit großen Augen an.

»Was? Wächst auf meiner Nase eine Warze oder warum starrt ihr mich so an?«, fragte ich mit gerunzelter Stirn und trat näher.

»Ich habe Antworten gefunden.« Als ich nicht sofort reagierte, fügte Tiago leise hinzu: »Wegen Philippe.«

Mir stockte der Atem und mein Herz blieb stehen. War ich dem gewachsen? Hatten Philippe und ich uns tatsächlich nie wiedergesehen? Würde ich mich auf einen anderen Mann einlassen? Allein die Vorstellung kam mir so abwegig vor, dass ich meine Schultern straffte und Tiago fest in die Augen sah. »Erzähl!«, forderte ich ihn auf.

Nichts würde mich abhalten, zu Philippe zurückzukehren, auch keine junge Frau, die meine Augen hatte und deren Großmutter Kristin hieß.

Gustavo sah mich mitleidig an. »Es ist besser, wenn du dich setzt.«

Na, das schenkt mir tatsächlich ein wohliges Gefühl, dachte ich ironisch, tat aber, was Gustavo von mir verlangte, und setzte mich zu ihnen an den Tisch.

Tiago schloss den Deckel des Laptops und goss mir zuerst einen Kaffee ein. Auch das verstärkte das mulmige Gefühl in meiner Magengegend. Es konnte nichts Gutes sein, was sie mir zu sagen hatten. Ansonsten hätten sie ihre Informationen schon längst herausposaunt.

Angespannt beobachtete ich Tiago. Er mied meinen Blick und auch Gustavo nestelte stattdessen am Henkel seiner Kaffeetasse herum.

Irgendwann gab es nichts mehr zu tun, was das Aufschieben der Neuigkeit betraf, und Tiago räusperte sich. »Nun, es ist so«, begann er. »Ich habe Philippes Namen durch die Datenbanken laufen lassen. Vor dem Krieg war er bei der Pariser Polizei, dann meldete er sich freiwillig für den Einsatz an der Front.«

Ich japste nach Luft. »Was?«

Tiago sah bekümmert aus. »Es tut mir leid, Kris. Aber seine Spur verliert sich an der Marne, wie bei so vielen französischen, aber auch deutschen Soldaten des Ersten Weltkriegs. Egal, auf welcher Seite sie gekämpft haben, so viele wurden danach vermisst. Nach einer gewissen Zeit wurde Philippe für tot erklärt, aber seine Leiche ist niemals gefunden worden.« Fürsorglich legte Gustavo eine Hand auf meine, ehe sein Freund fortfuhr: »Vermutlich wurde er in einem der Massengräber bestattet.«

Meine Augen begannen zu brennen, doch ich verschloss meine Gefühle in der hintersten Ecke des Herzens, das zwar noch in meiner Brust schlug, sich aber anfühlte, als wäre es versteinert.

Ich versuchte, logisch zu denken. »Vielleicht hat er überlebt. Vielleicht hat er sein Gedächtnis verloren. Wenn niemals eine Leiche gefunden wurde, heißt das, dass er überlebt haben könnte.«

Ich erntete traurige Blicke, die ich an mir abprallen ließ. Beim besten Willen konnte ich mir nicht vorstellen, dass Philippe dort in einem der Massengräber seine letzte Ruhestätte gefunden hatte. Das konnte und das durfte einfach nicht sein.

Um einer weiteren Diskussion zu entgehen, stand ich auf und schnappte mir meine Tasche. »Ich geh spazieren.«

»Warte, wir kommen mit!«, rief Tiago noch hinter mir her, doch ich ignorierte ihn.

»Lass sie«, hörte ich Gustavo noch sagen.

Ich brauchte dringend Ruhe und musste ein wenig allein sein, um mir über das klar zu werden, was ich gerade erfahren hatte. Mein Weg führte mich in den kleinen Park, in dem ich Cat begegnet war. Wie auch vorgestern setzte ich mich auf die Parkbank und atmete tief ein.

Mein Kopf war zum Bersten gefüllt mit Informationen, Jahreszahlen, Namen und Begebenheiten. Ich hatte das Gefühl, dass er kurz vorm Platzen stand. Gedankenschwer sog ich die Luft in meine Lunge und lauschte den Geräuschen der Natur. Ein Vogel zwitscherte und bekam sogleich Antwort von einem zweiten. Der Wind rauschte durch das Blattwerk der Bäume und von Weitem hörte ich Kinderlachen. Alles wirkte so friedlich. Nur in mir drin herrschte das absolute Chaos.

Unwillkürlich glitt meine Hand zu dem Medaillon. Es musste einen Weg geben. Einen Weg zurück zu Philippe. Ich musste ihn nur finden.

»Hey!«, hörte ich eine fröhliche Stimme und im nächsten Moment fand ich mich in einer Umarmung mit Cat wieder. »Ich wollte gerade zu euch!« Lachend sah sie mich an.

»Zu uns?«, fragte ich, weil ich einfach zu perplex war, um zu verstehen, was sie mir sagen wollte.

»Ja, du hast gestern vergessen, mir deine Nummer zu geben. Du hast mir nur die Nummer von Tiago und Gustavo aufgeschrieben. Und weil es mir absolut wichtig ist, dass wir in Kontakt bleiben«, sie zwinkerte mir frech zu, »wollte ich noch mal nachfragen. Schön, dass ich dich hier gleich getroffen habe. Um acht heute Abend geht mein Flieger.«

Wie sollte ich einem modernen Menschen wie ihr begreiflich machen, dass ich keine Telefonnummer hatte, die ich ihr hätte geben können? »Ich …«, begann ich, doch im nächsten Augenblick sprang ich von der Bank auf. Panisch blickte ich mich um, aber nirgends gab es ein Fleckchen, wo ich unbemerkt verschwinden konnte. Das Medaillon hatte sich mal wieder den bescheuertsten Moment der Weltgeschichte ausgesucht, als es anfing zu vibrieren.

»Kristin, was ist denn los?«, wollte Cat besorgt wissen und stand ebenfalls auf.

Ich griff nach meiner Tasche, hielt sie schützend vor meine Brust und wusste nicht, was ich sagen sollte. »Ich muss weg. Frag Tiago und Gustavo, wenn du mehr wissen willst.« Dann ergriff mich schon der Strudel und die Welt um mich herum verschwamm zu einem bunten Brei. Ich konnte nur hoffen, dass außer Cat niemand sehen konnte, wie ich mich plötzlich in Luft auflöste.

* * *

Dieses Mal wurde ich nicht ohnmächtig. Ich hielt mich tapfer und riss die Augen auf, um alles mitzubekommen. Doch außer einem kurzen Farbwirbel bemerkte ich nichts, dann erkannte ich nur noch grün um mich herum. Ich stand wieder in dem Park, der sich nicht viel verändert hatte. Nur die Parkbank war verschwunden und es war still. Das Erste, was mir auffiel, war der enorme Temperaturunterschied. Die Sonne brannte unerbittlich auf mich nieder und ich wurde mir sofort meiner dicken Kleidung bewusst. Es mussten weit über dreißig Grad sein.

Dann versuchte ich, meine Gedanken zu sammeln und anzukommen. Es war, als schwirrten Teile meines Hirns noch irgendwo zwischen den Zeiten herum. Da ich bisher bei meinen Ankünften nach Zeitsprüngen nie bei Bewusstsein gewesen war, wusste ich nicht, ob das normal war.

Die Sonne blendete mich zwar, aber es war niemand außer mir in dem Park. Welches Jahr hatte das Medaillon nun für mich auserkoren? Und warum war ich trotz Sonnenschein der einzige Mensch weit und breit?

Immer wieder fragte ich mich, welche Aufgabe ich im Jahr 2015 erledigt hatte. Irgendetwas musste geschehen sein, das meinen Aufenthalt dort nicht mehr nötig machte. Sollte Cat etwa sehen, wie ich verschwand? Würde ich es jemals erfahren oder war das wieder so ein Rätsel, das mich verständnislos zurückließ?

Neugierig und auch aufgeregt – man gewöhnt sich wohl nie an diese Zeitsprünge – sah ich mich um. Bis auf das Fehlen einiger Häuser bemerkte ich kaum einen Unterschied zum Jahr 2015. Hier war es nicht kalt, es war zwar kein Hochsommer mehr, aber es war auch kein Spätherbst. Als ich an mir herabblickte, stellte ich fest, dass ich noch immer Jeans und Shirt trug, darüber den Pullover, den ich mir von der Garderobe gemopst hatte. Damit würde ich so ziemlich in jeder Zeit auffallen, außer in der, aus der ich gerade kam. Das könnte zu einem Problem werden. Doch zuerst einmal musste ich herausfinden, in welchem Jahr ich mich überhaupt befand.

Ich atmete noch einmal tief durch und machte mich dann auf den Weg, um aus diesem Park herauszukommen. Dabei hielt ich die Augen und Ohren offen. Endlich hörte ich vereinzelt Stimmen zu mir schallen. Kurzfristig hatte ich überlegt, ob es mich in eine dystopische Version von Paris verschlagen hatte, in der die Stadt ausgestorben und von einem unheimlichen Virus verseucht worden war. Doch dann schalt ich mich eine Närrin und ging weiter.

Als ich an der Straße ankam, entdeckte ich die ersten Menschen, die alle zu ihrem Ziel eilten. Was ich an Paris in allen Zeiten am meisten geliebt hatte, war das Gefühl, hier ungeniert flanieren zu können. Aber nun schien genau das der Stadt verloren gegangen zu sein.

Kaum dass ich die Kleider der Frauen und Kinder eingehender ansehen konnte, begann mein Herz aufgeregt zu schlagen. Ich befand mich Anfang des zwanzigsten Jahrhunderts!

Philippe! Ich war ihm wieder näher. Nun musste ich ihn nur noch finden. Doch als mein Hirn die euphorischen Hormone langsam verdrängte und zu logischem Denken überging, wurde mir bewusst, was ich sah.

In den Straßen liefen hauptsächlich Frauen herum. Kinder konnte ich auch entdecken. Hin und wieder liefen mir ältere Menschen über den Weg oder auch mal ein Mann. Aber alles in allem mangelte es an der männlichen Bevölkerung. Es war Spätsommer oder Anfang Herbst. Was, wenn ich zu spät war? Was, wenn ich mich im Jahr 1914 befand und Philippe sich bereits zum Frontdienst gemeldet hatte? Mein Herz zog sich schmerzhaft zusammen.

Augenblicklich beschleunigten sich meine Schritte. Ich ignorierte die Blicke der anderen Passanten. Ich gab in meinem Aufzug wahrscheinlich eine Lachnummer ab, aber das war mir egal. Ich strebte zu der kleinen weißen Stadtvilla, aus der mich das Medaillon herauskatapultiert hatte. Ich musste Philippe finden oder zumindest Madame Legrand sprechen und herausfinden, wo sich ihr Sohn aufhielt.

Eine halbe Stunde später stand ich vor dem Haus. Mein Puls raste und mir war angesichts der Temperaturen der Schweiß ausgebrochen, doch den Pullover auszuziehen und durch das eng anliegende Shirt noch mehr Aufmerksamkeit auf mich zu ziehen, kam definitiv nicht infrage.

Ich fasste all meinen Mut zusammen und öffnete das Tor. Meine Schritte verursachten ein knirschendes Geräusch auf dem Kies. Gott sei Dank trug ich an diesem Tag meine Schnürstiefel. Nicht auszudenken, welchen Anblick ich mit solch modernen Turnschuhen geboten hätte, die Gustavo und Tiago bevorzugten.

Mit zitternden Fingern drückte ich den Klingelknopf. Zuerst tat sich nichts, doch dann hörte ich Schritte im Innern des Hauses. Kurz darauf wurde die Tür von einer älteren Frau geöffnet. Ich kannte die Frau nicht. Bisher war sie mir in dem Haushalt der Legrands noch nie begegnet. Aber allzu viel Zeit hatte ich ja auch nicht dort verbracht. Tagsüber waren wir unterwegs gewesen und abends erst spät nach Hause gekommen. Es konnte also gut möglich sein, dass sie eine der Hilfskräfte war, die Madame Legrand angestellt hatte.

»Guten Tag«, begrüßte sie mich skeptisch und versuchte, nicht allzu unhöflich auf meine Kleidung zu starren.

»Guten Tag. Mein Name ist Kristin Vieille. Ich wollte zu Madame oder Monsieur Legrand.« Ich probierte mich an einem Lächeln, aber ich war zu aufgeregt.

Die Frau schlug sich erschrocken die Hand vor den Mund. »Kommen Sie herein, Mademoiselle Vieille. Ich freu mich, dass Sie endlich hier sind.«

Verwirrt, dass man mich erwartete, trat ich ein. Mir war nicht entgangen, dass die Frau komplett in Schwarz gekleidet war. Was das bedeuten konnte, verursachte mir ein Ziehen in der Magengegend. Während ich ihr ins Esszimmer folgte, merkte ich, wie meine Knie weich wurden. Erinnerungen an Philippe schnürten mir die Kehle zu. Ich bildete mir ein, seinen Geruch in der Luft wahrzunehmen.

»Möchten Sie etwas trinken?«, fragte die Frau mit gutmütiger Stimme.

»Nein danke.« Ich war viel zu angespannt, um auch nur irgendetwas schlucken zu können. Ich wollte wissen, wie es Philippe ging und wo er zu finden war.

Verlegen knetete die Frau ihre Hände und setzte sich dann zu mir an den Tisch. Die geblümte Tischdecke erinnerte mich an die Morgen, die ich hier beim Frühstück verbracht hatte, und an Madame Legrand, deren ruppige Art sich im Laufe der Zeit gewandelt hatte.

Die Frau hielt den Kopf gesenkt und sagte kein Wort. Die Stimmung im Raum war angespannt.

Da ich es nicht länger aushielt, fragte ich: »Wie heißen Sie?«

»Ich bin Madame Morel. Ich bin eine Freundin von Madame Legrand … war es.« Sie schniefte und zog ein Taschentuch aus dem Ärmel ihres Kleides.

»War?«, fragte ich mit den schlimmsten Befürchtungen. Meine Hand krallte sich an der Armlehne des Stuhls fest.

»Ja. Madame Legrand ist letzten Monat Opfer des Schlächters geworden«, klärte sie mich mit zitternder Stimme auf.

Eine eisige Hand des Grauens legte sich um meinen Hals. Also war meine schreckliche Vermutung richtig gewesen. Eine Gänsehaut breitete sich auf meinem ganzen Körper aus und in meinem Hirn entstanden Bilder, die scheußlicher nicht sein konnten. »Oh mein Gott!«, stieß ich hervor und bekreuzigte mich.

»Wussten Sie das nicht?«

Ich schüttelte den Kopf. »Nein«, antwortete ich mit belegter Stimme. Ich hatte Madame Legrand zwar nur kurz kennengelernt, aber sie war mir ans Herz gewachsen. Hoffentlich hatte sie nicht allzu viel leiden müssen.

»Philippe hat sie gefunden und es muss ein schrecklicher Anblick gewesen sein. Der Junge hat mir so leidgetan. Tagelang lief er wie ein Geist herum. Aber er hat nicht mit sich reden lassen, war so voller Groll«, erzählte sie mir.

Zu jedem anderen Zeitpunkt hätte ich mich wahrscheinlich über die Formulierung Junge amüsiert, doch hier und jetzt schockierte mich die Mitteilung von Madame Legrands grausamem Tod so sehr, dass ich fassungslos nach Luft japste. »Philippe hat sie gefunden?«, fragte ich mit leiser, zitternder Stimme.

Madame Morel schluckte und nickte. »Er war völlig von Sinnen, aber es ist ihm gelungen, innerhalb von zwei Tagen den Schlächter und die Männer, die sich an der Qual der Frauen erfreut hatten, festzunehmen. Sie sitzen nun alle hinter Gittern und werden dort auch nicht mehr lebend herauskommen. Leider bringt uns das nicht meine liebe Freundin wieder.«

Erneut tupfte sie sich mit dem Taschentuch über die Augen. »Deshalb bin ich hier. Ich kümmere mich um die Pension. So verdiene ich ein wenig Geld und Philippe weiß, dass das Haus während seiner Abwesenheit in guten Händen ist.«

Während seiner Abwesenheit. Die drei Worte verursachten mir Übelkeit. »Wo ist er?«

Madame Morel atmete tief ein. »Er hat sich, nachdem er die Mördergruppe festgenommen hatte, freiwillig zum Dienst an der Front gemeldet. Möge Gott ihn beschützen.« Sie bekreuzigte sich.

»Wie lang ist das her?«, stieß ich hervor, unfähig, meine Angst zu verbergen.

»Etwa drei Wochen.«

Ich ließ den Kopf nach vorne fallen und kämpfte gegen die Tränen an, die sich ihren Weg in die Freiheit suchten. Ich war zu spät. Er war seit drei Wochen an der Front. Ich wusste, was in dieser Zeit alles an einem Ort wie diesem passieren konnte.

»Ach Kindchen, verzagen Sie nicht. Viele Frauen sind in diesen Tagen ohne ihren Mann oder ihren Verlobten. Glauben Sie daran, dass er zurückkehrt, dann wird er das auch tun.« Mütterlich tätschelte sie meine Hand. In ihren Augen nahm ich nur Gutmütigkeit wahr.

Ich konnte mir nicht vorstellen, dass es so einfach war – dass er irgendwann zurückkehren würde. Dann würde keiner der Männer sein Leben verlieren, denn bei fast allen gab es zu Hause einen Menschen, der für die Rückkehr betete. Jedoch wusste ich im Gegensatz zu Madame Morel, welchen Verlauf der Krieg nehmen würde. Das Kampfgeschehen an der Marne zählte zu den bisher größten Schlachten überhaupt und viele Verluste waren auf beiden Seiten zu beklagen. Die Angst um Philippe saß mir in den Knochen und ich wusste nicht, wie ich dem Herr werden sollte. Es erschien mir unmöglich, hier auszuharren, bis eines Tages er oder ein Brief mit der Todesnachricht eintraf.

»Apropos Verlobte«, begann Madame Morel vorsichtig, als betrete sie ein Minenfeld, »ich hatte, bis Philippe abgereist ist, nicht gewusst, dass Sie beide verlobt sind. Erst da hat er mir von Ihnen erzählt und dass ich nichts an dem Zimmer verändern dürfe.« Neugierig sah sie mich an.

Warum hatte er ihr von der Verlobung erzählt? Ich lächelte verlegen und senkte den Kopf. Ich war verlobt. Das erschien mir so surreal, dass es mir schwerfiel, mich auch als Verlobte Philippes zu fühlen. Bevor ich aus diesem Jahr herausgerissen worden war, hatten wir ja gerade erst beschlossen, uns zu verloben. Es war, als hätte ich das nur geträumt.

»Nun denn. Ich kümmere mich jetzt um das Abendessen. Wir haben zwei Ehepaare zu Gast. Wo Ihr Zimmer ist, wissen Sie ja. Madame und Monsieur haben dort alles für Ihre Rückkehr vorbereitet.« Traurig schüttelte sie noch einmal den Kopf und verschwand. Sie ließ mich ratlos zurück.

Mit zittrigen Beinen stand ich auf und ging zu dem Gästezimmer am Ende des Flurs. Zaghaft öffnete ich die Tür und trat ein. Sofort überschwemmten mich die Bilder unserer gemeinsamen Nacht. Und dann erinnerte ich mich an Madame Legrands mürrischen Gesichtsausdruck, als sie erkannt hatte, wer ich war. Dennoch hatte sie mich aufgenommen. Immer noch fragte ich mich, was Philippe zu ihr gesagt hatte, dass sie von da an so widerstandslos akzeptiert hatte, dass ich mich in ihrem Haus aufhielt.

Ich stellte meine Tasche auf den Stuhl und schaute mich um. Langsam ging ich zu dem Bett und ließ mich darauf nieder. Minutenlang saß ich da und starrte den Boden an, als könnte ich dort die Antworten auf meine Fragen finden. Mein Kopf war leer gefegt worden und nun randvoll mit Trauer, Entsetzen und Angst.

Ich selbst war nur ein paar Tage weg gewesen. Doch hier war die Zeit schneller vergangen, die Welt im Jahr 1914 hatte sich innerhalb von wenigen Wochen komplett gewandelt. Paris war vom Schrecken des beginnenden Krieges eingeholt worden und den Franzosen war mittlerweile klar, dass es nicht zu einem schnellen Sieg kommen würde. Dass dieser Krieg Opfer fordern würde – viele Opfer –, wurde langsam allen Beteiligten bewusst. Alles hatte sich verändert seit meiner Abreise, und das ängstigte mich, machte mich traurig und riss an meiner Selbstbeherrschung.

Was sollte ich jetzt tun? Warten? Nein, das war nicht ich. Ich war kein geduldiger Mensch, war es nie gewesen. Ich war vielmehr eine Frau, die alles selbst in die Hand nahm. Nur wie sollte ich das hier bewerkstelligen?

Ich ließ mich rücklings auf die Matratze fallen. Dieses Medaillon hatte mich wahrlich auf die Schippe genommen. Hierher zurückzukommen, war mein sehnlichster Wunsch gewesen, und dennoch war ich zu spät. Es war, als wollte mich das Schmuckstück verspotten und ich hasste das Ding an meinem Hals nur noch mehr. Niemals würde ich jemandem, den ich liebte, diese Bürde übergeben. Wenn ich eines Tages sterben würde, dann wäre das auch das Ende für das Medaillon. Das nahm ich mir ganz fest vor. In meinem Testament würde stehen, dass das Ding mit in meinem Sarg landen sollte.

Erst jetzt bemerkte ich, wie müde ich war. Meine Augen brannten und mein Körper fühlte sich bleischwer an. Kurz überlegte ich, ob Madame Morel von mir erwartete, dass ich ihr half. Aber dann siegte die Müdigkeit über mein Pflichtgefühl. Ich zog meine Stiefel aus, entledigte mich meines Pullovers, und kaum hatte ich mich von der Jeans befreit, schlüpfte ich unter die Decke. Daraufhin ließ ich den Tränen freien Lauf, weinte um Madame Legrand und verfluchte den Umstand, dass ich in einer solch schwierigen Situation nicht an Philippes Seite hatte sein können. Irgendwann fielen meine Augen zu und der Schlaf erlöste mich von meinen Sorgen.

19. Kapitel

Ich schlief bis zum nächsten Morgen und als ich erwachte, war die Angst um Philippe immer noch allgegenwärtig. Nein, sie war noch viel größer geworden. Sie fraß sich durch meine Eingeweide, als wollte sie mich von innen her zerstören. Es war, als zöge sich bei jedem Atemzug ein großer Klumpen in meinem Magen zusammen, und ich konnte an nichts anderes mehr denken als an die Bilder, die ich vom Ersten Weltkrieg gesehen hatte. An die vielen Toten, an die blutenden Verletzten. Und ich wünschte mir nichts sehnlicher, als dass Philippe diesen Irrsinn überlebte.

Warum hatte sich der Idiot freiwillig zu dem Unterfangen gemeldet? Ja, er hatte seine Mutter verloren. Ja, ich war spurlos verschwunden. Aber ich war zurückgekehrt. Er hätte doch nur warten müssen, dann läge ich jetzt nicht allein in diesem Bett, das voller Erinnerungen und Sehnsüchte war.

Lange noch lag ich auf der Matratze und dachte nach, konnte mich nicht aufraffen aufzustehen. Die Gedanken an den Krieg und dass sich Philippe ausgerechnet an einem der schlimmsten Orte, die es dieser Tage gab, befand, raubte mir die Kraft, mich zu erheben. Ich musste etwas unternehmen. Musste irgendwie zu Philippe gelangen, damit er sehen konnte, dass ich zurück war. Er sollte wissen, dass er nicht länger allein war und es sich lohnte zu kämpfen und zu überleben.

Dann hatte ich einen Einfall, der hoffentlich auch in die Realität umsetzbar war. Nach und nach reifte der Plan heran, er war tollkühn und konnte mich eventuell das Leben kosten. Aber was war ein Dasein wert, wenn einem die Liebe des Lebens genommen wurde? Es war wie ein Schiff ohne Wasser. Gigantisch, beeindruckend, aber zu nichts mehr nutze, als trostlos vor sich hin zu rosten und dem Zahn der Zeit zum Opfer zu fallen. Oder dem Medaillon der Zeit, dachte ich ironisch und stand auf.

Nein, ich würde nicht aufgeben, bis ich Philippe gefunden hatte und endlich wieder in die Arme nehmen konnte. Vorher würde ich nicht zur Ruhe kommen.

Während ich noch geschlafen hatte, musste irgendwann am heutigen Morgen Madame Morel hereingekommen sein und einen Krug mit Wasser auf die Anrichte gestellt haben. Daneben stand eine Schüssel, damit ich mich waschen konnte. Doch sie hatte vergessen, mir einen Waschlappen und ein Handtuch hinzulegen. Auf der Suche nach beiden Utensilien trat ich zu dem Schrank und öffnete ihn.

Meine Augen wurden groß und ich vergaß für einen Moment, dass ich vorgehabt hatte, mich zu waschen. Sprachlos und mit offenem Mund starrte ich den Inhalt des Schranks an. Zwei wunderschöne Kleider hingen dort und daran war ein Brief befestigt, auf dem stand:

Für Kristin

Mit klopfendem Herzen griff ich danach. Auf der Vorderseite prangte mein Name in einer fahrigen großen Handschrift, von der ich wusste, dass es Philippes war. Allzu oft hatte ich in seinem Büro neben ihm oder ihm gegenübergesessen und ihn beim Schreiben beobachten können. Ich würde seine Handschrift überall erkennen.

Mein Mund wurde ganz trocken, solch enorme Aufregung erfasste mich. Der Brief war zugeklebt, niemand hatte ihn geöffnet, seitdem ihn Philippe geschrieben hatte. Ich riss ihn viel zu stürmisch auf. Dabei hielt ich die Luft an. Es grenzte an ein Wunder, dass ich den Briefbogen nicht beschädigte.

Das Papier raschelte, als ich es aus dem Umschlag zog. Ich war dermaßen aufgeregt, dass mein Herzschlag in meinen Ohren dröhnte. Ungeduldig faltete ich den Brief auseinander und begann zu lesen.

Lämmchen

Wo soll ich nur beginnen?

Dich verschwinden zu sehen, riss mich in zwei Teile. Ein Teil blieb hier und den anderen Teil hast du mit dir genommen. Wohin? Wenn ich es wüsste und es einen Weg geben würde, den ich beschreiten könnte, glaub mir, ich würde dir ohne zu zögern folgen. Doch es gibt keinen und diese Erkenntnis zerstört mich systematisch.

Du hast es bestimmt schon von Madame Morel gehört. Ich habe versagt. Ich habe es nicht geschafft, meine Mutter vor diesen Monstern zu retten. Nachdem ich sie mehrere Stunden lang gesucht habe, fand ich das, was von ihr übrig war. Meine Mutter – die große Madame Legrand – so zu sehen, gab mir den Rest. Sie, die stets darauf geachtet hat, gut angezogen zu sein, damit nichts mehr an ihre Vorgeschichte erinnern konnte. Glaub mir, sie haben sie so zur Schau gestellt, dass es grotesk war und jeder meiner Kollegen ahnte, was sie einst gewesen war.

Dieses Bild werde ich mein ganzes Leben lang nie wieder vergessen.

Seit diesem Tag bin ich nicht mehr ich selbst. Wie auch, wenn, seitdem du fort bist, nur noch eine Hälfte von mir existiert und die zweite Hälfte durch diesen Anblick zerstört wurde? Geblieben ist mir lediglich eine leere Hülle.

Es ist mir gelungen, den Schlächter, Jacques, seine Söhne und zwei weitere Männer zu überführen.

Doch was ändert es an der Tatsache, dass sie meine Mutter abgeschlachtet haben?

Nichts.

Was an der Tatsache, dass du nicht mehr hier bist?

Nichts.

Nichts von alledem schenkt mir eine Art von Befriedigung, wie es sonst immer der Fall gewesen war, wenn ich Verbrecher zur Strecke gebracht habe.

Diese Monster hatten – jeder einzelne – wahre Freude daran, den Frauen Schreckliches anzutun.

Woher kommen solche Fantasien? Kriechen diese Kreaturen direkt aus der Hölle empor, um Schrecken über die Menschheit zu bringen?

Ich bin nur froh, dass du nicht hier warst, ansonsten hätten sie dich vielleicht ebenfalls mitgenommen und misshandelt, getötet wie ein Stück Vieh.

Wo immer du bist, ich hoffe, es geht dir gut.

Ich habe in den letzten zwei Wochen gewartet und diese beiden Kleider für dich gekauft, damit du keins stehlen musst, wenn du zurückkehren solltest.

Doch du bist nicht zurückgekommen.

Warum ich diesen Brief schreibe? Ich weiß es selbst nicht einmal genau. Es ist ein Bedürfnis, das ich nicht unterdrücken kann. Es ist mein Abschiedsbrief an dich. Vielleicht überdauert er ja die Zeiten und findet dich? Das würde mir zumindest ein wenig Hoffnung schenken.

Es ist immer noch unfassbar für mich, wie schnell du Einzug in mein Herz gefunden hast. Wir beide gehören zusammen, wie ich es niemals für möglich gehalten hätte. In diesem Moment lächle ich. Das hat nur die Erinnerung an dich bewirkt.

Lämmchen, ich liebe dich mehr als mein Leben und ich werde dich niemals vergessen. Das Letzte, an was ich denken werde, wenn der liebe Herrgott mich zu sich rufen wird, wirst du sein.

Und ich hoffe auf einen Himmel, wo wir uns wiedersehen werden.

Dein Philippe

Erschüttert ließ ich den Brief sinken, Tränen rannen aus meinen Augen und benetzten meine Wangen. Ich hielt sie nicht zurück. Mit zitternden Knien setzte ich mich auf den Stuhl und weinte um Philippes Mutter und um den Mann, den ich zurücklassen musste. Was hatte er in der Zwischenzeit erleiden müssen? Die Fakten waren mir klar, aber die Düsternis, die von ihm Besitz ergriffen hatte, konnte ich jeder einzelnen Silbe entnehmen. Es schmerzte mich zu wissen, dass er so sehr litt. Er hatte alles verloren, was ihm etwas bedeutete. Ich hatte zumindest die Hoffnung besessen, eines Tages zurückkehren zu können. Doch ihm war nichts geblieben als Verlust. Er hatte jegliche Zuversicht verloren und sich freiwillig als Soldat für einen Krieg gemeldet, obwohl ich ihm erzählt hatte, dass es viele Tote geben würde.

Bedächtig faltete ich das Briefpapier wieder zusammen und steckte es zurück in den Umschlag. Anschließend verstaute ich den Brief in meiner Tasche bei den Dingen, die ich zu keiner Zeit missen wollte. Von nun an würden mich diese Zeilen begleiten und mich noch mehr anspornen, Philippe zu finden.

Dann besann ich mich wieder dessen, was ich eigentlich vorgehabt hatte, und suchte in dem Schrank nach einem Handtuch und einem Waschlappen. Nach kurzer Zeit wurde ich fündig. Ich wusch mich gründlich und zog eins der schönen Kleider an, die Philippe extra für mich besorgt hatte. Es passte perfekt.

Ich bildete mir ein, seinen Geruch daran wahrnehmen zu können, und es fühlte sich ein wenig so an, als würde er mich in eine tröstliche Umarmung ziehen. Kurz schloss ich die Augen. Ich gab mich diesem Gefühl hin, schwelgte darin, ehe ich tief einatmete und die Augen wieder öffnete.

Die Tatsache, dass er für mich diese Kleider besorgt hatte, zeugte davon, dass dennoch ein Fünkchen Hoffnung in ihm geblieben war. Ansonsten hätte er auch nicht diesen Brief geschrieben. Das sorgte dafür, dass ich lächelte. Die Hoffnung in ihm würde ein Garant sein, dass er sich nicht nur einfach in einen sinnlosen Tod stürzte. Vielleicht genügte dieser Funken, dass Philippe am Leben blieb – am Leben bleiben wollte.

Als ich fertig war, ging ich zur Tür, drückte die Klinke herunter und trat auf den Flur hinaus. Dies alles tat ich in dem Bewusstsein, dass ich mich bereit machte, in einen Kampf zu ziehen. In einen Kampf um den Mann, den ich liebte. Ich würde mit Madame Morel reden müssen. Sie musste mir helfen, meinen Plan umzusetzen.

* * *

Drei Stunden später befand ich mich in einem Büro und fragte mich, ob ich die Sache richtig angegangen war. Der Raum wirkte kahl und ich fühlte mich klein und unwillkommen. Tapfer ignorierte ich den muffigen Geruch, den die hier gelagerten Akten kontinuierlich verströmten.

Ein mürrisch dreinblickender Mann mittleren Alters, der Monsieur Dupont hieß und mich aus schmalen Augen ansah, saß mir gegenüber. Sein Haupthaar lichtete sich bereits und auf seiner Stirn glänzte der Schweiß. Auch am heutigen Tag herrschte in Paris eine kaum erträgliche Hitze, weshalb ich nachvollziehen konnte, dass er so schwitzte. Auch mir war heiß und der hochgeschlossene Kragen meines Kleides war nicht gerade optimal bei diesen Temperaturen.

»Und Sie sind ausgebildete Krankenschwester?«, fragte er mich mit skeptischem Tonfall.

Beflissen nickte ich und lächelte. »Leider sind meine Papiere bei einem Brand vernichtet worden. Aber ich habe hier ein Empfehlungsschreiben von Madame Morel, für die ich in den letzten Monaten als Krankenschwester gearbeitet habe. Leider ist ihr Vater verstorben, weshalb ich mich nach einer neuen Anstellung umsehen muss.« Ich wollte diese Stelle, koste es, was es wolle. Notfalls würde ich ihm Honig um seinen kaum zu sehenden Bart schmieren. Erst recht hielt ich seinen nicht angemessenen Tonfall aus. Hauptsache, ich würde so schnell wie möglich in der Nähe Philippes eingesetzt werden.

»Gut, gut. Ich werde Sie auf die Liste setzen. Montag kommender Woche geht der nächste Konvoi Richtung Front.« Dupont machte sich Notizen und beachtete mich nicht weiter.

»Nächste Woche erst? Und können Sie dafür sorgen, dass ich an der Marne eingesetzt werde?«

Erstaunt hob er den Kopf und sah mich missmutig an. Man merkte, dass er mich so schnell wie möglich aus seinem Büro haben wollte. »Ja, am Montag. Haben Sie damit ein Problem?«

Ich senkte den Blick und schluckte. Selbstverständlich hatte ich damit ein Problem. Wer wusste schon, was Philippe in den nächsten Tagen zustoßen konnte! Wie viel konnte ich diesem Monsieur Dupont anvertrauen? »Es ist so, dass mein Verlobter an der Front ist, genauer gesagt in dem Gebiet der Marne. Ich will so schnell wie möglich dorthin.«

Ich erntete ein kräftiges Lachen, das den Wohlstandsbauch des Mannes zum Wackeln brachte. »Mademoiselle Vieille, wissen Sie eigentlich, wie groß das Frontgebiet rund um die Marne ist? Und wie viele Frauen sich mir gegenüber niederlassen und das behaupten, was Sie von sich gegeben haben? Nur um ihrem Liebsten näher zu sein? Sie glauben doch nicht ernsthaft, dass Sie direkt an der Front eingesetzt werden, oder?«

Doch, das hatte ich geglaubt, aber ich wollte das unter keinen Umständen zugeben. »Dann eben so nah wie möglich.«

Nachdenklich kratzte er sich am Kinn. »Wie lautet der Name Ihres Verlobten und wo ist er stationiert?«

»Sein Name ist Philippe Legrand«, antwortete ich und nahm den Brief, den ich von Madame Morel erhalten hatte, zur Hand.

Etwas in seinem Blick veränderte sich. »Philippe Legrand sagten Sie? Ist das nicht der Name des Mannes, der den Schlächter und seine Bande dingfest gemacht hat?«

»Ja, das ist mein Verlobter.« Ich lächelte stolz. »Und er ist ein Teil der Entente unter Marschall Joffre und Sir John French. Genauer gesagt wäre das …« Ich warf nochmals einen Blick auf den Brief, in dem Philippe mitgeteilt worden war, zu welcher Armee er zukünftig gehören würde. »Ah, da steht es. Die 5. Armee unter General Franchet d'Espèrey.«

»Die Fünfte …« Für einen kurzen Augenblick schloss Monsieur Dupont die Augen und wirkte plötzlich zehn Jahre älter. »Ich werde versuchen, Sie so nah wie möglich an dem Geschehen einzusetzen.« Dann stockte er, um sogleich meinen Blick einzufangen und in ernstem Tonfall fortzufahren. »Dafür müssen Sie mir etwas versprechen.«

»Alles!«, sagte ich, ehe er mir mitteilen konnte, was er von mir verlangte.

»Mein Sohn Alphonse Dupont ist ebenfalls in der Fünften stationiert. Sollte ihm etwas passieren, kümmern Sie sich um ihn, als wäre er Ihr Bruder. Ich möchte nicht, dass er ohne Beistand verreckt.« In seinen Augen erkannte ich nun die Sorge, die nicht unangebracht war. Er war nicht im Reinen mit diesem Krieg und auch nicht mit der Tatsache, dass sein Sohn einberufen worden war. Wie auch? Wer gab schon gern das Leben seines Kindes für ein Unterfangen, das die Bevölkerung zu diesem Zeitpunkt nicht wirklich durchschaute? Von der zensierten Berichterstattung mal ganz abgesehen.

»Ich verspreche es Ihnen.«

Erleichtert ließ er die Schultern herabsacken.

»Wie alt ist Alphonse?«, fragte ich vorsichtig nach.

Monsieur Dupont atmete tief ein. »Er hat vor zwei Monaten seinen zwanzigsten Geburtstag gefeiert. Es scheint mir, als wären seitdem Jahre vergangen.«

»Sie machen sich sicherlich fürchterliche Sorgen, das kann ich absolut nachvollziehen. Ich befinde mich in einer ähnlichen Situation«, wandte ich mitfühlend ein. »Die Ungewissheit, ob man seine Liebsten wiedersehen wird, nagt an einem. Und nur hier zu sitzen und zu warten, bringt mich beinahe um.«

»Wäre ich nicht schon zu alt, hätte ich mich an seiner statt gemeldet. Doch so bleibt mir nichts anderes übrig, als hier auszuharren und die Krankenschwestern den braven Männern hinterherzuschicken und zu hoffen, dass mein Junge überlebt.«

Befangen räusperte er sich. Plötzlich setzte sich Monsieur Dupont wieder gerade hin. Der private Moment zwischen uns war damit vorbei, denn sein Blick war wieder undurchdringlich.

Das war wohl mein Zeichen zu gehen. »Ich danke Ihnen, Monsieur.« Langsam erhob ich mich.

»Kommen Sie morgen früh um sechs Uhr zum Treffpunkt, ich verschaffe Ihnen noch einen Platz in dem Konvoi, der den Nachschub sichert. Normalerweise reisen die Krankenschwestern in einem gesicherten Konvoi, aber ich denke, dass es Ihnen nicht so wichtig ist, sicher zu reisen, als vielmehr schnell anzukommen. Liege ich da richtig?«

Hastig nickte ich. »Absolut!«

Beflissen füllte er irgendein Blatt aus, das auf dem hölzernen, aber einfachen Schreibtisch lag, und ignorierte mich von nun an.

Um ihm keinen Grund zu liefern, seine Entscheidung zu widerrufen, schob ich den Stuhl wieder an den Tisch und eilte zum Ausgang.

»Geben Sie auf sich acht, Mademoiselle Vieille«, hörte ich den älteren Mann noch sagen, dann fiel die Tür hinter mir ins Schloss.

* * *

Am nächsten Morgen saß mir Madame Morel am Frühstückstisch gegenüber. Sie hatte für mich in der Küche den Tisch gedeckt, an den gerade mal zwei Leute passten. Aber für uns beide reichte es vollkommen. Die Atmosphäre war gemütlich, aber geprägt von Abschied und Sorgen.

»Mädchen, Sie sind mir eine!«, stieß Madame Morel anerkennend hervor. »Philippe hat sich offensichtlich die richtige Verlobte angelacht. Ich mag Frauen, die nicht untätig herumsitzen, sondern sich das Glück selbst holen gehen.«

Ich lächelte traurig bei der Erwähnung seines Namens. »Ich hoffe, ich finde ihn.«

»Sie haben seit gestern dermaßen viel erreicht. Wenn nicht Sie, wer dann? Ich glaube ganz fest daran, dass Sie ihn finden werden.« Die Frau saß mir in der Küche an dem Tisch gegenüber und schälte Möhren, die sie anschließend in einen Topf warf. Für heute Mittag wollte sie einen Möhreneintopf kochen. Es war nicht in ihrem Sinne, dass ich davon keine Portion mehr abbekam. Ihrer Meinung nach hätte ich erst nach dem Mittagessen losfahren sollen, damit ich noch einmal etwas Ordentliches zum Essen im Magen hätte, ehe ich mich auf den Weg machte. Doch nun hatte sie mir Eier gekocht und auf der Anrichte stand ein Beutel, in den sie mir Proviant eingepackt hatte. Verhungern würde ich in den nächsten Tagen nicht.

»Ich würde Sie beide gern gesund und munter wieder hier bei mir haben. Dann werde ich ein Festmahl kochen«, kündigte Madame Morel an und griff nach der nächsten Möhre.

»Was passiert, wenn Philippe nicht zurückkehrt?«, fragte ich geradeheraus.

»Wie meinen Sie das?« Sie schaute nicht auf und schälte weiter das Gemüse.

»Na, mit der Pension. Was ist, wenn er stirbt? Wer bekommt das Haus?« Immerhin galt er im Jahr 2015 als vermisst, was bedeutete, dass er nie wieder hierher zurückkehren würde, wenn ich ihn nicht rechtzeitig fand.

Madame Morel räusperte sich verlegen. »In diesem Fall haben Madame Legrand und auch Philippe beschlossen, es mir und meiner Enkelin zu vermachen.«

»Oh!«, entfuhr es mir.

Sie schaute mich ernst an, nachdem sie das Messer sinken ließ. »Ich kenne die beiden schon sehr lange. Niemals würde ich mir wünschen, dass ihm etwas passiert, nur damit ich dieses Haus bekomme, das müssen Sie mir glauben.«

In meinem Kopf entstand ein Verdacht, woher die drei sich kannten. »Seit wann sind Sie befreundet?«

»Schon mehr als dreißig Jahre.« Beflissen fuhr sie wieder mit ihrer Arbeit fort.

Damit war klar, woher die beiden Frauen sich so gut kannten und warum Madame Legrand und Philippe ausgerechnet ihr die Pension vermachen wollten. »Dann sind Sie …« Ich stoppte, ehe ich noch etwas sagte, was ich später bereute.

Madame Morel sah nicht auf, als sie antwortete. »Ich war.« Sie stand auf und ließ Wasser in den Topf laufen, um ihn anschließend auf den Herd zu stellen und das Feuer anzufachen.

Ich griff nach einem der hart gekochten Eier und entfernte die Schale. Anschließend biss ich ein Stück davon ab. So war ich beschäftigt und musste mich nicht mehr mit der peinlichen Situation auseinandersetzen.

20. Kapitel

Etliche Stunden später befand ich mich auf der Ladefläche eines Lkw, der eine staubige Landstraße entlangfuhr. Um mich herum standen Käfige voller Hühner und Säcke mit Mehl. Außer mir war keine Menschenseele hier, doch das störte mich nicht. So konnte ich mich innerlich auf das vorbereiten, was mich bald erwartete.

Ich hatte mir das T-Shirt, mit dem ich angekommen war, um Mund und Kopf gebunden, damit ich den Staub nicht ständig einatmete. Neben mir stand die Tasche mit meinen Kleidern und den Dingen, die ich durch alle Zeiten mitnahm.

Nachdem ich mich um sechs Uhr am vereinbarten Ort gemeldet hatte, war leider noch sehr viel Zeit vergangen, ehe wir endlich losfuhren. Der Lkw hatte beladen werden müssen und trotz der fortschreitenden Uhrzeit hatten die Männer es nicht zugelassen, dass ich ihnen dabei half. Mir war nichts anderes übrig geblieben, als mich auf eine Treppe zu setzen und zuzuschauen, bis sie fertig waren. Als es endlich losging, fühlte ich mich ausgelaugt vom Warten, weshalb ich nun schläfrig wurde.

Es war Ende August und die Sonne brannte noch immer unerbittlich auf das Land nieder. Die Wiesen und Felder waren schon verdorrt und ich befürchtete, dass die noch ausstehende Ernte darunter leiden würde.

Der Schweiß lief an meiner Schläfe herab und ich wischte ihn unwirsch weg. Unter der Plane des Lkw wurde es langsam unerträglich. Die Luft heizte sich auf und mir fielen immer wieder die Augen zu. Irgendwann schaffte ich es nicht mehr, sie offen zu halten, und schlief ein.

* * *

Ein lautes Klopfen weckte mich. Schweißgebadet schreckte ich aus einem wirren Traum hoch. Ich hatte geträumt, in einem OP zu stehen und dem leitenden Arzt bei einer schwierigen Operation zu helfen. Plötzlich wachte der Patient auf und ich erkannte, dass es Philippe war. Als wenn es hier an der Front irgendwo einen funktionalen Operationssaal geben würde, dachte ich voller Ironie.

»Na, ausgeschlafen?«, hörte ich eine Männerstimme fragen.

Als ich den Kopf zu der Stimme drehte, sah ich in braune Augen und ein lachendes Gesicht. Ein Mann, der etwa in meinem Alter war, stand am hinteren Teil des Lkw und schaute über die Ladeluke zu mir. Er trug eine französische Uniform. Welche Position er innehatte, konnte ich nicht erkennen. Dafür kannte ich mich damit einfach zu wenig aus.

»Ja«, nuschelte ich in das Shirt. Rasch entfernte ich den Stoff von meinem Mund und wiederholte die Antwort.

»Dann ist es gut. Wir brauchen hier nämlich jede helfende Hand«, sagte er ernst.

Damit wurde ich vollends wach. »Gibt es Verletzte?«

Er lachte kurz und trocken auf. »Mehr, als gut ist. Willkommen. Ich bin übrigens Louis.«

»Kristin«, stellte ich mich vor und rappelte mich von dem Holzboden des Lkw hoch, um anschließend zu versuchen, von der Laderampe zu klettern, doch mein Rock verfing sich an einer Schraube.

»Warten Sie, ich helfe Ihnen.« Louis kletterte auf einen am Wagen angebrachten Tritt, löste zuerst meinen Rock und griff dann um meine Taille. Innerhalb weniger Sekunden stand ich sicher auf meinen Füßen und auf dem Boden. Rasch nahm er seine Hände wieder von meinem Körper und entfernte sich zwei Schritte.

»Danke«, sagte ich verlegen.

»Nichts zu danken, Kristin.« Er tippte sich an seine Mütze und begann mit der Entladung der Hühner. Ein paar weitere Männer eilten herbei, um zu helfen. Alle warfen mir neugierige Blicke zu, die ich an mir abprallen ließ.

Ich nahm meine Tasche und ging ein paar Schritte, während ich die Augen unruhig hin und her wandern ließ. Dies war also das Gebiet vor der Front. Der Bereich, der für Lazarette und die Versorgung der Soldaten bestimmt war.

Ich befand mich auf einer Freifläche vor einem Waldgebiet. Ein paar große Zelte waren aufgebaut worden und über zweien prangte das Zeichen für die Krankenstation. Das würde mein Arbeitsbereich sein, wenn ich nicht auf der Suche nach Philippe war.

Ein paar Meter weiter war ein eilig zusammengezimmerter Unterstand zu sehen, unter dem drei Männer standen und etwas schnippelten. Das musste die Feldküche oder zumindest ein Teil davon sein.

Doch was mich sehr erstaunte, waren drei große Gestelle, an denen jeweils ein totes Rind kopfüber baumelte. Die Tiere waren bereits gehäutet und warteten darauf, vom Schlachter in Einzelteile zerlegt zu werden. Ein grausiger Anblick, weshalb ich rasch meinen Kopf abwandte und auf die Krankenstation zuging, um mich dort zum Dienst zu melden.

Alles in allem machte dieser Teil des Krieges einen eher friedlichen Eindruck auf mich. Doch bei all der trügerischen

Ruhe vor dem Sturm vergaß ich nicht, welche schlimmen Tage nun folgen würden.

Da es keine Tür gab, an die ich klopfen konnte, schritt ich in das Zelt und sah mich um. Es fiel mir schwer, meine Augen an das Halbdunkel zu gewöhnen, da mich die Sonne zuvor so stark geblendet hatte. Das Erste, was mir auffiel, war der penetrante Geruch. Irgendetwas roch so stark und ekelerregend, dass sich mir der Magen umdrehte und ich froh war, dass mein Frühstück schon so lange zurücklag.

An einem provisorischen Schreibtisch saß ein Mann in einem Arztkittel und betrachtete mich, als wäre ich sein neuestes Forschungsobjekt. Doch es schien, als gefiele ihm nicht, was er sah.

»Guten Tag«, begrüßte ich ihn dennoch freundlich. »Ich bin die neue Krankenschwester.«

»Die neue?« Der Arzt verschränkte seine Arme vor der Brust und lehnte sich in seinem Stuhl zurück.

Ich wollte nicht unsicher werden, aber ich wurde es dennoch. »Ja.«

»Ich würde sagen, Sie sind die einzige«, klärte er mich zynisch auf. »Kommen Sie her und zeigen Sie mir das Schreiben, damit ich herausfinden kann, welcher Idiot eine junge Frau so nah an der Front einsetzt.« Herrisch winkte er mich herbei.

Dieser Mann war einschüchternd, was nicht unbedingt an der Tatsache lag, dass er mein Vater hätte sein können. Nein, so einfach war es nicht. Dieser Arzt hatte eine natürliche Autorität, denn gegen jede künstliche Form hätte ich schon längst das Bedürfnis verspürt, mich aufzulehnen.

Ausgiebig betrachtete er das Schreiben, das ich von Monsieur Dupont erhalten hatte. Er nahm die Brille ab und knetete eine Stelle an seiner Nasenwurzel, ehe er mich ernst anblickte. »Soso, Dupont war es also.«

»Ja, so hieß der Mann in der Zentrale. Stimmt etwas nicht?« Na klar stimmte etwas nicht, aber ich würde dem Kerl auf keinen Fall auf die Nase binden, dass ich förmlich darum gebettelt hatte, hier eingesetzt zu werden.

»Es gibt ungeschriebene Gesetze, an die sich Dupont offensichtlich nicht gehalten hat.« Er räusperte sich. »Wie gesagt, Sie sind die erste Frau, die in diesem Gebiet eingesetzt wird. Ich hoffe, Sie können einiges aushalten und sind nicht ängstlich. Denn dann sollten Sie sich so schnell wie möglich in den Lkw setzen, mit dem Sie gekommen sind, und nach Paris zurückfahren lassen.«

Ich lachte angesichts seiner schonungslosen Schilderung. »Glauben Sie mir, ich habe schon einiges gesehen und erlebt. Mich haut so schnell nichts um. Und schätzungsweise werde ich nicht die Einzige bleiben. Mein Name ist im Übrigen Kristin Vieille.« Ich reichte ihm die Hand, die er zuerst skeptisch betrachtete, doch dann erhob er sich und ergriff sie.

»Doktor Mercier. Und nein, ich möchte nicht wie die anderen Trottel hier beim Vornamen genannt werden.« Er nickte mir ruppig zu und entzog mir wieder seine Hand.

»Es ist mir ein Vergnügen, Sie kennenzulernen.« Erneut lächelte ich ihn an. Ich hatte beschlossen, mich nicht von ihm einschüchtern zu lassen. Was seiner ruppigen Art geschuldet war. Ich mochte es einfach nicht, wenn man sich unhöflich benahm. Es hätte nur noch gefehlt, dass er sich weigerte, mir die Hand zu geben, doch das war zum Glück ausgeblieben. Dennoch würde ich mich nicht damit zufriedengeben, wie ein Parasit behandelt zu werden.

»Ob das ein Vergnügen für Sie sein wird, wage ich zu bezweifeln«, knurrte er.

»Wir werden sehen«, erwiderte ich ruhig.

Erstaunt sah er zu mir. Mit halb zusammengekniffenen Augen musterte er mich. »Nehmen Sie sich einen der Kittel, dann werden wir gemeinsam die Patienten aufsuchen und Sie zeigen mir, was Sie können.«

Ja, das würde ich.

»Und wie belastbar Sie sind«, hörte ich ihn noch leise sagen.

* * *

Nach dem Abendessen zogen sich alle in ihre Zelte zurück. Da ich eine Frau war und nicht mit den Männern in einem Zelt schlafen sollte, wurde mir ein eigenes zugewiesen. Den Hinweis, dass ich dieses Privileg nur so lange in Anspruch nehmen durfte, bis akut Bedarf an weiteren Schlafplätzen bestand, konnte sich Doktor Mercier nicht verkneifen. Ich zuckte lediglich mit den Achseln.

Nun lag ich in dem viel zu großen Zelt und starrte zum Zeltdach empor. Ich war todmüde, aber ich würde es schaffen wach zu bleiben, bis die anderen schliefen und ich mich unbemerkt davonstehlen konnte.

In den letzten Stunden hatte ich geholfen, die Verletzten zu versorgen. Auch der Grund für den Gestank in der Krankenstation hatte mich nicht von den Socken gehauen. Doch als es hieß, dass wir dem jungen Mann das Bein, das so fürchterlich roch, abnehmen würden, hatte ich schlucken müssen. Der Gedanke, einen so jungen Kerl zum Krüppel zu machen, hatte mir zugesetzt. Wäre es möglich gewesen, ihm im Jahr 1961 oder 2015 diese Quälerei zu ersparen? Ich wusste es nicht und hatte traurig den Operationstisch vorbereitet. Er sollte nicht anschließend an Wundbrand oder Tetanus sterben, weshalb ich mir besonders Mühe mit der Reinigung gegeben hatte.

Nach einer gefühlten Ewigkeit erhob ich mich von dem Feldbett und schlich zum Ausgang des Zelts. Niemand bemerkte mich, als ich zum Wald huschte. Ich hatte erfahren, dass die Front sich dahinter befand. Vermutlich war es noch ein weites Stück, denn im Laufe des Tages hatte ich nur vereinzelt Gewehrsalven gehört. Diese waren allerdings so weit entfernt, dass ich sie nur wahrnahm, weil ich mich gerade außerhalb der Krankenstation befunden hatte.

Der Mond schien hell und ich machte drei Kreuze, dass ich mich nicht noch zusätzlich um eine Lampe bemühen musste. Diese hätte zweifelsohne nur dazu beigetragen, mich schnell ausfindig zu machen. Ich machte mich auf einen langen Weg gefasst. Doch bereits nach fünf Minuten hörte ich, wie sich zwei Männer unterhielten.

Ich wusste, dass ich mich um diese Uhrzeit nicht hier aufhalten durfte. Sollte man mich bemerken, würden die Männer mich für einen deutschen Spion halten und vermutlich versuchen, mich zu erschießen. Also verhielt ich mich ganz still, schlich voran, bis ich irgendwann niemanden mehr hörte und die Männer hinter mir gelassen hatte.

Doch plötzlich legte sich eine Hand über meinen Mund und mein Herz blieb beinahe stehen.

»Ich hab sie, Thierry!«, rief er seinem Kollegen zu, der sogleich herbeieilte.

»Das ist ja eine Frau!«, entfuhr es ihm ungläubig.

Ich wehrte mich und versuchte aus der Umklammerung herauszukommen, doch der eiserne Griff des Soldaten ließ nicht locker.

»Und was für eine.«

»Wir sollten Marchand Bescheid geben. Vielleicht ist sie eine deutsche Spionin«, gab der zweite zu bedenken. Meine schlimmsten Befürchtungen schienen sich zu bewahrheiten.

Ich drehte den Kopf hin und her und dann biss ich dem Kerl, der mich so unerbittlich festhielt, in die Hand. Fluchend nahm er sie von meinem Mund.

»Vielleicht wäre es einfacher, mich zu fragen anstatt ihn«, stieß ich wütend hervor. »Ich bin keine Spionin.«

Endlich ließ der Mann mich los. »Woher sollen wir wissen, ob wir Ihnen glauben können? Immerhin würde eine ausgebildete Spionin genau das behaupten.« Herausfordernd sah er mich an. Offensichtlich freute er sich über seinen scharfen Verstand. Da hatte ich es ja mit einem ganz hellen Köpfchen zu tun.

»Sie können mir glauben. Ich bin Kristin Vieille, die neue Krankenschwester.« Als ich die skeptischen Blicke der Männer sah, wandte ich ein: »Ja, ich weiß, dass es bisher keine Frau hier gab. Das hat Doktor Mercier mir bereits mitgeteilt.«

Bei der Erwähnung des Namens entspannten sich die beiden ein wenig, waren aber weiterhin auf der Hut. So ganz trauten sie mir noch nicht über den Weg.

»Und was macht eine anständige Frau um diese Uhrzeit in dem Waldstück, das zur Front führt, wenn sie keine Spionin ist?« Der Klugscheißer verschränkte die Arme vor der Brust, während sein Kollege dümmlich gackerte.

Na toll, da war ich an zwei hochbegabte Soldaten geraten, die beide an Intelligenz nicht zu überbieten waren. Ich entschloss mich, zwar zu antworten, mit der Wahrheit ihnen gegenüber jedoch vorsichtig zu sein.

»Ich war auf der Suche nach einem Ort, an dem ich mich erleichtern kann. Dabei bin ich wohl ein Stückchen zu weit in den Wald gegangen und habe mich verlaufen.« Ich setzte eine Unschuldsmiene auf. Genau die, die ich als Kind stets verwendet hatte, um auf meine älteren Geschwister und meine Eltern möglichst harmlos zu wirken, obwohl ich es schon immer faustdick hinter den Ohren hatte.

Der, der die ganze Zeit geredet hatte, sah mich nachdenklich an, doch der Stillere von beiden sagte: »Dann werden wir Sie mal rasch zurückbringen, damit Sie noch genügend Schlaf finden. Es wird sich schnell rumsprechen, dass wir jetzt eine Frau im Lazarett haben. Wahrscheinlich wird es viele Männer geben, die ganz plötzlich schwer krank sind.« Wieder gackerte er und wandte sich um. »Kommen Sie.«

Artig folgte ich ihm und ignorierte stattdessen den Mann hinter mir, der ein ungläubiges Schnauben von sich gab.

Für heute hatte sich mein Ausflug an die Front damit erledigt, aber morgen würde ich einen weiteren Vorstoß wagen. Ich konnte nicht warten, bis man mir einen verletzten Philippe ins Krankenlager brachte oder bis der Krieg in vier Jahren beendet sein und ich nur noch die Gebeine meines Verlobten finden würde. Ich war kein geduldiger Mensch.

* * *

Am nächsten Tag kam ich nicht dazu, mir weiterhin Gedanken darüber zu machen, was ich am Abend tun wollte. Ich hatte alle Hände voll zu tun, neue Verletzte zu versorgen. Zwar fand noch nicht die große Schlacht statt, doch kleinere Scharmützel gab es dennoch. Immer wieder kamen neue Männer, die verwundet waren, in das Zelt oder wurden dorthin getragen. Teilweise waren es noch halbe Kinder.

Leider hatte die Wunde des Mannes, dessen Bein wir am Tag zuvor abgenommen hatten, angefangen zu nässen. Was kein gutes Zeichen war, und ich schwor mir, ihn im Auge zu behalten. Ich wollte hier niemanden verlieren und würde notfalls mit aller Kraft gegen Wundbrand und Co. vorgehen. Ich wollte alles in meiner Macht Stehende tun, um zu helfen.

»Kristin, kommen Sie her!«, rief Doktor Mercier herrisch nach mir.

Niemand sollte ihn beim Vornamen nennen, aber er nahm sich frech das Recht heraus, alle anderen so anzusprechen. Scheinheiliger Fatzke. Er führte sich insgesamt auf, als wäre das Lazarettzelt sein ganz persönliches Königreich. So ein Idiot. Aber solchen Männern war ich auch während meiner Tätigkeit im Krankenhaus von Verdun begegnet. Dementsprechend entspannt ging ich mit ihm um, auch wenn mir hin und wieder beinahe der Kragen platzte.

Ich eilte zu ihm und sah, was ihn so aufgebracht hatte. Ein Mann hatte eine schwere Beinverletzung und eine Arterie war betroffen. Das Blut spritzte förmlich heraus. Um die Blutung zu stoppen, benötigte Doktor Mercier mindestens vier Hände.

Schnell suchte ich alles zusammen, was wir brauchten, und gemeinsam schafften wir es innerhalb weniger Minuten, dass der Patient stabil war.

Anerkennend sah mich Mercier an und sagte so leise, dass nur ich es hören konnte: »Ich bin froh, dass der alte Dupont Sie zu mir geschickt hat. Sie leisten hervorragende Arbeit. Weiter so.«

Erstaunt blickte ich zu dem Arzt, doch er hatte sich bereits umgedreht und schritt zur nächsten Trage. Ich folgte ihm, aber er wies mich an, zu einem anderen Mann zu gehen und dort vorab zu erfassen, was zu tun war.

So ging es den ganzen Tag und auch bis spät in die Nacht hinein. Als wir endlich den letzten Patienten versorgt hatten, konnte ich kaum noch auf den Beinen stehen. Ich taumelte in mein Zelt und ließ mich angezogen auf das Feldbett fallen. Innerhalb von Sekunden war ich eingeschlafen.

* * *

In der Nacht wurde ich durch ein Rütteln an meiner Schulter geweckt. Doktor Mercier stand neben meinem Bett. Verwirrt blinzelte ich.

»Entschuldigen Sie, Kristin. Wir haben einen Notfall. Der Mann, dessen Unterschenkel wir amputiert haben, fiebert stark und Mathieu hat mich geweckt. Wir müssen nochmals operieren und auch den Oberschenkel entfernen. Da Sie mir so gut assistiert haben bei der letzten Operation, möchte ich Sie gern wieder dabeihaben.« Er schenkte mir noch einen ernsten Blick, dann drehte er sich um und verließ mein Zelt.

Augenblicklich gewann mein Diensteifer die Oberhand und verscheuchte die Müdigkeit. Dennoch musste ich mich aus dem Bett quälen. Die Aussicht, dem jungen Mann noch einen Teil seines Beines zu nehmen, war nicht gerade hilfreich. Doch egal, wie man es drehte oder wendete, wenn wir nicht versuchten, die Sepsis aufzuhalten, würde er noch viel mehr als sein Bein verlieren.

Wie spät war es überhaupt? Ich griff nach meiner Tasche und sah auf die Uhr. Kurz vor Mitternacht. Ich hatte gerade mal zwei Stunden geschlafen. Aber Notfälle fragten nicht nach der Uhrzeit, das hatte ich schon während meiner Ausbildungszeit in der Notaufnahme gelernt. Und dort gab es einige Krankenschwestern mehr, die hätten einspringen können.

Hier an diesem gottverlassenen Ort waren nur Doktor Mercier, Mathieu und ich für die Kranken zuständig. Wobei Mathieu von vorneherein nur die Nachtschicht übernahm. Vor mir gab es noch einen Mann, der die Pflegearbeiten und Assistenz übernommen hatte, aber er war kurz bevor ich eintraf desertiert. Ärzte gab es zwar genug, aber alle paar Kilometer musste ein Lazarettzelt stehen, damit die Verwundeten schnell versorgt wurden. Es würde dennoch nicht ausreichend Personal da sein, wenn die größte Schlacht, die es bis dahin gegeben hat, über die Marne hinwegfegte.

Keine fünf Minuten später stand ich mit meiner Tasche, die ich überallhin mitnahm, im Krankenzelt und schluckte. Eine Amputation auf nüchternen Magen zu vollziehen, war wahrscheinlich besser, als wenn man gerade gegessen hatte.

Dennoch beschlich mich leichte Übelkeit, als ich mir das Bein des Mannes ansah.

Ein roter Streifen war auf der Haut zu erkennen und um die Wunde herum hatte sie sich verfärbt. Das Bein roch noch immer und ich hörte Mathieu hinter mir würgen.

»Kümmern Sie sich um die anderen Patienten und lassen Sie uns hier unsere Arbeit machen«, fuhr Doktor Mercier ihn wütend an. »Fehlt mir noch, dass Sie sich auf dem Operationstisch übergeben.« Abfällig deutete er mit dem Kinn zu dem Vorhang, der den Bereich vom Rest des Zelts trennte.

Mathieu ließ sich das nicht zweimal sagen und eilte davon.

»Warum die Behörde mir ausgerechnet diesen Nichtsnutz zugeteilt hat, verstehe ich bis heute nicht. Wenigstens habe ich in Ihnen eine adäquate Krankenschwester an die Seite gestellt bekommen.« Er zuckte mit den Schultern und griff nach dem Anästhetikum.

Ich antwortete nicht auf seine Worte, dafür war ich zu sehr mit den Vorbereitungen beschäftigt. Doch ich hatte Mitleid mit Mathieu. Wenn er kein ausgebildeter Krankenpfleger war, konnte ich gut nachvollziehen, dass ihn das, was man hier zu sehen bekam, schockierte.

* * *

Später übergab ich Mathieu den amputierten Oberschenkel. Er sollte ihn verbrennen oder begraben. In seinen Augen konnte ich erkennen, welche Überwindung es ihn kostete, das eingewickelte Menschenstück anzufassen. Aber ich konnte auf solche Befindlichkeiten keine Rücksicht nehmen. Wer hier Dienst zu versehen hatte, musste funktionieren, und das lernte man am besten, indem man sich überwand.

Der Patient wurde zu einem Bett gebracht und ich säuberte das kleine Schlachtfeld in dem notdürftigen Operationssaal. Die hygienischen Zustände ließen eindeutig zu wünschen übrig. Es grauste mich, als ich die Missstände erkannte, aber daran würde ich nichts ändern können. Das zu akzeptieren, fiel mir schwer.

Doktor Mercier hatte sich an seinen Schreibtisch gesetzt und schrieb gerade den Operationsbericht, als ich jemanden rufen hörte. Ich spitzte die Ohren.

»Schwester Kristin!«

Augenblicklich war ich alarmiert und stürmte in den Schlafsaal. Der Mann, der im Bett neben dem lag, dessen Bein nun komplett entfernt worden war, fuchtelte wild herum. Eilig ging ich zu ihm.

»Etwas stimmt nicht mit ihm«, flüsterte er und wies mit schreckgeweiteten Augen zu seinem Bettnachbarn.

Mein Kopf schnellte herum und ich sah es ebenfalls. Der Körper krampfte immer wieder. Es war ein schreckliches Schauspiel, das im Mittelalter dazu geführt hatte, dass von Besessenheit gesprochen wurde, sobald dies bei einem Menschen aufgetreten war. Doch ich wusste es besser. Wundstarrkrampf, auch Tetanus genannt. Es war wie im Lehrbuch beschrieben, auch wenn ich persönlich in meiner Laufbahn als Krankenschwester so etwas noch nicht gesehen hatte.

Diese tödlich verlaufende Krankheit befiel die muskelsteuernden Nervenzellen im Gehirn. Dies wurde durch ein Bakterium hervorgerufen, dessen Sporen überall vorkamen, und hier in diesem unhygienischen Zelt allemal. Jedoch konnte er sich auch schon am Verletzungstag damit infiziert haben, denn das Bakterium, das für den Wundstarrkrampf verantwortlich war, lauerte selbst in normaler Erde. Im befallenen Körper bildeten sich dann Gifte und schädigten die Nerven und das Herz.

Ich wusste, dass es ein qualvoller Zustand für die Betroffenen war. Es war gut, dass unser Patient noch unter Narkose stand. Ich schluckte heftig und schritt zu ihm, während ich noch im

Gehen nach Doktor Mercier rief. Die Krämpfe waren so stark, dass ich befürchtete, der Mann würde vom Bett fallen, weshalb ich mich halb auf ihn legte.

»Mathieu!«, schrie Mercier nach draußen, als er der Sache ansichtig wurde. Beherzt half er mir, den Patienten zu fixieren, was sich als schwierig herausstellte.

Wir waren uns beide bewusst, dass wir den Kampf verloren hatten. Selbst die vollkommene Amputation hatte nicht mehr geholfen. Das Toxin und das Bakterium breiteten sich bereits in rasender Geschwindigkeit im Körper des jungen Soldaten aus. Es würde nicht lange dauern, bis sein Herz aufhörte zu schlagen.

Eigentlich liebte ich meinen Beruf. Schließlich war ich zum Helfen geboren worden, im wahrsten Sinne des Wortes. Doch was ich zutiefst fürchtete – immer noch –, war, einen Patienten zu verlieren. Es hinterließ in meinem Mund den bitteren Beigeschmack, versagt zu haben. Was Blödsinn war, immerhin gab es Situationen, in denen man einfach nicht anders handeln konnte. Aber in diesem speziellen Fall hätten Doktor Mercier und ich von vorneherein das ganze Bein abnehmen müssen, vielleicht hätten wir den Mann dann retten können.

Ich merkte, dass die Zuckungen nicht mehr so kraftvoll waren, dann sackte der Körper in sich zusammen. Gerade in diesem Moment stürmte Mathieu herein. Als er sah, was geschehen war, wurde er blass.

Ja, der Tod verursachte einem das Gefühl von Ohnmacht und man wurde sich seiner eigenen Endlichkeit mehr als bewusst. All diese Emotionen erblickte ich in diesem Augenblick in Mathieus Gesicht.

In dem Krankenhaus in Verdun hatte ich stets die Fenster geöffnet, wenn ein Patient verstorben war, damit der Geist das Haus verlassen konnte. Doch das war hier in dem Zelt nicht notwendig.

Doktor Mercier und ich sahen uns in die Augen. Auch bei diesem harten Mann konnte ich die Hilflosigkeit für einen Sekundenbruchteil erahnen, doch dann war er wieder der Alte.

»Waschen Sie den Mann und bereiten alles für sein Begräbnis vor«, wies er mich in leisem Tonfall an.

»Begräbnis?«, fragte ich fassungslos.

»Glauben Sie etwa, dass wir die Toten nach Hause schaffen? Nein, Kindchen. Das wäre doch ein wenig zu viel verlangt.« Müde rieb er sich über das Gesicht und ging zurück an seinen Schreibtisch.

In meinen Gliedern schien alle Kraft verloren gegangen zu sein, denn meine Beine zitterten plötzlich. Ich hielt mich an dem Bett fest und sah auf den Toten herab. Nun wirkte er friedlich, als würde er nur schlafen. Den ewigen Schlaf.

* * *

Die nächsten beiden Tage verliefen ruhig. Doch am darauffolgenden Tag durfte ich früher Feierabend machen und ich nutzte die Gelegenheit umgehend. Statt zuerst in mein Zelt zu gehen und dort zu warten, bis es späte Nacht war, eilte ich – meine Tasche geschultert – zum Wald.

Noch immer schenkte mir der Mond genügend Licht, wodurch ich sehen konnte, wohin ich lief. In der Luft hing noch der Rauch einer Zigarette, aber ich konnte niemanden erblicken. Ich musste vorsichtig sein und am besten schnell.

Ich wollte die Gräben erreichen, von denen ich gelesen hatte. Diese waren die letzte Hürde vor einem Streifen, der zwischen den Soldaten der verschiedenen Länder lag. Es war der Bereich, der die Männer schützen sollte, der ihnen ein Zuhause bot. Manche von den Soldaten würden dort mehrere Jahre leben. Wenn ich erst einmal die Gräben erreicht hatte, hätte ich vielleicht die Chance herauszufinden, wo sich Philippe aufhielt.

Hektisch blickte ich mich noch einmal um und verschwand im Gehölz. Ich hoffte inständig, dass ich diesmal nicht schon so nah am Lager den wachhabenden Soldaten über den Weg laufen würde. Und ich hatte Glück. Ich blieb unentdeckt und das eine ganze Weile.

Doch dann blieb mein Herz stehen, als plötzlich jemand in meine Haare griff und mir den Mund zuhielt. Schmerz schoss über meine Kopfhaut in meine Nervenbahnen und Tränen traten mir in die Augen.

So ein verfluchter Mist! Dabei war ich so vorsichtig und leise gewesen, aber in dem Wald war es schummrig und wenn sich jemand hinter einem Baum versteckt hatte, war es dementsprechend ein Leichtes, mich zu überrumpeln.

»Wen haben wir denn da?«, brummte eine tiefe Stimme an meinem Ohr.

Ich gab mir nicht die Mühe zu antworten, solange seine Hand auf meinem Mund lag, stattdessen machte ich mich stocksteif.

Von irgendwoher schrie ein Käuzchen und ich nahm den Geruch nach Schweiß wahr. Meine Sinne funktionierten also noch, nur nicht rechtzeitig.

Mit einer ruckartigen Bewegung schleuderte der Kerl mich an einen Baum, ließ dabei aber nicht meine Haare los. Ich prallte gegen das Holz und stöhnte vor Schmerz, als einer meiner Wirbel besonders hart getroffen und die Haarwurzeln herausgerissen wurden. Im nächsten Moment lag die schwielige Hand wieder auf meinen Lippen.

Ich versuchte mich zu fangen und zu verstehen, was hier vor sich ging. Was wollte der Mann von mir? Doch in dem Moment, da ich mir selbst die Frage gestellt hatte, wurde mir bewusst, wie naiv ich war.

Der Mann presste seinen Körper hart gegen meinen und ließ meine Haare los. So hatte er mich fixiert und eine Hand frei, die er auch sofort einsetzte. Ich konnte nicht schreien und war immer noch völlig überrumpelt. Meine Gedanken rasten.

Reiß dich zusammen, Kristin Vieille! Denk nach! Was hast du alles gelernt? Wie verhält man sich in einer solchen Situation?

Zuerst einmal ruhig bleiben, keine hysterischen Versuche machen, sich zu befreien.

Und genau das tat ich in diesem Moment. Ich verharrte und analysierte die Momentaufnahme, was mir angesichts der widerlichen Finger, die meinen Körper erkundeten, verdammt schwerfiel.

Als seine Hand an meinem Mund sich lockerte, weil die andere damit beschäftigt war, meine Brust fest zu umschließen, nutzte ich die Gelegenheit. Ich ließ meinen Kopf abrupt vorschnellen und traf seine Nase, die ein knirschendes Geräusch von sich gab, ehe Blut daraus hervorquoll.

Der Kerl stöhnte, griff sich ins Gesicht und ich hob das Knie an, um es ihm in seine Weichteile zu rammen. Dann nahm ich die Beine in die Hand und lief los.

Immer wieder verfingen sich meine Füße oder das lange Kleid im Unterholz und ich geriet ins Straucheln. Doch ich ließ mich nicht beirren und lief weiter, bis mir Seitenstiche ein Fortkommen immer mehr erschwerten.

Völlig außer Atem hielt ich an einem der riesigen Bäume an, lehnte mich dagegen und hob die Arme über meinen Kopf. *Einatmen. Ausatmen.* Und dabei ließ ich meinen Blick unaufhörlich hin und her wandern. Kurz hielt ich die Luft an, doch ich hörte weder Schritte noch andere Geräusche von jemandem, der mich verfolgte.

Langsam beruhigte ich mich wieder, aber der Schreck saß mir in den Gliedern. Obwohl meine Eltern und mein großer Bruder, der Polizist geworden war, mich auf Zudringlichkeiten vorbereitet hatten, traf mich diese doch enorm. Noch immer hatte ich das Gefühl, die Hand des Scheusals auf meiner Brust zu spüren, und ich ekelte mich davor. Doch ich wollte das nicht an mich heranlassen. Ich atmete tief ein und schluckte den Ekel herunter.

Dann blickte ich mich um und erstarrte. Bei all dem, was mir gerade widerfahren war, hatte ich vergessen darauf zu achten, aus welcher Richtung ich gekommen war. Zudem waren die Baumkronen in diesem Teil des Waldes so dicht, dass ich mich auch nicht an den Sternen orientieren konnte.

Am liebsten hätte ich laut geflucht. Da ich aber nicht wusste, ob der Mann mir noch folgte, ließ ich es sein und versuchte stattdessen nachzudenken. Irgendwie musste ich es schaffen, mich zu orientieren. Aber ich saß ohne einen Punkt oder Hinweis in diesem verdammten Wald fest.

Ich zuckte mit den Schultern. Es war nichts Schlimmes. Nichts, worüber ich mir große Sorgen machen musste, schließlich war ich dem Dreckskerl entkommen. Irgendwo würde ich schon landen, nur hoffentlich nicht wieder in diesen Armen. Ich ging weiter. Ich würde mich nicht beirren lassen. Nein, da musste schon was ganz anderes passieren.

21. Kapitel

Mit einem Mal wurde ich wach und schlug die Augen auf. Zuerst wusste ich nicht, wo ich mich befand, doch dann spürte ich das Moos unter mir und die Holzstücke und Äste, die durch meine Kleidung pikten. Im nächsten Moment überrollten mich die Erinnerungen an die Ereignisse des gestrigen Abends.

Ich dachte daran, wie ich mich irgendwann müde zusammengekauert hatte, weil ich nicht mehr willens gewesen war weiterzugehen, ohne zu wissen, in welche Richtung ich tappte. Es hatte nicht lange gedauert, bis ich eingeschlafen war.

Ich hatte mich tatsächlich verlaufen. Das war etwas, das ich nie für möglich gehalten hätte. Aber wie sagte man so schön: Irgendwann ist wohl immer das erste Mal. Leider hatte es mich in einem Moment erwischt, der unpassender nicht hätte sein können.

Angst empfand ich bei dieser Erkenntnis nicht, denn aus jedem Wald gab es auch irgendwo einen Ausgang. Und am heutigen Tag hatte ich vor, diesen zu finden.

Im Lager würde ich bestimmt bald schon vermisst werden. Ich fragte mich, was Doktor Mercier dachte, wenn er erfuhr, dass ich nicht mal in meinem Bett geschlafen hatte. Ob er davon ausging, dass ich desertiert sei? Nannte man das bei einer Krankenschwester überhaupt so? War ich eine Deserteurin?

Stand darauf die Todesstrafe? Ein hysterisches Lachen kitzelte an meinem Zwerchfell, doch ich unterdrückte es erfolgreich.

Die Angst, die mir im Nacken saß, war jedoch eine ganz andere. Todesstrafe – das war harmlos, verglichen mit dem Horrorszenario, das ich mir vorstellte. Wir hatten mittlerweile Anfang September und ich wusste nicht mehr, an welchem Tag die Marneschlacht stattfand. So viele Daten hatte ich mir gemerkt, aber nicht, an welchem Tag die Offensive startete. Seit gestern Abend nagte der Gedanke, nicht mehr rechtzeitig bei Philippe anzukommen, noch stärker an mir als zuvor. Ich spürte ein Drängen in mir und dem musste ich einfach nachgeben. Es war ein Verlangen, das einem Grundbedürfnis glich. Es war wie atmen, wie ausatmen. Ich konnte es nicht unterdrücken. Ehe ich Philippe nicht gefunden hatte, würde ich nicht mehr in das Lager zurückkehren. Sollte Doktor Mercier doch denken, was er wollte.

Ich rappelte mich hoch und orientierte mich an der Sonne, die vereinzelt durch das Blätterdach zu erkennen war. Da die Tage und Nächte dermaßen heiß waren, hatte ich nicht gefroren und fing sofort an zu schwitzen, als ich mich in Bewegung setzte. Die Luftfeuchtigkeit hatte einen unerträglichen Prozentsatz erreicht, sodass selbst die warmen Nächte nicht mehr genügten, um für ein angenehmeres Klima zu sorgen. Die langen Kleider dieser Zeit taten dann das Übrige. Sie waren nicht für solche Temperaturen geeignet und erst recht nicht für lange Wanderungen.

Ich lief eine gefühlte Ewigkeit, ohne einer Menschenseele zu begegnen, aber aufzugeben kam mir nicht in den Sinn. Irgendwann musste ich die Front erreichen, schließlich war sie über zweihundert Kilometer lang.

Aber dann hörte ich plötzlich mehrere dumpfe Explosionen, die meinen Puls in die Höhe trieben. Ich wusste, was ich hörte, dennoch weigerte sich mein Verstand, es als gegeben hinzunehmen. Es waren Kriegsgeräusche, vielleicht kamen sie sogar von einem Feldgeschütz oder gar von Streugranaten?

Die Geräuschkulisse trieb mich weiter an. Ich strebte dem vermeintlichen Ausgangsort des Gehörten entgegen und achtete zeitgleich darauf, niemandem in die Arme zu laufen. Ein Stein fiel mir vom Herzen, weil ich ohne es zu wissen in die richtige Richtung gelaufen war. Nicht auszudenken, wenn ich nach dieser Nacht wieder im Lager gelandet wäre.

Je weiter ich vorankam, desto lauter wurde das Kampfgeschehen. Maschinengewehrsalven wechselten sich mit Knallgeräuschen, die von stärkeren Geschützen stammen mussten, ab. In der Luft lag ein merkwürdiger Geruch, der mir Übelkeit verursachte, doch ich ließ mich davon nicht beirren und strebte weiter.

Stimmen riefen durcheinander und zeigten mir, wie nahe ich nun dem Geschehen war. Obwohl ich schon viel erlebt hatte, kroch mir mittlerweile die nackte Angst den Rücken entlang. Ich stand kurz vor der Front und dort bekriegten, ja töteten sich Menschen!

Zweihundert Kilometer Front. Wie lange würde es wohl dauern, bis ich Philippe fand? Im Grunde genommen war es egal, denn für mich war es unmöglich, mein Leben weiterzuführen, ohne nach ihm zu suchen. Das Einzige, was wichtig war – ihn rechtzeitig zu erreichen, ehe er getötet werden konnte.

Trotz der Gewehrsalven, die ich hörte, schritt ich weiter voran. Beinahe war es so, als würde mich jeder Schuss, der erklang, schneller vorantreiben. Doch dann wurde ich abrupt gestoppt.

»Stehen bleiben!«, schrie ein Mann und trat mit gezückter Waffe in mein Sichtfeld.

Ich zuckte zusammen, dann schob ich meine Tasche höher auf die Schulter und hob beschwichtigend die Hände. »Ich bin

Krankenschwester und komme, um den Verwundeten hier an der Front zu helfen«, erklärte ich.

Der Soldat sah mich skeptisch an. »Wo kommen Sie her?« Warum fragte er das? Hielt er mich für eine feindliche Spionin? Für eine Art Mata Hari?

Da die ganze Sache ernst war, unterdrückte ich meinen ironischen Humor und konzentrierte mich auf den Mann vor mir. »Ich komme vom Feldlazarett. Ich bin Doktor Mercier unterstellt.«

Nun hellte sich das Gesicht des Mannes endlich auf und sein mürrisches Mienenspiel verschwand. »Der Himmel schickt Sie. Wir von der 6. Armee haben etliche Verwundete. Gehen Sie in diese Richtung«, er wies mit der Hand hinter sich und sicherte wieder seine Waffe.

Ich ließ daraufhin meine Arme sinken, offenbar stellte ich nicht länger eine Gefahr für ihn und die anderen Soldaten dar.

»Noch etwa zweihundert Meter, dann erreichen Sie den provisorisch ausgehobenen Graben. Sagen Sie einen schönen Gruß von Paul, falls Sie jemand aufhalten will. Und tun Sie mir einen Gefallen – halten Sie Ihren hübschen Kopf nicht in die Schusslinie.« Er grinste und zwinkerte frech, als wäre das alles hier nur ein Spiel von Kindern oder ein Witz unter Erwachsenen.

Vermutlich sollte der letzte Satz lustig sein, doch mir war nicht nach Lachen zumute. Den Kopf unten halten, das würde ich jedoch schaffen.

»Wie schlimm ist es?«, fragte ich ihn, ehe ich mich auf den Weg machte.

Sein Grinsen erstarb. »Seit zwei Stunden stapeln sich die Verwundeten da unten. Es ist gut, dass Sie da sind. Wir sind nur ein zusammengewürfelter Haufen, der mit Krieg und solchen Dingen bisher nichts am Hut hatte.«

Ich nickte wissend und verabschiedete mich. Dann beeilte ich mich, den Graben so schnell wie möglich zu erreichen. Während ich mich mit jedem Schritt der Front näherte, wurden die Geräusche immer lauter. Ich nahm aus meiner Tasche die Armbinde, die mich als Krankenschwester auswies, und legte sie an. So konnte jeder gleich erkennen, weshalb ich dort war.

Nach kurzer Zeit fand ich einen Weg, der zum Graben führte. Es war alles noch sehr provisorisch und würde im Laufe der Kriegsjahre zu einem wahren Tunnelsystem ausgebaut werden.

Die Soldaten, denen ich hier begegnete, beachteten mich nicht weiter. Im geschützten Bereich angekommen, erkannte ich, dass an diesem Ort das reine Chaos herrschte. Alles schrie durcheinander und der Geruch nach etwas Verbranntem lag in der Luft. Ich hoffte inständig, dass es sich dabei nicht um das Fleisch eines Menschen handelte. Allein die Vorstellung war so grausig, dass es mich schüttelte und ich unwillkürlich anfing, durch den Mund zu atmen, obwohl ich nicht wissen konnte, wo der Gestank herrührte.

»Schwester?«

Automatisch drehte ich mich zu der Stimme um, die mich angesprochen hatte. Im Laufe der Jahre im Krankenhaus von Verdun war das Wort Schwester zu meinem zweiten Vornamen geworden. So war es auch nicht weiter verwunderlich, dass ich umgehend darauf reagierte.

»Ja?«, fragte ich den Mann, der in einer dunkelblauen Uniform auf mich zukam.

»Guten Morgen, ich bin hier der Feldarzt. Kommen Sie, ich kann zwei helfende Hände gebrauchen. Demjenigen, der Sie hierhergeschickt hat, gehört ein Orden an die Brust geheftet.« Er schritt voran, ohne sich noch einmal zu mir umzudrehen, und ich folgte ihm, ohne weitere Fragen zu stellen.

Wir waren noch nicht an dem Ort angekommen, der unser Ziel darstellte, doch ich hörte schon die Schmerzensschreie der Verwundeten. Automatisch beschleunigte ich meine Schritte, bis ich auf gleicher Höhe mit dem Arzt war. Wir drängten uns an Soldaten vorbei, die Gewehre oder andere Waffen nachluden. Ich versuchte zu ignorieren, was um mich herum vor sich ging, aber es fiel mir sehr schwer.

Krieg war ein solch sinnloses Unterfangen. So viele Menschen verloren ihr Leben, nur weil manche Männer, die an der Macht waren, keine andere Möglichkeit sahen, sich durchzusetzen. Und wer starb für die Verbohrtheit dieser Männer? Soldaten, die den Krieg nicht angezettelt hatten, für eine Sache, die sie zum Teil nicht verstanden oder niemals gutgeheißen hätten, wenn sie die Hintergründe besser kennen würden.

Als wir bei dem provisorischen Lazarettbereich ankamen, offenbarte sich mir die ganze Scheußlichkeit des Krieges. Wie konnten intelligente Menschen ein Gemetzel dieses Ausmaßes befürworten? Für Macht? Für mehr Land? Für Vermögen? All das schien mir nicht wichtig genug dafür, die Menschen so leiden zu lassen oder ihren Tod hinnehmen zu müssen.

Der Arzt winkte mich entschieden herbei. »Kommen Sie, Schwester, jede Minute zählt.« Er zeigte auf die Verletzten. »Wir haben es hier hauptsächlich mit Opfern von Stahlgewitter zu tun. Die Verletzungen stammen von Maschinengewehren, Schrapnellen und Splittersprenggranaten aller Kaliber.« Er fuhr sich mit der Hand über das Gesicht, auf dem ein dunkler Bartschatten lag. »Heute Nacht wird es allerdings schlimmer werden. Sobald es dunkel wird, werden die Soldaten versuchen, die Verletzten des heutigen Tages zu bergen, und seit heute früh haben wir einen anderen Qualitätsgrad des Krieges erreicht.«

Ich ging nicht davon aus, dass mit Qualitätsgrad etwas Positives gemeint war. »Dann sollten Sie sich auf jeden Fall noch mal hinlegen, ehe die Hölle über uns hereinbricht. Sie sehen müde aus, Doktor«, wandte ich ein, weil ich gesehen hatte, dass er seine Augen kaum noch offen halten konnte.

»Das werde ich, sobald wir hier die Erstversorgung vollzogen haben und die Soldaten möglichst stabil zum hinteren Teil der Front bringen können, wo Doktor Mercier sich um sie kümmern wird.«

Bei der Erwähnung von Doktor Mercier zuckte ich innerlich zusammen. Wir waren zu nah am Feldlazarett und mich beschlich die Angst, dass mich Mercier früher oder später hier holen kommen würde. Sobald der junge Arzt sich zum Schlafen hinlegen würde, wollte ich weiterziehen. Alle paar Kilometer gab es hier an der Front einen Arzt, dem ich helfen konnte. Das würde ich wiederholen, bis entweder Mercier mich fand oder ich Philippe. Ich hoffte natürlich auf Letzteres.

Ohne weiter auf das einzugehen, was er mir erzählt hatte, machte ich mich daran, dem ersten Verwundeten einen Druckverband anzulegen.

Der Geruch nach Eisen und Kupfer lag in der Luft, der vom vielen Blut herrührte, das hier unermüdlich im Boden versickerte.

Skeptisch schaute ich mir den Vorrat an Verbandsmaterial an und zweifelte, dass die Leute damit weit kommen würden. Doch dann schob ich alle negativen Gedanken von mir und machte mich weiter an die Arbeit. Konzentration und Routine im Umgang mit Verletzten halfen mir, mich von meiner eigentlichen Mission ein wenig abzulenken.

Nach einer ganzen Weile rief der Doktor nach mir und ich eilte zu ihm, da ich die Dringlichkeit in seiner Stimme sehr wohl wahrgenommen hatte.

»Ja?«, fragte ich kurzatmig.

»Der Mann ist gerade eben von ein paar Kameraden gebracht worden. Wir haben es hier mit einer Granatwunde zu tun. Ich brauche Ihre Hilfe, um ihn richtig behandeln zu können. Sind Sie bereit?«

»Selbstverständlich, Herr Doktor«, gab ich von mir. Es fehlte nur noch, dass ich strammstand. Die Gepflogenheiten nahmen langsam auch von mir Besitz.

Ich schüttelte über mich selbst den Kopf, ehe ich mir die Verletzung genauer ansah. Die Wunde am Oberschenkel war bereits freigelegt und die Uniformhose weitestgehend aufgeschnitten worden.

Plötzlich hörte ich Schreie. Sie kamen von weit weg, dennoch stellten sich mir die feinen Haare auf den Unterarmen auf. Es war klar zu hören, dass da jemand höllische Schmerzen litt.

Der Arzt hatte bemerkt, wie ich auf die Schreie reagierte, und sah sich bemüßigt, mir ihren Ursprung zu erläutern. »Das sind die Verwundeten auf dem Feld draußen.«

Ich schluckte die bittere Galle hinunter, die sich in meinem Mund ansammelte. Die Vorstellung, dass dort Männer lagen, die solche Schmerzen erdulden mussten, und ihnen niemand zu Hilfe kam, setzte mir zu.

»Sie können erst geborgen werden, wenn es dunkel wird. Vorher ist es noch zu gefährlich und würde nur weitere Verletzte oder Tote nach sich ziehen.«

Ich antwortete nicht mehr und versuchte stattdessen, die Schreie zu ignorieren. Es fiel mir verdammt schwer, aber letztendlich lenkte mich die Arbeit ein wenig ab.

Wir säuberten die Wunde, soweit dies mit den gegebenen Hilfsmitteln möglich war, und behandelten sie mit einem Antiseptikum. Anschließend sorgten wir mit einer lockeren Tamponade für den Abfluss des eventuell auftretenden Wundsekrets. Den Rest musste Doktor Mercier im Feldlazarett erledigen.

»Das haben Sie sehr gut gemacht«, lobte mich der Arzt. »Wissen Sie, während der Vorbereitungen auf diesen Einsatz wurde uns Ärzten von der Humanität der kleinkalibrigen Waffen berichtet.« Er lachte trocken auf. »Allein diese Formulierung ist ein Schlag ins Gesicht eines jeden Verwundeten und ein Hohn gegenüber den Toten.« Er drehte sich um und wandte sich dem nächsten Verletzten zu.

Nachdenklich tat ich es ihm gleich.

* * *

Mir tat jeder Knochen in meinem Leib weh und der fehlende Schlaf machte sich zusehends bemerkbar. Dennoch hielt ich tapfer die Augen offen, während sich der Doktor, dessen Namen ich immer noch nicht kannte, ein paar Meter entfernt von mir zum Schlafen zusammenrollte.

Vermutlich war es an einem gottlosen Ort wie diesem eh besser, wenn man sich nicht beim Namen kannte. Hier starben die Menschen schneller, als dass man sie kennenlernen konnte.

Es war früher Abend und langsam kehrte ein wenig Ruhe in das Gefecht ein. Es war die Zeit, bevor es dunkel wurde und die Soldaten dann versuchten, die Gefallenen oder verletzten Kollegen zu bergen. Wobei es in diesen Tagen vermutlich nur die Verwundeten zurück in den Graben schaffen würden. Die Toten mussten ihrem Schicksal überlassen werden, da es zu gefährlich war, für sie sein Leben zu opfern.

Warum überhaupt Soldaten tagsüber so lebensmüde waren und aus dem Graben herausstiegen, war mir unbegreiflich. Waren das Späher? Mussten sie näher an die gegnerische Linie, um besser die Waffen abfeuern zu können? Oder wollten sie einfach nur Helden sein, koste es, was es wolle? Egal, was es war, ich verstand es nicht. Nichts würde mich dazu bringen, diesen Graben in Richtung der feindlichen Truppen zu verlassen.

Meine Lider waren so schwer, dass ich mich kaum dagegen wehren konnte, dass sie einfach zufielen. Ich hatte in den letzten

Stunden so viel Elend gesehen wie in meiner ganzen Laufbahn als Krankenschwester nicht. Ich hatte Hände gehalten, während das Leben aus den Männern entwich, und ich hatte Leben gerettet.

Wie war es möglich, dass der Arzt sich einfach so zusammenrollte, ohne darüber reden zu wollen? Ich war zwar todmüde, aber in meinem Geist herrschte ein totales Chaos. Gedanken wirbelten gemeinsam mit Bildern in meinem Hirn herum, die einen schrecklichen Mix ergaben. Immer wieder blinzelte ich, um mich im Hier und Jetzt zu halten, wobei das, was ich dann sah, auch nicht viel besser war.

Irgendwann hörte ich ein leises Schnarchen unter der groben Wolldecke. Der Arzt war endlich eingeschlafen. Wenn er wieder aufwachte, wäre ich schon weit fort.

Es tat mir leid, ihn im Stich zu lassen. Wir hatten ein gutes Team abgegeben. Aber ich hatte nun mal eine andere Mission und die war für mich das Wichtigste überhaupt.

Langsam erhob ich mich und ging gemessenen Schrittes weiter. Ich schlug den Weg nach rechts ein, denn von links war ich heute Morgen gekommen. Ich hoffte, dass ich mich in der Richtung nicht irrte.

Ich konnte mich zwar nicht mehr an den genauen Tag des Beginns der Marneschlacht erinnern, aber es gab ein Bild der aufgestellten Armeen, das mir noch ganz genau in Erinnerung geblieben war. Und da ich an Versailles vorbeigefahren war, als man mich hierhergebracht hatte, musste ich mich am linken äußeren Rand der Front befinden, dort, wo die 5. Armee aufgestellt worden war. Es konnte nur so sein, dass ich mich nach rechts wenden musste.

Überall saßen müde Männer. Manche schliefen, andere rauchten und wieder andere hatten einen Stift und ein Blatt Papier in der Hand. Ob sie ihren Liebsten zu Hause schrieben? Gleichzeitig stellte ich mir die Frage, ob diese Briefe jemals ihren

Empfänger erreichen würden. Wie viele Frauen oder Mütter wohl zu Hause saßen und auf ein Lebenszeichen der Soldaten warteten? Diese Ungewissheit war schrecklich, das wusste ich aufgrund meiner eigenen jetzigen Situation nur zu deutlich.

Ich schritt immer weiter und sah jedem Soldaten genau ins Gesicht, in der Hoffnung, Philippe in einem von ihnen zu erkennen. Viele von den Männern nickten mir freundlich zu, soweit sie dazu in der Lage waren, doch im Allgemeinen konnte man sehen, wie desillusioniert sie vom Krieg waren.

Mittlerweile war es dunkel geworden und einige der Männer begannen nach und nach, sich zu erheben. Sie machten sich bereit, um ihre noch lebenden Kameraden zu bergen. Bald würde der junge Doktor wieder zur Tat schreiten müssen, nur dieses Mal ohne mich.

»'n Abend!«, begrüßte mich einer der Soldaten, als er an mir vorüberging, und lupfte seine Mütze dabei.

»Guten Abend«, erwiderte ich seinen Gruß und blieb kurz stehen, um ihn etwas zu fragen. »Können Sie mir sagen, wo ich die 5. Armee finde?«

Erstaunt sah er mich an. »Mademoiselle, die Fünfte befindet sich noch einen Kilometer weiter in diese Richtung.« Er wies nach rechts und ich atmete erleichtert auf.

Ich ging den richtigen Weg. Das war schon mal viel wert. Ich war nicht mehr weit entfernt.

»Was oder wen suchen Sie?«, fragte er neugierig.

»Ich bin Krankenschwester und will helfen. Aber ich habe auch einen persönlichen Grund, hier zu sein – in der Fünften dient mein Verlobter«, gestand ich leise, sodass uns niemand anderes hören konnte. Wer wusste schon, was mich diese Information in falschen Händen kosten würde?

»Das dürfen Sie hier keinem sagen, sonst schickt man Sie gleich wieder zurück.« Er griff nach meinem Arm und zog mich ein Stück weiter an die Wand. »Wie heißt Ihr Verlobter?«

»Philippe Legrand«, antwortete ich und hielt den Atem an. Er würde mir doch nun hoffentlich nicht erklären, dass er Philippe kannte, dieser aber gefallen sei?

»Verzeihen Sie, doch der Name sagt mir nichts. Ich wünsche Ihnen viel Glück bei Ihrer Suche. Falls jemand fragt, zu wem Sie wollen, sagen Sie, Sie müssen zu Combiere. Er ist der Arzt dort. Dann hält man Sie nicht auf. Außerdem braucht er sicherlich Ihre Hilfe.«

»Vielen Dank!« Ich schluckte den Kloß hinunter, den die Hilfsbereitschaft dieses Mannes hervorgerufen hatte. Er wirkte ausgeruhter als viele andere der Soldaten. »Sind Sie schon lange hier?«

»Nein, erst ein paar Tage. Aber die reichen mir bereits.« Müde rieb er sich über das Gesicht. »Wir sind die 6. Armee, müssen Sie wissen. Als es hieß, die Deutschen rücken näher, sind wir eiligst zusammengestellt worden. Wir sollen vor allem Paris vor einem Einmarsch schützen, aber viele von uns wissen nicht mal, wie man eine Waffe hält.«

Ich nickte, als wüsste ich, wovon er sprach, was nur bedingt der Fall war. Dennoch setzte mir die Vorstellung von diesem bunten Haufen zu. Vermutlich fühlten viele von ihnen sich hilflos und wollten trotz allem ihr Bestes geben.

»Wir sind mit Taxis, Omnibussen und konfiszierten Automobilen hierhergefahren worden. Können Sie sich das vorstellen? Tausendeinhundert Pariser Männer. Das war sicherlich ein phänomenaler Anblick. Es ist für mich irgendwie immer noch unfassbar. Was angesichts der Scheußlichkeiten hier vor Ort genauso unverständlich ist. Denn was ich hier zu sehen bekommen habe, übersteigt alles Bisherige.« Er schüttelte benommen den Kopf, doch dann lächelte er wieder. »Die Pariser standen an den Straßen und bejubelten uns, als wären wir Helden. Es war eine Kolonne, die Symbolcharakter hat.«

Und genau das war diese Kolonne auch geworden. Ein Symbol für das Durchhaltevermögen der französischen Hauptstadt. Ich hatte Bilder davon gesehen, als ich mich nach meinen Dienstzeiten als Krankenschwester in der Bibliothek eingefunden und versucht hatte, dort alles über die Geschichte in Erfahrung zu bringen, was ich noch nicht wusste.

»Mit Verlaub, Sie sind ein Held, Monsieur. Sie verteidigen unser Land mit Ihrem Leben. Wenn das nicht Heldentum ist, was dann?«, fragte ich ihn und schenkte ihm ein ehrliches Lächeln.

Beschämt senkte er den Kopf. »Ich bedanke mich für Ihr großzügiges Kompliment.« Doch als er wieder aufschaute, glänzten Tränen in seinen Augen.

Da mich die Situation irgendwie emotional extrem überforderte, tat ich, als hätte ich es nicht gesehen. Wie sollte ich den Mann trösten? Es war mir unmöglich, schließlich war dies erst der Anfang eines jahrelangen Krieges. Zwar war die Schlacht in diesen Tagen eine der größten, aber es würde noch Jahre dauern, bis er und seine Kameraden wieder nach Hause zurückkehren konnten, wenn sie das Glück hätten zu überleben.

Von meinen eigenen Gefühlen überrumpelt, verabschiedete ich mich rasch und machte mich auf den Weg zur 5. Armee.

* * *

Während ich an der Frontlinie entlanglief, immer darauf bedacht, meinen Kopf so weit unten zu behalten, dass man ihn von der anderen Seite aus nicht sehen konnte, half ich, wo ich konnte.

Immer wieder begegnete ich Verwundeten, die bluteten und keine Erstversorgung erhalten hatten. Es waren jeweils kleinere Verletzungen. Vermutlich hatten die Soldaten selbst dafür gesorgt, dass sie keine Hilfe bekamen.

Von einem hörte ich, dass es nichts wäre. Das Nichts entpuppte sich als eine tiefe Wunde, die eigentlich hätte genäht werden müssen. Die Wunden der anderen Kameraden, die bereits abtransportiert worden waren, waren zum Teil so verheerend, dass solche Verletzungen als klein angesehen wurden, obwohl auch sie lebensbedrohlich werden konnten. Das führte dazu, dass viele noch nicht einmal behandelt worden waren.

In meiner Tasche hatte ich zwar viele Utensilien, die zur Wundversorgung dienten, aber eine sterile Nadel und Faden fehlten. Ich hatte vergessen, meinen Vorrat aufzufüllen, nachdem ich Tiagos Wunde genäht hatte. Das musste ich auf jeden Fall so schnell wie möglich nachholen. Zudem hätte die Wunde des Soldaten gesäubert werden müssen, um dem gefährlichen Gasbrand vorzubeugen. Ich entschied mich, die Wunde wenigstens zu verbinden, und rang dem Mann das Versprechen ab, sich beim nächsten Arzt zu melden. Doch wir wussten beide, dass er das niemals tun würde. Dafür empfand er seine Verwundung zu sehr als Lappalie.

Bevor ich weiterging, fragte ich den Mann nach Philippe, aber auch er kannte keinen mit dem Nachnamen Legrand. Aber davon ließ ich mich nicht entmutigen, schließlich hatte ich gerade erst mit der Suche begonnen.

Alle paar Meter hatte ich die Hände voll zu tun. Kaum hatte ich die leicht Verwundeten versorgt und mich in Bewegung gesetzt, bemerkte ich weitere Soldaten mit Verletzungen. Ich kam nicht wirklich voran und vorbeizugehen, während Menschen schwer verletzt waren und wimmerten, konnte ich einfach nicht über mich bringen.

Als die Sonne aufging, fielen mir immer wieder die Augen zu. Ich war gerade dabei, einem Mann den Arm zu verbinden, da kippte ich leicht nach vorne und konnte mich nicht mehr aufrecht halten. Einer der Männer, denen ich bereits geholfen hatte, griff nach meinen Schultern und hielt mich fest.

»Schwester, es ist Zeit, sich hinzulegen.«

Benommen blinzelte ich den Soldaten an. Blaue Augen sahen ernst auf mich herab. Ich nickte matt. Er zog mich auf ein provisorisches Lager und deckte mich mit einer rauen Decke zu.

»Schlafen Sie ein wenig, ehe die Angriffe von Neuem beginnen.«

Ich brummte zustimmend und schon fielen mir die Augen zu.

* * *

Das Donnern von schwerem Geschütz weckte mich. Ruckartig schoss ich hoch. Nachdem ich den Schlaf aus meinen Augen geblinzelt und mich orientiert hatte, traf mich die Erkenntnis, wo ich mich befand, ungebremst. Ich war noch immer an der Front. Und Philippe hatte ich bisher nirgends entdecken können.

»Morgen, Schwester«, begrüßte mich der Soldat, der mich vor ein paar Stunden aufgefangen hatte, als ich vor Müdigkeit beinahe auf einem Patienten zusammengebrochen war.

»Guten Morgen«, erwiderte ich seinen Gruß und schreckte zusammen, als erneut ein extrem lautes Grollen durch die Luft zu mir drang.

Der Mann bemerkte mein Zucken und erklärte freundlich und voller Stolz: »Das ist unsere Rettung.«

Irritiert blickte ich ihn an, da ich mir keinen Reim aus seiner Erklärung machen konnte. »Rettung? Wie meinen Sie das?«

»Das ist die Canon de 75. Ihre Munition besteht aus einem Stück, dadurch kann man extrem schnell wieder nachladen. Aber das Beste ist, dass sie eine viel größere Reichweite hat als die modernen Infanteriegeschütze der Deutschen. Dadurch treffen wir, während unsere Feinde uns lediglich aufschrecken können.«

Er wirkte so zufrieden, als wäre es etwas ganz Großartiges, dass es ein solch todbringendes Werkzeug überhaupt gab.

Nachdenklich fragte ich: »Damit haben wir wohl einen entscheidenden Vorteil auf unserer Seite?«

Er lachte kurz und trocken auf. »Nicht nur einen. Wir haben davon zweitausend Stück auf unserer Seite.«

»Woher wissen Sie so viel darüber?«

»Ich bin einer der Kanoniere. Ich bediene eins dieser fabelhaften Geschütze«, antwortete er mit noch mehr Stolz in der Stimme.

Ich verzog das Gesicht und räusperte mich. »Das ist gut zu wissen.« Mir war nicht klar, was ich ansonsten darauf erwidern sollte. Dem Soldaten fiel mein merkwürdiges Verhalten nicht weiter auf. »Ich werde mich wieder auf den Weg machen. Man wartet bei der Fünften auf mich.«

»War schön, Sie kennengelernt zu haben, Schwester …« Er ließ den Satz fragend enden, doch ich wollte ihm nicht meinen Namen nennen. Genauso wenig, wie ich seinen Namen wissen wollte. Es war besser, anonym zu bleiben. Niemand wusste, wer von uns überlebte.

»Leben Sie wohl, Soldat«, verabschiedete ich mich unverbindlich und griff nach meiner Tasche, ehe ich den Weg fortsetzte.

Es herrschte ein reges Treiben. Immer wieder dröhnten die Einschläge der feindlichen Kanonen in der Nähe. Auch wenn ich wusste, dass es eher selten eine der Granaten bis hierherschaffte, hatte ich das dringende Bedürfnis, nicht stehen zu bleiben oder langsamer zu werden. Ich eilte an nachladenden Soldaten vorbei und ignorierte die Geräusche.

An einer Seite lag ein stöhnender Mann. Bei seinem Anblick drehte sich mir der Magen um. Ich hatte schon vieles gesehen, doch Gasbrand war etwas, das selbst mir zusetzte. Der Soldat lebte noch, aber das würde nicht mehr lange der Fall sein. Was ich auch tat, ich würde ihn nicht retten können, also eilte ich weiter. Ich war lediglich ein paar Meter weit gekommen, als ich mich meines Versprechens erinnerte. Was, wenn es sich hierbei um den Sohn des Mannes handelte, dem ich meinen Aufenthalt an der Front überhaupt erst verdankte? Zudem war es ein Mensch, der sich bestimmt in seiner dunkelsten Stunde danach sehnte, nicht allein zu sein.

Ich konnte nicht weitergehen, also drehte ich um und kniete mich schließlich neben den verwundeten und schwer angegriffenen Soldaten. Der Geruch von aufgewühlter Erde und Blut drang mir in die Nase. Der Mann kämpfte um sein Leben, aber egal, wie sehr er sich anstrengen würde, diesen Kampf konnte er auf keinen Fall gewinnen. Um ihn nicht in dem Glauben sterben zu lassen, er wäre allein, griff ich nach seiner Hand. Plötzlich schlug er die Augen auf, doch der verschleierte Blick, den er mir zuwarf, machte deutlich, dass er nichts mehr um sich herum wirklich wahrnahm.

»Chloé?«, flüsterte er kraftlos.

Kurz überlegte ich, wie ich darauf reagieren sollte, aber dann sagte ich leise: »Ja, ich bin es.« Aus meiner Zeit in der Notaufnahme im Krankenhaus kannte ich solche Situationen. Menschen starben und ihr innigster Wunsch war es, ihre Liebsten noch einmal zu sehen. Wer war ich, dass ich ihm diesen letzten Wunsch hätte abschlagen können?

Ein Lächeln legte sich auf das fiebrige Gesicht und sein Körper entspannte sich sichtlich, bis er schließlich das Bewusstsein verlor und völlig erschlaffte. Ihm hatte es gereicht zu wissen, dass diese Chloé in seiner Todesstunde bei ihm war. Obwohl ich gelogen hatte, wusste ich, dass ich das Richtige getan hatte.

Ich fühlte seinen Puls, der noch flatterte. Lange würde der Mann nicht mehr durchhalten. Sein Körper krampfte, wehrte sich gegen das Unvermeidliche. Und schon spürte ich, wie das

Herz immer unregelmäßiger schlug, stolperte, stoppte, erneut stolperte und dann endgültig aufhörte zu schlagen.

»Ruhe in Frieden, tapferer Soldat«, sagte ich leise und bekreuzigte mich, ehe ich ihm die Wolldecke über das Gesicht zog. Er sollte nicht von jedermann begafft werden und anderen den Schrecken dieser Stunden noch mehr vor Augen halten als unbedingt notwendig. Das wäre sicher auch nicht im Interesse dieses Mannes gewesen.

Ich erhob mich und machte mich daran, meinen Weg fortzusetzen. Um den toten Kameraden würden sich die anderen Soldaten kümmern müssen. Zumindest hatte er das Gefühl gehabt, seine Chloé wäre bei ihm. Wer immer sich auch hinter diesem Namen verbarg, sie wäre bestimmt damit einverstanden gewesen, dass ich an ihrer statt die Hand des Mannes gehalten hatte. Kurz fragte ich mich, ob es der Sohn von Monsieur Dupont war, doch er erschien mir älter als zwanzig Jahre alt gewesen zu sein. Wobei sich die Menschen im Tod stark veränderten.

Ich war so in meine Gedanken vertieft, dass ich den großen Rucksack nicht bemerkte, der auf dem Weg lag, und stolperte prompt darüber. Ich geriet ins Straucheln, doch ich fing mich im letzten Moment. Keuchend ermahnte ich mich selbst zu mehr Vorsicht. Es war niemandem geholfen, wenn ich mir hier noch die Knochen bräche. Also konzentrierte ich mich fortan.

Diesmal kam ich besser voran. Es war klar zu erkennen, dass ich die 5. Armee erreicht hatte. Die meisten Soldaten, denen ich von nun an begegnete, waren unverletzt. Anscheinend waren diese Männer nicht dem Angriff von letzter Nacht zum Opfer gefallen, oder es befand sich ein Arzt in der Nähe, der die Verwundeten versorgt und den Abtransport organisiert hatte. Hier sahen die Gesichter zum größten Teil nicht so mutlos aus. Vielleicht lag es aber auch an der Tatsache, dass die 5. Armee aus Männern bestand, die sich freiwillig gemeldet hatten oder bereits Berufssoldaten gewesen waren, ehe der Krieg begonnen hatte. Diese Kerle hier wirkten härter, erfahrener und ruhiger.

Die 6. Armee hingegen war ein zusammengewürfelter Haufen, der hauptsächlich aus Männern bestand, die sich nur notgedrungen bereit erklärt hatten zu dienen. Das alles mit dem Wissen, dass ihre schöne Hauptstadt Paris ansonsten den Deutschen zum Opfer fallen würde.

Als ich den Blick wieder hob, sah ich ein bekanntes Gesicht und mir schnürte sich der Magen zu, das Herz klopfte mir bis zum Hals und mein gesamter Körper begann zu kribbeln.

22. Kapitel

Es kam einem Schlag in die Magengrube gleich. Und es schien nicht nur mir so zu gehen, denn Maurice starrte mich an wie eine Erscheinung. Sein Mund stand offen, und er blinzelte plötzlich und sehr heftig.

»Mademoiselle Vieille?«, stieß er atemlos hervor. An seiner Schläfe, hinter dem grauen Haar, pochte eine Ader – schnell.

Ich schluckte, weil sich in meinem Hals ein Kloß gebildet hatte, der mich am Sprechen hinderte. »Ja, ich bin es, Maurice.« Meine Stimme hörte sich brüchig an, als hätte ich seit Tagen nicht gesprochen, so sehr rüttelten die Emotionen an meiner Selbstbeherrschung. Wenn er hier war, konnte Philippe nicht weit sein, oder?

»Jesus, Maria und Josef!«, rief er und eilte auf mich zu. »Ich dachte zuerst, ich träume! Was machen Sie hier an der Front?« Kurz berührte er meinen Unterarm, so als wolle er überprüfen, ob ich tatsächlich vor ihm stand.

»Ich sollte viel eher fragen, was Sie an der Front machen. Was passiert in Paris, wenn es keine Polizisten mehr dort gibt?«

Es war eine rhetorische Frage und sollte die Situation lediglich ein wenig auflockern. Das wusste Maurice auch, weshalb er mir nicht antwortete, sondern nur die Schultern bedauernd hob.

»Ich bin auf der Suche nach Philippe«, klärte ich ihn auf, obwohl ihm das vermutlich sowieso klar sein musste. »Er soll hier in der 5. Armee stationiert sein.« Sagte man das überhaupt so? Stationiert? Diese ganzen Fachbegriffe der Soldaten waren mir einfach nicht geläufig.

Plötzlich verhärtete sich etwas in seinem Blick. »Ja, das ist richtig.«

Irgendwie fühlte es sich an, als käme nun ein großes Aber. Angespannt hob ich fragend die Augenbrauen und wartete.

Maurice wechselte unruhig von einem Fuß auf den anderen und hielt meinem Blick nicht stand. Er haderte eindeutig mit sich, mir das zu sagen, was ihm offensichtlich so wichtig war. »Es ist so …« Abrupt stoppte er.

»Maurice, was ist mit Philippe?«, fragte ich alarmiert.

Er schnappte nach Luft und stieß dann die Worte, die er zu sagen hatte, mit der eingeatmeten Luft hinaus. »Er hat sich gestern Abend gemeldet, um die Verwundeten zu bergen.«

»Und?« Ungeduld erfasste mich. Nun war ich bis hierhergekommen und musste dem Kerl jedes Wort einzeln aus der Nase ziehen.

Maurice sah mir fest in die Augen, was mein schlechtes Gefühl nur noch verstärkte. Das, was er mir zu erzählen hatte, würde mir nicht gefallen. Ich wusste es, so unumstößlich wie ich wusste, dass ich Philippe liebte. »Er ist nicht zurückgekommen.«

Obwohl ich innerlich auf das große Aber vorbereitet gewesen war, fühlte es sich an, als würde der Boden unter meinen Füßen anfangen zu beben. Als würde mir jemand den Halt stehlen. Ich sackte auf den Boden und begann zu zittern, als wäre es bereits tiefster Winter. Beinahe rechnete ich damit, dass aus meinem Mund weiße Atemwölkchen drangen, doch das war nicht der Fall. Stattdessen kam die Kälte aus meinem Innern.

Was hatte das zu bedeuten? Lag Philippe etwa dort auf dem Schlachtfeld und litt? Die Vorstellung schnürte mir die

Luftzufuhr ab und ließ mich keuchen. Oder war er gar schon tot? Nein, das konnte nicht sein, das würde ich doch spüren. Es konnte nicht sein, dass ich das nicht fühlte. Er war noch am Leben. Jegliche andere Möglichkeit hatte einfach keinen Platz in meinem Kopf.

»Mademoiselle Vieille«, sprach er mich bestimmend an. »Kommen Sie, stehen Sie auf.« Maurice griff unter meine Arme und zog mich energisch wieder auf die Füße. Ich roch seinen Atem und seine ungewaschene Haut. Vermutlich hatte er seit Tagen weder Wasser noch Seife abbekommen, um sich zu waschen.

Doch das war es nicht, was mich dazu veranlasste, kaum dass ich aufrecht stand, seine Hand wegzuschlagen, obwohl er mir nur hatte helfen wollen. »Ihr lasst ihn einfach alle verrecken? Da draußen? Ganz allein?«, schrie ich ihn wütend an, als wäre er der Verursacher des Elends, das mir so sehr zusetzte. Ich tat ihm unrecht. Ich wusste es. Dennoch konnte ich meine Wut nicht zügeln. Ich ging sogar so weit, dass ich ihn heftig am Hemd packte und ihm in die Augen sah, während ich auf eine Antwort wartete.

Traurig schüttelte er den Kopf. »Es ist nicht so einfach.«

»Haben die anderen Soldaten nach ihm gesucht?«

Sanft griff er nach meiner Hand und löste sie von seinem Hemd. »Sobald es dunkel wird, gehe ich da raus und suche ihn. Jetzt zu gehen, käme einem Selbstmord gleich und würde ihm nicht helfen.«

»Ich komme mit!« Aufrecht stellte ich mich hin und versuchte so entschlossen wie möglich zu klingen.

»Niemals! Sollte Philippe noch leben, wird er mich anschließend umbringen, wenn er erfährt, dass ich Sie mitgenommen habe.«

Wäre ich ein Mann, käme er nicht mal auf die Idee, abzulehnen, schoss es mir durch den Kopf, *nein, er würde sich stattdessen freuen, dass ihn jemand bei der Suche unterstützte.* »Sie können mich nicht daran hindern, nach meinem Verlobten zu suchen. Wenn Sie mich nicht mitnehmen, gehe ich allein.« So viel zu meinem Vorsatz, dass mich nichts dazu veranlassen könnte, diesen Graben in Richtung der feindlichen Truppen zu verlassen. Nicht etwas, aber jemand konnte das bewirken.

Ein trauriges Lächeln legte sich auf sein Gesicht. »Sie sind eine außergewöhnliche Frau und ich kann verstehen, dass Philippe sich in Sie verliebt hat. Jeder Mann wäre glücklich, eine Partnerin wie Sie zu haben. Eine, die durch die Hölle geht, um ihren Geliebten zu retten. Aber warum in Gottes Namen haben Sie ihn verlassen, wenn Sie dazu bereit sind, ihm auf ein Schlachtfeld mitten im Krieg zu folgen?« Maurice sah mich mit gerunzelter Stirn an.

Ich konnte es ihm nicht verdenken, dass er sich das fragte. Doch was sollte, oder besser gesagt, was konnte ich ihm antworten? Die Wahrheit würde ihn dazu verleiten, mich an den nächsten Baum zu fesseln und mich so schnell wie möglich in eins der staatlichen Irrenhäuser überführen zu lassen. Zudem wusste ich nicht, was Philippe ihm erzählt hatte. Irgendetwas musste er Maurice gesagt haben, sonst ginge er ja nicht davon aus, dass ich Philippe verlassen hatte.

»Das kann ich Ihnen nicht erklären«, wich ich seiner Frage aus.

»Das dachte ich mir schon. Sie sollten aber eins wissen. Er hat sich nur freiwillig gemeldet, weil er keinen Halt mehr hatte, nachdem seine Mutter so bestialisch ermordet wurde. Wären Sie für ihn da gewesen, wäre es nie so weit gekommen. Dann wären er und ich noch in Paris und würden dort für Ordnung sorgen.« Vorwurfsvoll blickte er mich an.

»Ich weiß«, sagte ich leise und senkte den Kopf, damit Maurice nicht die Tränen sehen konnte, die in meinen Augen schwammen. Ich blinzelte und fragte: »Wie kommt es, dass Sie sich auch freiwillig gemeldet haben?«

Ich hörte ein Brummen. Hastig hob ich den Kopf, um seine Mimik erkennen zu können. Maurice wirkte hin- und hergerissen, ob er mir das, was ihn dazu bewogen hatte, erzählen konnte. Er knetete seine Mütze fortwährend zwischen den Händen, während er mit sich rang. »Nun, man könnte es so sagen – Philippe ist der Sohn, den ich nie hatte.«

»Oh!« Verstehend nickte ich. »Also sind wir schon zwei, die diesen Kerl unbedingt retten wollen. Dann sollten Sie mich umso besser verstehen.«

»Das stimmt.« Neugierig sah er mir nochmals in die Augen, als versuche er, dort etwas zu finden. »Ich werde Sie wahrscheinlich nicht davon überzeugen können, es sein zu lassen, oder?«

»Nein«, sagte ich mit der festesten Stimme, die ich aufbringen konnte. Wenn ich ihn jetzt nicht überzeugte, hatte ich schlechte Karten.

Als ich sah, wie er verstehend nickte, fiel mir ein Stein vom Herzen. Ich hätte mich ungern mit ihm gestritten. »Das dachte ich mir schon. Dann brauchen wir auf jeden Fall was anderes zum Anziehen für Sie, denn ich will, dass Sie lebend von dem Schlachtfeld wieder zurückkommen. Mit dem Kleid werden Sie nicht schnell genug laufen können. Sie brauchen eine Hose, um sich besser bewegen zu können«, gab er zu bedenken.

»Ich habe eine feste Hose und eine Jacke dabei. Beide sind dunkel. Das wird genügen.« Meine Jeanshose und die Sweatjacke, die ich von Tiago dabeihatte, waren genau das Richtige für einen solchen Einsatz.

Maurice atmete tief durch. »Gut, dann würde ich sagen, wir hauen uns noch mal aufs Ohr, sammeln Kraft und dann machen wir uns auf den Weg, diesen Verrückten zu retten. Was sagen Sie, Mademoiselle Vieille?«

Energisch hielt ich ihm die Hand entgegen. »Nennen Sie mich Kristin. Bei dem, was wir vorhaben, wäre es wohl angebrachter, wir kennen einander beim Vornamen, oder was meinst du, Maurice?«

Mit einem tiefen Lachen ergriff er meine Hand. »Das wäre durchaus vorstellbar, Kristin.«

* * *

Jemand rüttelte an meiner Schulter und riss mich abrupt aus dem Schlaf. Als ich die Augen öffnete, blickte ich in Maurice' ernstes Gesicht. Das Licht einer Lampe tauchte es in tiefe Schatten und für einen kurzen Moment bekam ich es mit der Angst zu tun. Doch dann war ich endlich wach genug und konnte zwischen Realität und Traum unterscheiden.

Ich hätte nicht gedacht, dass ich überhaupt in den Schlaf finden würde, aber ich war tatsächlich eingenickt. Allerdings tat mir jetzt jeder Knochen weh, weil ich so zusammengerollt auf dem Boden gelegen hatte.

»Ist es so weit?«, fragte ich, während ich mir den Schlaf aus den Augen rieb und mich aufrichtete.

Maurice nickte. Wachsam ließ er den Blick über die schlafenden Männer gleiten. »Ja, lass uns aufbrechen.« Er hielt mir die Hand hin, die ich sofort ergriff. Im nächsten Moment stand ich auf meinen Füßen. Der Mann hatte Bärenkräfte, auch wenn er zuerst nicht so auf andere wirkte.

Bevor ich mich hingelegt hatte, hatte ich mich hinter einem Dickicht umgezogen und danach das Verbandsmaterial und Nadel und Faden in meiner Tasche wieder aufgefüllt. Falls wir Philippe fanden und sofort notversorgen mussten, wollte ich darauf vorbereitet sein.

»Ich möchte, dass du hinter mir bleibst. Egal, was passiert, deine Sicherheit hat oberste Priorität. Und du hörst auf mich.

Verstanden?« Er sah mich durchdringend an und ich nickte pflichtschuldig.

Es war gut, dass wir so locker zum Du übergegangen waren. Von nun an arbeiteten wir als Team und da war es nur sinnvoll, auf einer persönlicheren Ebene zu kommunizieren. Zumindest vermutete ich das.

»Bist du dir sicher, dass du die Tasche mitschleppen willst?« Skeptisch sah er auf das Teil, das ich mir über die Schulter gehängt hatte.

»Absolut sicher!«, erwiderte ich vehement.

»Wenn das Ding uns in irgendeiner Weise behindern sollte, musst du es zurücklassen.«

»Einverstanden«, erwiderte ich, doch ich würde diese Tasche nur im absoluten Notfall zurücklassen. Da müsste es um Leben und Tod gehen, alles andere würde mich nicht davon abhalten, diese Tasche überallhin mitzuschleppen. Was Maurice nicht wusste, war, dass alles, was ich besaß, alles, was mein Leben ausmachte, jede materielle Erinnerung in diesem ledernen Behältnis enthalten war.

»Hier!« Er drückte mir eine Kappe in die Hand, unter der ich mein blondes Haar verstecken konnte, dann machten wir uns daran, den Wall zu überwinden.

Niemand hielt uns auf oder sah uns skeptisch an. Weder mein Aufzug noch dass ich eine Frau war, schien irgendjemanden zu tangieren.

Mein Herz schlug heftig, teilweise so laut, dass ich das Gefühl bekam, nichts anderes hören zu können. Wir liefen geduckt. Es war dunkel, aber nach einer Weile hatten sich meine Augen an die Finsternis gewöhnt. Doch was ich dann sah, ließ meinen Magen zu einem harten Stein mutieren.

Überall lagen Leichen herum. Teilweise hatten die Soldaten groteske Haltungen angenommen, ehe der Tod sie erlöst hatte. Leblose Augen starrten zu mir oder zum Himmel. Plötzlich war ich mir nicht mehr so sicher, ob Philippe noch am Leben war. Zwischen all den Toten konnte doch nicht ausgerechnet er überlebt haben und weiter existieren.

Schockiert sah ich einen Burschen an, der vielleicht gerade mal siebzehn war. Er sah noch so jung aus. Warum gab es etwas so Sinnloses wie Krieg überhaupt?

Ich hatte gar nicht mitbekommen, dass ich stehen geblieben war, erst als Maurice nach meinem Oberarm griff.

»Weiter«, zischte er. Er war darauf bedacht, dass man uns auf der anderen Seite der Front nicht hören konnte. Wobei ich bezweifelte, dass die Deutschen nicht ebenfalls die Stunde nutzten, um zu schlafen und ihre Verletzten zu bergen.

Ich reagierte umgehend und setzte mich in Bewegung. »Wie sollen wir ihn hier finden?« In jeder Silbe schwang meine Verzweiflung mit. Hoffnungslosigkeit nahm von mir Besitz und jeder Schritt fiel mir mit einem Mal schwer.

»Wir suchen nach Überlebenden. Wenn wir welche finden, gut. Wenn nicht, dann suchen wir weiter. Und wenn wir ganz viel Glück haben, ist unter ihnen Philippe.« Maurice klang so nüchtern, obwohl ich mit Sicherheit wusste, wie sehr er darunter leiden würde, wenn wir seinen Kollegen und Freund nicht fanden. Genauso wie ich.

Ich schluckte meine aufsteigende Panik herunter und riss die Augen auf, bis sie brannten. Ich achtete auf jede kleine Bewegung, die ich irgendwo entdecken konnte, doch auf dem Schlachtfeld war es ruhig. Keine Schreie, keine Männer, die um Hilfe baten. Nicht einmal ein Keuchen war zu hören.

Nach ein paar Minuten gab Maurice mir ein Zeichen und eilte zu einem Mann, der am Boden lag und zuckte. Mit wild pochendem Herzen folgte ich ihm und ließ mich mit zitternden Knien neben ihm nieder. Das schwarze Haar des Verwundeten zeigte mir augenblicklich, dass es sich nicht um Philippe handelte. Erleichterung breitete sich in mir aus. Dann bekam ich ein schlechtes Gewissen.

Der Mann versuchte, etwas zu sagen, aber ihm fehlte die Kraft. Mit großen ängstlichen Augen sah er zu mir. Als ich die riesige klaffende Wunde am Bauch entdeckte, war mir sofort klar, warum, und dass der Soldat es niemals von diesem Totenfeld schaffen würde. Maurice dachte offenbar dasselbe. Er tastete am Boden entlang, bis er fand, wonach er suchte. Es war eine Handfeuerwaffe. Ich schenkte dem sterbenden Mann ein Lächeln, mehr konnte ich nicht für ihn tun.

Maurice überprüfte in der Zeit die Ladung der Waffe. Ein mulmiges Gefühl breitete sich in meinem Bauch aus. Würde er ihn erschießen? Geschickt entsicherte er die Pistole und legte sie in die Hand des Verwundeten. Dann führte er dessen Hand nach oben und legte sie neben seinem Kopf ab. Der Lauf zeigte auf die empfindliche Stelle knapp über dem Ohr.

»Entscheide selbst, Kamerad«, sagte Maurice leise zu dem anderen Soldaten, klopfte auf dessen Schulter und erhob sich.

Rasch folgte ich ihm. Nach mehreren Schritten hörte ich den Schuss. Ich zuckte zusammen. Der Mann hatte entschieden und im Stillen bewunderte ich Maurice. Er hatte ihm die Entscheidung überlassen und zeitgleich eine Möglichkeit geschenkt, nicht länger leiden zu müssen.

Ich schniefte und wir gingen weiter, wieder darauf bedacht, Leben zu retten. Bisher waren wir nicht sonderlich erfolgreich gewesen.

»Runter!«, befahl Maurice plötzlich und riss mich zu Boden. Ich wusste nicht, was ihn alarmiert hatte, aber als er sich auf mich warf, spürte ich die Detonation ganz in der Nähe. Sie erschütterte den Boden und unsere Körper. Sie saugte mir die Luft aus den Lungen und in meinen Ohren piepte es sekundenlang.

Stöhnend wand ich mich unter Maurice, doch er bewegte sich nicht. War die Gefahr noch nicht vorüber?

»Maurice! Ich bekomme keine Luft!« Aber er antwortete nicht. War er getroffen worden? Die plötzliche Angst, die nach mir griff, half mir, den bewusstlosen Maurice von mir zu schieben. Nachdem ich mich aufgerappelt hatte, drehte ich seinen Körper auf den Rücken.

Jäh traf mich die Erkenntnis, dass der Mann, der seinem Freund so bedingungslos an die Front gefolgt war, nicht mehr lebte. Ein Granatsplitter hatte ihn erwischt. Sein halbes Gesicht hing in Fetzen und er atmete nicht mehr. Bittere Galle stieg meine Kehle empor und ich fing an zu weinen. Vorsichtig legte ich meinen Kopf auf seinen Brustkorb, aber auch sein Herz schlug nicht mehr. Gerade eben hatte er noch neben mir gestanden, hatte mir das Leben gerettet und dafür sein eigenes verloren. Meine Kehle zog sich zusammen und ich hatte Mühe zu atmen. Mir war übel. Ich ermahnte mich, einzuatmen und wieder auszuatmen. Das tat ich durch den Mund, weil ich nicht länger den Geruch nach Blut wahrnehmen wollte. Die ganze Zeit über lag mein Kopf auf Maurice' Brust. Ich bildete mir ein, ihm Trost zu schenken, doch vermutlich war es vielmehr meinem eigenen Wesen ein Trost, das Gefühl zu haben, ihm noch ein wenig länger nahe zu sein.

Ich wusste nicht, wie lange ich so verharrte, doch irgendwann besann ich mich der Aufgabe, deretwegen wir beide überhaupt erst hier gelandet waren. Ich musste Philippe finden. Das war ich nicht nur dem Mann schuldig, den ich liebte, sondern fortan auch Maurice.

Kraftlos rappelte ich mich vom Boden auf und spähte umher. Nirgends ein Lebenszeichen. Also lief ich weiter – geduckt.

Verzweifelt blieb ich an jedem Körper stehen und sah mir die Gesichter an. Vermutlich würden sie mich bis an mein Lebensende verfolgen, aber ich musste Gewissheit haben. Sollte

Philippe einer der Toten sein, dann wollte ich es wissen. Ich konnte hier nicht wieder weg, ohne ihn gefunden zu haben. Tot oder lebendig.

Es fühlte sich wie eine Ewigkeit an, wie ich da durch die Nacht torkelte und Männern die Augen verschloss. Irgendwann tat ich das alles nur noch wie in Trance. Vermutlich würde ich hier genauso draufgehen wie die vielen Soldaten. Es war ein Massengrab, nur leider waren die Leichen noch nicht begraben worden.

Ich stolperte über eine unebene Stelle im Boden und landete auf allen vieren. Wäre ich stehen geblieben, hätte ich das Stöhnen nicht gehört. Zuerst wusste ich nicht, woher es kam, doch dann erkannte ich den Ursprung. Unter der Erde, die weich und aufgewühlt war, lag ein Mensch. Und dieser war noch am Leben.

Wie von Sinnen krallte ich die Fingernägel in den Boden und begann zu graben. Tränen rannen mir die Wangen hinab. Ich weinte um Maurice und all die Männer, die es nicht geschafft hatten.

Aber hier lag jemand, der überlebt hatte. Vielleicht würde er gesund werden. Ich musste ihn retten. Ich wollte ihn retten.

Endlich hatte ich seinen Kopf und seinen Oberkörper freigelegt. Der Mann wühlte seinen restlichen Körper aus der Erde und richtete sich auf. Als ich sah, dass es nicht Philippe war, erfasste mich ungebremst die Enttäuschung.

Der Soldat blinzelte verwirrt. »Ist die Angriffswelle vorbei?«

»Im Moment ja«, klärte ich ihn auf.

Er schien erleichtert, aber zugleich auch verwirrt zu sein.

»Haben Sie irgendwo Philippe Legrand gesehen?«, fragte ich ihn ohne viel Hoffnung.

»Philippe? Ja, wir beide sind zusammen raus, um die Verletzten einzusammeln, als plötzlich mehrere Angriffswellen starteten. Und das, obwohl es mitten in der Nacht war. Er hat mir geholfen, mich einzugraben.« Er zuckte mit den Schultern und sah sich um. »Ich habe das Gefühl gehabt, einen Monat da unter der Erde zu liegen. Irgendwann muss der Sauerstoff knapp geworden sein, denn ich bin trotz der Einschläge um mich herum eingeschlafen.«

»Dann muss Philippe noch irgendwo hier sein!«, stieß ich mit neuem Elan hervor. »Helfen Sie mir, ihn zu finden?«

Wieder zuckte er mit den Schultern. Das schien bei ihm eine Antwort auf alles zu sein. »Ja.«

Ich ging vorsichtig weiter und achtete auf unebene Stellen unter meinen Füßen. »Bestimmt hat er sich ebenso eingegraben.« In mir keimte eine derartig große Hoffnung auf, dass es mich fast umhaute. Ich vergaß zu atmen, weil ich auf jedes kleine Geräusch hörte. Hektisch atmete ich wieder ein, als mir schwarz vor Augen wurde, weil ich die Luft zu lange angehalten hatte.

»Ich glaub, hier ist jemand drunter«, flüsterte der Soldat ein paar Meter von mir entfernt.

Schnell ging ich zu ihm und gemeinsam gruben wir die lockere Erde von einem Körper. Er hatte recht, da lag jemand.

»Das muss er sein. Er ist ein begnadeter Buddler, wie ich es immer nenne. Er kann sich selbst metertief eingraben. Das kann nicht jeder.«

Was er da von sich gab, war für mich dummes Zeug. Begnadet im Einbuddeln? Das war doch Blödsinn. Ich wühlte weiter, bis ich einen Kopf ertastete. Der Mann begann sich unter meinen Händen zu bewegen, als hätte ich ihn gerade geweckt.

»Weiter. Er lebt!«

Philippe! Er musste es einfach sein.

Rasch wischte ich die Erde von seiner Nase und von dem Mund. Dann reinigte ich den Rest des Gesichts. Als mich plötzlich braune Augen anschauten, schluchzte ich auf. Er war es! Wir hatten ihn tatsächlich gefunden! Und er lebte!

»Phil!«, stieß ich zwischen mehreren Schluchzern hervor.

»Lämmchen?«, fragte er kraftlos.

»Ja! Ja, ich bin es!« Mir liefen die Tränen die Wangen hinab und hinterließen dort eine salzige Spur, bevor sie auf seinen Brustkorb tropften. Ich legte meinen Kopf an seine Schulter und schluchzte. Als seine Hand liebevoll über meinen Kopf strich, erfasste mich tiefe Dankbarkeit.

Langsam kam Philippe vollends zu sich und setzte sich auf. Ich wich ein Stück von ihm zurück und starrte ihn an, als wäre er ein Weltwunder.

»Bertrand! Du bist auch hier?«, fragte er seinen Kameraden ungläubig.

»Ja, konnte dich ja schlecht unter der Erde verrecken lassen.«

Ich konnte es immer noch nicht fassen, dass ich ihn lebend gefunden hatte. »Als ich vorhin mit Maurice losgelaufen bin, hatte ich beinahe keine Hoffnung, dich zu finden, aber jetzt …«

»Maurice? Wo ist er?« Unruhig blickte sich Philippe um und suchte seinen Freund.

Wie sollte ich ihm das begreiflich machen? Ich fasste all meinen Mut zusammen und erklärte: »Er hat mir das Leben gerettet.«

Philippes Augen weiteten sich. Dann bemerkte ich, wie die Erkenntnis sich in ihm ausbreitete. Sein Gesicht verfinsterte sich und seine Schultern sackten herab.

»Es tut mir so leid!« Vorsichtig berührte ich ihn am Unterarm.

Doch anstatt mich von sich zu stoßen, weil sein Freund wegen mir gestorben war, riss er mich in seine Arme und vergrub sein Gesicht an meinem Hals. »Entschuldige dich niemals wieder, dass du überlebt hast. Er hat sein Leben freiwillig gegeben, um deins zu retten. Das war Maurice. Er hätte nicht damit leben können, nicht alles für deine Sicherheit gegeben zu haben.«

Bertrand räusperte sich vernehmlich. »Leute, ich will euch ja nicht unterbrechen, aber wir sollten so schnell wie möglich zurück. Die Sonne geht bald auf, dann sitzen wir hier auf einem Präsentierteller. Eine weitere Nacht oder noch länger möchte ich nicht unter dieser blutgetränkten Erde verbringen.« Bertrand sah uns mit seinem dreckverschmierten Gesicht an und winkte wild mit den Armen, um uns zu veranlassen, auf die Beine zu kommen.

Wir halfen uns gegenseitig beim Aufstehen, berührten einander und hielten dann die Hand des anderen. Ich hatte Angst, dass er plötzlich verschwinden würde, wenn ich ihn losließe. Das konnte ich auf keinen Fall riskieren, weshalb ich mich an ihm festklammerte.

Bertrand sah zum Himmel empor. »Diese verdammten Wolken! Ich kann keinen einzigen Stern sehen. Die Richtung kann ich so nicht finden.«

»Kristin?«

Ich sah Philippe fragend an.

»Aus welcher Richtung bist du gekommen?«

Unsicher blickte ich mich um, doch alles sah gleich aus. Ich konnte keinen einzigen Anhaltspunkt wiedererkennen. Nichts deutete darauf hin, wo ich vor einer gefühlten Ewigkeit mit Maurice gestartet war. »Ich weiß es nicht«, gestand ich unsicher.

Bertrand schnaubte genervt.

»Lass das!«, wies ihn Philippe zurecht.

Bertrand knurrte. »Ist doch wahr. Wie kann man sich auf eine solche Mission begeben, ohne sich zu merken, woher man gekommen ist?«

Philippe atmete tief ein. Er wirkte wütend, doch ich legte ihm die Hand auf den Unterarm und forderte ihn dadurch auf, es gut sein zu lassen. Glücklicherweise entspannte er sich daraufhin ein wenig.

Bertrand entschied sich, nach links zu gehen, also folgten wir ihm. Ich wollte mich nicht mit diesem Mann streiten. Im Grunde genommen hatte er ja auch recht. Ich hatte mich so sehr auf Maurice verlassen, dass ich mir selbst keine Gedanken über die Orientierung gemacht hatte oder wie wir wieder zurückfinden konnten. Gerade ich, die ständig und überall alles an Informationen inhalierte. Aber die Tatsache, dass ich Philippe so nahe war, hatte mein logisches Denken lahmgelegt.

»Ich bin so froh, dich wiederzuhaben!«, flüsterte Philippe und zog mich näher an seine Seite.

Ich war zu ergriffen, um zu antworten, aber das war auch nicht nötig. Philippe wusste, was ich riskiert hatte, um ihn zu finden. Und sobald wir in Sicherheit waren, würden wir uns alles berichten, was in der Zwischenzeit passiert war.

Wir waren gerade ein paar Minuten unterwegs, als wir Schüsse hörten. Geduckt liefen wir weiter. Doch plötzlich spürte ich einen flammenden Schmerz in der Brust. Ungläubig blieb ich stehen und starrte an mir herab. Es war dunkel, dennoch konnte ich den Fleck sehen, der sich zügig auf dem Pulli, den ich mir von Tiago gemopst hatte, ausbreitete. Wie lange war das her? Ein Leben?

»Phil?«, fragte ich ängstlich.

Er sah meine angstgeweiteten Augen und dann erblickte er das Blut.

»Kristin! Oh nein!« Vorsichtig griff er nach meinen Schultern und half mir, mich hinzulegen, als meine Beine wegknickten.

»Was macht ihr da?«, murrte Bertrand und kam zurück zu uns. »Verdammte Scheiße!«, stieß er hervor, als er sah, dass ich getroffen worden war.

Ich schmeckte Blut. Das war kein gutes Zeichen. Mein Atem ging röchelnd. War die Lunge getroffen worden? Dann gäbe es für mich keine Rettung mehr auf diesem Feld. Ich hatte nur eine Chance zu überleben, ich musste hier weg. Und dafür gab es ebenfalls nur eine Möglichkeit.

Nervös nestelte ich an dem Ausschnitt meines Pullovers und zog das Medaillon heraus, während Philippe auf die Blutung drückte, um sie zu stillen. Sein Unterfangen war vergebene Liebesmüh.

»Bleib bei mir!«, hörte ich Philippe verzweifelt sagen.

Ich wollte ihn trösten, ihm sagen, dass ich uns beide hier rausholen würde. Aber ich benötigte alle Kraft für das, was kommen würde. Ein einziges Mal musste dieses Teufelsding an meinem Hals doch für etwas gut sein!

»Was ist denn das für ein wertvoller Anhänger?« Bertrand griff neugierig danach. Ich wollte seine Hand wegstoßen, aber mir fehlte die Kraft.

Philippe schlug nach Bertrands Hand, doch er verfehlte sie. Bertrand hatte mit gierigem Blick die Kette von meinem Hals gerissen und lief los. Dann drehte er sich noch einmal um und rief: »Komm, Philippe, wir können ihr nicht mehr helfen.« Mit diesen Worten wandte er sich komplett um und rannte drauflos.

Philippe blickte sich irritiert nach dem anderen Soldaten um, dann sah er wieder zu mir. Er war hin- und hergerissen. Mit Sicherheit wusste er noch, dass ich ohne das Zeitenmedaillon sterben würde. Doch er wollte mich nicht allein lassen.

»Das … Medaillon …«, keuchte ich. Es kostete mich alle Kraft, das zu sagen. Erneut schmeckte ich einen Schwall Blut in meinem Mund. Bertrand hatte recht. Ich würde es nicht schaffen.

Philippe erwachte aus seinem Schockzustand, erkannte endlich den Ernst der Lage und sprang auf die Füße. Innerhalb weniger Sekunden erreichte er Bertrand. Doch der dachte gar nicht daran, das Medaillon zurückzugeben. Ein wildes

Handgemenge entbrannte, als die beiden anfingen, um das Schmuckstück zu kämpfen.

Ich merkte, wie das Leben aus mir herausfloss und in dem Boden versickerte. Das Atmen fiel mir zusehends schwerer. Das Schicksal war nicht fair. Endlich hatte ich Philippe unter den schlimmsten Umständen finden können und dann das?

»Verschwinde!«, schrie Philippe. Er hielt das Medaillon in der Hand und kam auf mich zu.

Ich sah, wie Bertrand seine Waffe zog. Eine eiskalte Hand griff nach meinem Herzen. Ich wollte Philippe warnen, aber in meine Lunge bekam ich nicht mehr genügend Sauerstoff, um überhaupt noch einen Ton hervorzupressen. Ich hatte nicht einmal mehr die Kraft, meine Hand zu heben. Untätig musste ich zusehen, wie Philippe sich neben mich kniete und das Medaillon um meinen Hals legte.

Ein Schuss fiel und Philippe sackte leblos auf mir zusammen. Die Welt stand für einen Sekundenbruchteil still. Wilder Schmerz brannte wie Säure durch meine Blutbahnen. Ein lautloser Schrei verließ meine Lippen, dann wurde alles um mich herum schwarz.

23. Kapitel

Ich hörte Stimmen. Fremde Stimmen. Sie sprachen über den Gesundheitszustand einer Patientin. Gott, war ich müde. Ich bekam einfach nicht die Augen auf, egal, wie sehr ich mich anstrengte. Das stetige Piepsen der Überwachungsmaschine nervte mich. War ich etwa im Zimmer einer Patientin eingeschlafen?

Erneut versuchte ich, die Augen zu öffnen. Es kostete mich all meine Kraft, doch endlich schaffte ich es, eins meiner Lider zu heben. Das künstliche Deckenlicht blendete mich jedoch und schmerzte in meinen Augen. Also schloss ich sie schnell wieder.

Ich versuchte zu sprechen, aber irgendetwas war in meinem Mund, sodass ich die Bemühungen wieder einstellte. Selbst ein Stöhnen wollte nicht recht über meine Lippen kommen.

Was war passiert? Wo war ich? Wo war Philippe? Wer waren diese Menschen? Hatte ich einen weiteren Zeitsprung hinter mir? Es konnte eigentlich nicht anders sein. Das Piepsen der Maschine erinnerte mich zu sehr an die Notaufnahme des Jahres 1961.

Ich versuchte, mich aufzurichten, aber auch das misslang. Die Stimmen wurden leiser und verstummten. Ich war allein in dem Raum und hatte nicht genügend Kraft, um wach zu bleiben und nach Philippe zu fragen. Dann verlor ich erneut das Bewusstsein.

* * *

Piep. Piep. Piep. Das Geräusch wurde immer schneller. Während ich mich auf diesen Ton konzentrierte, schossen mir plötzlich die Ereignisse auf dem Schlachtfeld zurück in mein Erinnerungsvermögen.

Bertrand.

Philippe.

Der Schmerz.

Und schlagartig wurde mir klar, welches Geräusch ich durchgehend hörte. Es war mein eigener Herzschlag. Ich war im Krankenhaus. Nicht als Krankenschwester, sondern als Patientin. Ich war die Patientin, über die geredet worden war. Jemand musste mich gerettet haben.

Dann drangen neue Bilder in meine Erinnerungen. Bertrand, der mein Medaillon stahl. Philippe, der mit ihm kämpfte und siegreich mit dem Anhänger zu mir zurückkehrte. Der Schuss. Philippe, der leblos auf mir zusammensackte.

Erneut spürte ich Schmerz. Unendlichen Schmerz, der jede Faser meines Körpers durchdrang und den kein Schmerzmittel dieser Welt bekämpfen konnte. Ein Schmerz, der mich zerriss.

Das Piepen wurde immer schneller.

Dann erfasste mich die Bewusstlosigkeit erneut und ich sank in ihre tröstliche Umarmung.

* * *

»Mademoiselle?« Die Stimme einer Frau drang an mein Ohr, doch ich hatte meinen Willen, aufzuwachen, verloren. Ich zog mich zurück, wollte nicht die Augen öffnen. Ich wollte weiterhin in der alles betäubenden Bewusstlosigkeit verharren, weit weg von dem Schmerz, der sogleich wieder nach mir griff.

Doch jemand störte mich, lupfte mein Lid und leuchtete mit einer Lampe in meine Augen. Ich zuckte zurück.

»Also sind Sie doch wach. Willkommen zurück unter den Lebenden.« Die Krankenschwester klang erleichtert. »Wir dachten schon, Sie würden nicht mehr aufwachen.«

Das wollte ich auch nicht mehr. Aber in diesem verdammten Krankenhaus konnte man nicht mal in Frieden sterben. Ich blinzelte, was die einzige Bewegung war, für die ich genug Kraft hatte.

»Ich rufe den Arzt, dann kann er Sie untersuchen.« Sie klang dermaßen aufgeregt, dass ich daraus schloss, wie schlimm es ursprünglich um mich gestanden haben musste.

Doch nun war dieser Zustand offenbar vorüber. Jetzt war ich wach und musste weiterleben. Das Krankenhauspersonal würde schon dafür sorgen. Das wusste ich aus meiner eigenen beruflichen Erfahrung. Auch ich hatte stets alles gegeben, meine Patienten am Leben zu halten. Nicht ein einziges Mal hatte ich darüber nachgedacht, ob der Tod nicht vielleicht doch das war, was sie wollten.

Die Schritte der Krankenschwester klapperten und quietschten auf dem Linoleum. Am liebsten hätte ich nach Philippe gefragt, doch der Beatmungsschlauch in meinem Hals hinderte mich daran.

Kurze Zeit später kam sie mit einem Arzt zurück, der sich mit seinem grauen Bart über mich beugte und sich vorstellte.

»Mademoiselle? Ich bin Dr. Rissot, Ihr behandelnder Arzt. Ich werde Sie jetzt untersuchen. Wenn nichts dagegenspricht, entferne ich anschließend den Beatmungsschlauch.« Er hob mein Augenlid an und leuchtete mit einem grellen Licht in die Pupille. Danach folgten noch weitere Untersuchungen, die ich willenlos über mich ergehen ließ.

Selbst wenn ich etwas dagegen hätte unternehmen wollen, wäre mir das nicht vergönnt gewesen. Schließlich hatte man mich an dem Bett fixiert und der Beatmungsschlauch hinderte mich daran, etwas zu sagen.

»Schwester Fabienne? Wir werden eine Extubation durchführen.«

Ich lauschte, als wäre es nicht ich, über die sie ihre Entscheidungen trafen. Es war, als wäre ich nur ein Zuschauer. Ich fühlte mich kaputt, was nicht an meinem Körper lag. Es war der Tatsache geschuldet, dass Philippe von diesem verdammten Verräter Bertrand erschossen worden war. Und warum? Wegen des Zeitenmedaillons! Ich hasste es. Ich würde es zerstören und damit auch mich. Dann wäre es endlich vorbei! Und der Schmerz würde mich loslassen.

Sie entfernten den Schlauch und saugten anschließend den Schleim ab. Ich konnte wieder selbstständig atmen, doch mein Hals fühlte sich wund an und brannte wie Feuer. Aber das war nichts verglichen mit dem Schmerz, der mein Innerstes zerfraß. Beinahe hieß ich diese körperliche Reaktion willkommen, weil sie mir zeigte, dass ich noch lebte. Aber dann wurde mir bewusst, dass es ein Leben ohne Philippe sein würde.

»Das sieht doch alles ganz gut aus.« Der Arzt richtete sich auf, nachdem er mein Herz und meine Lunge abgehört hatte. »Wenn man die Schwere Ihrer Verletzung betrachtet, bin ich zufrieden mit dem Fortschritt Ihrer Genesung.«

»Welche Art von Verletzung?« Meine Stimme klang rau und brüchig, weil ich sie so lange nicht benutzt hatte, zudem war mein Mund staubtrocken.

»Ihre Lunge hat etwas von der Kugel abbekommen, die wir in Ihrem Körper gefunden haben. Aber es hätte schlimmer sein können. Offenbar hat die Kugel das Medaillon, das Sie um Ihren Hals trugen, touchiert und ist dadurch in einem anderen Winkel eingetreten. Vermutlich wäre es ansonsten ein glatter Herzschuss gewesen.« Der Arzt erklärte es mir mit klaren Worten. Seine unterkühlte Art sorgte dafür, dass ich nicht in hysterisches Gekicher verfiel. Das Medaillon hatte mir das Leben gerettet, nachdem es mir alles genommen hatte, für was es sich gelohnt hätte zu leben. »Man hat Sie wiederbeleben müssen, als man Sie fand.«

Ich war also schon beinahe über die Schwelle getreten. Und dann hatte ich doch hierbleiben müssen.

»Wie lange war ich bewusstlos?«, fragte ich flüsternd, da meine Stimme noch immer nicht funktionierte wie sonst. Vermutlich hätte ich dankbar dafür sein müssen, mich überhaupt verständigen zu können. Aber das war ich nicht.

»Heute ist der einundzwanzigste September 1961. Sie haben über sechs Wochen geschlafen«, antwortete die Krankenschwester, als wäre es das Normalste der Welt, einem Menschen mitzuteilen, dass er eine so lange Zeit ohne Bewusstsein gewesen war. Sie öffnete die Schnallen der ledernen Riemen, mit denen ich am Bett fixiert worden war, und stellte mein Kopfteil höher.

Kurz darauf verabschiedete sich der Arzt, und die Krankenschwester wusch mir das Gesicht, half mir sogar beim Putzen meiner Zähne, als ich bemerkte, welch schrecklichen Geschmack ich im Mund hatte. Ich selbst war kaum dazu in der Lage, meine Hand zu heben.

Ich konnte mich nur sehr eingeschränkt bewegen, weil mir einfach noch die Kraft dazu fehlte. Hunderte von Patienten hatte ich genau das Gleiche angedeihen lassen, doch selbst in einer solchen Situation zu sein, verursachte mir ein tiefes Schamgefühl.

»Ich schaue in einer halben Stunde wieder bei Ihnen rein, dann sehen wir, ob Sie vielleicht schon einen Schluck Wasser zu sich nehmen können.« Ihr Lächeln wirkte aufgesetzt. Trotzdem bedankte ich mich leise, ehe sie ging.

Ich hatte mich nicht getraut zu fragen, ob sie etwas von Philippe wusste. Die Angst vor der Antwort, vor dem, was das für mich und mein zukünftiges Leben bedeutete, nagte zu sehr an mir.

Kraftlos schloss ich wieder die Augen und zog mich zurück in einen erleichternden Schlaf. In einen Schlaf, der mir den Schmerz nahm.

* * *

Als ich das nächste Mal erwachte, starrte ich lange Zeit an die Decke und zählte die Platten, die dort angebracht worden waren. Nachdenklich glitt meine Hand zu meinem Hals. Als ich dort jedoch ins Leere fasste, schoss ich mit dem Oberkörper empor. Sofort bereute ich diese schnelle Bewegung, als der stetige, unterschwellige Schmerz in meiner Wunde zu einem enormen Reißen und Brennen mutierte.

Stöhnend ließ ich mich wieder zurück auf mein Kissen sinken und blieb wie erstarrt liegen. Das Medaillon war verschwunden.

»Was machen Sie denn da?«, schimpfte die Krankenschwester, die gerade ins Zimmer kam. »Sie dürfen noch keine abrupten Bewegungen machen.« Es war nicht dieselbe Frau, die sich vorhin um mich gekümmert hatte, sondern eine ältere mit kurzen Haaren und strengem Blick. Sie war mir auf Anhieb unsympathisch.

»Wo ist meine Kette?«, fragte ich ohne Umschweife. Ich hatte keine Lust auf unnötige Höflichkeiten. Sie hatte sich schließlich auch nicht dazu aufraffen können, nett zu mir zu sein.

»Die ist bei Ihren anderen Habseligkeiten im Schrank.« Beflissen schüttelte sie die Decke auf und kontrollierte dann meinen Puls. Anschließend spritzte sie mir irgendein Medikament.

Ich beachtete sie nicht weiter, weil mein Kopf auf Hochtouren alle Möglichkeiten durchlief, warum ich plötzlich hier ohne das Medaillon überleben konnte. »Seit wann trage ich es nicht mehr?«

Irritiert unterbrach die Frau ihr Tagewerk und sah mich an. »Ich denke, die hat man Ihnen bei der Einlieferung abgenommen. Ich kann mich jedenfalls nicht erinnern, irgendein Schmuckstück an Ihnen bemerkt zu haben.«

Das war unfassbar! Ich lag seit über sechs Wochen in diesem Bett und kämpfte um mein Leben. Doch nun war ich auf dem Weg der Besserung. Und das ohne das Medaillon! Sollte es das tatsächlich gewesen sein? Hatte ich von nun an eine Chance, ohne das Ding zu überleben?

Ich beachtete die Frau nicht weiter und dachte über das Schicksal nach, das mich nun hierher verbannt hatte, ohne Philippe und befreit von dem Medaillon. Freiheit und der schlimmste Verlust, den ich mir vorstellen konnte, trafen aufeinander.

Warum funktionierte das auf einmal? Lag es daran, dass ich eigentlich schon gestorben war und man mich hatte wiederbeleben müssen? Egal, woran es lag, ich würde die Antwort auf diese Frage vermutlich nie wirklich ergründen können.

Als die Tür plötzlich ins Schloss fiel, zuckte ich erschrocken zusammen. Es war ganz still mit einem Mal und ich allein. Ich hatte nicht bemerkt, wie die Schwester das Zimmer verlassen hatte.

Doch dann hörte ich die Krankenschwester vor meiner Tür schimpfen. »Sie können hier nicht rein!« Rumpeln vor der Tür. »Ich sagte, das geht nicht!«

Im nächsten Moment wurde die Tür wieder aufgerissen.

Ich hob den Blick und erstarrte. Das konnte nicht sein. Meine Augen mussten mir einen Streich spielen. Im Türrahmen stand ein völlig aufgelöster Philippe. Für einen Augenblick überlegte ich, welche Medikamente man mir gegeben hatte, dass ich solche Halluzinationen bekam. Mein Wunschdenken manifestierte sich hier in der Gestalt des Mannes, den ich liebte, jedoch für immer verloren hatte.

»Kristin!«, stieß er atemlos hervor und blieb abrupt stehen. »Du bist wach!« Offenbar war die Fata Morgana davon ausgegangen, dass ich schlief.

»Junger Mann, ich sagte, dass die Patientin jetzt Ruhe braucht.«

Er warf ihr einen seiner tödlichen Polizeiblicke zu. »Und ich sagte, dass Sie mich nicht mehr davon abhalten können, zu meiner Verlobten zu gehen. Das hat lange Zeit funktioniert, aber jetzt geht es mir besser und ich lasse mich nicht mehr aufhalten. Lassen Sie uns in Ruhe!«

Die Schwester rang wild gestikulierend mit den Händen. Vermutlich hatte so noch nie jemand mit ihr gesprochen.

Ich lächelte dümmlich über meine eigenen Fantasien. Als die Krankenschwester dies bemerkte, verdrehte sie genervt die Augen und verschwand.

Mit wenigen Schritten eilte der imaginäre Philippe an die Seite meines Bettes. »Wie geht es dir? Sie haben mich die ganze Zeit nicht zu dir gelassen.«

Ich bildete mir das alles nur ein. Tränen rannen meine Wangen hinab. Traurig schloss ich die Augen. Ich wollte mich nicht in Tagträumereien flüchten.

»Kristin! Sieh mich an.«

Ich schüttelte vehement den Kopf.

»Ich werde hier nicht weggehen, ehe du mich ansiehst und mit mir redest!«

Mit einem Mal spürte ich seine warme Haut auf meiner. Philippe streichelte meine Finger. Für jemanden, den ich mir einbildete, fühlte er sich aber verdammt lebendig an. Unwillkürlich hob ich den Kopf und sah ihm direkt in seine warmen braunen Augen. Ich versank darin. Es war wie ein Nachhausekommen.

»Na endlich, Lämmchen«, flüsterte er zärtlich und hob meine Hand, um einen Kuss darauf zu hinterlassen.

Augenblicklich kribbelte es in meinem Körper, der auf diesen Mann reagierte wie die Motte auf das Licht. Konnte es sein, dass er tatsächlich neben meinem Bett saß? Oder lag es doch an den Medikamenten, die meinen Verstand vernebelten? Mit gerunzelter Stirn sah ich Philippe an und versuchte herauszufinden, ob er real war.

Nichts an ihm wirkte falsch. Er sah aus wie immer. Außer dass er müde aussah und der Bartschatten auf seinem Gesicht stärker ausgeprägt war als sonst. Mein Herz begann wild zu klopfen, als ich erkannte, dass der Mann, den ich liebte, mir tatsächlich gegenübersaß.

»Phil!«, flüsterte ich zaghaft.

»Ja?« Mit einem amüsierten Funkeln in den Augen beobachtete er meine Reaktion.

Krampfhaft umklammerten meine Finger seine Hand. »Ich dachte, du wärst tot!« Ein Schluchzen stahl sich meine Kehle empor und ich begann haltlos zu weinen.

»Nicht!« Philippe nahm mich vorsichtig in den Arm, um mir nicht wehzutun. »Ich bin da. Du hast mich gefunden, Lämmchen. Du hast mich da rausgeholt und gerettet.«

»Aber … aber er hat dich erschossen!«, stotterte ich aufgelöst.

Sanft strich er mir das Haar aus der Stirn und sah mir fest in die Augen. »Bertrand hat mich nur getroffen. Ein Schuss, der mich zwar umgehauen hat, aber so schnell bringt mich nichts um. Das solltest du doch wissen.«

Ich sog seine Wärme in mir auf, seinen Pinienduft, und ließ es endlich zu, dass die Erkenntnis in mich hineinsickerte. Er lebte!

Langsam löste er sich von mir und sah mir nochmals tief in die Augen. Dann wanderte sein Blick zu meinen Lippen. Kurz darauf küsste er mich so zärtlich, dass Tränen in meinen Augen brannten und ich mir von nun an absolut sicher war, dass dies kein Traum war.

Wir hielten uns noch lange fest. Genossen die Gegenwart des anderen und erfreuten uns daran, dass wir diesen Krieg und insbesondere diese Schlacht überlebt hatten.

Irgendwann gewann meine Neugier die Oberhand. »Wie sind wir hier im Jahr 1961 gelandet?«

Philippe lachte. »Ich weiß es ehrlich gesagt nicht. Irgendwann bin ich zu mir gekommen und lag in einem dieser Krankenhausbetten. Du kannst dir nicht vorstellen, welche Panik mich ergriffen hat, als ich aufgewacht bin.«

»Oh doch, das kann ich!« Wenn nicht ich, wer dann? Schließlich war ich so oft schon durch die Zeiten gereist. Nur Tiago und Gustavo schafften es, die Anzahl meiner Zeitsprünge zu übertrumpfen. »Wie hast du den Leuten unsere Verletzungen erklärt? Oder wer du bist?«

»Ich habe ihnen gesagt, ich weiß nichts mehr, kann mich nicht erinnern. Nur meinen Namen wüsste ich noch. Und deinen. Und dass ich dich liebe und wir verlobt sind.« Frech zwinkerte er mir zu.

»Und das haben sie dir abgenommen?«

»Was blieb ihnen anderes übrig?«

Ich lachte, doch bereute es sofort. Schmerzerfüllt zuckte ich zusammen. »Bring mich bitte nicht zum Lachen.«

»Werde ich nicht mehr. Stattdessen werde ich dich küssen, bis es dir besser geht.« Und dann fiel er über meine Lippen her, eroberte das, was er nicht mehr erobern musste, weil ich schon längst die Seine war.

24. Kapitel

Philippe, der gerade den Wocheneinkauf in unsere Wohnung in Paris trug, stöhnte, als er diesen auf dem Tisch abstellte. Lächelnd schloss ich die Haustür und stellte meinen Beutel mit dem Gemüse daneben.

Jetzt, ein Jahr nach unserem Krankenhausaufenthalt, sah man ihm nicht mehr an, dass er so schwer verletzt gewesen war. Die fehlenden Kilos hatte er wieder auf den Rippen und er strahlte zufrieden angesichts der Tatsache, von nun an ein wenig Normalität zurückzugewinnen.

Seit einem halben Jahr befand er sich in einer Ausbildung bei der Pariser Polizei. Er war einer der wenigen, die in diesem Alter noch eingestellt worden waren. Doch er hatte die Ausbilder schnell überzeugt. Kurz nach unserer Heirat hatten wir die kleine Wohnung in Verdun gekündigt und auch meine dortige Stelle im Krankenhaus hatte ich aufgegeben. In der Hauptstadt suchten sie ständig händeringend mehr Pflegepersonal. So war es mir nicht schwergefallen, einen neuen Job zu ergattern.

Glücklich waren wir seit dem Moment, da wir uns im Krankenhaus wiedergefunden hatten. Wobei das Wort glücklich eigentlich nicht genug ausdrückte, wie wundervoll es sich anfühlte. Uns verband eine tiefe Liebe. Aber auch eine gemeinsame Vergangenheit, die uns erdete. Niemals würden wir vergessen, wie schrecklich das Leben sein konnte. Das war auch ein Grund, warum wir jede einzelne Minute unseres Lebens genossen. Sei es gemeinsam mit Freunden oder zu zweit. Wobei wir Letzteres oft bevorzugten.

Ich spürte Philippes Nähe, als er von hinten an mich herantrat. Sanft legte er seine Arme um mich und zog mich zu sich. »Hab ich dir eigentlich schon gesagt, wie glücklich ich bin?«

Damit brachte er mich täglich zum Lachen. »So ungefähr drei- bis vierhundertmal?«

Er inhalierte meinen Geruch und schob die Nase zwischen meine Haare, während ich seine Wärme genoss. »Dann mach dich darauf gefasst, dass du es dir noch ein paar Mal anhören musst«, raunte er an meinem Ohr. »Ich liebe dich, Lämmchen.«

Mit einer fließenden Bewegung drehte ich mich in seinen Armen um und schmiegte mich an seine Brust. »Und ich dich«, erwiderte ich und küsste ihn hingebungsvoll.

Sanft glitten meine Lippen über seine. Für einen kurzen Augenblick übernahm ich die Führung. Doch Philippe wäre nicht er, wenn er mich nicht sogleich erobert hätte. Besitzergreifend glitten seine Finger in mein Haar und lösten den Zopf, den ich geflochten hatte. Er lockerte die Strähnen, ehe er meinen Hinterkopf umfasste und meine Lippen brandmarkte.

Leidenschaftlich tanzten unsere Zungen miteinander und entlockten mir ein Stöhnen. Als Philippe seine Hände hemmungslos über meinen Körper gleiten ließ, entwand ich mich ihm.

»Komm!«, forderte ich ihn auf und hielt ihm die Hand hin, die er sofort ergriff.

»Dazu musst du mich kein zweites Mal auffordern«, stieß er lachend hervor und folgte mir in unser gemeinsames Schlafzimmer.

Ich würde niemals genug von ihm bekommen.

* * *

Später lag ich in Philippes Armen auf unserem Bett und strich über seine Brustmuskeln, während seine Hand durch mein Haar glitt.

»Was liegt dir auf dem Herzen, Lämmchen?«, fragte er leise und verblüffte mich damit.

Ich konnte mir ein Schmunzeln nicht verkneifen. »Kannst du mich so gut lesen?«

»Mittlerweile ja. Ich muss zugeben, dass es mir nicht immer leichtgefallen ist, aber nun habe ich manchmal das Gefühl, dich besser zu kennen als mich selbst.«

Erstaunt hob ich den Kopf und sah in seine braunen Augen. »Du sprichst das aus, was ich fühle. Es scheint, als hätten sich unsere Seelen für immer vereint.«

»Oh Lämmchen, an dir ist eine Philosophin verloren gegangen. Aber ich muss dir recht geben. Wir sind für immer vereint.« Sein Lächeln wärmte mein Herz mehr, als jedes Feuer es hätte tun können. Doch dann veränderten sich seine Gesichtszüge und er hob wissend die Augenbrauen. »Und du bist raffiniert. Versuchst mich mal wieder abzulenken. Also, was liegt dir auf dem Herzen?«

Oh ja, ich hatte es versucht, aber er hatte mich durchschaut. Er brachte mich zum Lachen, nicht nur in diesem Augenblick. Oft, sehr oft, und er machte mich glücklich. Glücklicher noch, als er es ahnte. Doch ich hatte tatsächlich etwas auf dem Herzen. Etwas Großes und Schweres.

»Du hast recht«, gab ich zu.

Plötzlich lag ich unter Philippe und er bedeckte mich mit seinem Körper. Mit einem Knurren legte er seine Fingerspitzen an meine Rippen und strich neckend darüber. »Wenn du nicht gleich damit herausrückst, muss ich es aus dir herauskitzeln!«

Ich kicherte und wand mich unter ihm. »Oh, vergib mir, du liebender Ehemann.«

»Führ mich nicht in Versuchung!«, grollte er gespielt böse. »Sprich, Weib!«

»Warte, Phil.« Sanft schob ich seine Hand von mir. Für das, was ich mit ihm besprechen wollte, brauchten wir beide einen klaren Kopf. Das war nichts, was man nackt und herumalbernd diskutieren sollte.

Erstaunt hielt er inne und gab mich frei. Am liebsten hätte ich ihn zurück zu mir gezogen, damit wir uns ein weiteres Mal lieben konnten. Doch dafür hatten wir noch ein Leben lang Zeit. »So schlimm?«

»Nein, es ist nicht schlimm, aber es ist ein wenig ernster.« Unter gesenkten Lidern sah ich zu ihm auf.

»Du möchtest mir jetzt aber nicht mitteilen, dass du mich verlassen willst, oder?« Es lag so viel Ernsthaftigkeit in seinem Gesicht, dass ich erschrocken die Luft einzog.

»Nein, um Gottes willen!«

Als Philippe mich auslachte, bemerkte ich erst, dass er mich auf den Arm genommen hatte. »Oh Mann, Kristin. Du hast doch nicht ernsthaft geglaubt, dass ich das denken könnte, oder?«

Statt eine Antwort zu geben, erhob ich mich und schnappte mir den Morgenmantel. »Lass uns in der Küche darüber sprechen, während ich den Einkauf wegräume. Es wäre schade um die Lebensmittel.«

Mit hochgezogenen Augenbrauen beobachtete er mich. Auf seinem Gesicht hatte sich dieses verwegene Lächeln ausgebreitet, das ich so sehr liebte. Dennoch ging ich in die Küche und verstaute den Einkauf.

Irgendwann kam Philippe mir nach. Er hatte sich angezogen und setzte sich an den Küchentisch. »Komm her und erzähl es mir endlich.«

Ich hatte es nicht anders gewollt, dennoch fiel es mir schwer, mit der Sprache herauszurücken. Seit einem Jahr brannte es in mir und jetzt konnte und wollte ich es nicht länger aufschieben.

»Das Medaillon«, begann ich und setzte mich ihm gegenüber an den Tisch.

»Das Medaillon?«, fragte er mit gerunzelter Stirn. »Darüber möchtest du mit mir reden?« Es war nicht verwunderlich, dass er sich fragte, warum ich ausgerechnet darüber mit ihm reden wollte. Es lag seit unserem Einzug in der Schlafzimmerkommode. Ich war nicht länger darauf angewiesen, es zu tragen, keiner von uns hatte es in den letzten Monaten auch nur mit einer Silbe erwähnt.

»Ja«, mehr sagte ich vorerst nicht, damit er sich im Klaren darüber sein konnte, wie wichtig mir das Thema war.

»Irgendwie beschleicht mich der Verdacht, dass es mir nicht gefallen wird, was du mit mir zu besprechen hast«, mutmaßte er.

Sanft legte ich meine Hand auf seine. »Nein, ich glaube, ich bin es, der es so verdammt schwerfällt, darüber zu reden.«

Philippe verschränkte unsere Finger ineinander, führte mein Handgelenk an seine Lippen und küsste die Innenseite. »Fang an. Ich verspreche, nicht schreiend davonzurennen, egal, was du mir erzählen wirst.«

Ich atmete noch einmal tief ein. »Ich möchte das Medaillon zerstören.«

Ich rechnete es Philippe hoch an, dass er ruhig und gelassen blieb. »Und dann?«

»Dann werden wir es irgendwo vergraben, wo es nie ein Mensch finden kann.«

»Aber warum jetzt? Warum setzt dir das so zu? Den ganzen Tag läufst du mit einem Gesicht herum, dass es mir angst und bange wird.« Zärtlich strich er immer weiter über meine

Finger und schenkte mir so die Kraft, die ich benötigte, um das Folgende loszuwerden.

»Ich möchte keinem unserer Kinder diese Bürde auferlegen. Niemand hat es verdient, sich diesem Medaillon unterordnen zu müssen.« Ich zog meine Hand aus seiner und stand auf. Unruhig tigerte ich in der Küche herum.

Philippe räusperte sich. »Ich bin dem Zeitenmedaillon zu tiefstem Dank verpflichtet. Hättest du es nicht tragen müssen, wärest du mir nie begegnet.«

Ich blieb stehen und sah ihn an.

»Stell dir das mal vor.« Sein sanfter Gesichtsausdruck berührte mich.

Zugegebenermaßen hatte er mit diesem Einwand recht.

»Es gehört dir. Du entscheidest, was damit zu tun ist.« Doch seine ernsthafte Mimik zeigte mir, dass er von der Vorgehensweise nicht viel hielt.

»Das schon, aber wenn wir es zerstören, wäre dir auch für immer der Weg zurück versperrt«, gab ich zu bedenken.

Philippe schüttelte nur ungläubig den Kopf. »Ich habe hier ein Zuhause gefunden. Mich zieht nichts mehr zurück in das Jahr 1914. Das solltest du doch wissen, Lämmchen.«

»Danke«, hauchte ich ergriffen.

»Danke? Oh nein. Danke mir niemals dafür, dass ich hierbleiben möchte bei dir.« Eindringlich stemmte er die Hände auf die Tischplatte. Sein Blick ging mir durch und durch. »Warum jetzt?«

Das Lächeln schlich sich von ganz allein auf mein Gesicht. »Ich bin schwanger«, gestand ich ihm mit rasendem Herzschlag.

Philippe sprang von seinem Stuhl auf und riss mich in seine Arme. »Wir bekommen ein Kind?«

»Ja!«, antwortete ich kichernd, während er mich im Kreis herumwirbelte.

Als mich beinahe Übelkeit erfasste, stellte er mich endlich wieder auf meinen Füßen ab. Zärtlich nahm er mein Gesicht in seine Hände. »Ich habe nie gedacht, dass mein Glück noch größer werden könnte. Aber du hast mich gerade eines Besseren belehrt. Oh, Kristin. Du machst mich zum glücklichsten Menschen auf dieser Erde!«

Wir versanken in einem Kuss, der mich tief in meiner Seele berührte, und ich ahnte, dass selbst das Kind, das ich unter meinem Herzen trug, spürte, wie sehr wir uns liebten und uns auf unseren Nachwuchs freuten.

* * *

»Bist du dir absolut sicher?«, wollte Philippe wissen.

Er war kurz nachdem ich ihm von meiner Schwangerschaft erzählt hatte, zu seinem Werkzeugkoffer gegangen und hatte einen Hammer geholt. Nun reichte er ihn mir.

Unschlüssig hielt ich das Ding in der Hand. »Sicher bin ich mir schon, dennoch habe ich Angst, dass ich Generationen nach mir zum Unglück verurteile.«

»Dann lass es, Lämmchen. Es würde doch reichen, wenn wir es nicht an unsere Kinder weitergeben.«

»Ich kann nicht. Es hat mich und andere zwar zum Glück geführt, aber auch viel Leid und Unglück über seine Träger gebracht.« Schniefend stand ich vor dem Holzbrett, auf dem das Medaillon lag. Der Hammer wog schwer in meiner Hand und damit die Verantwortung, die ich mit meinem Handeln übernehmen würde.

»Du irrst dich. Es hat nie Unglück gebracht. Es war nur ein schwerer Weg, bis das Glück fest in deiner Hand lag.« Sein sanftes Lächeln berührte mein Herz.

Ich merkte, wie meine Entscheidung schwankte, wie mir Philippes Sanftheit zusetzte und mich zweifeln ließ. Das durfte ich nicht zulassen. Bevor ich es mir anders überlegen konnte, ließ ich den Hammer auf das Medaillon niedersausen. Mit einem markerschütternden Geräusch zerbarst es in zwei Teile.

Der Hammer fiel mir scheppernd aus den Fingern und knallte auf den Boden. Eine einzelne Träne löste sich und lief meine Wange hinab. Beinahe spürte ich den Schmerz des Medaillons in meiner Hand. Konnte das sein? Natürlich war das möglich. Wie so vieles, was das Medaillon mit sich gebracht hatte.

Vor meinem inneren Auge blitzte die Erinnerung an Catriona auf. Die junge Frau, die vielleicht meine Nachfahrin war. Was, wenn ich ihr mit meinem Handeln die Chance auf Glück genommen hatte?

Neben mir wich aus Philippes Mund die eingeatmete Luft. Dann spürte ich seinen Arm, den er mir um die Schultern legte. »Und jetzt?«

Plötzlich erfasste mich enorme Übelkeit. »Entscheide du!«, stieß ich noch hervor, ehe ich in Richtung Badezimmer verschwand und mich übergab.

* * *

Als ich eine halbe Stunde später wieder in die Küche kam, kehrte Philippe zurück. Er hatte kurzfristig die Wohnung verlassen und das Medaillon mitgenommen. Ich fragte nicht, was er damit getan hatte. Ich wollte es nicht wirklich wissen. Mir war nur wichtig, dass es aus meinem Leben verschwunden war.

»Geht es dir besser?«

Ich lächelte ihn an und schmiegte mich in seine Umarmung. »Ja, es geht mir besser. Ich habe nichts mehr im Magen außer ein paar Schluck Wasser. Aber ich habe mich frisch gemacht und die Zähne geputzt. Wenn ich mir jetzt noch was Hübsches zum Anziehen hole, dann können wir zur Feier des Tages essen gehen. Was hältst du davon?«

»Das ist eine großartige Idee! Ich habe gehört, man soll die Zeit noch ausnutzen, ehe das Kind da ist. Danach sollten wir sesshaft werden und uns unseres Alters und Familienstandes angemessen verhalten.« Er lachte befreit.

»Ja, das stimmt. Lass uns feiern und noch einmal tanzen gehen.« Ich stellte mich auf die Zehenspitzen und drückte ihm einen Kuss auf die Wange.

»Aber du bekommst keinen Alkohol!«, ermahnte mich Philippe.

»Versprochen. Aber …«, wandte ich ein.

»Aber was?«, flüsterte er und hielt mich fest.

»Nachher musst du mich dafür entschädigen, dass ich in den nächsten Monaten auf so vieles verzichten und leiden muss.«

»Warum nur nachher? Ich dachte daran, dir vorher schon ein klein wenig entgegenzukommen.« Langsam öffneten seine geschickten Finger den Knoten meines Bademantels. »Und nach dem Essen können wir dann zum Showdown übergehen.« Ich liebte es, wenn er diese modernen Wörter benutzte.

Eine Gänsehaut breitete sich über meinen ganzen Körper aus, als seine Hände unter den Stoff des einzigen Kleidungsstücks glitten, das ich trug.

»Du und ich, Lämmchen, für immer.«

»Für immer«, erwiderte ich, ehe seine Lippen meinen Mund eroberten und mir den Himmel auf Erden zeigten.

Epilog

54 Jahre später in Edinburgh

»Cat! Das Paket für dich ist angekommen!«, hörte ich meine Mitbewohnerin Ruby durch die Wohnung schreien. Ich mochte sie total gern, aber manchmal war sie mir einfach zu laut. Ob das an ihren amerikanischen Wurzeln lag, konnte ich nicht sagen. Wenn es nach den Genen ginge, dann hätte ich mit meinem Viertel brasilianischen Bluts ja auch voller Freude und lange feiern wollen. Nächtelang zu brasilianischen Rhythmen tanzen, passte aber nicht wirklich zu mir.

Ergeben klappte ich meinen Laptop zu, an dem ich mich gerade der Recherche für eine Hausarbeit gewidmet hatte. Seit vier Wochen war ich wieder zu Hause und irgendwie verliefen die Tage seither alle gleich. Ich vergrub mich in Arbeit und versuchte zu vergessen.

Seit meine Granny gestorben war, fühlte ich mich so haltlos wie nie zuvor. Kristin Legrand, geborene Vieille, war das letzte Familienmitglied, das mir bis dahin geblieben war. Nun war ich allein. Klar, von der familiären Seite meines Vaters her hatte ich noch Angehörige in Brasilien, aber die kannte ich nicht einmal. Für mich waren das Fremde. Wobei ich insgeheim vor ein paar Tagen bereits mit dem Gedanken gespielt hatte, dorthin zu reisen und zu schauen, wo meine Wurzeln lagen. Genug Geld hatte ich.

Dank der geschickten Anlagen, die meine Großmutter und mein Großvater Philippe getätigt hatten – sie hatten früh in Apple investiert, noch ehe bei der erfolgreichen Firma der große Boom begann –, verfügte ich über genügend Geld. Sogar für eine Weltreise würde es reichen, aber im Grunde genommen zog mich nichts nach Südamerika oder an einen anderen Ort. Ich liebte Schottland und hatte hier mittlerweile eine Heimat gefunden.

Plötzlich flog die Tür zu meinem Zimmer auf und Ruby steckte ihren blonden Lockenkopf herein. »Wann kommst du? Das ist das Paket aus Paris!« Theatralisch riss sie ihre Augen auf und winkte hektisch.

Ruby war neugierig. Nicht nur ein bisschen, sie war kaum zu bremsen, wenn es darum ging, Geheimnisse oder Rätsel aufzudecken. Genau deshalb studierte sie Archäologie und war mittlerweile der Liebling ihrer Dozenten. Mit ihren vierundzwanzig Jahren war sie knapp drei Jahre älter als ich. Sie stand kurz vor ihrem Abschluss und dem Beginn einer steilen Karriere. Doch damit würde auch ihre Zeit in unserer gemeinsamen Wohnung enden, was mir zusätzlich zum Tod meiner Großmutter zusetzte.

»Komme schon«, gab ich lahm von mir. Anstatt dieses Paket auszupacken, hätte ich mich viel lieber in meinem Zimmer eingeschlossen und mit kunsthistorischen Fakten vollgepumpt. Dann hätte ich die Hausarbeit, die Professor Dunham mir aufgebrummt hatte, schneller fertiggestellt.

Die Firma, die sich um den Verkauf und die Auflösung der Wohnung meiner Großmutter kümmerte, hatte mir vor ein paar Tagen eine Mail geschrieben. Die Umzugsspediteure hatten ein paar persönliche Wertgegenstände unter einem der Dielenbretter gefunden, wussten nichts damit anzufangen und wollten sie mir zuschicken. Deshalb war ich auch nicht sonderlich neugierig. Ich wusste, dass es sich bei dem Paket um diese Sendung handelte. Zudem würde mich die Durchsicht der Dinge meiner Großmutter erneut hart treffen. Vermutlich wäre ich danach wieder emotional am Boden. Ich wollte damit abschließen, nach vorne schauen, aber das fiel mir schwer, weil mich die Trauer immer noch fest im Griff hatte.

»Na endlich! Ich dachte schon, du kommst gar nicht mehr.« Ruby hüpfte auf unserer Couch herum wie ein Flummi auf Speed. »Ein Paket aus Paris, Cat. Wer weiß, welchen Schatz sie bei der Auflösung gefunden haben? Das ist so aufregend! Ich weiß gar nicht, wie du da so ruhig bleiben kannst.« Typisch Ruby! Es gab ein Rätsel zu ergründen und sie war sofort Feuer und Flamme.

»Vielleicht ihr erstes iPhone?«, fragte ich sarkastisch.

»Hey, sei kein Spaßverderber! Und wenn es das ist, ist es auch großartig. Immerhin verdanken wir den Luxus dieses Appartements dem geschickten Umgang deiner Großmutter mit Geld. Und dass sie ausgerechnet ihr Krankenschwesterngehalt in Aktien dieser Firma angelegt hat, ist doch der Wahnsinn.«

Kopfschüttelnd ließ ich mich neben ihr nieder. Rubys überschäumende Energie steckte mich nicht an, ganz im Gegenteil, sie sorgte dafür, dass ich mich noch schlapper fühlte. »Dann mal los.«

Sofort zückte Ruby ein Messer. »Tadaaaa! Mach es auf, Catyyyyyy!« Als sie das Lächeln auf meinem Gesicht entdeckte, jauchzte sie und riss mich in ihre Arme. »Du lächelst in letzter Zeit viel zu selten. Das will ich von nun an wieder öfter sehen.«

»Ich versuche es, okay?« Aber ich konnte nicht länger ernst bleiben. So ein klitzekleines bisschen sprang nun doch der Energiefunken auf mich über.

»Eigentlich müsste ich dich hassen. So hübsch, wie du ausschaust, müsste ich von Neid zerfressen sein«, brummte sie und lehnte sich gegen mich. »Aber weißt du, was?«

»Was?«

»Du bist meine allerbeste Freundin!«

Ergriffen sah ich zu ihr. »Und du meine. Weltbeste Mitbewohnerin und Freundin aller Zeiten.«

»Puh! Und ich dachte schon, ich muss mich noch mehr anstrengen, um diesen Status in deinem Leben einzunehmen.« Kichernd nahmen wir uns in den Arm. Dann löste sich Ruby von mir. »Na los«, forderte sie mich nochmals auf, das Paket zu öffnen.

Zaghaft griff ich nach dem Messer, das sie mir hinhielt, und setzte es an dem Klebeband an. Meine Hand zitterte, weil mich erneut die Emotionen überrollten. Ruby bemerkte es und legte ihren Arm um meine Taille. Das gab mir die Kraft fortzufahren. Nach und nach trennte ich die Klebestreifen durch, bis der Deckel fast von allein aufsprang.

Bedächtig öffnete ich das Paket und spähte hinein. Obendrauf lag ein gefalteter Brief, den ich sofort ergriff und laut vorlas, damit Ruby auch erfuhr, was drinstand.

Sehr geehrte Miss McDurmott,

anbei erhalten Sie die Gegenstände, die wir beim Ausräumen der Wohnung nur zufällig unter einem morschen Dielenbrett im Flur Ihrer Großmutter gefunden haben. Sie waren in mehreren Lagen Wachspapier eingewickelt und dort versteckt worden.

Ich hätte mich auch um den Verkauf dieser Sachen kümmern können, aber irgendwie erschien mir das nicht richtig zu sein.

Außerdem habe ich noch ein paar persönliche Gegenstände und Briefe in den Schränken entdeckt. Diese habe ich diesem Paket ebenfalls beigelegt.

Schauen Sie sich den Inhalt bitte einfach an und entscheiden Sie dann selbst.

Mit freundlichen Grüßen

Jean Oran

»Ui, das hört sich ja mysteriös an«, flüsterte Ruby neben mir. »Das muss irgendwas sein, das von Wert ist. Oder was meinst du?«

Unwillkürlich hielt ich die Luft an und legte den Brief zur Seite, ehe ich in den Karton griff, um die erste in Wachspapier gepackte Sache herauszuholen. Etwas klirrte darin. Es hörte sich metallisch an.

Ich setzte das kleine Päckchen auf meinem Schoß ab und schlug die Verpackung auseinander. Das Erste, was ich wahrnahm, war eine silberne Kette. Neben mir schnappte Ruby scharf nach Luft, als ich diese aus dem Papier zog und ein Anhänger zum Vorschein kam, der ebenso silberfarben war.

Als ich mir das Schmuckstück genauer ansah, konnte ich erkennen, dass es zerbrochen war. Das, was ich in der Hand hielt, war lediglich der untere Teil eines Medaillons. Man konnte noch das Klappscharnier sehen, aber das Oberteil fehlte. Dennoch wirkte es edel und sehr filigran verarbeitet. Es erinnerte mich an irgendetwas, aber es war nicht greifbar. In meinem Hirn war ein Vakuum, da war etwas, eine Erinnerung, aber ich bekam sie nicht zu fassen.

In meiner Hand fühlte sich das Metall warm und lebendig an. Ich nahm ein Pulsieren wahr. Eine Gänsehaut breitete sich auf meinen Unterarmen aus.

»Schau mal, da sind lauter kleine Zahnrädchen drin. Schade, dass es kaputt ist. Vielleicht war das mal eine Art Taschenuhr«, mutmaßte Ruby. »Im Karton befindet sich bestimmt das passende Teil dazu.«

Irritiert blinzelte ich. Beinahe hatte ich das Gefühl, als wäre ich weggetreten gewesen. Doch das war totaler Blödsinn. »Ja, warte. Ich schau nach.« Ich drückte Ruby die Kette in die Hand und suchte in dem Karton nach dem zweiten Teil, das zu dem Schmuckstück passte. Obwohl ich zuerst froh gewesen war, das Ding los zu sein, erfasste mich nun Bedauern. Etwas zog mich zu dem zerbrochenen Anhänger, als wären wir zwei Magnetteile, die zueinander gehörten.

Ich wühlte zwischen dem Packpapier und Füllmaterial. Zuerst fielen mir lauter Papiere in die Hände. Bei genauerem Hinsehen las ich die Namen meiner Großeltern auf diversen Krankenhausdokumenten. Sie waren datiert auf September 1961.

»Was steht denn da?«, wollte Ruby ungeduldig wissen.

Mit gerunzelter Stirn las ich weiter, ehe ich antwortete: »Da steht was von Schusswunden und Amnesie. Angeblich hat mein Großvater nicht gewusst, wer er war. Und beide konnten sich ihre Verletzungen nicht erklären.«

»Was? Sind die zwei vielleicht überfallen worden?«

»Nein. Beide haben unabhängig voneinander von Krieg gesprochen. Allerdings nur im bewusstlosen Zustand. Das hat eine Krankenschwester hier fein säuberlich notiert. Als sie wieder bei Bewusstsein waren, konnten sie sich angeblich nicht mehr erinnern, was passiert ist. Und mein Großvater hat bis zur Entlassung nur gewusst, wie er heißt, nicht woher er stammte. Er hatte keinerlei Papiere bei sich.« Verwirrt schüttelte ich den Kopf. »Das ist vierundfünfzig Jahre her.«

»Das können wir ja später noch mal eingehender untersuchen. Irgendwo muss ja stehen, wo und wann er geboren wurde. Vielleicht finden wir auch was im Internet heraus. Daten überprüfen und so weiter, da werde ich dir dann helfen. Was ist noch in dem Karton?«

Ich musste herzlich lachen. »Oh Mann, Ruby. Du wirst eine fürchterliche Ausgrabungsleiterin sein. Mit deiner Ungeduld wirst du jegliches Grabungspersonal vertreiben. Das weißt du hoffentlich.«

»Quatsch, da werde ich viel geduldiger sein. Hier geht es aber um dich und um deine Familiengeschichte. Das ist viel spannender, als irgendwelches Zeug auszugraben von Leuten, die ich nicht kenne.«

Erstaunt sah ich sie an. »Was soll das denn auf einmal heißen? Ich dachte, du freust dich auf den Job.«

Unruhig rutschte sie auf der Couch herum. »Schon, aber irgendwie bin ich mir nicht mehr sicher, ob ich den richtigen Weg gehe.«

Das war das erste Mal, dass sie Zweifel an ihrer Berufswahl äußerte. Ich wollte gerade was sagen, als sie mir entschlossen die Papiere aus der Hand nahm und sie auf den Couchtisch legte. Dann forderte sie mich mit einem Nicken in Richtung des Pakets auf, weiter auszupacken.

Ganz die gute Freundin, die ich war, tat ich ihr den Gefallen. Aber ich würde sie später noch mal darauf ansprechen. Sie wirkte für einen kurzen Augenblick so unglücklich, dass bei mir die Alarmglocken schrillten.

»Sieh mal, da liegt ein alter Brief drin!« Ruby holte besagtes Schriftstück heraus und hielt es mir hin. In einer sehr feinen und alten Schrift stand dort:

Mein geliebtes Lämmchen,

es tut mir fürchterlich leid, dass ich dich enttäuschen muss. Aber es erschien mir nicht

richtig, das Medaillon ganz aus unserem Leben zu verbannen. Ich hoffe, du kannst mir verzeihen.
In Liebe
Dein Phil

»Das ist ein Brief meines Großvaters an meine Großmutter!«, sagte ich leise und hielt mir ergriffen die Hand an den Mund, als mich die Gefühle überrollten. »So hat er sie immer genannt.« Tränen verschleierten meinen Blick, aber ich blinzelte sie entschlossen weg. Die Erinnerungen an meinen geliebten Opa schmerzten.

Dann konzentrierte ich mich jedoch auf das Paket und bereits das nächste eingeschlagene Päckchen ließ Ruby und mich aufkeuchen. Allerdings aus unterschiedlichen Gründen.

»Ist das schön!«, quietschte Ruby erfreut auf und sprang wieder aufgeregt auf dem Sofa herum. Ich hoffte, dass das Möbelstück ihren überschäumenden Gefühlen standhielt.

»Mh«, brummte ich ungläubig. »Ich kenne es.« Jedoch kannte ich den Anhänger nicht von meiner Großmutter. An ihr hatte ich das Schmuckstück nie gesehen. Das Medaillon hatte vor ein paar Wochen, genauer gesagt am Tag nach Grannys Beerdigung, am Hals einer netten jungen Frau gebaumelt, die ich durch Zufall kennengelernt hatte.

Ihr Name war Kristin – der gleiche Name wie der meiner Großmutter.

Sie hatte hellblaue Augen – die meinen so enorm glichen.

Hellblaue Augen, wie sie auch meine Granny gehabt hatte.

Dann erinnerte ich mich an dieses kaum zu erklärende Gefühl der Verbundenheit, das wir beide füreinander gespürt hatten.

Je länger ich darüber nachdachte, sah sie auch aus wie meine Großmutter, als diese noch jung gewesen war. Ich hatte es bei unserem gemeinsamen Essen schon bemerkt. Zufall? Eine irrwitzige Idee machte sich in meinem Hirn breit.

War mir Granny etwa als Geist erschienen? Das würde auch diese merkwürdige Sache mit ihrem Verschwinden erklären. Bis jetzt war ich davon ausgegangen, dass es nicht real gewesen war. Die Trauer um meine Großmutter hatte so heftig an meinem Nervenkostüm gerissen, dass ich mir tatsächlich eingebildet hatte, Kris hätte sich vor meinen Augen in Luft aufgelöst.

Kurz schüttelte ich benommen den Kopf. Was dachte ich da eigentlich? Diese junge Frau konnte unmöglich meine Großmutter gewesen sein. So ein Blödsinn! Zudem gab es keine Geister! Vermutlich gab es etliche solcher Ketten. Dennoch wollte ich irgendwie Kontakt zu Kristin aufnehmen. Leider hatte ich ihre Telefonnummer nicht, die ihrer Freunde aber schon. Auch deren Adresse. Bei Tiago und Gustavo hatte sie für kurze Zeit gewohnt. Die würden mir bestimmt sagen können, wo ich sie finden konnte.

»Lass uns das Medaillon reparieren, okay?« Ruby riss mich aus meinen Gedanken und sprang bereits auf, um das nötige Werkzeug zusammenzusuchen.

Ich blieb auf der Couch sitzen und blickte nachdenklich auf das Oberteil des Anhängers herab. Irgendwie sah es nicht so aus, als wäre es ein Schmuckstück aus dem Kaufhaus. Ganz im Gegenteil, es erweckte den Anschein, antik und sehr kostbar zu sein. Wie eben ein Familienerbstück aussehen sollte. Es wirkte vielmehr wie ein altes Unikat, das es nur in der Familie Legrand gab.

Aber warum hatte mein Großvater dieses kaputte und dennoch wertvolle Medaillon unter einem Dielenbrett versteckt?

Warum hatte meine Großmutter es nicht einmal mehr in ihrer Nähe haben wollen?

Was hatte die beiden dazu bewogen, es vor der Welt zu verbergen?

Geschichtliches

* Der Erste Weltkrieg begann genau so, wie im Buch beschrieben. Innerhalb kürzester Zeit befand sich Europa in einem Krieg, der Millionen Todesopfer forderte. Doch auch die Zahl der Verwundeten war exorbitant.

Nach vier Jahren und drei Monaten endete der Erste Weltkrieg am 11. November 1918. Es starben weit über 17 Millionen Menschen und es gab insgesamt mehr als 21 Millionen Verletzte.

* Auch die Taxi-Bus-Auto-Kolonne mit 1100 Pariser Männern gab es tatsächlich. Sie gilt noch heute als Symbol für den Durchhaltewillen der französischen Hauptstadt. Diese Soldaten waren die 6. Armee Frankreichs.

* Die Aufstellungen der Armeen sind ebenfalls so gewesen wie beschrieben.

* Die Namen der Ärzte, der Soldaten und so weiter sind allerdings meiner Fantasie entsprungen.

Erwähnte Personen

* Isabelle Vieille, geborene Riebel – Protagonistin aus »*Das Zeitenmedaillon – Die Auserwählte*«. Sie ist Kristins Mutter, stammt aus Deutschland und dem 21. Jahrhundert. Sie landet im Jahr 1805.

* Amélie Laurent – Protagonistin aus »*Das Zeitenmedaillon – Die Seherin*«. Sie stammt aus dem Jahr 1805 und landet nach einem Umweg über 1889 im Jahr 1473.

* Sir Arthur Conan Doyle ist der literarische Vater der im Jahr 1886 erschaffenen Figur des *Sherlock Holmes*.

Danksagung

Ich danke in erster Linie euch, meinen Leserinnen und Lesern, dass ich diesen Teil schreiben durfte. Nur eurer Unterstützung und eurer Lesebegeisterung ist es zu verdanken, dass ich einen Vertrag für Kristins Geschichte bekommen habe. Ich hoffe sehr, dass ihre Story euch gefallen hat. Natürlich habe ich schon eine Idee für eine Fortsetzung und es wäre toll, wenn ich auch diese schreiben dürfte.

Daniela, dir muss ich diesmal im Besonderen danken. Ohne dich hätte ich es in der kurzen Zeit nicht geschafft, den Roman abgabereif zu bekommen. Vielen Dank für deine wertvollen Anmerkungen!

Ein dickes Dankeschön geht an meine zuckersüße Leserin Carla Monteiro. Sie hat mir bei den portugiesischen Wörtern und Sätzen tatkräftig zur Seite gestanden. Ohne sie hätte Tiago als Portugiese kein einziges Wort Portugiesisch sprechen können. Danke, du Zuckermaus.

Danke an meine Mädels Sina Müller, Pea Jung, Amy Baxter und an meinen siamesischen Zwilling Karina Reiß (du weißt, dass ich nur dank dir meinen Traum leben kann). Ohne euch würde ich täglich allein an meinem Schreibtisch sitzen und vor mich hin brüten, doch ihr seid virtuell immer an meiner Seite und gebt mir Kraft. Danke!

Danke allen Mitarbeiterinnen und Mitarbeitern des Verlags 47North – meiner Lektorin, Korrektorin, Katrin und dem Marketingteam. Und natürlich semper smile in München für das wunderschöne Cover (für diese Reihe habt ihr euch was richtig Schönes einfallen lassen).

Und wie immer ein dickes Danke an meine Familie. Dafür, dass ihr mich unterstützt, an mich glaubt und manchmal zurückstecken müsst. Danke an meinen Mann, der mich zum Schreiben meines ersten Buchs motiviert hat. Nur ihm ist es zu verdanken, dass ich Autorin geworden bin. Danke an meine Große für ihren unermüdlichen Einsatz an der Instagram-Front und die vielen zauberhaften Fotos, die du von mir und meinen Büchern zauberst. Danke an meine Kleinen, dass ihr so stolz auf mich seid. Ich liebe euch so sehr!

Ich danke euch Bloggern und Rezensenten. Ich freue mich über eure Rezensionen und über euer Feedback. Egal, auf welcher Plattform.

Wer gern auf dem Laufenden bleiben will, dem empfehle ich meine Webseite tanjaneise.de, dort erfahrt ihr immer das Neueste. Oder tragt euch in den Newsletter ein, um keine Veröffentlichung zu verpassen.

Zum Schluss möchte ich mich für euer immerwährendes Feedback bedanken. Ich freue mich über eure Rückmeldungen, eure Empfehlungen meiner Bücher und natürlich über die Rezensionen. Vielen Dank, dass ihr euch hierfür die Zeit nehmt. Damit macht ihr mich außerordentlich glücklich.

Eure Tanja Neise

Printed in Poland
by Amazon Fulfillment
Poland Sp. z o.o., Wrocław

50919099R00188